Nils Thorsten Fieseler

Tarzan 3.0

Regenbrecht Verlag

Bibliografische Information der Deutschen Bibliothek
Die Deutsche Bibliothek verzeichnet diese Publikation in der
Deutschen Nationalbibliografie; detaillierte bibliografische Daten
sind im Internet über http://dnb.ddb.de abrufbar.

www.regenbrecht-verlag.de
ISBN: 978-3-943889-98-7

Umschlaggestaltung: Nils Thorsten Fieseler

Herstellung: BoD – Books on Demand, Norderstedt

Dieses Buch ist meinen Kindern gewidmet.
Ihr seid die Zukunft.
Handelt weise und esst euer verdammtes Gemüse.
Des Weiteren meiner lieben Frau.

Danke an jene, die ihre qualifizierten und auch unqualifizierten Kommentare beigetragen haben. Auch so etwas ist dem Brainstorming zuträglich.

Besonderer Dank gilt Astrid Canisius für das Vorkorrektorat. So konnte verhindert werden, dass der Lektor den Google-Übersetzer zur Hilfe ziehen musste.

Und selbstverständlich auch Personen, die keine Mühe gescheut haben, mich um 2 Uhr nachts anzurufen, um mich auf den Unterschied zwischen einer Lanze und einem Speer hinzuweisen. DANKE!

Eine gängige Meinung ist, dass ein gutes Buch einen Prolog benötigt. Dieses Buch benötigt keinen. Ich bin der Auffassung, dass der Leser dem Handlungsstrang folgen kann, sofern das Smartphone beim Lesen ausgeschaltet bleibt ... So, das wäre erledigt. Können wir nun anfangen?

ICH

»Scheiße!«

Das waren sie, meine letzten Worte. Kein sehr rühmliches Zitat. Und dann waren es noch nicht mal Worte, sondern nur ein Wort: »Scheiße.« Dabei haben doch die letzten Äußerungen eines Sterbenden in allen Kulturen so eine hohe Gewichtung gehabt. Zum Beispiel in dieser schönen Haiku-Form:

In der Nacht, als ich verstand,
dass dies eine Welt des Taus ist,
erwachte ich aus meinem Schlaf.

Und wie ich erwachte! Ich schoss hoch, um mich zu orientieren. Ich lag, vielmehr ich saß nun auf einem Bett. Meine Hände tasteten reflexartig an mein Gesicht. Kein Blut. Nicht die Spur von Schürfwunden.

Und ... keine Schmerzen. Bevor ich wahrnehmen konnte, dass ich mich in einer Blockhütte befand, raste es mir durch den Kopf: »Ich bin tot, und zwar mausetot.« Niemand würde einen Sturz über so einen Abhang überleben. Schon gar nicht ohne die geringste Blessur.

Nach der Orientierungslosigkeit kam die Erinnerung. Das Vorderrad meines Motorrads war auf einer verflixten Pampe, die ein Bauer beim Güllefahren verloren hatte, ausgerutscht. So machte ich Bekanntschaft mit einer Leitplanke – näher als mir lieb war. Diese konnte ich mir noch für den Bruchteil einer Sekunde von oben ansehen, während ich über sie hinwegflog. Dieser Flug währte nur Sekunden, bevor die Schwerkraft wieder übernahm und der Abgrund auf mich zuraste. So trug Schweinescheiße zu meinem Ende bei und inspirierte mich zu meinem letzten Zitat. Besonnen und wohl durchdacht hatte ich also meine letzten Worte gewählt, bevor ich im Sturz zu quieken anfing wie ein Borstenvieh vor der Schlachtbank.

So begab es sich, dass ich im Sommer des Jahres 1996, in der Blüte meines Lebens, den Löffel abgab. – Und nun saß ich da, aufrecht in einem Bett, in einer Hütte, die definitiv kein Krankenhaus war. Zumal ich nicht in einem dieser schicken Krankenhaushemdchen steckte, sondern immer noch in meiner geschnürten Lederhose, der passenden Jacke und dem Metallica T-Shirt. Schuhe hatte ich auch noch an, und selbst meine langen Haare wurden ordentlich von einem Haargummi zusammengehalten.

Entweder gab es doch ein Leben nach dem Tode oder das Gehirn gab seine letzte große Vorstellung. Den finalen Akt. Das Bravourstück meines Daseins, das mir das Unvermeidliche schmackhaft machen wollte. »Lass los«, würden engelsgleiche Stimmen nun im Chor flüstern.

Nichts tat sich. Na gut, dachte ich mir, dann warten wahrscheinlich hinter der Tür da 99 Jungfrauen auf mich. Oder Walhalla und ein Saufgelage. Neugierig schaute ich aus dem Fenster und erkannte vier weitere Hütten aus massivem Holz. Nett und adrett im Halbkreis aufgestellt um einen Brunnen herum, perfekt arrangiert. Die Dächer der Hütten waren derart mit Moos bewachsen, dass sie uralt erschienen. Abgesehen von dem leicht ockerfarbenen Sandboden am Wasserreservoir war um die Hütten herum nur Wiese zu sehen. Diese erstreckte sich bergauf, um auf der Kuppe von einem Wald abgegrenzt zu werden.

In der Hütte gab es nichts weiter zu entdecken außer der Flohkiste, die nur aus einem Holzgestell und einer Matratze bestand. Also beschloss ich, mich umzusehen und trat vor die Tür. Es war sonnig, angenehm warm und die Luft war klar. Das wolkenlose Firmament erschien mir ein wenig zu strahlend blau, aber ich wollte mich nicht gleich über den Himmel beschweren.

Oder die Hölle? Erst nachdem ich meinen Blick ein wenig umherschweifen lassen hatte, bemerkte ich den kleinen Jungen, der mit dem Rücken angelehnt an der Wand einer der anderen Hütten stand. Seine naturfarbene Kleidung hatte ihn gut getarnt. Er hatte mich schon entdeckt und ich winkte ihm zu.

Er rührte sich nicht vom Fleck. Na das ist ja ein gesprächiges Kerlchen, dachte ich. Also machte ich den ersten Schritt, um das Eis aufzutauen. Bestenfalls wüsste der Bengel, was hier vorging. Schnurstracks und mit einem breiten Lächeln ging ich auf ihn zu.

»Na junger Mann, alles cremig?« So oder so ähnlich drücken die sich heutzutage ja wohl aus. Zugegeben, seine Reaktion vertrieb mir schon ein bisschen das Grinsen aus dem Gesicht. Er griff neben sich nach einem Bogen. Ehe ich mich versah, hatte er auch schon einen Pfeil bei der Hand und legte auf mich an. Und dieser war nicht mit einer Gummispitze versehen. Ich blieb stehen und nahm die Hände hoch.

»Hey Kleiner, ganz cool bleiben.«

CONOR

Conor McKenzie war nicht in der Lage zu atmen. Er hielt den Bogen so fest, dass seine Fingerknöchel schneeweiß anliefen. Und obwohl er die Sehne des Bogens derart spannte, dass er sie kaum halten konnte, loslassen wollte er sie auch nicht. Er war vor Angst fast gelähmt. So stand er verkrampft da und sah zu, wie sich eine halbe Tonne Muskeln und Eisen rasend auf ihn zubewegte. Er sollte nicht hier sein, am Ufer des Forth. Und wäre er nicht schon so weit von zu Hause entfernt gewesen, so hätten ihn die anderen Krieger schon längst zurückgeschickt. So hatten sie ihn mitziehen lassen, mit der Auflage, sich dem Kampfgebiet fernzuhalten. Aber wieder hatte er nicht hören können, abermals hatte er sich mitreißen lassen. Er wollte dabei sein, wenn William Wallace gegen die Engländer zu Felde zog. Er war ein Junge, der dachte, dass Krieg nur ein spannendes Abenteuer sei. Anfangs hatte er sich zurückgehalten und Abstand vom Schlachtfeld gewahrt. Die Schotten hatten ihre Position schon bezogen und die Engländer sandten eine Vorhut von 2000 Fußsoldaten und 300 Reitern über die Stirling Bridge. Als Conor das Heer von Edward dem Ersten sah, begannen seine Füße sich wie von allein zu bewegen. Es ergriff ihn zwar auch Furcht, aber das Gefühl von Patriotismus, das an den Feuern der Krieger geschürt worden war, überwog. Er konnte keinesfalls der kleine Junge sein, der von den Männern belächelt wurde und mit den Worten vertröstet, dass es immer und zu allen Zeiten noch Schlachten auszufechten geben werde. Er wollte dabei sein und seinen Beitrag leisten. Sicherlich konnte er mit seinem Bogen hilfreich sein, damit musste er nicht so nah heran an das Geschehen. Schließlich war er geschickt im Umgang mit seiner Waffe. Vielleicht würde er einen dieser englischen Stoppelhopser aus der Entfernung treffen können. Dann würden ihm die Krieger auf die Schulter klopfen und rufen:

»Seht her, einer unserer jüngsten Krieger. Conor. Jener, der einen Engländer mit seinem Pfeil zur Strecke brachte.«

Ehe er sichs versah, befand er sich schon ungefähr 100 Meter hinter der dicht geschlossenen schottischen Formation.

»Wenn die Hauptmacht des englischen Heers die Brücke

überquert hat, kann ich mich immer noch ein Stück weiter zurückziehen«, dachte er.

Es war ein Gebot der Ritterlichkeit, dass eine Schlacht erst dann begann, wenn die Heere ihre volle Aufstellung bezogen hatten. So dachten wohl auch die Engländer. William Wallace dachte an diesem Tag nicht so. Ihm war angesichts einer englischen Übermacht von fünf zu eins nicht nach Ritterlichkeit zumute. Und auch nicht nach Selbstmord. Er wollte nur keine Engländer in Schottland.

Die Hörner gaben das Signal zum Angriff. Conor zuckte zusammen. Mit einem Male stürmte das gesamte schottische Heer auf die völlig überraschten Engländer zu. Es zog eine blutige Schneise durch die gegnerischen Reihen. Da Ritter in voller Rüstung in einem Fluss sehr schnell zum Ertrinken neigen, blieb ihnen immerhin noch die Alternative, sich von den schottischen Speeren aufspießen zu lassen. Das restliche Heer der Engländer konnte dem Gemetzel nur fassungs- und tatenlos zusehen. Und so wurden sie fast ausnahmslos niedergemacht. Aber eben nur fast. Einer der Reiter war schon in den Fluss zurückgedrängt worden, aber sein Pferd fand Tritt an einer seichten Stelle der Böschung. Verdeckt von Strauchwerk schob sich die wütende Meute an ihm vorbei. Er gab seinem Pferd die Sporen und preschte am Ufer empor. Ein zurückgebliebener verletzter Krieger entdeckte ihn und schleuderte ihm seinen Speer entgegen. Dieser prallte jedoch an der Rüstung ab. Er musste die Brücke erreichen. Nur ein einziger kleiner Krieger, der mit seinem Bogen auf ihn zielte, war zwischen ihm und der rettenden Brücke. Wutentbrannt über den aus seiner Sicht feigen Angriff der Schotten, schlug er mit seinem Schwert zu. Zu spät erkannte er, dass es sich bei dem Kämpfer um einen Knaben handelte. Und zu spät erkannte er, dass die Schotten die Brücke bereits besetzt hatten.

Conor hielt seinen Bogen noch immer fest umklammert, als ihm das warme Blut über sein Gesicht floss. Dann fiel er längs auf den Rücken und starrte in einen eisig grauen Himmel. Endlich ließ er seinen Bogen los.

Die Engländer zogen ab und die Schlacht war gewonnen. Doch er hatte verloren. Sein Leben.

Am 11. September im Jahre 1297.

KENZO

Im Sturm des Herbstes
die Berge überfliegt dort
der Schrei der Wildgans,
die in die Ferne fortzieht,
in Wolken tief verborgen.

Ja, Kenzo Yamamoto hatte ein Tanka verfasst. Er hatte seine letzten Worte wohl bedacht, denn er wusste, dass das Leben nun zu Ende sein würde. Sein Herr war in der Schlacht gestorben und für einen Samurai war es selbstverständlich, ihm in den Tod zu folgen. Da sein Daimyo ihm die schriftliche Erlaubnis zum Seppuku erteilt hatte, war es nach seinem Verständnis das einzig Ehrenvolle, was ihm zu tun blieb. Takumi stand außerhalb des Sichtfelds von Kenzo, wie es sich für einen Kaishaku-Nin geziemte.

Er hatte versucht, seinen Freund umzustimmen, hatte auf ihn eingeredet, ihm vorgeschlagen, dass sie gemeinsam auf Wanderschaft gehen sollten. Schließlich sei auch der berühmte Miyamoto Musashi ein Ronin gewesen. Aber es war sinnlos gewesen und nun stand er da, als Sekundant des Gefährten. Mit beiden Händen hielt er das Katana fest, darauf wartend, seinem Kameraden den erlösenden Hieb zu versetzen. Er versuchte sich zu konzentrieren. Auf keinen Fall durfte er den Kopf vom Rumpf trennen. Mindestens ein Hautlappen musste ihn noch verbinden. Nur nicht zu früh zuschlagen, dachte sich Takumi. Sonst würde die Klinge in der Halswirbelsäule steckenbleiben und sein Freund hätte unnötig zu leiden.

Kenzo hatte seinen Oberkörper entblößt und griff ruhig nach dem Wakizashi, dem Kurzschwert, dessen Klinge mit weißem Papier umwickelt war. Welch eine Verschwendung von Talent, ging es Takumi durch den Kopf. Kenzo setzte die Spitze der Klinge genau sechs Zentimeter unterhalb seines Bauchnabels an und atmete noch ein einziges Mal tief ein. Sein Todesgedicht war geschrieben. Takumi spürte, wie seine Augen feucht wurden. Langsam erhob er das Schwert.

Kenzo zögerte nicht einen Augenblick. Er führte einen sauberen Schnitt von links nach rechts mit einer abschließenden Aufwärtsführung der Klinge aus. So durchtrennte er seine unmittelbar vor der Wirbelsäule liegende Aorta. Der sofortige Blutdruckabfall hatte einen Bewusstseinsverlust innerhalb kürzester Zeit zur Folge. Er verzog keine Miene.

Er gab auch keinen Ton von sich. Und er senkte nicht sein Haupt, so dass Takumi keine Möglichkeit hatte, zuzuschlagen. Das Letzte, was Kenzo im Leben sah, war eine apfelgroße silberfarbene Kugel, die vor seinem Gesicht schwebte. Dann kippte er zur Seite und war tot. Er hatte gelebt wie ein Samurai, und er war gestorben wie ein Samurai. Im Alter von zwanzig Jahren. So geschehen im Jahre 1651.

Als Kenzo erwachte, bemerkte er, dass er in voller Rüstung auf einem Bett lag. Dies war nicht die Kleidung, die er zum Zeitpunkt seines Todes getragen hatte. Er riss sich einen Handschuh herunter und betrachtete die Hand. Keine bleichen Knochen, sondern nur sein Fleisch und Blut. Er nahm die Maske von seinem Helm und befühlte sein Gesicht. Alles schien normal zu sein. Er wollte die restliche Rüstung schon ablegen, als er plötzlich innehielt. Vielleicht hatte er im Totenreich noch eine letzte Schlacht zu schlagen. Es musste schon einen Sinn haben, dass er in seiner Rüstung steckte. Also legte er Maske und Handschuh wieder an. Bevor er Zeit hatte, über seine Situation nachzudenken, wurde er auf Stimmen aufmerksam, die von draußen kamen. Durch das Fenster erblickte er einen langhaarigen Gaijin mit einer ungewöhnlichen Kleidung aus Leder und dann noch einen jungen Knaben, der ebenfalls zu den »Draußenmenschen« gehörte. Alle Ausländer waren doch seines Landes verwiesen worden. Es konnte sich seiner Einschätzung nach also nur um Holländer handeln, die noch einen Handelsstützpunkt in Japan hatten. Aber wie kam er in diese Hütte? Hatte die in seinem Land so hoch angesehene Medizin der Fremden ihn vor dem Tode bewahrt? Und wenn ja, warum? Er beobachtete, wie der Junge, der offensichtlich Angst hatte, hinter sich griff, um einen Bogen in die Hand zu nehmen. Es wurde Zeit für Kenzo, den Sachverhalt aufzuklären. Er verließ die Hütte.

UNA

Una drosselte den Schub ein wenig und setzte zur Landung an. Drei Meter lagen zwischen ihr und einem Eintrag in die Geschichtsbücher. Nur noch zwei Meter, und ein gewisser Giovanni Anello würde vor Wut kochen. Noch einen Meter und ihr Vater würde einen halben Herzinfarkt erleiden. Sanft setzte sie auf. Eine absolut perfekte Landung. Trotz ihrer Sauerstoffmaske war sie in euphorischer Stimmung. Sie zog ihren Markierungsstab aus der Innentasche ihrer Jacke hervor, schaltete ihn an und pflanzte ihn mit einem kräftigen Stoß auf den Gipfel des Mount Everest.

Ihr Stab sendete die Daten zu all ihren sozialen Netzwerken, und die Kamera an ihrer Schulter übertrug ohnehin schon alles live. Der Italiener Anello hielt unterdessen in seinem Basislager eine Pressekonferenz ab, in der er den ersten Flug zum Dach der Welt mit einem Jetpack ankündigte. Zumindest so lange, bis die Medienmenschen sich auf einmal von ihm abwandten, um auf ihre Bildschirme zu starren. Einer der Anwesenden hielt Giovanni dezent sein X-Phone vor die Nase, auf dem eine breit lächelnde Una auf dem Gipfel zu erkennen war. Giovanni ging. Ohne ein Wort zu sagen und auch ohne jemals in einem Geschichtsbuch erwähnt zu werden.

Una bereitete sich schon auf ihren Rückflug vor. Besser gesagt auf ihren Sprung. Der verbleibende Treibstoff reichte gerade noch, um sich weit genug vom Berg abzusetzen und dann den Rest des Weges mit dem Fallschirm zu erledigen. Ihr Jetpack war zwar nicht so ein vorsintflutliches Gerät, das Wasserstoffperoxid oder ähnlich explosive Substanzen brauchte, aber auch nicht das Neueste vom Neuen. Ihr Vater hätte ihr mit Sicherheit die beste Ausrüstung spendiert, aber bestimmt nicht für so ein Vorhaben. Ohnehin verstand sie ihren Vater in manchen Dingen nicht. Einerseits unterstütze er sie in all ihren Interessen. Wenn es aber um Dinge ging, die eine gewisse Medienpräsenz mit sich brachten oder die sich um das Thema Sport drehten, wurde er sichtlich nervös. Was hatte er nicht alles unternommen, um sie von der Qualifikation für die Olympischen Spiele abzuhalten. Sie war eine der besten Bodenturnerinnen gewesen, er aber hatte alle Hebel in Bewegung gesetzt, um sie davon abzubringen. Una verstand es nicht. Wie auch?

Ihr Vater hatte allerdings guten Grund dazu. Er hatte ein Vermögen als Medienmogul gemacht und Geld erlaubte schon immer einen gewissen Spielraum. Da seine Frau unter einer seltenen Erbkrankheit litt, hatte er Unsummen in die genetische Gesundheit seiner Tochter investiert. Aber das war nun einmal nach dem internationalen Genetikabkommen strengstens untersagt. Zu viele Reiche und Schöne hatten an ihrem Erbgut herumfummeln lassen, um sich Kinder zu formen, die ihren Schönheitsidealen entsprachen. Zu oft gingen diese Experimente schief und die Monster, die dabei herauskamen, verklagten nicht selten ihre Eltern. Zu Recht.

Wo früher noch der Schönheitschirurg Hand angelegt hatte, um Gebilde zu schaffen, die nicht immer an einen Menschen erinnerten, stieg nun die Genetik ein. Also erfolgte schließlich ein generelles Verbot. Ausgenommen waren wie immer die Militärs auf ihrer ständigen Suche nach dem Soldaten von morgen. Und eben jene, die das nötige Kleingeld besaßen und es für das Privileg der Reichen hielten, sich ihre maßgeschneiderten Wunschwesen zu züchten. Unas Vater passte nicht so ganz in dieses Schema, er war immer nur um die Gesundheit seiner Tochter besorgt gewesen. Und natürlich auch darum, nicht für die genetische Veränderung seiner Tochter haftbar gemacht zu werden. Er wusste, dass er ihr irgendwann reinen Wein einschenken musste, denn sie war ein Energiebündel und er befürchtete, dass sie eines Tages über die Stränge schlagen würde. Zu spät, wie er bald erfahren musste.

Una hatte den Gipfel verlassen und entfernte sich vom Berg. Zwanzig Sekunden lang steuerte sie in die richtige Richtung, dann erloschen die Triebwerke und sie setzte zum freien Fall an. Während sie so durch die eisige Luft glitt, bemerkte sie eine silberfarbene Kugel neben sich. Mit exakt gleicher Geschwindigkeit hielt sich die Kugel auf ihrer Höhe. Una war verwundert, war das eine neuartige Kamera, die ihren Sprung dokumentieren sollte? Ein Gepäckstück, das ihr aus der Tasche gefallen war? Aber das ergab alles keinen Sinn. Sie hatte das Gefühl, von der Kugel beobachtet zu werden.

Und nicht nur das. Es machte sich ein Gefühl von Vertrautheit in ihr breit. Es war, als könnte sie eine Verbindung zu der Kugel aufbauen, ohne dabei sprechen zu müssen. Diese Emotionen wurden immer intensiver. Una fühlte sich auf einmal durchschaut, ja förmlich aufgesogen. Dann wurde es ihr unangenehm, sie durfte sich nicht weiter ablenken lassen. Sie versuchte, den Fallschirm zu öffnen und verspürte eine Sekunde später einen heftigen Adrenalinstoß, der ihren ganzen Körper durchdrang.

Der Fallschirm öffnete sich nicht. Unmöglich, dachte Una. Panik überkam sie. Wegen des Jetpacks hatte sie keinen Reserveschirm dabei, und diese Kugel schien sie gerade aufzufressen. Gedanken an ihre Kindheit rasten durch ihren Kopf und sie musste an ihren Vater denken. Dieser nahm sich drei Wochen später das Leben. Er hatte den tödlichen Absturz seiner Tochter nicht überwinden können.

Una schreckte hoch und musste feststellen, dass sie sich in einer Holzhütte befand.

SKARI

Schattenlose Helligkeit lag auf der verdorrten Graslandschaft. Ein ebenmäßig blauer Himmel überspannte die Landschaft, an deren Horizont sich die Silhouette eines Waldes abzeichnete.

Die Luft flimmerte in der Hitze der Mittagssonne und Skari kniff die Augen zusammen. Die offene Ebene behagte ihr nicht. Lieber wäre sie im Wald geblieben, doch der Hunger zwang sie, ihre Beute zu verfolgen. Sie hatte versucht, eine Antilope zu erlegen, doch der Pfeil hatte sie nur leicht gestreift. Da die Spitze vergiftet war, bedeutete das zwar dennoch den Tod für das Tier, doch es wurde alles nur unnötig hinausgezögert. So war sie gezwungen, sich weit in das Flachland vorzuwagen. Mühelos konnte sie die Spur im Auge behalten. Sie war eine sehr gute Fährtenleserin, das hatte ihr Vater ihr beigebracht.

Es war nicht unbedingt üblich, dass die Frauen mit zur Jagd kamen, aber ihre Sippe hatte zu wenig männliche Mitglieder. Das war auch der Grund dafür, dass sich ihr Familienoberhaupt mit den anderen Männern ihres Stammes zum Kral der Umbesi aufgemacht hatte, um die Stammesfehde beizulegen, bei der ihr Bruder letztes Jahr ums Leben gekommen war. Obwohl ihr Vater sie eindringlich gewarnt hatte, den Wald zu verlassen, wollte sie nicht ohne Jagderfolg nach Hause zurückkehren. Schon zu lange hatten sie sich von Wurzeln und Früchten ernähren müssen. Sie steuerte auf ein einsames Dornengestrüpp zu, dort musste sich die Antilope verkrochen haben. Ein Geräusch ließ sie erstarren. Es war das Raunen einer Großkatze. Durch die dünnen Zweige des Gebüschs hindurch konnte sie ein Löwenweibchen ausmachen. Skari stockte der Atem, ihr Herz fing an zu hämmern. Schlagartig hatte sich ihre Rolle als Jägerin in die der Beute verwandelt. Langsam versuchte sie, sich kleiner zu machen und sich rückwärts zu bewegen. Nur zu gerne würde sie jetzt an ein paar Wurzeln herumnagen, anstatt sich in dieser Situation zu befinden. Sie entdeckte noch eine zweite Löwin. Im Zeitlupentempo schlich sie in gebückter Haltung zurück. Nur nicht rennen. Nur nicht auf sich aufmerksam machen.

Sie hatte zwar das Gefühl, kaum von der Stelle zu kommen. Aber solange die Löwen mit ihrer Antilope beschäftigt waren, hatte sie eine Chance. Da drängte sich plötzlich eine silberfarbene, alles reflektierende Kugel in ihr Gesichtsfeld. Skari konnte ihr eigenes Gesicht darin gespiegelt sehen. Was war das? Sie starrte das Gebilde an und hatte den Eindruck, in etwas sehr Altes zu blicken. Älter als die Menschheit. Sie durfte Farben erschauen, die sie noch nie zuvor gesehen hatte, sie sah die Gestirne, das Universum, Planeten, die entstanden, nur um wieder zu vergehen. Die Zeit schien keine Bedeutung mehr zu haben. Sie sah ihr Gesicht, umringt von Sternen und gigantischen, leuchtenden Gaswolken. Dann schienen sich schemenhaft die Konturen eines gewaltigen männlichen Löwen einen Weg durch Zeit und Raum zu bahnen. Seine Erscheinung wurde immer klarer zwischen dem Staub, der seit Äonen durchs All trieb. Die Dunkelheit wich einem strahlenden Blau und der König der Tiere wurde realer. Als wenn sie in ihre Zeit zurückkehren würde, verwandelte sich die Szenerie wieder in das Hier und Jetzt. Sie sah die Reflexionen der Savanne, ihr Gesicht und einen Löwen, der immer näherkam. Sie konnte sich nicht mehr bewegen, als die mächtige Mähne beständig mehr Raum in der Spiegelung der Kugel einnahm. Sie sah seine Zähne und sie sah seine Augen. Sie sah ihr Ende und noch einmal kurz ihre Familie. Dann wurde Skari von zweihundertzwanzig Kilo Masse auf den Boden gerissen.

So geschehen auf dem afrikanischen Kontinent, lange bevor die Menschheit begann, die Zeit zu zählen.

Die Zusammenkunft

Da stand ich nun in meiner Bikerkluft, Lederhose, Lederjacke, frisch verstorben, vor einem Bürschchen, der mich direkt in das nächste Ableben befördern wollte. Der Junge hatte wahrscheinlich Angst vor mir. Na gut, ich war nicht gerade frisch rasiert und hatte auch sonst keine genaue Vorstellung davon, wie ich so als Toter aussah. Schließlich hatte ich auch keine Handtasche mit einem Spiegel oder so etwas dabei. Ich blieb also besser erst einmal stehen. Er hingegen bewegte sich langsam seitwärts, so als wolle er einen Halbkreis um mich ziehen, als plötzlich die Tür einer anderen Hütte aufgestoßen wurde. Es trat mit weiten Schritten ein waschechter Samurai heraus, der dann auch gleich auf Japanisch begann, uns anzuraunzen.

Zumindest vermutete ich, dass es sich um Japanisch handelte, es klang jedenfalls recht überzeugend. Das war für den Kleinen wohl zu viel. Er erschrak derart, dass er einfach die Sehne seines Bogens losließ. »Na toll«, dachte ich. Ja, ich hatte wahrhaftig noch die Zeit, so etwas zu denken. Der Pfeil flog direkt auf mein Gesicht zu. Ich neigte den Kopf zur Seite und griff instinktiv zu. Wahnsinn! Allen Ernstes hatte ich diesen Pfeil in der Luft gefangen! Und so stand ich da, ohne mich weiter zu rühren.

Der Samurai starrte mich an. Der Junge begann zu schreien, aber das war wohl mehr eine Mischung aus Weinen und angsterfülltem Schimpfen. Ich blickte den Burschen an, den Samurai, den Pfeil, den ich in der Luft gefangen hatte, und dann unweigerlich auf ein Mädel, das ebenfalls schreiend aus einer der anderen Hütten angeschossen kam. Also, ich verstand kein Wort von dem, was der Junge sagte, noch von dem, was diese keifende, gutaussehende Tussi von sich gab. Der Bengel redete in einer Sprache, die ich absolut nicht einordnen konnte. Und die attraktive Dame sprach englisch. Nein, doch eher Amerikanisch. Sie hatte den Arm auf die Schulter des Jungen gelegt und flüsterte mit irgendwelchen beruhigenden Worten auf ihn ein. Das schien auch ganz gut zu funktionieren. Sie musste Amerikanerin sein. Mir fiel auf, dass sich meine Augen an ihrem Ausschnitt festgebissen hatten. Da war offensichtlich einiges an Silikon im Spiel oder, was mir unwahrscheinlich erschien, es handelte sich um ein Wunderwerk der Natur. Ergo war sie Amerikanerin. Mir schoss der Gedanke durch den Kopf, ob amerikanische Handwerker Probleme haben, an Silikon zum Abdichten zu kommen, da sie ja alles in ihre Frauen pumpen.

Ach ja. Und sie trug einen enganliegenden Anzug, der an ein Ganzkörperkondom erinnerte. Zwischendurch sollte ich vielleicht anmerken, dass ich dazu neige, recht schnell mit den Gedanken abzuschweifen. Da ging das Gezeter schon wieder los. Sie schien uns in irgendeiner Weise dafür verantwortlich zu machen, dass der Junge so aufgebracht war. Der Samurai war nun auch nähergetreten. Er hatte sich seiner Gesichtsmaske entledigt und ... ich konnte es nicht fassen: Dieser asiatische Lüstling glotzte auf ihre Möpse. Allerdings nur so lange, bis sie ihn direkt lauthals ausschimpfte. Er schien sich ertappt zu fühlen und wurde rot im Gesicht.

Zu Recht, dachte ich. Auch mich schien sie mit ihren Wortattacken ins Visier genommen zu haben. Aber das ist eine komische Sache mit mir und zänkischen Weibern. Irgendwie schaffe ich es nicht, ihnen zuzuhören. Selbst wenn ich mir Mühe gebe, bekomme ich trotzdem immer ein Rauschen in den Ohren. Es klingt dann wie das Meer, wenn man am Strand steht. Und die Stimmen der Frauen verwandeln sich in die Laute, die ein paar Möwen von sich geben.

Das Meeresrauschen wurde schlagartig von einem lauten, japanisch klingenden »Weib, schweig endlich still!« unterbrochen. Das zeigte Wirkung. Sie gab nun Ruhe. Alle gaben Ruhe. Fast alle. Vor der letzten Hütte stand plötzlich noch jemand, ein dunkelhäutiges Mädchen, vielleicht siebzehn, achtzehn Jahre alt, das weinte. Bedeutungsvoll zeigte ich mit dem Pfeil, den ich demonstrativ immer noch hochhielt, zu ihr rüber. Das nun ruhige und somit für mich wesentlich attraktivere Mädel sah sich um.

Sie murmelte der kleinen Rotznase etwas Beruhigendes ins Ohr, wandte sich um und ging zur Hütte. Wir drei blieben schweigend zurück. Es schien uns allen klar zu sein, dass Worte im Moment fehl am Platze waren. Also beobachteten wir die beiden Frauen. Das Keif-Weib hatte sich zu dem weinenden heruntergebeugt. Der Junge schien zwar noch Angst zu haben, wollte sich aber nichts anmerken lassen. Und unser japanischer Ritter bequemte sich, Helm und Handschuhe abzulegen. Im Grunde genommen wirkte er noch jung. Aber seine künstlich erzeugte Halbglatze und der strenge Blick ließen ihn wesentlich älter wirken. Sein Gesichtsausdruck erschien nicht einfach nur ernst, sondern wie in Stein gemeißelt. Obwohl er konzentriert zu den beiden Frauen hinübersah, wusste ich, dass er mitbekam, wie ich ihn und seine Rüstung musterte. Das war keinesfalls eine billige Attrappe, sie bestand aus glänzendem Leder mit lackierten Stahlstreifen. Der Helm schien aus reinem Eisen gefertigt und die dazugehörige Gesichtsmaske war mit einem Bart beklebt, die ihn nicht gerade freundlich erscheinen ließ. Ich beschloss, mich wieder auf die beiden Frauen zu konzentrieren, bevor ich noch an dem Ding herumfummeln würde. Erst jetzt fiel mir die interessante Frisur dieser nicht ganz so holden Jungfrau auf. Nein, nicht die Frisur, ihre Haare waren einfach nur lang: Es war ihre Färbung. Die eine Hälfte war wasserstoffblond, die andere pechschwarz. Weiter unten wechselten die beiden Farben sich ab. Das Mädchen, welches offensichtlich das Opfer eines übereifrigen Möchtegern-Haarkünstlers geworden war, schien sich mit dem zweiten irgendwie verständigt zu haben.

Sie gingen gemächlichen Schritts auf uns zu, wobei dem dunkelhäutigen Mädchen anzusehen war, dass sie unter Schock stand. Sie klammerte sich an die Blond-Schwarze. Nun konnte ich ihre spärliche Kleidung in Augenschein nehmen. Ein Lendenschurz und eine Art Leder-Top. Das Ganze garniert mit einer Kette, die aus Knochen und Muscheln bestand. Alles in allem spartanisch. Der Friseurunfall hielt die Hand zu einer diplomatisch beschwichtigenden Geste nach vorne und sprach, was ich kaum für möglich gehalten hätte, mit ruhiger Stimme. Nicht dass das im Geringsten zu unserer Verständigung beigetragen hätte, zumal meine englischen Sprachkenntnisse kein Thema sind, mit dem ich irgendwie punkten könnte. Immerhin, ihre Aktion war ein Zeichen des guten Willens.

Wir schauten uns alle etwas ratlos an. Mir wurde klar, dass es nun an der Zeit für mich war, einen sinnvollen Beitrag zu unserer gestörten Kommunikation zu leisten. Bedeutungsschwanger hob ich den Pfeil in die Luft, den ich voller Stolz noch immer in der Hand hielt, beugte mich nach vorne und ritzte sorgsam meinen Namen in den Sandboden. Ich hatte Erfahrung in solchen Dingen. Wenn man sich nicht verständigen kann, reichten ein paar Zahlen und ein Stock meist aus. Oder eine Flasche Wodka. Mit einem süffisanten Grinsen ließ ich meinen Blick durch die Runde wandern. Das Eis war gebrochen, der erste Schritt getan. Bei dem Japaner blieb ich hängen und übergab ihm den Pfeil. Er schaute mich ebenfalls an. Allerdings so, als hätte ich mir gerade meine Unterhose über den Kopf gezogen. Eine Augenbraue hochgezogen nahm er den Pfeil und setzte ein Knie auf den Boden. Dann hielt er den Pfeil genau senkrecht und begann fein säuberlich etwas zu kritzeln. Auf Japanisch.

Ok, das lief jetzt nicht ganz so, wie ich es mir gedacht hatte. Der Japaner stand auf und gab mir den Pfeil zurück. Huschte da so etwas wie ein leichtes Lächeln über sein Gesicht? Mit stoischer Ruhe reichte ich den Pfeil einfach an den Jungen weiter. Dieser sah mich an, als hätte ich von ihm verlangt, dem Japs das Ohr abzubeißen. Verlegen und hektisch scharrte er ein Kreuz in den Sand. Dann gab er den Pfeil an das schwarze Mädchen weiter. Mit einem zischenden Geräusch zwischen den Zähnen atmete ich ein und fasste mir mit einer Hand in den Nacken. Sie indes malte kurzerhand einen Kringel auf den Boden, der so etwas wie eine Schnecke oder was weiß ich darstellen sollte. Ich kniff die Augen zusammen und knurrte kurz vor mich hin, als jemand zu kichern anfing. Unser blond-schwarzes Mädchen nahm der anderen den Pfeil ab und schrieb kurzerhand das Wort »UNA« in feinsten lateinischen Lettern auf den Boden. Dann sah sie mich grinsend an, klopfte sich auf die Brust und sagte: »Una«. Gleich darauf zeigte sie mit dem Pfeil auf mich und sprach: »Tarzan!« Nun drehte sie sich zu der Dunkelhäutigen, tippte sich an, sagte ihren Namen. Diese schien zu verstehen, legte ihre Hand auf den Bauch und sagte: »Skari«. Der kleine Dreikäsehoch mischte sich ein. Er schlug sich wie wild auf die Brust und rief immerzu: »Conor«. Er sah für einen Moment aus wie ein junger

Gorilla, der schon einmal übte, sein zukünftiges Revier zu verteidigen. Dann sahen alle unseren Japaner an.

Dieser kniff kurz die Augen zusammen und sprach sehr ruhig und betont seinen Namen aus: »Kenzo«.

Der Bengel lächelte, zeigte auf Una, sagte ihren Namen. Dies wiederholte er bei allen Anwesenden, um mich zum Schluss würdevoll als Tarzan zu titulieren, mit dem Namen also, den Una mir so freundlich verpasst hatte.

Dieses ganze Begrüßen und so machten mich durstig, daher drehte ich mich um, um den Brunnen näher zu untersuchen (böse Zungen behaupteten später, ich hätte dabei wütend vor mich hin gegrummelt.)

Das Wasser, ein Eimer und eine Schöpfkelle, es war alles da, was ich jetzt brauchte. Auch die anderen schienen Durst zu haben. Aber nicht allzu sehr, denn sie verschwendeten immer noch ihre Energie damit, sich gegenseitig ihre Namen vorzuplappern, obwohl die Sache dank meines Anstoßes ja nun geklärt war. Zu meinem Missfallen fiel öfter das Wort »Tarzan«, am liebsten hätte ich Una die Schöpfkelle mit Wasser ins Gesicht geschüttet, um ihr dämliches Grinsen aufzuweichen. Aber da ich durch und durch Gentleman bin, bot ich ihr stattdessen etwas an. Die anderen bedienten sich schließlich ebenfalls. Da standen wir nun, wie bestellt und nicht abgeholt.

Also war es wieder einmal an mir, den nächsten Stein ins Rollen zu bringen. Zugegeben, ich war verwirrt ob der Situation, aber ich musste herausfinden, wo wir uns überhaupt befanden. So signalisierte ich den anderen mittels Zeichensprache, dass ich mir einen Überblick über das Gelände verschaffen wolle. (Und wieder einmal behaupteten böse Zungen nachher, ich hätte ausgesehen wie ein Aushilfs-Winnetou, der sich mittels Gebärdensprache bei seinem sterbenden Pferd verabschiedet.)

Ich verließ den Sandplatz und schritt Richtung Hügel hinauf. Da ich mich völlig schmerzfrei bewegen konnte und mich fit fühlte, begann ich in einen leichten Laufschritt zu wechseln. Natürlich nur, weil es mir gefiel und nicht etwa, um den anwesenden Frauen zu imponieren. Ich lief die Wiese hoch, bis ich auf die angrenzenden Bäume stieß. Dort angekommen drehte ich mich um, um mir einen Überblick zu verschaffen. Da stand Kenzo schon direkt neben mir und ließ den Blick in die Landschaft schweifen. Wie zum Teufel hatte er mir in der schweren Rüstung – und vor allem derart leise – folgen können? Von hier aus konnte man lediglich erkennen, dass wir uns in einem sehr schmalen Tal befanden, aus dem nur ein Weg herausführte. Nach ein paar Schritten in den Wald hinein stellte ich fest, dass es nur ein schmaler Streifen Bäume war. Dahinter öffnete sich eine Schlucht von mindestens 30 Metern Breite und 100 Metern Tiefe. Es war sofort klar, dass dieses Hindernis nicht zu überwinden war. Das rötliche Gestein war glatt wie ein Babyarsch nach dem Einölen. Für alle Fälle nahm ich einen umherliegenden Stein und versuchte, ihn über die Kluft zu werfen. Versuch macht kluch, heißt es ja, aber in diesem Fall war das nicht so, ich wurde nicht klug daraus. Nach etwa drei Metern schien der olle Kiesel an irgendetwas Unsichtbarem abzuprallen. An der Stelle des Aufpralls bildeten sich in bester Hollywoodmanier kaum sichtbare ringförmige Wellen. Nur der Sound des Effektes war dürftig, es ertönte ein simples »Pling«. Dann semmelte mein Steinchen unaufhaltsam, den Gesetzen der Gravitation folgend, in den Abgrund. Es folgten weitere Versuche meinerseits, die alle zum gleichen Ergebnis führten.

Schlau wie ich bin, dämmerte mir der Gedanke, dass jemand sehr darauf erpicht war, uns daran zu hindern, auf dieser Seite das Tal zu verlassen. Es gab offensichtlich genau eine Möglichkeit, aus dem Tal herauszukommen, nämlich auf dem Weg, der unten bei den Hütten vorbeilief. Kenzo murmelte vor sich hin. Für meine Ohren klang sein Gemurmel wie eine Beschwörungsformel gegen das Dämonenwerk der abprallenden Steine. Später würde er meine Vermutung bestätigen. Wir verständigten uns mit einem Nicken, dass wir genug gesehen hatten, machten kehrt und lenkten unsere Schritte wieder in Richtung der Hütte.

Dann hatte ich einen weiteren Geistesblitz. Meine Leichtfüßigkeit machte mich stutzig: Das war heute nicht mein erster Unfall mit einem Motorrad gewesen. Die Kollision mit einem fast scheintoten achtzigjährigen Autofahrer hatte mir vor drei Jahren einen längeren Krankenhausaufenthalt eingebracht. Als Andenken daran waren mir ständige leichte Schmerzen im Knie geblieben. Und nun nichts. Abrupt blieb ich stehen, um mir die Hose herunterzuziehen. Ich betrachtete mein Knie, es zeigte keinerlei Spuren eines Unfalls. Dort, wo zuvor eine breite Narbe war, befand sich nun normale Haut. Das war einigermaßen schaurig.

Was mir dann aber wirklich gruselig vorkam, war, dass mir in diesem Moment bewusst wurde, dass ich Kenzo sehr deutlich mein Hinterteil entgegenstreckte. Hastig zog ich meine Hose wieder hoch, um noch einen flüchtigen Blick auf einen sichtlich irritierten und kopfschüttelnden Asiaten zu erhaschen. Wir gingen also zurück und schafften es, uns darauf zu einigen, den Pfad einzuschlagen, der uns deutlich vorgegeben war. Einer wagen Vermutung folgend, untersuchte ich noch kurz die einzelnen Hütten. Mein Verdacht bestätigte sich, sie waren absolut identisch. Und damit meine ich: zu 100 Prozent.

Sprache und andere Hindernisse

So gingen wir einen sandigen Weg entlang, umsäumt vom saftigen Grün der Wiesen, umgeben von mächtigen Bäumen, deren Alter ich auf mindestens hundert Jahre schätzte.

Wären die Umstände nicht so aberwitzig, so hätte ich die Umgebung als durchaus malerisch, wenn nicht sogar romantisch bezeichnet. In diesem Moment aber wirkte sie allein durch die Ungewissheit darüber, in welcher merkwürdigen Situation wir uns befanden, bedrohlich.

Kenzo schien Skaris Nähe zu meiden, offenbar war sie ihm nicht ganz geheuer, denn er hatte noch niemals einen Menschen mit so dunkler Hautfarbe gesehen. Sie wiederum suchte Anschluss an Una. Zu meinem Leidwesen schien der Knirps mich zu seinem Leithammel auserkoren zu haben. Es war bewundernswert, mit welcher Ausdauer und Freude er mir permanent versuchte etwas mitzuteilen. Und das, nachdem er mich vor nicht allzu langer Zeit beinahe mit einem Pfeil erlegt hätte. Nein, er störte mich nicht wirklich, auch wenn ich von seiner Sprache kein einziges Wort verstand. Er schaffte es allerdings grandios, meine Konzentration zu untergraben. Eigentlich versuchte ich mir darüber klarzuwerden, wieso mein Körper keine Narben mehr aufwies, wieso wir hier waren, welchen Zweck die identischen Hütten erfüllen sollten; und außerdem hatte ich das Gefühl, ständig beobachtet zu werden. Es gab keine benennbaren Anzeichen dafür, aber mein Bauch sagte mir, dass es so war. Wir waren vielleicht eine Viertelstunde gegangen, als ein Hindernis den letzten Versuch zunichtemachte, meine Aufmerksamkeit auf meine eigenen Gedanken zu richten. Ein zu unserer Seite offenes Gebäude versperrte uns den Weg. Über sechs Säulen erhob sich eine Kuppel, sie war flankiert von zwei hohen Mauern, die auf beiden Seiten des Tals im Felsgestein endeten. Den hinteren Teil des Gebäudes bildete eine steinerne Wand. Ein Tor oder Durchgang war nirgends zu erkennen, so dass ein Weiterkommen unmöglich schien. In der Mitte der Kuppel stand eine niedrige Säule mit einem runden Becken darauf, und in dem Becken lag eine fußballgroße Kugel. Die Farbe war etwa so, als hätte jemand Gelb mit Schwarz überstrichen und dies wäre im Laufe der Zeit abgeblättert. Die gesamte Konstruktion schien auf jeden Fall lautstark zu rufen: »Bis hierhin und nicht weiter!«

Wir schlichen um die Kugel herum wie eine Katze um sehr heißen Brei. Wir untersuchten die Mauern und klopften hier und dort. Schließlich legte ich meine Hand auf die Kugel, um ihre Oberfläche zu untersuchen. Und dann, typisch Kind, musste Conor das Ding ebenfalls begrapschen. Es ist halt so, dass manche Menschen etwas nur begreifen, wenn sie es anfassen.

»Sie sieht nass aus, fühlt sich aber trocken an«, sagte er.

»Das habe ich auch schon festgestellt«, erwiderte ich.

Ich starrte ihn einen Moment kurz an, um ihn dann aufzufordern: »Sag mal was.«

»Was denn?«

»Egal, irgendwas.«

»Hallo!«

»Das ist ja höchst interessant«, murmelte ich.

»Unglaublich, ich verstehe, was du sagst! Das ist ein magischer Stein, mit dem wir uns verständigen können. Mein Name ist Conor und ich bin vom Clan der Mc kzsierf... dfefi...zqkü.«

In seinem Eifer hatte er die Hand von der Kugel genommen und sprudelte wieder seine mir völlig unverständlichen Laute heraus. Ob es Erkenntnisdrang oder die natürliche weibliche Neugierde war, vermag ich nicht zu sagen. Jedenfalls legten nun auch Skari und Una ihre Hände auf die Kugel.

»Einen schönen guten Tag wünsche ich allerseits«, sagte ich.

»Das ist Zauberei«, entgegnete Skari.

»Oder eine Art von Übersetzer«, sagte Una. »Und auch einen schönen Tag!«

Conor hatte seine Hand wieder aufgelegt und wir schauten Kenzo an. Er trat einen Schritt nach vorn und tat es uns gleich.

»Na bitte«, sagte ich, »da hat doch jemand dafür gesorgt, dass wir uns verständigen können.«

Es fühlte sich wie ein Stromschlag an, wie ein Blitzeinschlag. In meinem Kopf krachte es, als hätte jemand eine Tür zugeschlagen, und es riss mich von den Beinen. Alle außer Kenzo, den es gegen die Wand geschleudert hatte, saßen auf dem Hosenboden. »Aua!«, sagte ich. »Kann mich irgendwer verstehen?«

»Kann ich«, murmelte Una, die sich benommen versuchte aufzurappeln. »Ich gehe davon aus, dass es sich bei dem Knall um den Stromstoß eines Defibrillators gehandelt hat. Also wird mein Traum wohl gleich zu Ende sein und ich werde euch verlassen.«

»Äh, wie bitte?«, fragte ich.

»Nun, ich hatte einen Unfall und bin in ein künstliches Koma mit Anbindung an eine virtuelle Realität gekoppelt worden. Versetzt worden ... oder so ähnlich.« Dann gab sie den Versuch auf, aufzustehen und ließ sich wieder auf den Boden fallen.

»Äh, was?«, sagte ich und ärgerte mich sofort darüber, dass mir nichts Intelligenteres einfiel, aber ich hatte so eine Art von Kopfschmerz, die nichts anderes zuließ.

»Mich hat ein Löwe getötet«, flüsterte Skari, während sie ihre Hand rieb und schüchtern zu Boden blickte. »Die Strafe der Götter, dass ich nicht auf meinen Vater gehört habe.«

»Ich dachte, du seist ein Dämon«, sagte Kenzo.

»Und ich starb während einer Schlacht gegen die Engländer!«, rief Conor dazwischen und erntete ein dezentes und wohlwollendes Nicken von Kenzo.

Una wich derweil immer mehr die Farbe aus dem Gesicht. In ihr schien sich die Erkenntnis auszubreiten, dass sie mitnichten ins Leben zurückkehren würde.

»Wie dem auch sei«, warf ich ein, »man hat uns wohl einen Babelfisch ins Ohr gesteckt.«

Conor fasste sich mit beiden Händen an die Ohren. »Was für einen Fisch?«

»Nicht so wichtig«, antwortete ich, »das habe ich mal in einer Geschichte gelesen.«

»Ihr könnt lesen?«, fragte mich der kleine Mann ehrfurchtsvoll. Ich konnte mir ein Grinsen nicht verkneifen.

»Aber sicher. Ich bin sowohl des Lesens als auch des Schreibens mächtig. Ferner bin ich geübt in der Kunst der Mathematik und anderer elementarer Dinge des Lebens.«

»Sag bloß, du kannst das kleine Einmaleins?«, fragte Una und mir war so, als hätte ich einen klitzekleinen Anflug von Spott in ihrer Stimme gehört.

»Was ist Lesen?«, fragte Skari.

»Ich bin tot«, sagte Una halb fragend, halb feststellend.

»Dann seid ihr ein sehr gebildeter Mann, Herr Tarzan«, stellte Conor anerkennend fest.

»Mein Name ist nicht Tar...«

Weiter kam ich nicht. Ein lautes Rumpeln übertönte meine Worte. Mit einem ziemlichen Getöse schob sich die rückwärtige Wand zur Seite, um den dahinterliegenden Weg freizugeben.

»Da fordert uns wohl jemand auf, weiterzugehen«, sagte Kenzo.

»Das sehe ich genauso«, erwiderte ich. »Außerdem habe ich das Gefühl, dass wir beobachtet werden.«

»Dieses Gefühl habe ich auch, Holländer«, sprach Kenzo.

»Wieso glaubt ihr, dass uns jemand beobachtet? Meint ihr die Götter oder die Ahnen?«, fragte Skari.

»Es ist, als ob der Wald Augen hätte«, gab Kenzo zurück.

»Ich bin kein Holländer«, sagte ich.

»Eine Ratte!«, rief Una.

»Ich bin auch keine Ratte«, betonte ich entrüstet.

»Nein, das meinte ich nicht. Ich meinte, ich bin eine Ratte. Oder besser gesagt, wir alle. Wir sind so eine Art Laborratten in einer Versuchsanordnung. So wie es früher mit Tieren gemacht wurde.«

»Ich weiß, was du meinst, aber was meinst du mit früher?«, fragte ich sie.

»Wovon sprecht ihr da eigentlich?«, meinte Conor.

»Das verstehe ich ebenfalls nicht«, sagte Skari.

»Vielleicht sollten wir uns gegenseitig vorstellen«, schlug ich vor, »und erzählen, woher wir kommen und wie wir hierherkamen. Dann verstehen wir besser, was der andere meint.«

»Das klingt akzeptabel«, sprach Kenzo und fügte hinzu, dass wir den Weg weitergehen sollten.

Und so gingen wir und jeder erzählte die Geschichte von seinem Leben und von seinem Tod.

Die Augen des Waldes

Der Wald verfügte in der Tat über Augen. Während die Fünf durch die Landschaft entlang der vorgegebenen Route gingen, wurden sie sogar von vielen Augenpaaren beobachtet. Da war zum Beispiel eine Fliege, die auch bei genauerer Betrachtung wie eine Fliege aussah. Mithilfe ihrer Sehorgane vermochte 17 zu sehen, was sie sah. Und durch ihre Hörorgane konnte es hören, was sie hörte. Ohren? Nun gut, wenn man dieses Insekt unter eine wirkungsvolle Lupe platziert hätte, hätte man vermutlich winzige Hörorgane entdecken können. Oder etwas, das annähernd wie ein Mikrofon anmutete und selbigen Zweck erfüllte. Belassen wir es bei der rudimentären Betrachtung und eröffnen lieber keine akribische Untersuchung dieser Sache. 17 war stolz auf das, was es vollbracht hatte, und es erfreute sich zugleich an seiner infantilen Neugierde. Ja, es verfügte über Emotionen. Und die waren denen eines Kindes bisweilen nicht unähnlich.

Da waren sie nun endlich. Viele Jahre waren seit Beginn seines Plans bis zur Ausführung vergangen, aber das kommt darauf an, welche Zeitrechnung man zugrunde legen möchte. Wie man Zeit wahrnimmt. Oder ob man überhaupt mit selbiger konfrontiert wird.

Die anderen waren nicht alle einverstanden gewesen mit seinem Vorhaben, Menschen zu holen, oder sie hatten Zweifel geäußert, dass es überhaupt möglich sei. Zuerst hatte 17 nur Nr. 3 über seinen Erfolg informiert, da dieser gerade halbwegs in der Nähe war. Sie waren sich beide einig, dass die Menschen nun zu schützen seien. Und während 17 beobachtete, produzierte es weiter fleißig Fliegen und andere nötige Dinge.

Ein langer Weg

Skari, Kenzo und Conor hatten ihre Geschichten erzählt, bei allen außer bei Skari war uns eine zeitliche Zuordnung möglich. Zumindest begriffen wir, dass wir aus verschiedenen Epochen stammten. Kenzo hatte sich mit seiner Ausführung sehr kurz gefasst, wohingegen Conor bis ins Detail alle Einzelheiten der Schlacht beschrieb. Trotz seiner Gabe, die Geschichte mit einer gewissen Begeisterung zu erzählen, bemerkte man, dass er gegen die Trauer ankämpfte. Der Verlust seiner Eltern setzte ihm sehr zu. Aber er schlug sich tapfer und war fest entschlossen, des Rätsels Lösung zu finden, welches uns zusammengeführt hatte.

Una fasste sich mehr als kurz: »Tochter aus reichem Hause und durch irrsinnige Leichtsinnigkeit bei einem Sturz ums Leben gekommen.«

»So ein Zufall!«, warf ich ein. »Ich bin in eine 15 Meter tiefe Schlucht geschleudert worden. Da geht einem eine Menge durch den Kopf, das kann ich dir sagen. Und wie viele Meter haben dir den Garaus gemacht?«

»8848 Meter«, sagte sie und warf mir einen Blick zu, der mich hätte töten können, wenn ich nicht schon in diesem Zustand gewesen wäre. So zog ich es vor, einen Moment zu warten, bis ich mir reiflich überlegt hatte, wie ich die Frage nach ihrem Geburtsdatum zu formulieren hätte, ohne ihr damit auf die Füße zu treten.

»Wann bist du geboren und wie alt bist du?«, versuchte es ich also kurz und sehr dezent.

»Geboren im Jahre 2042 und unfreiwillig verschieden am 14. Juni 2066.«

Daraufhin kam auch schon meine nächste Frage.

»Wie kann es sein, dass du aus der Zukunft kommst?«, brabbelte ich. Gleichzeitig hätte ich mich schon in meinen Allerwertesten beißen können, da ich die Unsinnigkeit meiner Nachfrage erkannte. Schließlich kam ich für die anderen drei ebenfalls aus der Zukunft.

»Hat sich schon erledigt. Vergiss es«, schob ich also hastig hinterher und beschloss, mit meinem eigenen Werdegang fortzufahren. Im Grunde hatte ich vor, mich kurzzufassen, musste aber feststellen, dass dieses Leben doch facettenreich gewesen war und es einer Menge Erklärungen bedurfte, damit die Anwesenden (ausgenommen vielleicht Una) meinem Genie folgen konnten. Ich begann mit der Geburt, und obwohl sich das Erinnerungsvermögen hinsichtlich dieser Periode meines Lebens etwas nebulös darstellte, ergänzte ich Lücken durch brillant formulierte Vermutungen und Theorien. Es folgte die Darstellung der schwierigen Kindheit, angereichert mit einigen pädagogisch wertvollen Hinweisen. Bei der Beschreibung meiner Schulzeit kam ich in Erklärungsnot, als Una mich fragte, wie es sein könne, dass so ein Genie wie ich so viele Schulen besuchen musste. Ich wies auf das erzieherische Unvermögen seitens der Lehrer sowie auf das mangelnde Verständnis meiner Eltern hin. Insgeheim musste ich aber zugeben, dass ich den Bogen etwas überspannt hatte, nachdem ich die Schultoilette mit einem selbstgebauten Sprengsatz unter die Decke befördert hatte. Es folgte meine Lehre als Tischler. Nach deren Beendigung machte ich mich selbstständig, um als Möbeldesigner zu wirken. Nachdem ich innerhalb von drei Jahren genau einen Schrank und eine exquisite Kommode an den Mann gebracht hatte, sah ich mich gezwungen, der kapitalistisch orientierten Welt ein wenig entgegenzukommen. Seitdem fristete ich ein Leben in einer Fabrik, die Dinge herstellt, die man den Menschen als Möbel verkauft. Also ein Haufen Presspappe, den niemand, der halbwegs bei Verstand ist, versuchen würde, ein zweites Mal aufzubauen. Außer, seine Frau bat ihn darum. So stand ich in Lohn und Brot – bei mir hieß es allerdings stattdessen häufiger Saldo und Bier. Besonders spannend wurde meine Geschichte gegen Ende, als ich Conor, der mit leuchtenden Augen zuhörte, die geballte Kraft eines Motorrades schilderte. Leider unterbrach mich Kenzo immer wieder.

»Wenn ich dich richtig verstanden habe, buckelt das eiserne Pferd mit Rädern nicht«, wollte er wissen.

»Nein, tut es nicht«, antwortete ich.

»Warum musst du dann einen Helm tragen?«, fragte er.

»Weil ein Motorrad viel schneller ist als ein normales Pferd. Falls man heruntergeschleudert wird, ist er ein guter Schutz«, antwortete ich.

»Wie kann man heruntergeschleudert werden, wenn es nicht buckelt?«, erkundigte er sich.

»Fliehkräfte! Das sind Kräfte, die einen umwerfen können, wenn man in eine Kurve fährt«, murrte ich.

»Du meinst, es fällt um?«, hakte er nach.

»NEIN, es fällt nicht einfach um. Es kann genauso wegrutschen wie ein Pferd«, gab ich genervt zur Antwort.

»Ich verstehe. Und wenn du herunterfällst, liegt das daran, dass du zu fest an diesem Gasdings gedreht hast?«, fragte er.

»Also brauchst du nur vorsichtig mit dem Gasdings zu sein und dann kannst du auch nicht herunterfallen?«, ergänzte Conor hilfreich.

»NEIN, MAN FÄLLT NICHT HERUNTER! Es ist ja bei Weitem nicht so hoch wie ein Pferd und außerdem dreht man an dem Gasgriff ständig mehr, als man sollte. Das ist nun mal so«, entgegnete ich und versuchte, nicht die Fassung zu verlieren.

»In etwa so wie ein sehr schnelles Pony«, antwortete Kenzo und nickte leicht mit dem Kopf.

»Ich hatte auch mal ein schnelles Pony«, rief Conor dazwischen.

Una kicherte leise.

»Leute, vergesst den Vergleich mit dem Pferd. So ein Ding ist ungleich schneller und gefährlicher.« Von letzterer Aussage war ich aber nicht wirklich überzeugt. »Es gibt Menschen, die sich mittels Kickstarter schon beim Antreten das Bein gebrochen haben.«

»Du musst es treten, damit es läuft?«, fragte mich Kenzo allen Ernstes.

Una hielt sich die Hand vor den Mund in dem sinnlosen Versuch, ihr Lachen in ein Kichern zu dämpfen. Ich wollte jetzt unbedingt raus aus der Nummer, also stellte ich zur Ablenkung ihr eine Frage: »Wieso trägst du einen Taucheranzug?«

»Das ist kein Taucheranzug, obwohl er auch als solcher zu gebrauchen wäre. Es handelt sich um eine komplette Bergsteigermontur«, antwortete sie, immer noch mit einem Grinsen auf den Lippen.

»Aha!«, sagte ich. Ein kurzer Moment verstrich. »Kann

aber nicht sehr kalt sein auf dem Berg. Sieht recht dünn aus, das Stöffchen«, ergänzte ich.

Mit einem leicht schwindenden Lächeln holte sie zum Gegenschlag aus.

»Ich denke, dass jemand, der sich in Tierhäute kleidet, sich nicht vorstellen kann, dass ein Stoff nicht dick sein muss, um warmzuhalten. Weißt du, zu meiner Zeit tötet man nicht unbedingt einen Bären und zieht ihm das Fell über die Ohren, damit man nicht friert. Man ist ganz im Allgemeinen dazu übergegangen, von Tierquälerei Abstand zu nehmen.«

»Soso. Ganz zufällig weiß ich, dass die Kuh, aus der meine Kleidung genäht wurde, ein glückliches und erfülltes Leben hatte«, log ich.

»Ach ja! Und woher weißt du das so genau?«, fragte sie ohne jegliches Lächeln.

»Ich kannte sie«, ritt ich mich weiter hinein. »Genauer gesagt kannte ich den Bauern. Der hatte sie zur Milcherzeugung. Und da er ein guter Mensch war, hat er sie auch nicht geschlachtet, als sie schon gar keine Milch mehr gab. So eine Art Gnadenbrot. Du verstehst?«, musste ich ja unbedingt weiterlügen.

»Wie hieß sie?«, fragte Una spitzfindig.

»Was?«

»Nicht was, sondern wer. Wie hieß die Kuh?«

»Äh ... Lieschen ... glaube ich.«

»Glaubst du?«

Ich räusperte mich und versuchte ein anschließendes Husten möglichst in die Länge zu ziehen. Dann folgte meine ultimative Antwort. »Ihren Namen wollte ich nie wissen. Weißt du, ich bin ein sensibler Mensch. Deswegen möchte ich nicht, dass meine Hose einen Namen hat.«

»Ja, ich verstehe. Du bringst eine glückliche Kuh um, anstatt dir ein Huftier zu suchen, das ohnehin an Depressionen leidet«, schob sie nach.

»Was? ... Ich habe ...«, stammelte ich. Mein Verstand war unterdessen damit beschäftigt, meinen Kopf gegen eine imaginäre Tischplatte zu schlagen, um endlich wieder das Ruder zu übernehmen. Endlich übernahm der Verstand und setzte noch eins drauf.

»Des Weiteren ist dir, liebe Una, ja wohl klar, dass diese Hightech-Stoffe aus der Forschungsarbeit mit Versuchstieren stammen.«

Das war es dann wohl. Jetzt hatte ich sie, dachte ich.

»Das letzte Versuchstier starb vor ca. 25 Jahren«, sagte sie trocken.

»Ha!«, konterte ich. »Natürlich weißt du, was in geheimen Forschungslabors geschieht. Die Öffentlichkeit ist doch immer außen vor. Wahrscheinlich sitzen jetzt in irgendeinem Keller ein Haufen Mäuse in Taucheranzügen und wundern sich über ihren Hautausschlag.«

Es ist müßig, hier den kompletten Dialog wiederzugeben. Es sei nur gesagt, dass ich mich in eine gesprächstechnisch ungünstige Position gebracht hatte und die Diskussion mit 7 zu 2 verlor.

Skari, Kenzo und Conor hatten sich ein wenig zurückfallen lassen. »Ich habe fast das Gefühl, dass die beiden sich mögen«, sagte Skari zu Kenzo.

»Das mag wohl stimmen. Seltsam, aber durchaus möglich«, antwortete er.

»Aber sie streiten doch die ganze Zeit?«, fragte Conor.

»Das kommt häufig vor, und das ist ja das Seltsame«, gab er ihm zur Antwort.

In der Zeit, in der wir uns gegenseitig halfen, die Wissenslücken unseres jeweiligen Gesprächspartners aufzufüllen, schien sich die Landschaft über uns lustig zu machen. In Schlangenlinien bergab, im Zickzack wieder hoch, um einen hohen Felsen und im Kreis. Alles nur, um uns einen möglichst langen Fußmarsch zu ermöglichen. Es fing schon an zu dämmern, als Una mir erklärte, dass der Baum, den ich beiläufig als alte Tanne bezeichnet hatte, ein Sequoiadendron giganteum war, also ein Berg-Mammutbaum.

»Sagte ich doch. So eine Art Tanne«, murrte ich unfreundlich, um dann überrascht stehenzubleiben. Da war er, unser Lagerplatz: ein plätschernder Bach, ein glasklarer Tümpel mit Wiese garniert, und ein paar herumliegende Baumstämme, die zum Sitzen einluden. Es hätte nur noch ein Schild mit der Aufschrift »Bitte hinterlassen Sie den Rastplatz sauber!« gefehlt. Wir waren uns schnell einig, hier die Nacht zu verbringen, da niemand ein Interesse daran hatte, im Dunkeln durch den Wald zu straucheln.

»Hat jemand Hunger?«, fragte Skari.

Aber nicht einer verspürte den Drang, etwas zu essen. Nur ein Schluck Wasser aus dem Bach und alle waren zufrieden.

»Vielleicht brauchen wir keine Nahrung, jetzt wo wir tot sind?«, fragte Conor.

»Und warum trinken wir dann?«, fragte Una in die Runde.

Allgemeines Achselzucken. Dann gab ich eine Geschichtsstunde. Zuerst versuchte ich Kenzo zu erklären, dass ich kein Holländer sei, sondern ein Deutscher. Conor war nicht sehr erfreut zu hören, dass Schottland inzwischen zu Großbritannien gehörte, empfand aber Genugtuung darüber, dass Wallace gesiegt hatte. Kenzo erzählte ich von Japans erzwungener Öffnung durch die Amerikaner, dass sie mit den Deutschen im Zweiten Weltkrieg verbündet waren, den Krieg verloren hatten und dass beide Nationen zu Wirtschaftsmächten aufgestiegen waren.

»Du willst mir sagen, dass mein Volk die besten eisernen Pferde baut?«, fragte er mich.

»So in etwa«, sagte ich wohlwollend.

Una hüstelte gekünstelt, um nun hinzuzufügen: »Ich sag nur Harley Davidson.«

»Nun, ich habe nicht generell etwas gegen die Rohstoffverschwendung aus Milwaukee, aber abgesehen vom Klang ist das nicht gerade das zuverlässigste Ding auf der Welt. Es sei denn, man hat den ganzen Tag nichts anderes zu tun, als Schrauben nachzuziehen«, erwähnte ich beiläufig.

»Allenfalls zu deiner Zeit, Steinzeitmensch! Bei der neuen Predator-W muss niemand mehr schrauben, solche Verbindungen gibt es gar nicht mehr«, sagte sie.

»Predator-W?«, wiederholte ich misstrauisch.

»Ja genau. Predator heißt Raubtier«, belehrte sie mich.

»Ich weiß, was ein Raubtier ist. Steht das W für Waschbär?«, fragte ich.

»W steht für Wasserstoff, Herr Feuerstein«, lachte sie.

Nachdem ich mehrmals den Buchstaben W gestammelt hatte, versuchte ich aufzuklären: »Eine wasserstoffbetriebene Harley macht genau so viel Sinn wie alkoholfreies Bier. Wenn man schon nicht besoffen wird, warum sich dann etwas in den Hals schütten, das schmeckt wie schon gestern getrunken? Das ist doch komplett sinnfrei. Das ist ja so als würde man einem Zuchtbullen die ...«.

So gerade eben konnte ich mich noch ausbremsen, bevor ich mich in Rage geredet hatte. »Tja, dann ist das eben so in eurer langweiligen Zukunft. Dann rast ihr halt im Stealth-Modus durch die Gegend«, sagte ich und war damit zufrieden.

»Niemand rast. Weltweit wurden 80 Kilometer die Stunde festgelegt«, sagte sie und grinste noch breiter.

Nach Sekunden des Ins-Leere-Starrens brachte ich nur noch den Satz heraus: »Hurra, ich bin rechtzeitig gestorben!«

Mir war schon klar, dass Deutschlands Autobahnen die größte offene Psychiatrie im Lande waren. Aber 80 Stundenkilometer? Bitte. Da hätte man auch gleich routinemäßig vier Stunden Verspätung der Deutschen Bahn in Kauf nehmen können.

Anzumerken wäre noch, dass Una über meine profunden Geschichtskenntnisse verwundert war. Natürlich verschwieg ich, dass ich diese in tage- und nächtelanger Zockerei von Strategiespielen erworben hatte. Auch fand sie, dass meine kriegsstrategischen Kenntnisse weit über ein »Wer die Höhe hat, hat den Vorteil« hinausgingen. Das war es dann aber auch schon mit der Anerkennung. Skari hatte inzwischen Holz zusammengetragen und sich mit einigen Utensilien aus ihrem kleinen Lederbeutel einen Feuerbogen gebaut.

Am Anfang war das Feuer, dachte ich. Und später folgten die Zigaretten, fügte ich hinzu. Zigarette. Wie konnte ich das vergessen? Ich war doch Raucher, hatte aber den ganzen Tag nicht den geringsten Drang zum Rauchen verspürt. In meiner Jackentasche fand ich tatsächlich meinen Tabak und mein Feuerzeug. Unter den aufmerksamen Blicken der anderen drehte ich mir eine Zigarette und steckte sie an. Genüsslich zog ich den Rauch ein und beobachtete meinerseits Skari, die sich einen Wolf rubbelte, um ein wenig Glut zu bekommen.

»Das glaube ich jetzt nicht«, sagte Una.

»Äh, was?«, fragte ich.

»Du vorsintflutlicher Macho lässt das arme Mädchen sich abquälen, obwohl du Feuer hast.«

Hastig sprang ich auf und entzündete den Minischeiterhaufen meiner männlichen Dekadenz.

»In manchen Kulturen ist das Entzünden eines Feuers etwas sehr Heiliges. Ich wollte nicht gleich dazwischenfunken«, versuchte ich beschämt abzuwiegeln.

Ich setzte mich neben Kenzo und Conor auf einen Baumstamm und rauchte meine Zigarette. Allerdings ohne die erhoffte Befriedigung. Meine beiden männlichen Kollegen beäugten meine Pafferei mit Interesse. Das änderte sich allerdings schlagartig, als Una Skari aufforderte, mit ihr schwimmen zu gehen. Ohne weitere Worte drehte sie sich um und streifte ihren Anzug ab. Völlig nackt ging sie zum Wasser. Skari schien sich erst nicht sicher zu sein, tat es ihr dann aber gleich.

Kenzo war mir bis dahin durch seine ruhige Art aufgefallen. Aber nun schien er so geräuschlos zu sein, dass man Stille schon als Lärm hätte bezeichnen können. Conors Mund stand sperrangelweit auf. Eine Maus hätte in seinem Mund einen Stepptanz darbieten können, ohne dass er es bemerkt hätte. Und während die beiden Mädchen begannen, im Wasser herumzuplanschen, betrachtete ich Unas Tattoo. Sie hatte einen doppelseitigen Drachen auf dem Oberarm. Die untere Seite sah wie ein ganz normales Tattoo aus, während sich die andere Seite in ein reales Wesen zu verwandeln schien, das dreidimensional aus ihrer Haut hervortrat.

Und während sie sich drehte und planschte, konnte ich feststellen, dass die Tatauierung die Farben wechselte. Das war wirklich äußerst sehenswert.

Die erste Brücke

Der nächste Tag war angebrochen. Wir hatten alle mehr oder weniger gut geschlafen und uns sicherheitshalber mit Wachehalten abgelöst. Es gab aber nichts, was uns hätte bedrohen können. Kenzo erschlug einige lästige Fliegen, es gab aber genug Nachschub.

Allerdings schien es so, als hätte Conor den abendlichen Badeausflug der Damen nicht gut verkraftet. Die Hormone hatten sein Gehirn frittiert. Mit einem sabbernden Lächeln beobachtete er abwechselnd Una und Skari.

»Na, hat dir gefallen, was du gestern gesehen hast?«, fragte mich Una wie beiläufig.

»Äh ... ja. Ein interessantes Tattoo, das du da hast«, brachte ich hervor.

»Ja genau, das meinte ich«, hauchte sie und ging lächelnd weiter. »Erstick doch an deinem Grinsen«, murmelte ich. Wir brachen auf, um dem Weg weiter zu folgen. Der Pfad schlängelte sich in lieblichen Windungen durch das Tal, um dann geradewegs auf die Schlucht zuzulaufen. Kurz vor dem Abgrund stand am Rande des Wegs abermals eine Art Blumensäule mit einer Kugel darauf. Diese Kugel war etwas kleiner als die von gestern und ihre Farbe eher rostig-orange.

»Autsch!«, äußerte ich. »Schon wieder so ein Ding.«

»Ein weiteres Mal Kopfschmerzen?«, fragte Conor.

»Wer weiß?«, sagte Skari. »Wir wissen, was wir zu tun haben.«

Achselzuckend blickten wir uns an und bereiteten uns auf einen heftigen Schlag vor.

»Na schauen wir mal«, sagte ich, als wir unsere Hände auflegten.

»Spürt jemand etwas?«, fragte Una.

Einheitliches Kopfschütteln. Es war kein Schlag, der nun folgte, sondern ein dumpfes Grollen, das uns erschreckte. Wir ließen die Kugel los und sahen uns um. Auf beiden Seiten des Canyons schoben sich Brückenteile aus dem Boden, um sich in der Mitte zu verbinden. Fasziniert beobachteten wir das Schauspiel. Eine Brücke aus dem Nichts und zu allem Überfluss auch noch nahezu durchsichtig.

»So eine Art Acrylglas«, vermutete ich.

»Eher Karbon-Melat«, sagte Una, sah mich an und fügte hinzu. »Das war zu deiner Zeit noch unbekannt.«

»Zu meiner Zeit unbekannt«, wiederholte ich. »Dann zeig uns doch mal, wie das in deiner Zeit so funktioniert.«

Wir traten an die Brücke heran und begutachteten das durchsichtige Bauwerk. Da kamen unangenehme Erinnerungen in Bezug auf Abgründe hoch.

»Will der heldenhafte Mann den ersten Schritt wagen oder ist dir das Ding etwa nicht geheuer?«, fragte Una.

»Nicht geheuer? Dort, wo Engel zitternd weichen, schrei' ich furchtlos vorwärts. Jedoch hieß es zu meiner Zeit immer ›Ladies First‹«, sprach ich.

Kenzo stampfte mit seinem Fuß auf die gläserne Brücke und ging an uns vorbei.

»Wer weiß, wie lange uns dieser Übergang zur Verfügung steht«, sagte er.

Conor folgte ihm, die Zähne zusammenbeißend und im festen Glauben, die holde Weiblichkeit zu beeindrucken. Skari sah Una fragend an, ihre Unsicherheit war offensichtlich. Una nahm sie an die Hand und sie setzten vorsichtig einen Fuß nach dem anderen auf den glasklaren Boden der Brücke.

»Gut, einer muss die Rückendeckung übernehmen!«, rief ich.

Mit einem mulmigen Gefühl ging ich als Letzter über die durchsichtige Konstruktion. Sie schien stabil zu sein, nur hätte man nicht unbedingt an der Farbe sparen müssen. Ich konnte mir vorstellen, dass es Menschen gab, die für so einen Spaß Geld ausgeben würden, aber die waren auch sicher nicht einen Tag zuvor abgestürzt. Als wir wohlbehalten unseren luftigen Ausflug beendet hatten, begann die Brücke sofort, sich wieder zurückzuziehen. Wir folgten weiter dem Weg und fanden uns in einer vollends veränderten Gegend wieder.

»Das ist erstaunlich«, sagte Una zu mir. »Mir ist hier nicht ein einziger Baum oder Strauch bekannt. Auf der anderen Seite habe ich eben noch eine Abies Grandis gesehen, aber jetzt?«

»Eine was?«, fragte ich, obwohl ich es mittlerweile hätte besser wissen müssen.

»Eine Tanne.«

»Grrrrr!«

Wir gingen geradewegs auf einen Felsblock zu, um den sich der Pfad herumwand, als ich stehenblieb und meine Hand hochhielt. Irgendein Geräusch war an mein Ohr gedrungen, das auf die eine oder andere Weise nicht in die Landschaft passte. Die anderen waren ebenfalls stehengeblieben, es herrschte eine spürbare Anspannung. Langsam schlich ich vorwärts und spähte um den Felsen herum. Was ich zu sehen bekam, war gleichermaßen erschreckend wie befremdlich, und das in mehrerer Hinsicht: Unmittelbar vor mir, fast vor meiner Nase hockte auf allen Vieren ein Wesen, das ich nicht genau erkennen konnte, da ich geradewegs auf seinen Hintern lugte. Zu meinem Glück trug es einen Lendenschurz. Es schien auf dem Erdboden zu scharren. Die anderen waren mir unauffällig gefolgt und wir bildeten eine Reihe, die quer über dem Weg verlief. Eine Ansammlung fassungsloser Menschen, die einem mit kräftigen Muskeln bepackten Geschöpf auf das Hinterteil starrten. Das Wesen hielt inne, blickte zwischen seinen Beinen hindurch und entdeckte uns. Blitzschnell griff es nach einem Speer, der neben ihm auf dem Boden lag, wirbelte herum und schrie »Argh!« (oder so ähnlich).

Es folgte sofort ein »Huha« (oder Gleichartiges) von Kenzo. Der Wurfspieß, den das Wesen, welches eine gewisse Ähnlichkeit mit einem Frosch aufwies, uns entgegengehalten hatte, wurde in Sekundenschnelle von Kenzos Schwert durchtrennt. Die Riesenkröte stierte für eine Sekunde auf den Stummel, den sie in der Hand hielt, um diesen dann fallen zu lassen. Sie drehte sich um und lief, oder sagen wir lieber, hüpfte davon. Dabei gab sie ein Geschrei von sich, das sich anhörte, als würde ein Schwein einen Nierenstein verlieren.

Wir starrten uns gegenseitig fragend an, was aber natürlich sinnlos war, denn eigentlich wussten wir alle, dass die anderen auch nicht schlauer waren als man selbst. Aber das ist so eine von diesen unerklärlichen menschlichen Eigenschaften.

»Wir sollten dem Wesen nachgehen«, bemerkte Kenzo und verstaute sein Schwert. Una tat zwei Schritte nach vorne.

»Ja, aber ...«, sagte Conor »... wir sollten nicht in die Schlinge treten.«

Für mich kam dieser Hinweis rechtzeitig. Weniger für Una, die bäuchlings auf dem Boden lag, während ihr Fuß hoch in der Luft baumelte. Das war die Sternstunde des Tages für mich. Ich trat neben sie und ging in die Hocke.

»Ich schätze, es handelt sich hier um einen Froschus Quikus Fallenstellus, wie wir Lateiner zu sagen pflegen«, sagte ich langsam und betont höflich. Hätte ich keine Ohren gehabt, so hätte ich wohl im Kreis gegrinst.

Kenzo durchtrennte den Strick mit einer kurzen Bewegung seines Kurzschwertes. Wir folgten der unübersehbaren Spur des Hüpfers, indes Una leise vor sich hin fluchte. Die einzelnen Fußabdrücke lagen etwa zwei bis drei Meter auseinander.

»Das Wesen kann ziemlich weit springen«, sagte Skari.

»Das ist wohl wahr«, antwortete Kenzo. »Dieser Dämon besitzt eine unglaubliche Sprungkraft.«

»Es gibt keine Dämonen«, sagte ich.

»Mein Großvater hat aber schon mal einen gesehen«, erwiderte Conor.

»Es gibt keine Dämonen. Und zwar so lange, bis einer vor mir steht. Egal wie viele Opas und alte Tanten mir das erzählen wollen«, sagte ich ruhig.

»Vielleicht ein Waldgeist?«, fragte Skari.

»Oder etwas wie ein Zwerg?«, schob Conor hinterher.

»Ich bezweifle, dass Zwerge wie eine Mischung aus einem Frosch oder einem Känguru aussehen«, sagte ich.

»Was ist ein Känguru?«, fragte Conor.

»Wahrscheinlich so eine Art Dämon«, antwortete Kenzo trocken. Bei dem Kerl war ich mir nie sicher, ob er etwas ironisch meinte. Una hatte mittlerweile zu ihrer guten Laune zurückgefunden.

»Ja, davon habe ich gehört«, sagte sie. »Die sollen kleine Kobolde in einem Beutel mit sich tragen.«

Der finstere Blick, den ich ihr zuwarf, konnte ihre Freude nicht schmälern. Wir fachsimpelten sinnfrei weiter und folgten dem Pfad samt seiner Spur. Die Pflanzenwelt war hier in der Tat gänzlich anders gestrickt als alles, was ich kannte. Die Blätter der Bäume und niederen Pflanzen waren allesamt kreisrund. Sie wirkten dicker und fleischiger. Zudem war ein leichter Anstieg der Luftfeuchtigkeit festzustellen. Ein Insekt, das man als zwei zusammenhängende Libellen beschreiben könnte, kreuzte unseren Weg, um dann sofort wieder im Dickicht zu verschwinden.

Eigentlich bin ich kein Mensch, der sich gerne lange damit aufhält, Lokalitäten zu beschreiben. Mir würde es reichen zu sagen, dass wir einen See mit ein paar Strohhütten sahen und der Weg sich lichtete. Aber angesichts meiner selbst erwählten Aufgabe, die bedeutenden Ereignisse, die schicksalhaften Begebenheiten und die ruhmreichen Taten unseres bunten Haufens für künftige Generationen festzuhalten, gepaart mit dem anschwellenden Ehrgeiz eines Schriftstellers, fühle ich die Pflicht, mich gewissen literarischen Ausschweifungen hinzugeben, wenn die Situation es erfordert. An dieser Stelle allerdings gab es nichts zum Ausschweifen. Nur ein kleiner See und zirkelrunde Hütten, die aus Schilf oder einem ähnlichen Zeug gefertigt waren. Ach ja, die Blumen, es gab auch Blumen. Kreisrund und gelb. Ok, Zitronengelb. Aber ansonsten eine echt öde Landschaft. Man könnte behaupten, dass die hiesige Evolution nicht gerade ein Ausbund an Kreativität gewesen war.

Wir näherten uns dem Dorfrand und gingen vorsichtig in Richtung eines Platzes, von dem ich vermutete, dass es sich um das Zentrum handelte. Ich äußerte kurz den Verdacht, dass hier die Dämonen ihre rituellen Menschenopfer darbrachten, wurde aber von Una gleich wieder zurechtgestutzt. Sie erwähnte in Bezug auf Conor so etwas wie »pädagogisch nicht wertvoll«.

Der Platz und das Dorf waren menschenleer. Dieser Ausdruck klingt zugegebenermaßen dämlich, da wir sowieso nicht davon ausgehen konnten, auf Menschen zu treffen. Dennoch spürten wir, dass man uns genau beobachtete.

Es war still. Kenzo flüsterte, dass wir eine taktisch ungünstige Position hätten. Selbst sein Flüstern klang in dieser Ruhe wie ein Brüllen. Die Luft schien stillzustehen. Das Schilf am Ufer des Sees, welches zuvor noch in einer leichten Brise ein wenig geraschelt hatte, rührte sich nicht mehr. Die Insekten trauten sich nicht zu fliegen. Es war High Noon. Kenzo drückte mit seinem Daumen gegen die Tsuba seines

Schwertes und umfasste den Griff mit der anderen Hand. Conor legte langsam einen Pfeil an. Una und Skari hielten ihre Knüppel mit beiden Händen fest umschlossen. Ihre Knüppel? Woher zum Teufel hatten sie die? Ich war der Einzige, der nichts in der Hand hatte. Auf der Suche nach etwas, mit dem ich notfalls zuschlagen konnte, sah ich mich um. Das Exklusivste, was ich entdecken konnte, war ein alter Tonkrug, der am Boden herumlag. Mitten in meinen tiefschürfenden Überlegungen, inwieweit sich so ein Gefäß als effektive Waffe erweisen würde, wurde die Stille unterbrochen. In einer Hütte unweit vor uns regte sich etwas. Wir vernahmen das Geräusch von Stimmen, die zänkisch und aggressiv klangen. Der Eingang war mit einem Tuch verhängt und begann sich leicht zu bewegen. Die Luft war zum Zerreißen gespannt, Schübe von Adrenalin durchfluteten unsere Körper. Da sprang unser Froschmann urplötzlich, mit einem funkelnagelneuen Speer bewaffnet, hinter dem Vorhang hervor. Er fletschte seine Zähne und wir wussten, dass er uns mit Todesverachtung einen Kampf bis zum bitteren Ende liefern würde. Die Bestie bot einen furchterregenden Eindruck.

Dem ersten Anschein nach wirkte der Oberkörper schmal, was jedoch nur daher rührte, dass die Beinmuskulatur gigantisch überproportioniert war. Ein einziger Kick hätte einem ausgewachsenen Mann den Kopf wegkegeln können. Sein schwungvolles Erscheinen wurde durch einen Fußtritt, den es aus der Hütte direkt in seinen Hintern bekam, unterstützt.

»Das Ungeheuer hat sich neu bewaffnet«, sagte Conor.

Alle gingen reflexartig in Kampfposition. Ich versuchte, einen möglichst grimmigen Gesichtsausdruck an den Tag zu legen. Was nicht gerade sehr erfolgversprechend ist, wenn man einen ollen Pott ausgestreckt vor sich hält. Das Froschkänguru starrte uns mit weit aufgerissenen Augen an, während ihm der Geifer aus den Winkeln seines exorbitanten Mauls tropfte. Alsdann blickte es auf seinen Speer. Nun rammte es diesen kurzerhand in den Boden, warf sich auf die Knie, streckte seine Arme aus und neigte den Kopf. Dann rief es laut: »Nehmt mich, oh mächtige Dämonen, aber verschont mein Dorf!«

Wieder herrschte Stille. Da die anderen noch ganz baff vor Erstaunen waren, ergriff ich das Wort.

»Wir sind keine Dämonen. Wir sind Götter aus einer anderen Welt und jenen gnädig, die uns anbeten. Aber wehe denen, die uns nicht ehren. Blitze und Donner werden über sie herniederfahren.«

»Hast du eine Vollmeise? Was erzählst du für einen Quatsch?«, unterbrach mich Una.

»Hey, ich dachte nur, wir hätten als Götter eine gute Startposition. Besser als wenn ich sagen würde, wir sind alle tot und haben uns verlaufen«, konterte ich.

Die Kröte wagte es, den Kopf zu heben und uns anzublinzeln. »Tot?«, fragte sie, senkte ihren Schädel aber wieder, als sie Kenzos grimmigen Blick sah.

»Also gut!«, sagte ich. »Ja, wir sind tot und haben nicht die geringste Ahnung, wo wir sind und wo wir hinlaufen.«

»Dann seid ihr Geister?«, sprach der Frosch, ohne aufzublicken.

»NEIN«, antwortete ich genervt und in der Befürchtung, dass sich eine gewisse Diskussion wiederholen könnte.

»Wir wissen nicht, was wir sind. Na ja, im Grunde genommen wissen wir das schon, aber da wir alle verstorben sind und hier aufwachten, sind wir uns über unseren Zustand nicht so recht im Klaren«, faselte ich.

»Wir kommen wohl von einer anderen Welt«, sagte Skari. »Solchen Wesen wie euch sind wir noch nie begegnet.«

»Das ist auch nicht unser Territorium«, sprach der Frosch und rang sich dazu durch, sich hinzuknien, um uns anzusehen.

»Dann seid ihr ebenfalls tot?«, fragte Conor.

»Nö, wir gehören nur nicht an diesen Ort.«

»Etwas genauer bitte«, ordnete Kenzo an.

»Vor etwa einem Jahr wachten wir eines Morgens samt unserem Dorf und dem dazugehörigen See hier auf. Alles gleich, nur gibt es auf einmal ringsum einen riesigen Graben, den wir nicht überwinden können. Und die gegenüberliegende Seite ist uns fremd.«

»Wie heißt du?«, wollte Una erfahren.

»Jo«, lautete die Antwort.

»Hä?«, fragte ich geistesgegenwärtig.

Der Frosch sah mich verblüfft an. Stand auf und schlug

sich den Staub vom Lendenschurz. Dann richtete er sich stolz auf und sprach.

»Ich bin Jo, vom Stamm der Wa, vom Volke der Ka.«

»Ihr fasst euch gerne kurz?«, fragte ich.

»Hä?«, bekam ich als Antwort.

»Wir kommen von der anderen Seite des Abgrunds. Wir wachten in den fünf Hütten auf, nachdem wir verstorben waren«, sagte Una.

»Ich weiß nichts von irgendwelchen Hütten. Wir haben es nie geschafft, die Schlucht zu überqueren«, erklärte das Frosch-Känguru-Dingsbums namens Jo.

»Wir mussten alle unsere Hände gemeinsam auf eine Kugel legen, um eine Brücke herzubekommen«, erläuterte Conor.

»Eine Brücke zu aktivieren«, verbesserte ihn Una.

»Hm, so etwas in der Art haben wir auch ausprobiert. Hat aber nicht geklappt«, bemerkte Jo. Dann blickte er sich um, als wolle er sich vergewissern, nicht gehört zu werden und flüsterte beinahe. »Mein Cousin zweiten Grades vermutete, dass es sich um ein Ei handeln würde, das man ausbrüten müsse. Er vertrat die Theorie, dass man mit dem ausgeschlüpften Vogel die Schlucht hätte überqueren können.«

»Und?«, hakte Kenzo nach.

»Nun, er hat sich auf die Kugel gesetzt und wollte sie ausbrüten. Aber nach drei Tagen musste er sein Experiment aufgrund gewisser Gesäßschwierigkeiten abbrechen. Er hat immer noch damit zu kämpfen.«

Kenzo schüttelte den Kopf und ließ endlich die Hand vom Schwert. Auch ihm war nun klar, dass hier keine akute Bedrohung vorlag.

»Hör zu, Jo. Geh zu deinem Volk und sag ihnen, dass wir keine Gefahr sind und in friedlicher Absicht kommen« sagte Una zu ihm.

Jo schien sichtlich erleichtert und tat, wie ihm geheißen wurde.

»Sind wir nicht?«, fragte ich. »Ich erinnere mich da an gewisse Indianerstämme, für die eine stinknormale Grippe durchaus eine tödliche Gefährdung war. Aber wir sollten zusehen, dass wir uns mit diesen Wesen gut stellen. Wir sind auf alle Informationen angewiesen.«

»Wir werden uns mit diesen Riesenfröschen verbünden?«, erkundigte sich Conor.

»Ja, da hat er recht«, antwortete Kenzo. »In der momentanen Situation ist es sinnvoll, einen Verbündeten zu besitzen, der um das Gelände und die Gegebenheiten weiß.«

Jo rief seinen Stamm zusammen und, wenn auch zögerlich, kamen sie alle.

Die Mumie

Es waren wohl so an die 60 bis 70 Riesenfrösche aller Altersklassen und Größen, die da auf uns zukamen. Ich muss mich korrigieren, unterm Strich will ich nicht rassistisch oder politisch unkorrekt erscheinen, also: Es waren Ka, die auf uns zukamen. Auf jeden Fall war es eine enorme Menge an unansehnlichen Kröten, die in unsere Richtung marschierten, und an ihrer Spitze ging Jo.

»Mein Volk ist bereit, eure Geschichte zu hören«, verkündete er, als er vor uns trat.

»Anekdoten wiedergeben ist genau mein Ding«, versicherte ich ihm begeistert.

Nach kurzem Umherschauen bemerkte ich eine Art Plattform, die mehr oder weniger einen Meter hoch war. Genau genommen schien es sich um eine Art Souterrain zu handeln, da ein paar Treppenstufen zu einer tiefergelegenen Tür führten, vielleicht ein unterirdisches Vorratslager.

Niemand außer mir hätte unsere Zusammenkunft spannender darlegen können, davon war ich fest überzeugt. Demzufolge schwang ich mich elegant auf meine Tribüne, verfolgt von den sichtlich irritierten Blicken einer durchweg fremden Spezies. Ein süßlich schwerer Duft strömte in mein Riechorgan. Andere Länder, andere Gerüche, dachte ich mir. Offensichtlich eine Speisekammer oder dergleichen. Noch einmal holte ich tief Luft, um dann mit meiner Geschichte zu beginnen.

»Es wäre glaube ich besser, einen würdevolleren Ort für ihn zu suchen«, meinte Jo und war schon versucht, mich herunterzubitten.

Una hielt ihn aber an der Schulter fest und fragte, was an dem Platz verkehrt sei.

»Nun, wie soll ich das erklären? Euer Freund steht auf unserer öffentlichen Latrine. Ein Scheißhaus. Falls du verstehst, was ich meine«, versuchte Jo zu erklären.

»Ist das respektlos deinem Volk gegenüber?«, fragte sie ihn.

»Nein, das nicht, aber gegebenenfalls geringschätzig ihm gegenüber«, erwiderte er.

»Das ist schon in Ordnung für ihn. Mach dir deshalb mal keine Sorgen«, beruhigte sie ihn.

Mein Blick schweifte huldvoll über die Menge hinweg, sah Una, wie sie lächelte. Sie hielt ihren Daumen empor, um mir Mut zu machen. Nur Kenzo, der ebenfalls neben Jo stand, schüttelte den Kopf, während er mich ansah. Das war wahrscheinlich seine japanische Art, jemanden zu unterstützen.

Nun verhält es sich so, dass ich beim Reden gerne ausufernd mit meinen Armen und Händen gestikuliere. Man hat mir zwar schon vorgeworfen, es habe gewisse Ähnlichkeiten mit propagandistischen Rednern der deutschen Geschichte, aber wer sich beirren lässt, der wird auch nicht beeindrucken. In ihren Gesichtern konnte ich ablesen, dass meine Art und Weise zu erzählen sie zutiefst beeindruckte. Angereichert mit viel üppiger Ausschmückung legte ich dar, wie Kenzo schier unzählige Gegner niedergemetzelt hatte, um sich hernach selbst zu richten, da es keine Feinde mehr gab. Ich berichtete von Unas Flug zum höchsten Berg des Universums und wie Conor sich als kleiner Junge allein gegen eine ganze Armee stellte, der schieren Überzahl aber schlussendlich zum Opfer fiel. Sehr ergreifend fanden sie auch Skaris Kampf mit der drei Meter hohen Bestie. Trefflich hob ich die dramatische Situation hervor, in der ich Conors Pfeil mit einer Hand gefangen hatte. Etwas seltsam empfand ich indessen, dass jene Ka, die wohl der weibliche Teil der Bevölkerung waren, ihren Kindern manchmal die Augen zuhielten. Andere Länder, andere Sitten dachte ich mir.

»Ganz offensichtlich sprechen wir nicht völlig dieselbe Sprache«, stammelte Jo etwas unsicher vor sich hin.

»Wie meinst du das, bitte?«, fragte Una.

»Ach, wie soll ich das nun wieder erklären? Die Worte sind deutlich, aber seine Zeichensprache sagt etwas anderes.«, würgte Jo heraus.

»Erkläre mir das bitte«, sagte sie.

»Nun, manches ist für uns Kauderwelsch und anderes wiederum obszön. Nicht in jedem Fall für Kinderaugen gedacht«, stöhnte er.

Una räusperte sich, bevor sie ihm erklärte, dass meine Zeichensprache in der Praxis keinerlei Sinn mache und ich nur nicht in der Lage sei, meine Hände bei mir zu lassen. Das sei meiner Aufregung geschuldet.

»Ich verstehe, das ist verständlich. Auch ich bin aufgeregt, wie man unschwer an meiner Farbe erkennen kann«, sagte Jo.

»Ihr wechselt die Farbe?«, fragte sie ihn, währenddessen sie kurz beide Daumen in die Luft hielt, um einen begnadeten Redner direkt ins offene Messer laufen zu lassen.

»Ja, je nach Stimmungslage von Grün zu Blau zu Gelb zu Rot«, antwortete er und wurde von einem deutlich hörbaren Gelächter unterbrochen.

Inzwischen war ich mit meinem Epos bereits an der Stelle angelangt, an der ich Jos Gesäß zum ersten Mal erblickte. An diesem Punkt konnte man tatsächlich sehen, wie Jo begann, sich Gelb zu färben. Ich erzählte von seinem Schrei und wie sein Stöckchen von Kenzos Schwert durchtrennt wurde. Es folgte wiederkehrendes Gelächter, Jo hatte mittlerweile die Färbung einer Zitrone.

»Und in der Folge trafen wir auf euer liebenswürdiges Volk. Das war unsere Geschichte«, unterbrach mich Una. Die Ka hielten die Hände über den Kopf und winkten und pfiffen dabei in einem hohen Ton. Das war wohl ihre Art zu applaudieren, und ich zeigte ihnen die unsere, mit der Folge, dass sich Jo die Hände vor die Augen schlug.

»Jetzt sag uns schlichtweg, was es bei euch bedeutet, wenn man die Hände zusammenklatscht«, fragte Kenzo ihn.

»Er fordert in diesem Augenblick alle Weibchen auf, sich zur Begattung bereit zu machen«, krächzte Jo.

Er gab sich einen Ruck und sprang auf das Podest. Kurz erklärte er, dass wir Menschen keine Zeichensprache hätten und das wohl einiges erklären würde. Es brach ein riesiges Gegröle aus. Unter »winkendem« Applaus und tosendem Gelächter verließ ich die Bühne. Auftrag erledigt.

»Weißt du was?«, fragte mich Una eher rhetorisch. »Ich habe mir gerade einen sechsarmigen giftgrünen Außerirdischen mit Schneckenaugen vorgestellt. Jener steht auf einer öffentlichen Toilette und erzählt den Passanten, dass er in Wirklichkeit tot ist und gegen schreckliche Monster zu kämpfen hatte. Und als ob das noch nicht reichen würde, zeigt er allen einen Stinkefinger und vollführt allerhand andere perverse Körperbewegungen«.

»Hä? Keine Ahnung, was du meinst«, entgegnete ich.

»Ich meine, dass dein Tod ein tragischer Verlust für die Menschheit gewesen sein muss. Mit deinen diplomatischen Fähigkeiten hätten wir alle Weltkriege innerhalb von zwei Jahren hinter uns gebracht«, sagte sie.

»Verstehst du, was sie meint?«, wandte ich mich fragend an Kenzo.

»Nicht genau, aber mit dem Pfeil hast du schon dick aufgetragen«, sagte er.

»Wieso? Das war doch eine Meisterleistung«, erwiderte ich.

»Meine Tochter hätte ihn auffangen können.«

»AUFFANGEN! Blitzschnell zugegriffen habe ich. Und außerdem, du hast keine Tochter.«

Kenzo sah mich ruhig an und zog die linke Augenbraue nach oben.

»Wenn ich eine hätte, dann könnte sie es. Glaube mir, sie könnte es«, sprach er.

»Es sieht so aus, als wollten sie uns zum Essen einladen«, unterbrach uns Conor.

Da trat schon Jo an uns heran, seine Bitte unterbreitend, uns als Gäste bewirten zu dürfen.

»Ha, von wegen dick aufgetragen. Über die anderen Ausschmückungen beschwert sich hier wohl niemand«, murmelte ich vor mich hin.

»Wie fest hast du mit deinem Pfeil geschossen?«, fragte ich Conor, während wir zu den ausgebreiteten Strohmatten gingen, die die Ka auf dem Boden ausgebreitet hatten.

»Zum Glück ist er mir nur bei wenig Zug durch die Finger geflutscht. Sonst hättest du jetzt ein Loch im Kopf«, sagte er beiläufig, indes er die angeblichen Nahrungsmittel inspizierte.

Das waren allerlei Tontöpfe, in denen undefinierbare Dinge herumschwammen. Was mich nicht besonders interessierte, da ich ein bisschen beleidigt war. Wir setzten uns um die Matten herum und mussten feststellen, dass wir keinen Hunger hatten. Nun gut, niemand hätte bei diesem Anblick das Verlangen gehabt, etwas zu essen.

»Weißt du, lieber Jo …«, sagte Skari zu ihm. »… es scheint, dass wir nicht mehr essen müssen, seit wir tot sind.« Damit rettete sie uns in Bezug auf Höflichkeit den Arsch.

Jo dachte einen Moment nach.

»Das macht Sinn. Warum sollten die Toten essen? Ha, so sind mir die Gäste am liebsten. Bleibt mehr für Jo«, sprach die Kröte und fischte sich irgendetwas Zappelndes aus einem Topf.

»Wäre ich nicht schon tot, nach dem Fraß hier wäre ich es zweifelsohne«, flüsterte Conor mir zu.

Lachend stimmte ich ihm zu. Una winkte dankend ab, als ein Ka ihr einen Topf reichen wollte.

»Nein danke. Ich würde nie und nimmer tote Tiere essen«, sagte sie.

»Das ist vernünftig«, antwortete er, »ich mag sie auch lieber frisch«, und hob den Deckel hoch.

Unas Gesicht sprach Bände, als sie den Inhalt erblickte. Fasziniert beobachtete ich ein pummeliges Tier, das versuchte, aus dem Topf zu entkommen, um sein Heil in der Flucht zu suchen. Es kam nicht sonderlich weit. Der Ka, der mir gegenüber saß, fing es geschickt und steckte es ins Maul. Er gab eine anerkennende Bemerkung über meine Kleidung ab, während ihm noch ein Beinchen aus dem Mundwinkel hing. In puncto Benimmregeln dürfte es uns schwerfallen, uns hier einen Fauxpas zu leisten. Knigge war an diesem Ort definitiv ein Fremdwort.

Man kann die Ka als ein zweifellos geselliges Völkchen beschreiben. Gastfreundlich und direkt, und dazu noch mit den Tischmanieren der Franzosen gesegnet. Wobei diese eher Dinge verspeisen, die den Ka ähnlich sind.

Nach der Beendigung des opulenten Mahls verneigten sich alle auf einen Glockenschlag hin in Richtung einer Statue. Das ist nicht die komplett präzise Umschreibung für das Ding, das aussah wie ein Marterpfahl, in den der Blitz eingeschlagen hatte, um anschließend als Kratzbaum von Katzen missbraucht zu werden. Es sollte offenbar einen alten Ka darstellen, der einige sonderbare Hüte auf dem Kopf trug. Bevor ich weiterhin dazu kam, mir über dieses Ungetüm den Kopf zu zerbrechen, sprach Jo mich an.

»Es ist bei uns Sitte, dass wir nach dem Essen einen kleinen Wettlauf veranstalten. Zwei müssen mit vollem Magen um die Wette laufen. Die anderen schauen zu und entspannen. Es wird ausgelost, wer laufen muss. Dieser Brauch dient als Mahnung, sich nicht zu sehr den Wanst vollzuschlagen, da das bekannterweise ungesund ist«, sagte er amüsiert.

Obwohl meiner bescheidenen Meinung nach aber auch wirklich jeder diesen Hinweis in den Wind geschlagen hatte, war ich gespannt.

»Das klingt lustig«, sagte ich. »Nach dem Essen sollst du ruhen oder tausend Schritte tun. Das ist so eine Redewendung bei uns«.

»Tausend Schritte, alle Achtung! Möchte jemand von euch mitlaufen?«, fragte er.

»Redewendung heißt bei uns, die Sache nicht so wörtlich zu nehmen«, sprach ich und wand mich dabei wie ein Aal in einer Salzlake. »Wir haben ja gar nichts gegessen, weil wir ja tot sind und so. Und eure Beine. Na, seien wir doch mal ehrlich, ihr seid bestimmt schon am Ziel, bevor ich Luft geholt hätte. «

»Ich laufe«, rief Skari.

In dem Moment drehte sich mein Kopf wie der eines Uhus um 180 Grad, um sie anzustarren. Skari. Die, die sich bisher ausnahmslos schüchtern gezeigt hatte.

»Meinst du wirklich?«, fragte Una.

»Ich sprinte gerne. Und da jeder weiß, dass ich verliere, ist es egal«, sprach sie.

»Skari läuft. Skari wird laufen!«, rief Conor und sprang freudig umher.

Jo ging vor und wir schlenderten in Richtung Laufstrecke. Ihr Gegner war ein kräftiges, älteres Exemplar namens Do.

»Zu dem Baum, herum, dann um den da, und zurück«, erklärte Jo kurz.

Das war in etwa eine Strecke von fünfhundert Metern. Alle Ka versammelten sich und standen entgegen ihrer Angewohnheit auf den Beinen, keiner wollte den Lauf verpassen. Die beiden Kontrahenten standen an der Startlinie. Alles wartete auf den Startschuss, bei dem es sich in besagtem Fall um das Geräusch eines blechern klingenden Gongs handelte.

»BOING«

Skari hatte einen guten Start. Die ersten drei Schritte gehörten ihr. Bis Do einen Satz machte, um mit ihr wieder auf gleicher Höhe zu sein. Die Ka springen mehr, als dass sie laufen und sehen dabei noch gemütlich aus. Fünf Schritte von ihr und ein Sprung von ihm. Ohne Probleme zog er an ihr vorbei, kontinuierlich fiel sie zurück. Der erste Baum und somit die erste Kurve kamen. Und siehe da, der Ka rutschte um ein Haar aus. Gelächter begleitete die Szene.

Skari hatte das Gefühl, dass sie irgendetwas bremsen würde. Sicher, sie lief hurtig. So schnell, wie sie je im Leben gelaufen war. Aber irgendetwas sagte ihr, dass da noch mehr herauszuholen war. Schneller, ich will schneller laufen, dachte sie. Dann geschah es. Es war, als hätte sich eine Blockade gelöst. Als hätte man ihr Nitro eingespritzt. Den Kompressor eingeschaltet. Den Turbogang eingelegt, alles Begriffe, die Skari nicht verstanden hätte, aber plötzlich war ihre Geschwindigkeit jenseits eines Olympialäufers. Beim zweiten Baum musste sie abbremsen und schlitterte auf den Füßen zwei Meter durch den Sand. Unglaublicherweise holte Do sie ein. Zeitgleich überquerten sie die Ziellinie, getragen vom Beifall aller Anwesenden.

»Ich verstehe«, sagte Jo. »Sich schwächer geben, als man ist, nenne ich eine gute Taktik. Dazu noch die Höflichkeit, gleichzeitig durch das Ziel zu kommen. Ihr seid gute Diplomaten.«

»Ja, sind wir«, stammelte ich geistesabwesend, indes ich Skari anschaute, die nicht einmal außer Atem war. Einige Ka gratulierten ihr noch, derweil unsere Truppe fassungslos dastand.

»Ich wusste nicht, dass man so fix rennen kann«, staunte Conor.

»Ich auch nicht«, sagte Una.

Plötzlich wurde ich von irgendetwas angerempelt. Dabei war der Begriff Irgendetwas nicht annähernd zutreffend. Ich wurde von einem Nichts angerempelt. Zumindest war rein nix zu sehen.

»Passt auf, wo ihr hinlauft, Kinder«, rief Jo.

Verblüfft sah ich mich um. Nun konnte ich vor mir so etwas wie eine leichte Verzerrung in der Luft erkennen. In etwa so, als ob Luft sich aufgrund von Hitzeeinwirkung bewegt, aber noch etwas zersplitterter.

»Sind eure Kinder unsichtbar?«, fragte ich ihn.

»Nein«, lachte er, »aber sie haben sich Decken aus den Federn der Wocoks gemacht.«

»Wo ... was?«, fragte ich.

»Wocoks! Das sind die Vögel, die ich versuchte zu fangen, als wir uns zum ersten Mal begegneten. Verflixt schwer zu erwischen, weil sie durch ihre Federn nahezu unsichtbar sind«, erklärte er.

»Ist ja irre. Eine Tarnkappe!«, rief ich verzückt. »Bei uns wäre dieses Gefieder ein Vermögen wert.«.

Vor mir erschien aus dem Nichts ein kleiner Ka. Nun ja, eher gesagt nur zur Hälfte. Er lachte, warf sich seinen Umhang wieder über, um sofort wieder zu verschwinden.

»Fang mich doch!«, war noch zu hören, bevor das Flimmern in der Luft verschwand.

»Bei uns sind die Wocoks ebenfalls sehr beliebt. Allerdings nur, weil sie köstlich schmecken. Die Federn sind nur Kinderspielzeug. Aber gegebenenfalls könnten wir mit deinem Volk ins Geschäft kommen, wenn ihr die Dinger so gut findet«, sagte Jo.

»Ins Geschäft? Das wird schwierig werden. Du erinnerst dich, tot und so?«, antwortete ich.

»Ach ja, ich vergaß. In dieser Sache wollte ich meinen Großvater um Rat fragen. Er kennt sich mit solchen Dingen aus. Er wird uns helfen, das Orakel zu befragen«, sagte Jo.

»Orakel? Du meinst, ihr schlachtet ein Tier und lest in seinen Eingeweiden oder so etwas in der Art?«, fragte ich ihn.

»Ach du meine Güte, nein! Wir sind doch keine Barbaren. Wir werfen die Knochen der Wocoks in eine Schale, um daraus die Zukunft zu lesen«, antwortete er trocken.

»Verstehe«, erwiderte ich noch trockener.

»Siehst du die Hütte dort drüben?«, fragte er und zeigte auf ein baufällig aussehendes Etwas, welches sich auch bei näherem Hinsehen nicht als Behausung hätte deklarieren lassen.

»Dort wohnt mein Großvater. Geht doch schon mal zu ihm, ich komme gleich nach, wenn ich die Knochen besorgt habe«, sprach Jo, wandte sich um und ging.

Eiligen Schrittes ging ich zu meiner Herde und sagte: »Kommt mit zu der Hütte dort.«

Ich nahm Skari am Arm und zog sie hinter mir her. »Wie zum Teufel hast du das angestellt, so zu laufen?«, fragte ich.

»Keine Ahnung, auf einmal ging alles so schnell«, antwortete sie.

»Im wahrsten Sinne des Wortes«, kommentierte Una.

»Ist jetzt auch egal. In der Hütte dort drüben treffen wir uns gleich mit Jo bei seinem Großvater. Er will uns die Knochen werfen oder ähnlichen Humbug anstellen. Wir sollten zusehen, dass wir uns nachher in Ruhe unterhalten können«, sagte ich.

»Mir ist ebenfalls etwas aufgefallen, über das wir sprechen müssen«, sagte Conor.

Er betrat als Erster das Domizil des Großvaters, wir anderen folgten. Es schlug uns ein Duft entgegen, den man als Mischung aus nassem Hund und totem Biber hätte definieren können. Die Hütte war düster und nur von einigen Tranfunzeln beleuchtet. In dem schummrigen Licht konnte man die Silhouette eines uns den Rücken zukehrenden Wesens erahnen. Kreisförmig waren Sitzkissen um eine in der Mitte stehende Leuchte angeordnet.

Conor sagte höflich Guten Tag und setzte sich vor die Gestalt, die mit einem Umhang bekleidet war. Auch die anderen murmelten, um Luft ringend, ein paar nette Worte vor sich hin. In dem Augenblick, als wir anderen uns setzen wollten, sprang Conor mit einem Schrei wieder auf.

»Tot!«, rief er.

Wir betrachteten das Wesen, das wir nun von vorne sahen, eingehend und kamen zu dem Schluss, dass es sich um die Mumie von Jos Großvater handeln müsse.

»Gruselig«, sagte Kenzo.

»Wir verbrennen unsere Toten, aber heben sie nicht auf«, bemerkte Skari.

Eine Weile herrschte eine betretene Stille, dann sagte Una, dass der Großvater doch eine gewisse Würde ausstrahle.

»Würde?«, wiederholte ich fragend. »Das Einzige, das der Kröten-Ötzi hier ausstrahlt, ist ein unangenehmer Duft. Das letzte Mal, als ich so was sah, lag es getrocknet und platt auf der Landstraße.«

»Hallo, wie ich sehe, habt ihr meinen Großvater schon

kennengelernt«, sagte Jo, der freudig mit einer Schüssel unter dem Arm hereinkam.

»Er ist nicht besonders gesprächig«, entgegnete Kenzo.

»Das ist wahr«, antwortete Jo. »Er ist schließlich richtig verstorben und nicht so halb tot wie ihr. Leider schied er zu früh aus dieser Welt. Ich hätte noch vieles von ihm lernen können. Aber so ist ihm die Tragödie unserer Gefangenschaft erspart geblieben. Solch eine Situation hätte ihn umgebracht.«

Wir starrten uns ungläubig an. Jo nahm neben seinem Kröten-Opa Platz und stellte die Schüssel vor sich. Dann grub er einige Knochen aus einem Beutel hervor.

»Zu Beginn werde ich die Knochen nach unserer allgemeinen Situation befragen«, verkündete Jo.

Mit ausladenden Handbewegungen schüttelte er Wocokreste in die Holzschüssel, wobei ein Knochen wieder heraussemmelte.

»Ups, das verheißt nix Gutes. Wenn ein Stück danebenfällt, bedeutet das so viel wie Schwierigkeiten, Unglück oder auch große Anstrengungen. Ansonsten sehe ich hier Abenteuer auf euch zukommen.«

»Is' nicht wahr«, murmelte ich leise.

»Ich versuche es zuerst bei jedem Einzelnen. Fangen wir doch mit Tarzan an«, sagte Jo.

»Das kann doch wohl nicht wahr sein. Wer hat ihm diesen Namen ...«, versuchte ich zu äußern, wurde aber von einem kräftigen »Pssssst« unterbrochen, das aus Richtung einer grinsenden Una kam.

Jo holte aus, schmiss seine Knochen in die Schale und sah erschrocken, wie sie durchrutschten und am anderen Ende allesamt wieder herauspurzelten. Er schluckte laut.

»Ich sehe, dass du eine gutmütige Person bist, die dem Überbringer schlechter Nachrichten niemals etwas zuleide tun würde.« Nun fing er vollends an zu stammeln und sagte, dass er so etwas noch nie gesehen hätte. »Tja, also, es könnte, äh, vielleicht ...«

»Jo«, sagte Conor.

»Ja?«

»Du wirst gelb.«

»Oh.«

»Seit wann wirfst du schon die Knochen?«, fragte Una ihn.

»Nun, äh, das ist nicht so einfach zu beantworten. Zusammen mit meinem Großvater schon etwas länger. Falls ihr aber das Alleine-Werfen meint, noch nicht so lange. Man könnte fast schon sagen ... so ungefähr ... also genau gesagt: Das ist heute das erste Mal«, sagte er und sackte sichtlich in sich zusammen.

»Um ehrlich zu sein, meinte mein Großvater, dass ich zum Weissagen so viel Talent hätte wie ein Wocok zum Fliegen.«

»Ich habe den Eindruck, dass du das auch gar nicht wirklich willst«, sagte Una.

»Nun, das stimmt schon ein bisschen, aber man erwartet von mir, dass ich in die Fußstapfen meiner Vorfahren trete«, antwortete er verlegen. »Ich hatte schon immer das Gefühl, dass man nicht alle Fragen mit Weissagungen beantworten kann.«

»Ja lieber Jo, da hast du völlig recht. In einem aufgeklärten Zeitalter braucht man solche Dinge nicht mehr«, sagte ich. »Des Weiteren muss ich betonen: Mein Name ist ...«.

Una unterbrach mich schon wieder. Das entwickelte sich so langsam zu einer lästigen Angewohnheit.

»Wir sind aber in keiner aufgeklärten Epoche«, sagte sie, »sondern in der Welt der Ka.«

»Lassen wir die Knochen mal Knochen sein und überlegen, wie es weitergehen soll«, warf Kenzo ein.

»Ohne den Rat der Geister zu erbitten?«, fragte Skari.

»Die Einzigen, die hier herumgeistern, sind wir«, meinte ich. »Unterm Strich müssen wir uns selbst fragen.«

»Du tust weise Worte kund«, sprach Jo. »Schlussendlich seid ihr verstorben und demnach also Geister.«

»Ja wirklich geistreich, diese Feststellung«, sagte Una, ohne sich zu bemühen, den sarkastischen Unterton aus ihrer Stimme herauszufiltern.

»Also, was machen wir Geister jetzt?«, fragte Conor, der sichtlich Gefallen an der Vorstellung gefunden zu haben schien, ein Gespenst zu sein.

»Heute nicht mehr viel«, sagte Una. »Es dämmert draußen schon. Die Tage scheinen hier sehr kurz zu sein. Mal abgesehen davon bin ich schon müde und wir sollten uns schlafen legen.«

Sie reckte die Arme demonstrativ in die Luft und gähnte gekünstelt, während sie mir zuzwinkerte.

»Ja, danke lieber Jo für deine Bemühungen, aber sie hat recht. Wir sollten jetzt ruhen«, stimmte ich zu, bevor noch jemand auf die Idee kam, weitere Kunststücke aus ihm herauszukitzeln.

»Oh, natürlich«, sagte er. »Ihr könnt nachher hier bei meinem Großvater übernachten, wenn ihr wollt.«

Es gelang mir beim besten Willen nicht, den Blick von Jos Opa abzuwenden.

»Äh ... also, was das betrifft. Wie soll ich es sagen? Wir sind recht naturverbunden. Es stört uns nicht im Geringsten, draußen zu schlafen. Unter dem Himmelszelt«, sagte ich.

»Wir sind naturverbunden?«, stichelte Una.

»Ja, sind wir. Und wie.«

Nun hatte endlich jeder außer Jo verstanden, was ich bezweckte. Und so schoben wir ihn kollektiv in Richtung Ausgang. Wieder an brauchbarer Atemluft angelangt, schnappte ich nach Sauerstoff wie ein Fisch im überhitzten Teich.

»Es wird regnen«, sagte Jo. »Möglicherweise solltet ihr es euch noch überlegen.«

»Aber sicher«, bemerkte ich, indes mein Blick den wolkenlosen Himmel absuchte. »Weißt du, so ein bisschen Regen macht uns gar nichts aus. Wir lieben ihn sogar.«

»Soll ich euch zum Frühstück wecken?«, fragte er uns noch.

»Unbedingt«, sagte Kenzo.

»Einen schönen Gruß noch an die liebe Frau!«, rief Una dem davontrottenden Jo hinterher. »Eigentlich ein netter Kerl«, sagte sie.

»Ja, da hast du recht. Nur sind seine Wetterprognosen genau so gut wie seine Prophezeiungen«, entgegnete ich.

Wir hatten nun endlich die Möglichkeit, in Ruhe zu reden. In sicherem Geruchsabstand zu Opa Jos Hütte befand sich ein Unterstand, dort konnten wir alles Weitere beratschlagen.

17

Ein Fluginsekt, das einer Hummel nicht unähnlich war, bahnte sich den Weg durch den Regen. Mit dessen Hilfe hatte 17 die Menschen gefunden, nachdem es kurzfristig den Kontakt zu ihnen verloren hatte. Eines seiner Überwachungsinsekten, welches sich an der Wand der Mumienhütte niedergelassen hatte, war ohne ersichtlichen Grund von selbiger heruntergefallen und hatte den Dienst versagt. Es war etwas verwundert, seine fünf Schützlinge in einem Unterstand kauernd vorzufinden. Dabei war es doch davon ausgegangen, dass der Schutz vor unangenehmen Witterungsverhältnissen ein Grundbedürfnis für den Homo sapiens darstellte. Seine Beobachtung durfte von nun an keine Lücken mehr aufweisen. Also produzierte es weitere Tierchen, die einzig und allein dem Zweck der Überwachung dienten.

17 war ohnehin irritiert über ihr Verhalten. Die Geschwindigkeit, mit der sie sich fortbewegten, war aus seiner Warte die einer Kontinentalverschiebung. Obwohl es einiges an den menschlichen Verhaltensweisen befremdlich fand, hatte es sich einige davon angeeignet, darunter auch Humor. Dieser befand sich sozusagen noch in der Erprobungsphase. Latent vorhanden könnte man sagen. Es konnte kaum abwarten, sich ihnen in seinem fertiggestellten Avatar zu präsentieren. Würde, Erhabenheit und Weisheit sollte das Erscheinungsbild ausdrücken. Des Weiteren beschloss es, von nun an ein Er zu sein.

Superhelden und Killerpflanzen

»Wir hätten auf den Wetterfrosch hören sollen«, sagte Una, derweil sie den Regen beobachtete.

»Ja, aber die klimatischen Bedingungen sind momentan unser geringstes Problem«, antwortete ich. »Zuerst sollten wir herausfinden, wie Skari es geschafft hat, diesen Jahrhundertlauf hinzulegen.«

Skari blickte verlegen auf den Fußboden und zuckte mit den Achseln.

»Es könnte damit zusammenhängen, dass wir alle schwerer sind als vorher«, sagte Conor.

Fragend starrten wir ihn an.

»Wie meinst du das?«, fragte Kenzo ihn.

»Unsere Fußspuren. Sie sind viel tiefer, als sie sein sollten«, antwortete er.

Kenzo stand unvermittelt auf, ging ein paar Schritte durch den feuchten Sand und setzte sich wieder hin.

»Der Junge hat recht«, sagte er mit seiner typischen Ruhe.

»Wieso ist mir das nicht aufgefallen?«, flüsterte Skari. »Ich bin eine ausgezeichnete Fährtenleserin.«

Una und ich starrten auf Kenzos Fußspuren, ohne einen signifikanten Unterschied feststellen zu können.

»Ah ja, sagte ich«, in der Hoffnung, dass niemand bemerken würde, dass die Pfadfinder ohne mich hatten auskommen müssen. »Und wann hast du das bemerkt, mein Freund?«

»Als wir neben Jo hergingen. Ich meine, der müsste doch locker das Doppelte wiegen wie wir. Trotzdem sind seine Abdrücke genau wie die unsrigen.«

»Das hast du gut beobachtet, kleiner Padawan«, sagte ich gönnerhaft zu Conor und klopfte ihm auf die Schulter.

Er strahlte, Una verdrehte die Augen und ich fasste unsere bisherigen Erkenntnisse zu einer logischen Schlussfolgerung zusammen: »Wie wir nun festgestellt haben, leiden Verstorbene an einem Problem mit Übergewicht, das aber körperlich nicht in Augenschein tritt. Und da wir verstorben sind, kann Skari flink laufen. Oder so in etwa.«.

»Umwerfende Erleuchtung«, knurrte Una.

»Wir!«, sagte Conor.

»Was, wir?«, fragte ich.

»Wir können schneller laufen«, sagte Conor. »Wenigstens denke ich das«, fügte er unsicher hinzu.

»Nun kleiner Mann, das ist eine Vermutung«, entgegnete ich. »So eine Hypothese muss man wissenschaftlich beweisen können.«

»Tun wir«, sagte Una und stand auf. »Wir laufen und sehen, was dabei herauskommt.«

»Bei dem Wetter!«, mäkelte ich.

»Es ist logisch, den Versuch zu unternehmen. Der Junge hatte mit den Fußspuren ebenfalls recht«, sagte Kenzo und stand auf.

»Sagte die japanische Ausgabe von Mr. Spock und ging«, fügte ich ergänzend hinzu.

Auch Skari und Conor standen auf und begaben sich in Richtung Lauffeld.

»Komm schon!«, rief Conor mir zu. »Das macht bestimmt einen Riesenspaß.«

»Ja, unzweifelhaft schreiend komisch. Ich fühle mich jetzt schon heillos bespaßt«, murrte ich und trottete den anderen durch den Regen hinterher.

Im völligen Gegensatz zu den menschlichen Frauen sagte man den Weibchen der Ka nach, sie seien streitlustig. Manch ein Ka behauptete sogar hinter vorgehaltener Hand, seine Alte hätte Haare auf den Zähnen. So zog es Jo vor, sich seinen wohlverdienten Schluck Taranak heimlich hinter seiner Hütte zu gönnen.

Nicht dass er Angst vor seiner Frau gehabt hätte. Dennoch fand er, sich nach diesem ereignisreichen Tag einen kräftigen Hieb gönnen zu dürfen, ohne sich auf überflüssige Diskussionen einlassen zu müssen. Er zog einen Krug aus dem Versteck, von dem er sicher war, dass sie ihn nie finden würde. De facto wusste seine Frau natürlich, wo ihr Gatte das Gesöff aufbewahrte, aber solange er sich nur ab und zu einen unbedeutenden Schluck gönnte, ließ sie ihn. Eine Tatsache, die sie zu keinem Zeitpunkt zugeben würde.

Alles in allem kann man sagen, dass die Ka eine absolut patriarchalische Gesellschaft waren. Die Männer bestimmten, es sei denn, die Weibchen waren anderer Meinung. Jo stand da und beobachtete die Fünf, wie sie an der Piste Aufstellung bezogen.

»Feststellen werden wir nur, dass wir uns eine Erkältung zugezogen haben«, sagte ich.

»Achtung!«, sagte Una.

»Wir werden uns die Knochen brechen, bei dem rutschigen Untergrund«, nörgelte ich weiter.

Und Una: »Fertig!«

»Ich bin mir gewiss, es wäre besser ...«, sagte ich.

Una: »Hühnchen, pock, pock, pock!«

»Wenn wir ... Was heißt hier Hühnchen?«, fragte ich.

»Los!«, rief Una.

Manchmal kann man einfach nicht anders. Auch wenn der Zahn der Zeit mich zu einer gewissen Trägheit erzogen hatte, war ich immer noch der schnellste Läufer. So war es jedenfalls in meiner Schulzeit gewesen. Die lag zwar schon um einiges zurück, aber der Ehrgeiz war schlagartig wieder da. Reflexe wie die einer Raubkatze lassen sich nicht so einfach vergraben. Und genau wie ein Raubtier ließ ich den anderen, die in diesem Moment losstürmten, einen kleinen Vorsprung. Wie eine Mieze, die mit der Maus spielt. Wie ein Orca, der die Robbe in die Luft wirbelt.

Jo betrachtete die gesamte Szenerie mit einem glückseligen Lächeln. Zuerst war der Schwertkämpfer, die schwarze Frau und die andere Frau mit den sonderbaren Haaren aus den Startlöchern gekommen. Dicht gefolgt von dem mickrigen Jungen. Ausschließlich der Langhaarige strauchelte anfangs und fand nicht den richtigen Tritt.

Die ersten drei waren fast gleichauf, bis sich die Dunkle schlagartig von der Gruppe absetzte. Der Langhaarige zog mit dem kleinen Knirps allmählich gleichauf. Doch dann legte er urplötzlich an Tempo zu. Kurz vor der ersten Kurve überholte er den Schwertträger und die weiße Frau mit einem ohrenbetäubenden Kriegsgeschrei.

Er verschätzte sich indessen auf ganzer Linie mit seiner Geschwindigkeit. Anstatt in die Kurve zu laufen rannte er geradeaus, versuchte abzubremsen, überschlug sich mehrmals und schlitterte bäuchlings durch den Morast. Auch der Junge setzte nach und schloss zügig zu den beiden auf. So kam die schwarze Frau als Erste durch das Ziel. Ihr folgten die anderen ohne nennenswerte Abstände.

Der Langhaarige hatte sich aufgerappelt und startete erneut mit einer über die Maßen hohen Geschwindigkeit durch. In der zweiten Kurve wollte er es besser machen und rechtzeitig abbremsen. Er rutschte dennoch auf den Füßen stehend am Baum vorbei. Jedwede Bemühung, doch noch einzulenken, wurden durch das Wegrutschen beider Füße himmelwärts jäh unterbunden und er landete auf seinem Hinterteil.

Die restliche Strecke legte er in einem geschmeidigen Laufschritt zurück. Derweil ständig Worte ausstoßend, die Jo die Schamröte ins Gesicht getrieben hätten, wenn er nicht so viel Taranak intus gehabt hätte. Der Frosch verstaute den Krug im Versteck und ging kopfschüttelnd zum Eingang seiner Hütte. »Dachte ich mir doch, dass die schneller sind. Sind halt gute Diplomaten. Wenn sie bloß nicht so hässlich wären. Hicks! Aber das kann man ihnen nicht vorwerfen, sie sind schließlich tot. Und sie lachen anscheinend gerne.«

Diese und noch einige etwas unverständlicher werdende Sätze murmelte Jo vor sich hin, bis er der Länge nach auf sein Lager fiel. Ja, es war schon urkomisch, und selbst Kenzo hielt sich vor Lachen kaum noch auf den Beinen. Ich dagegen empfand die Angelegenheit doch etwas demütigend, zumal meine Wenigkeit das Objekt der allgemeinen Belustigung war.

»Wie wir festgestellt haben, sind wir alle schneller. Abgesehen von Tarzan. Du hast dich anscheinend in einen Meister der Akrobatik verwandelt«, prustete Una.

»Es freut mich, dass ich zur allgemeinen Erheiterung beitragen konnte«, sagte ich pampig. »Ich möchte darauf hinweisen, dass es allmählich düster wird und einige Ka sich ihrer wohlverdienten Nachtruhe hingeben möchten. Ihr benehmt euch unverhältnismäßig albern.«

Ich wischte mir einen Spritzer Matsch aus dem Gesicht und stampfte zu dem Unterstand, um mich dort niederzulassen. Mit ausgelassener Laune gesellten sich die anderen zu mir und machten es sich gemütlich, insoweit die Umstände es zuließen. In meiner Jackentasche wühlte ich nach meinem Tabak und begann mir eine Zigarette zu drehen.

»Was machst du da?«, fragte Conor mich.

»Eine Zigarette rauchen«, antwortete ich und zündete den Glimmstängel an.

»Wozu rauchst du eine Zigarette?«

Ich nahm einen kräftigen Zug und starrte meine Fluppe an.

»Ein Raucher raucht eine Zigarette, um sich wie jemand zu fühlen, der keine Zigaretten braucht«, antwortete ich.

»Das verstehe ich nicht«, sagte Conor.

»Ich auch nicht«, brummte ich vor mich hin.

»Das Zeug ist die verspätete Rache der Indianer am weißen Mann«, murmelte ich, betrachtete das qualmende Etwas noch ein paar Sekunden lang, um es dann in einem hohen Bogen wegzuschnippen.

Das wars. Beinahe wollte ich sagen, die letzte Zigarette meines Lebens. Immerhin konnte ich mich der größten Sucht meines Lebens durch mein Ableben entledigen. Aber das ist wohl etwas, das jeder Raucher garantiert schafft.

»Keine Macht den Drogen«, sagte ich zu Conor, der mich verständnislos ansah.

»Wenn wir schneller sind, sind wir möglicherweise auch stärker«, sagte er, das Thema wechselnd, wie einzig Kinder es können.

»Absolut möglich«, meinte Skari, die endlich ihren Wettbewerb mit Una beendet hatte, wer am besten die seltsamen Verrenkungen imitieren konnte, die ich während meines Laufes vollzogen hatte.

»Ach Leute, bitte«, stieß ich hervor.

»Siehst du den Stein da vorne?«, fragte Conor mich. »Den würde ich nie hochbekommen.«

»Mit Mühe und Not könnten Kenzo und ich das Ding auf einer Sackkarre fortbewegen, aber niemand alleine«, antwortete ich.

»Ich probiere das aus«, sagte er und rannte los.

»Pass auf und tu dir nicht weh«, rief Una hinterher.

Obwohl wir wussten, dass sich der Stein keinen Zentimeter bewegen würde, beobachteten wir Conor mit belustigtem Interesse. Das war so ein Ding von der Sorte, das im Vorgarten herumliegt und sich mit einem Bandscheibenvorfall bedankt, wenn man den Versuch unternimmt, es zu versetzen. Er ging in die Knie, umschloss den Felsen mit beiden Armen und begann laut zu stöhnen. Sein Gesicht rötete sich und nahm die Färbung einer Tomate an.

»Wir sollten ihn davon abbringen, bevor er sich verletzt«, sagte ich, das Gesicht zu Kenzo zugewandt.

Dieser starrte jedoch an mir vorbei, so dass auch ich mich wieder zu Conor umdrehte. Der machte gerade einige tapsige Schritte, den Stein fest an seine Brust drückend.

»Lass los!«, rief ich und stürmte zu ihm rüber. »Du brichst dir noch die Knochen!«

Conor ließ den erratischen Block fallen und die Erde zitterte ein bisschen.

»Mannomann, du bist aber ein starkes Bürschchen«, sagte ich anerkennend zu ihm.

Nun war ich im festen Glauben, dass es sich bei dem Ding nur um ein poröses, leichtes Gestein handeln konnte.

»Jetzt du«, forderte er mich auf.

Sei's drum, dachte ich mir. Das wäre schließlich eine Möglichkeit, von der vorherigen Lachnummer abzulenken. Ich ging ebenfalls in die Knie, fasste den Stein an und stand mit einem strammen Ruck auf. Vielleicht etwas zu ruckartig. Aus unerfindlichen Gründen bewegten sich meine beiden Füße gleichzeitig nach hinten. Und anstatt das verflixte Teil loszulassen, streckte ich die Arme aus wie ein Schwimmer auf dem Startblock. Der Rest war einfach und wurde mir von dem Phänomen namens Gravitation abgenommen. Ich schlug auf dem Bauch auf, und anstatt mich mit den Armen abzustützen, benutzte ich hierfür mein Gesicht.

»Pass auf, dass du dir nicht wehtust. Der ist wirklich schwer«, hörte ich Conor sagen, unterdessen meine Nase den nassen Boden nach Regenwürmern durchwühlte.

An dieser Stelle mache ich einen kleinen Zeitsprung von ca. zwanzig Minuten, um niemanden mit den unqualifizierten Kommentaren zu langweilen, die ich ertragen musste. Es sei nur erwähnt, dass allerlei Steine getragen, Liegestütze und Klimmzüge vollzogen wurden. Conor hob Skari hoch. Una versuchte, einen zappelnden Kenzo anzuheben und so weiter.

»Nun gut. Nachdem wir uns alle gut amüsiert haben, muss ich euch eine Frage stellen«, sagte Kenzo. »Habt ihr ebenfalls eine silberne Kugel gesehen, als ihr gestorben seid?«

»Ja, ich«, sagte Conor spontan.

»Das habe ich auch, und es war unangenehm«, antwortete Skari.

»Als ob man aufgesaugt würde von diesem Ding«, sagte Una.

Ich grübelte und dann fiel es mir wie Schuppen aus den Haaren. »Stimmt, jetzt wo ihr es erwähnt, erinnere ich mich auch an so einen Ball. Böses Teil«, sagte ich.

»Wieso erinnerst du dich erst jetzt?«, fragte Conor mich, der mit einer Hand einen halben Meter über dem Boden an einem Balken hing.

»Weil ich zu beschäftigt war.«

»Womit?«

»Mit Fallen.«

»Hast du geschrien?«

»Wann?«

»Beim Fallen?«

»Nun, das ist eine recht intime Frage.«

»Hast du?«

»Ja! So eine Art Kampfschrei. Mit einem Grinsen. Um dem Tod ins Gesicht zu lachen.«

»Ich habe nicht geschrien.«

»Schön.«

»Das entspricht keinesfalls den Berichten vom Sterben, die man kennt«, sagte Una und beendete damit zum Glück das Gespräch zwischen Conor und mir.

»Die man kennt?«, fragte ich. »Mit wie vielen Toten hast du dich denn schon darüber unterhalten? Ob jetzt eine Kugel oder ein Tunnel aus Licht oder Micky Maus, der mit einer Sahnetorte aufwartet, ist doch Wurscht. Wichtig ist nur, dass wir sie alle gesehen haben.«

Es kehrte wieder Ruhe ein. Jeder versuchte, sich an die Kugel zu erinnern.

»Als mir der Löwe seine Zähne in den Nacken schlug, war das schmerzhaft. Aber diese Kugel schien mir die Seele zu entreißen«, sagte Skari.

»Als wenn einem jedes Atom einzeln umgedreht würde«, sagte Una.

Während die anderen von ihren Kugelerlebnissen berichteten, setzte ich mich auf eine Kiste, um mir Schlammreste aus dem Gesicht zu wischen, und betrachtete dabei eine Pfütze vor dem Unterstand. Darin konnte ich den Mond betrachten. Und ebenso einen zweiten. Neugierig trat ich unter dem Dach hervor ins Freie und schaute in den Himmel. Tatsächlich, dort waren zwei Monde. Beide waren um einiges kleiner als der Erdenmond und zeigten eine ganz und gar andere Struktur. Ihre Farben waren zum einen blassrosa und der andere war bläulich.

Hier lang läuft der Hase also, dachte ich. »Wir sollten uns eher die Frage stellen, auf welchem Planeten wir gelandet sind«, sagte ich laut.

»Wie meinst du das?«, fragte Una.

»Na ja, zum einen weist die veränderte Pflanzenwelt darauf hin. Zweitens solltet ihr mal an den Himmel schauen. Jo und seine Kumpane brauche ich erst gar nicht zu erwähnen.«

Alle traten hervor und blickten in die Sterne. Es war ein beeindruckender Anblick, der sich uns bot. Conor stand mit halb offenem Mund da. Selten, dass ich den Burschen mal sprachlos erlebte.

»Auf der anderen Seite der Brücke war die Welt noch normal«, kommentierte Kenzo.

»Gegebenenfalls ein Sternentor«, brummelte ich leise.

»Es haut uns um, wenn wir eine Sprachkugel anfassen, und dann bemerken wir nicht, wenn wir Lichtjahre weit teleportiert werden. Ich halte das für unwahrscheinlich«, erwiderte Una.

Da drei unserer Mitstreiter diesen tiefschürfenden Ausführungen von Lichtgeschwindigkeit und fernen Welten nicht folgen konnten, klärte Una sie ausgiebig auf. Wir versuchten uns an dem Anblick sattzusehen, aber schließlich war es Zeit schlafen zu gehen.

»Die Nachtwache werde ich übernehmen«, kündigte ich an, während sich die anderen ein halbwegs gemütliches Plätzchen suchten ...

»Guten Morgen!«, rief Kenzo und stupste mich leicht an der Schulter.

Ich schreckte himmelwärts. Unverständlicherweise hatte ich es geschafft, im Sitzen einzuschlafen.

»Guten Morgen, Herr Wachtmeister«, hörte ich Unas Stimme hinter mir.

»Mist«, flüsterte ich vor mich hin. »Meine Kleidung ist dreckig und stocksteif. Ich denke, ich werde sie an dem See waschen und ein Bad nehmen.«

»Sind deine Tierhäute zu unbequem?«, fragte Una.

An meiner Stelle antwortete Skari: »Ich fand Leder immer praktisch.«

»Von da, wo du herkommst, ist das notwendig. Aber zu seiner Zeit nannte man das barbarische Tierquälerei«, sagte Una.

Auf dem Weg zum Teich kam mir Jo auf halber Strecke entgegen. Im Dorf der Ka wuselten schon einige umher.

»Ich gehe eine Runde plantschen«, sagte ich zu ihm.

»Schwimmen könnt ihr auch?«, fragte er.

»Klar, die meisten von uns.«

Wir erreichten das Ufer und ich schälte mich aus den Klamotten. Auch die anderen waren mir gefolgt. Dort wischte ich meine Lederhose feucht ab und legte sie zum Trocknen in die Sonne. Dann trat ich wieder einige Schritte weg vom Ufer, um Anlauf zu nehmen. Ich wartete nur noch, bis Una nah genug war.

»Ich hoffe, dir gefällt, was du siehst«, sagte ich grinsend.

Ein klassischer Hechtsprung in das kühle Nass. Kerzengerade glitt ich ins Wasser. Tiefer und tiefer und tiefer. So hatte ich mir das nicht gedacht. Ich bog meinen Rücken durch, um wieder zur Oberfläche zu kommen. Jedoch sank ich glattweg kontinuierlich ab. Immer noch ausgestreckt landete ich am Grund des Gewässers inmitten weicher, mich umschlingender Pflanzen. Nachdem ich meine Überraschung überwunden hatte, richtete ich mich auf und stellte mich auf meine zwei Beine am Grunde des Teichs. Auftauchen ging nicht, also versuchte ich zu laufen. Das mistige Grünzeug hing überall an mir. Hinzu kam ein leichter Anflug von Panik aufgrund von mangelnder Atemluft unter Wasser. Nichtsdestotrotz schaffte ich es und bewegte mich langsam Richtung Ufer. Als ich endlich die Wasseroberfläche durchstieß, schnappte ich nach Luft wie ein Dorsch an der Angel.

»Bei uns bedeutet schwimmen, dass wir an der Oberfläche

bleiben. Was du da praktizierst, nennen wir Tauchen«, sagte Jo.

»Was du nicht sagst«, grummelte ich, derweil ich aus dem Wasser stampfte.

Jo hatte bemerkt, dass ich mit Pflanzenteilen übersät war.

»Mach besser die Schlingbrenner ab!«, rief er mir zu.

»Die was?«, fragte ich.

»Die Pflanze da!«, quiekte er.

»Gefällt mir in höchstem Maße. Wie nennt man den Look? Sumpfmonster Style?«, fragte Una mit einem Grinsen im Gesicht.

Kenzo blickte besorgt, zumal er registrierte, dass sich verschiedene Ka mit Ästen und anderen Gegenständen bewaffneten.

»Du musst das Zeug loswerden!«, schrie Jo.

Indes hatten einige Frösche mich schon erreicht und fingen an, mit allerlei Stöckchen das Gemüse von mir zu zupfen. Genau in diesem Moment begriff ich, warum.

»Heiß ... Feuer ... Scheiße!«, fluchte ich lauthals und hüpfte herum, als stünde ich auf einer Herdplatte.

Das Zeug brannte übler als jede Feuerameise. Wenigstens glaubte ich das. Ich hatte zwar bis dato nie die Bekanntschaft mit einer Feuerameise gemacht, aber ich war mir ziemlich sicher, dass es sich so verhält. Immer mehr Ka standen um mich herum und versuchten, das teuflische Gewächs von mir herunterzubekommen. Die Szene erinnerte an ein Schweizer Käsefondue, in der ich die erhitzte klebrige Masse darstellte. Gleichzeitig schoss mir der Gedanke durch den Kopf, dass alle Empfindungen nicht mehr waren als elektronische Reize. So schaffte ich es, mich zu beruhigen.

Mit einer stoischen Ruhe sah ich zu, wie Kenzo mir mit seinem Schwert das letzte Stückchen Grün von meinem Ohr fischte. An mir herunterblickend stellte ich fest, das sich meine Körperfarbe zu einem flammenden Rot verwandelt hatte. Una war das Grinsen aus dem Gesicht gewichen.

»Das sieht übel aus«, bemerkte Skari.

»Interessantes Muster«, sprach der kleine Schotte.

»Das bleibt«, meinte Jo.

»Wie meinst du das?«, fragte ich ihn.

Er hob seinen Unterarm und präsentierte mir einen mickrigen roten Kringel.

»Die Pflanze hinterlässt Farbe am Körper, die nicht mehr abgeht«, sagte er.

»Die zeitsparendste Tätowierung, die ich jemals sah«, sprach Kenzo.

Es sah aus, als hätte ich eine dreitägige innige Liebesbeziehung mit einem Oktopus gehabt. Ein anderer Ka erkundigte sich nach den Schmerzen. Ich erklärte, dass es auszuhalten wäre, und erntete dafür anerkennendes Kopfnicken. Die Aufregung legte sich und die Versammlung löste sich auf. Ein Grashüpfer beobachtete alles und 17 schüttelte seinen nun vorhandenen Kopf.

Nicht schon wieder eine Kugel

Nachdem ich meine feuchten Sachen angezogen hatte, begaben wir uns zum Frühstück. Diese Mahlzeit schien bei den Ka nicht so üppig auszufallen. Der Schlingbrenner, der mich überwuchert hatte, fand sich in einem Kochtopf wieder. Verschwendung war dem glitschigen Völkchen unbekannt. Dazu gab es getrocknetes Irgendwas mit allerlei Undefinierbarem. Wir beschränkten uns auf etwas kaltes Wasser und begannen mit Jo zu plaudern. Als wir ihm von der Sprachkugel erzählten, wurde er hellhörig.

»Hier in der Nähe steht ein Tempel, dort befindet sich ebenfalls eine Kugel«, erzählte er uns.

»Habt ihr versucht, sie gemeinsam anzufassen?«, erkundigte sich Skari.

»Einzeln und zusammen. Mein Cousin hat versucht, auch diese Kugel auszubrüten. Ohne Erfolg«, antwortete er.

»Kannst du sie uns nachher zeigen?«, fragte Conor.

»Kein Problem«, sagte Jo und steckte sich irgendwas von dem Etwas ins Maul.

Nach der Mahlzeit machten wir uns auf. Unterwegs erkundigten wir uns nach den zwei Monden. Jo bestätigte uns, dass der Himmel immer so aussehe. Er war verwundert über die Frage und wir klärten ihn auf.

»Wohin des Weges?«, fragte uns ein entgegenkommender Ka.

Dieser schien erhebliche Probleme mit dem Laufen zu haben.

»Ich zeige unseren neuen Freunden die Kugel auf dem Hügel. Willst du uns begleiten?«, gab Jo zurück.

»Nein danke, auf keinen Fall!«, ließ der andere Ka verlauten.

»Dein Cousin?«, fragte ich Jo nach ein paar Metern.

»Woher weißt du?«

»Nur so eine Vermutung.«

Da stand sie. Eine Kuppel, getragen von sechs Säulen und so weiter, genau wie wir es schon kannten. Nur war diese Kugel rot und grün gefärbt.

»Sollen wir es wagen?«, fragte Una in die Runde.

»Das gibt wieder Kopfschmerzen«, sagte ich.

»Der letzte Versuch war hilfreich«, bemerkte Kenzo.

»Und schmerzhaft«, gab ich zu bedenken.

»Vermutlich bekommen wir noch mehr Kräfte«, sagte Conor.

»Ein Wegweiser oder eine Erklärung?« fragte Skari.

»Eine Warnung, es nicht zu übertreiben«, antwortete ich.

»Wenn wir es nicht ausprobieren, werden wir nicht schlauer. Also auf drei?«, fragte Una.

»Auf drei«, hörte ich mich selbst stöhnen. »Aber es soll keiner behaupten, ich hätte euch nicht gewarnt.«

Wir stellten uns, bis auf Jo, um die Kugel und zählten laut.

»Eins – zwei – drei!«

Nix.

»Sag ich doch. Haben wir auch schon ausprobiert«, bemerkte Jo.

Dann patschte er mit seiner Krötenpfote auf den Stein – und aus Helligkeit erschuf sich die schwärzeste Dunkelheit.

Jos Cousin fluchte indes vor sich hin und wendete auf dem Absatz. Er wollte sich nicht umsonst Hämorrhoiden zugezogen haben. Sollten die Fremden tatsächlich eine Lösung finden, durfte er sie nicht verpassen. Als er den kleinen Hügel heraufgehumpelt kam, sah er seinen Verwandten wie auch die anderen am Boden liegen. Jeder Versuch sie aufzuwecken war vergeblich. Er begab sich so schnell, wie er nur konnte, zurück zum Dorf, um Hilfe zu holen.

Nach einiger Zeit war der gesamte Stamm damit beschäftigt, uns ins Dorf zurückzutragen. Den Berichten zufolge verweilten wir etwa zwei lang Stunden in einer tiefen Ohnmacht. Was sich hingegen in unseren Köpfen abspielte, schien etliche Jahre zu umfassen.

Einfach zu beschreiben ist es nicht, was wir in diesem Moment erlebten. Denn jeder machte sehr individuelle Erfahrungen. Am besten könnte man es als Seelentausch oder einen Persönlichkeitstransfer betiteln. Conor hatte das Vergnügen, in eine Welt ohne Hunger und Kälte einzutauchen. Er teilte Unas Leben und die Erfahrung, wie es war, frühzeitig die Mutter zu verlieren. Er durchlebte eine Welt, die geprägt war von Technologie und Selbstbestimmung. Dinge wie virtuelle Realität nahm er ebenso in sich auf wie eine exzellente Schullaufbahn.

Im Gegensatz dazu erfuhr Una die Wärme einer intakten Familie. Von dem spartanischen Leben und der Genügsamkeit beim Essen. Als prägend empfand sie das stundenlange Hüten der Schafe.

Kenzo, der Skaris Leben durchstreifte, erlebte zum ersten Mal eine gewisse Ungezwungenheit. Ein Leben in den nächsten Tag hinein ohne den Zwang der ständigen Perfektionierung.

Skari lernte eiserne Disziplin. Sie brachte in Gedanken den Umgang mit dem Schwert zur höchsten Perfektion. Und sie erfuhr den wahren Grund für Kenzos Selbstmord.

Jo machte die Bekanntschaft vieler Frauen und auch die Erfahrung, dass man bei jeder Gelegenheit anecken konnte. Er lernte viele Dinge, ja sogar überflüssige.

Und was mich betrifft: Ich erblickte das Licht der Welt in einem modrigen Weiher, geschützt vor Raubfischen durch einige Holzbretter. Nun, da mir endlich Beine wuchsen, musste ich zusehen, wie ich alleine an Land kam. Dort wurde ich von meinen Eltern in Empfang genommen. Ich wurde mir der Einfachheit der Ka bewusst, die man auf keinen Fall mit Dummheit verwechseln durfte. Alles kam mir vor wie in einem Film, in dem man die Perspektive frei wählen konnte. Eine perfekte virtuelle Realität.

Wir wurden annähernd gleichzeitig wach. Arg benommen stellten wir fest, dass wir uns in der großen Versammlungshütte befanden. Wir lagen auf Strohmatten, umringt von allen Ka. Nachdem wir uns aufgerappelt hatten, ergriff Jo als erster das Wort. Seine Frau sowie seine Eltern standen dicht bei ihm.

»Ich habe eine Seelenwanderung gemacht«, sagte er und zeigte demonstrativ auf mich. »Sein Leben habe ich geteilt und weiß viele fremdartige Dinge zu berichten.«

Ein Raunen ging durch die Menge.

»Dieser Mann dort hat ein unglaubliches Leben geführt. Und er ist sehr geübt in der Verarbeitung von Holz«, sprach Jo, dessen Stimme vor Aufregung bebte. »Und ihr könnt euch nicht vorstellen, mit wie vielen Weibchen er kopulierte«, plapperte er weiter.

»Hey, das ist mein Leben, das du da ausposaunst«, unterbrach ich ihn.

»Ja ja. Aber es ist alles so spannend. Hattest du ein ähnliches Erlebnis?«, fragte er aufgeregt.

Ich kniff die Augen zusammen, dann holte ich zum Gegenschlag aus.

»Falls du glaubst, dass deine Frau nichts von deinem Taranak-Versteck weiß, bist du aber so was von schief gewickelt, mein Freund«, sagte ich ruhig.

Während Jo nun damit beschäftigt war, den Mund aufzuhalten, brach in der Menge ein riesiges Gelächter aus. Sein Vater klopfte ihm auf die gelben Schultern. Kenzo versuchte, ruhig dazusitzen. Er schaute zu Skari herüber und stellte fest, dass sie ebenfalls auf den Knien saß. Er nickte verlegen. Sie nickte zurück und lächelte.

Conor hatte sich gefasst und erzählte von seinen Erlebnissen in Unas Welt. Una saß stumm hinter ihm und beobachtete nur. Sie hatte ein leicht trauriges Lächeln auf den Lippen. Vermutlich hatte sie etwas gelernt hatte, das ihr guttat: Demut.

Jeder von uns, Jo und Conor womöglich ausgenommen, hätte in diesem Moment gerne auf die neue Erfahrung verzichten können. Im Nachhinein erwies sie sich aber als Vorteil. Wir hatten einen Partner, mit dem wir durch ein unsichtbares Band verbunden waren. In meinem Fall wäre das Wort Bruder oder dicker Kumpel angebrachter. Una schien Mutterinstinkte zu entwickeln. Bei Kenzo und Skari war ich mir noch nicht sicher.

Eines war auf jeden Fall klar. Unser Auftritt hatte dem Dorf jede Menge Gesprächsstoff geliefert. Ohnehin waren wir schon eine Kuriosität, doch nun war auch Jo involviert. Es dauerte eine gute Stunde, bis ich es schaffte, ihn aus der Menge zu ziehen.

»Sag mal, mein Freund«, sprach ich ihn an.

»Gibt es da nicht die eine oder andere Kleinigkeit, die du vergessen hast zu erwähnen?«

»Was meinst du?«

»Es existiert noch eine Kugel.«

»Stimmt! Die ist auf der gegenüberliegenden Seite. Sie unterscheidet sich aber nicht von der anderen.«

»Bis auf ihren Standort. Es ist anzunehmen, dass es sich um eine weitere Brücke handelt.«

Wir unterrichteten die anderen und beschlossen, am nächsten Tag eine Überquerung zu versuchen. Den restlichen Tag verbrachten wir mit allerlei Dingen. Conor beschäftigte sich mit Bogenschießen, wobei er eine fulminante Treffsicherheit bewies. Das brachte ihm eine gehörige Portion Respekt bei den teilnehmenden Ka ein. Kenzo und Skari hatten sich zurückgezogen. Sie führten ein angeregtes Gespräch. Una, Jo und meine Wenigkeit planten alles für den Übergang der Schlucht. Jo schien uns hinhalten zu wollen.

»Wenn wir herausgefunden haben, warum wir an diesem Ort sind, könnten wir zurückkommen, um euch zu besuchen«, sagte ich ihm. »Morgen versuchen wir, die erste Brücke von dieser Seite aus zu aktivieren. So können wir feststellen, ob die Möglichkeit eines Rückwegs bleibt.«

»Das ist eine gute Idee«, sagte Una.

»Ich hoffe, dass es dir bald wieder besser geht«, antwortete ich.

»Wie meinen?«

»Mir zuzustimmen ist normalerweise nicht dein Ding. Hast du deinen Sarkasmus in der Kugel gelassen?«

»Mir geht es besser als dir.«

»Wie kommst du auf die Idee?«

»Schau in den Spiegel. Du siehst aus, als hätte dich jemand mit Frühstückszerealien beklebt. Angeschwollene rosa Kringel von oben bis unten.«

»Ich geh ein paar Sachen für eure Reise zusammensuchen«, meinte Jo.

Mit »ein paar Sachen« hatte Jo arg untertrieben. Als ich den Sack in Augenschein nahm, stellte sich mir nur noch die Frage, welcher Ochse das tragen sollte. Es war wie mit einer Mutter, der man hundertmal erklärte, dass man das Zeug nicht braucht. »Für den Notfall, man weiß ja nie.« Doch, man weiß, aber wirft über kurz oder lang die Flinte ins Korn. Genauso gab ich den Versuch auf, Jo zu erklären, dass wir keine

Nahrung benötigten. Zumal sich unsere Vorstellungen über das, was essbar war und was nicht, gründlich unterschieden.

Bevor wir uns zur Nachtruhe begaben, fragten wir Jo, ob das Wetter halten würde oder wir mit Regen zu rechnen hätten. Die dritte Nacht verlief ohne weitere Vorkommnisse, wir machten es uns unter dem bewährten Unterstand gemütlich. Unverständlicherweise verzichteten alle auf meine Nachtwache.

Am nächsten Morgen gingen wir mit Jo zu der ersten Brücke, über die wir gekommen waren, um zu testen, ob sie sich von dieser Seite aus aktivieren ließ. Wie schon vermutet, klappte das problemlos.

Im Anschluss gingen wir zurück zum Dorf, dessen Bewohner schon auf uns warteten. In einem pompösen Tross zogen wir zur nächsten Kugel. Dort angekommen gab es erst einmal eine Verabschiedungsszene, die mir viel zu langwierig erschien. Endlich stellten wir uns um die Kugel herum, winkten noch dem ein oder anderen zu, um nachfolgend gemeinsam die Brücke einzuschalten.

Nix.

Das war's. Nun standen wir da und kamen nicht weiter. Das folgende Gemurmel und die Diskussionen führten auch zu keinerlei Ergebnis. Zum Glück hatte ich eine meiner zündenden Ideen.

»Jo!«, rief ich. »Stell dich doch bitte zu uns.«

Der schien schon zu ahnen, worauf ich hinauswollte.

»Da sich die Kugel unter der Kuppel nur mit deiner Hilfe aktivieren ließ, stehen die Chancen gut, dass es sich hier auch so verhält«, sagte ich zu ihm.

»In diesem Fall müsste er mit uns kommen. Ansonsten ist uns der Rückweg versperrt«, warf Kenzo ein.

»Hört sich logisch an«, sagte ich.

»Hört sich schwierig an«, sagte Jo. »Ihr dürft nicht vergessen, dass ich im Prinzip der Schamane des Dorfes bin. Da geht ohne mich nichts. Alles Drunter und Drüber. Ihr versteht, was ich meine.«

»Machen wir uns doch nichts vor«, schaltete sich Jos Vater ein, den ich bisher eher als eine schweigsame Natur kennengelernt hatte. »Du bist als Wahrsager die totale Niete.«

Jo ließ die Schultern hängen.

»Wir wollen erfahren, was passiert ist«, sprach Jos Mutter. »Womöglich ist dies hier deine schamanische Reise.«

Jo machte auf mich den Anschein einer Maus, die von Katzen umzingelt war.

»Du hast doch selbst gesagt, dass uns wegweisende Abenteuer bevorstehen«, sagte Conor zu ihm.

»Ja, aber das Dorf und meine Kinder«, stammelte Jo.

»Welche Kinder?«, fragte seine Frau.

»Die in meiner Planung«, gab er resigniert zurück.

»Offenkundig bist du der Auserwählte deines Volkes«, versuchte Skari ihn zu überzeugen.

»Obendrein hast du schon in deiner weisen Voraussicht einen kompletten Sack Futter eingesteckt«, feixte ich.

Jo knickte ein. Erneut gab es langwierige Verabschiedungen, bis wir endlich vereint den Mechanismus betätigten. Es folgte der weithin hörbare Knall, der für uns das Signal war, dass es jetzt losging. Wie schon zuvor fuhren auf beiden Seiten der Schlucht die gläsernen Hälften einer Brücke aufeinander zu. Da ich trotz aller widrigen Umstände ein durchaus passables Heldenbild bei den Ka hinterlassen hatte, meinte ich, das bestätigen zu müssen und sprang als erster auf die sich noch bewegende Brücke. Ein beschissener Fehler, wie ich bald feststellen musste.

Wie ein Feldherr auf dem Hügel, die Schlacht überblickend, stand ich auf dem gläsernen Übergang, der uns zu triumphalen Abenteuern tragen würde. Wäre da nicht urplötzlich ein mulmiges Gefühl in mir aufgekeimt. Der Abstand zur anderen Seite der Schlucht betrug an die hundert Meter. Meine sich aufrichtenden Nackenhaare veranlassten mich, das andere Ende so gut es ging zu beobachten. Dann konnte ich, zuerst schemenhaft, hernach immer deutlicher, eine Gestalt wahrnehmen. Es ist nicht leicht zu beschreiben, was meine Augen in dem Moment vollbrachten. Sie zoomten die andere Person heran. Deutlich vergrößert konnte ich feststellen, dass jene im Begriff war, einen Wurfspeer auf uns zu schleudern.

»Alle sofort zurück!«, schrie ich.

Einzig Kenzo hatte die Gefahr ebenfalls bemerkt und zog sein Schwert. Die Restlichen, die bis dahin mit Winken und

In-den-Abgrund-Starren beschäftigt waren, rannten ohne nachzudenken nach hinten. Ausschließlich Kenzo und ich gingen rückwärts, um den Gegner nicht aus den Augen zu lassen. Dieser warf nun den Speer. Ein exzellenter Wurf, der mich genau treffen würde. Das Geschoss näherte sich und im letzten Moment griff ich mit beiden Händen zu, um ihn zu fangen. Rückwärtsgehend erreichte ich das Ende der Brücke, den Speer vor meiner Brust festhaltend. Meinen Angreifer beobachtete ich indessen konzentriert. Ein zweites Wesen, das hinzugekommen war, zog ihn unsanft zurück. Weitere traten zwischen den riesigen Bäumen hervor, sie schienen zu streiten. Jener, der geworfen hatte, wollte die Brücke betreten, wurde jedoch von dem anderen zurückgehalten. Die Brückenteile stießen zusammen, um sich daraufffolgend wieder zurückzuziehen. Nachdem ich meine Fassung wiedererlangt hatte, blickte ich mich zu den anderen um.

»Hast du das gesehen?«, sagte ich zu Una, wobei ich darauf anspielte, dass ich den Speer gefangen hatte.

»Das war unfassbar«, sagte sie zu mir.

»Wohl wahr, solcherlei sieht man nicht alle Tage«, sprach ich mit bewusst nüchterner Stimme, ohne auf den Gedanken zu kommen, den blöden Spieß loszulassen.

»So einen weiten Wurf habe ich noch nie gesehen«, sagte sie.

»Wer so werfen kann, vor dem sollte man auf der Hut sein«, sprach Conor.

»Neiiiiin!«, quiekte ich, nahm das Ding und schleuderte es mit aller Macht über die Schlucht.

Jedenfalls bis zur Hälfte, da er dort an einer unsichtbaren Barriere abprallte und abstürzte. Vereinzelt erntete ich sehr zaghaften ka-typischen Applaus, bevor ich mich umdrehte, um wie Rumpelstilzchen von dannen zu ziehen. Die Unbekannten zogen sich wieder in den Wald zurück, und alle befanden es für sinnvoll, erst einmal zum Dorf zurückzukehren.

Schattenkrieger

Alle hatten sich zum großen Palaver zusammengefunden. Nur ich setzte mich etwas abseits auf einen Baumstumpf. Halbherzig hörte ich den vorgetragenen Empfehlungen zu. Kenzos Vortrag glich einer strategischen Abhandlung. Warum nur ließ man meiner Leistung eine derart geringe Würdigung zuteilwerden? Skari gab zu bedenken, dass die andere Gestalt nicht über den Alleingang des Speerwerfers erfreut war. Immerhin hatte ich einen Wurfspeer gefangen! Derartiges konnte wohl kaum einer von sich behaupten. Jo vertrat die Ansicht, man solle eine Kiste mit Futter auf der Brücke platzieren, um guten Willen zu demonstrieren. Ich hatte das Ding allen Ernstes aufgefangen. Einer der Ka war der Meinung, man könne musizieren, und wenn die Gegenseite mit einstimmte, wäre alles in Ordnung. Ein Blutfleck zeichnete sich auf meinem T-Shirt ab. Kenzo lehnte einen Präsentkorb als Antwort auf einen Übergriff ab. Ich hörte nicht mehr zu und verfiel in intensives Nachdenken. Das hurtige Schließen der Brücke hatte uns vor weiteren Angriffen geschützt, wenn selbige denn erfolgt wären. Nach schier endloser Zeit und noch mehr Gequatsche brach es endlich aus mir heraus, ich stand auf und sprach mit fester Stimme: »Ich werde alleine gehen.«

Zugegebenermaßen hatte ich versucht, viel Gewicht in meine Sprechweise zu legen, aber mit so einer Reaktion hätte ich nicht gerechnet. Die versammelte Mannschaft starrte mich ungläubig an. Diverse Ka schienen etwas sagen zu wollen, beließen es jedoch bei einem halb offenen Maul. Es herrschte Totenstille, die nach kurzer Zeit von Una durchbrochen wurde.

»Scheiße, wie siehst du denn aus?«, sagte sie.

»Bitte?«, erwiderte ich.

»Kommt das von dem Gewächs?«, fragte Conor Jo.

»Nicht dass ich wüsste«, flüsterte er.

»Bitte was?«, hakte ich nach.

»Du siehst nicht gut aus«, sagte Kenzo.

»Wie geht es dir?«, fragte Skari.

»Danke der Nachfrage. Es geht mir gut. Ich habe nur die

Nase voll, mich hier von einem unbekannten Spieler an der Nase herumführen zu lassen.«

Jos Mutter kramte etwas aus einer Kiste. Es war ein Spiegel, den sie mir vor die Nase hielt. Obgleich der von schlechter Qualität war, erschrak ich vor meinem eigenen Bild. Gruselig wäre noch eine untertriebene Bezeichnung für diesen Anblick gewesen. Mein Gesicht und, wie ich später feststellen musste, auch mein gesamter Körper war mit schwarzen Linien übersät. Diese verliefen, sich verästelnd, kreuz und quer. Gepaart mit den roten Kreisen des Schlingbrenners bot ich einen dämonischen Anblick.

»Na toll«, sagte ich. »Warum viele Leben riskieren, wenn man einen schicken kann, der ohnehin auseinanderfällt.«

»Und wie willst du zurückkommen?«, fragte Una, die nicht von meiner Idee überzeugt schien.

»Falls sich alles zum Guten wendet, werden wir versuchen, den Mechanismus für die Brücke von beiden Seiten gleichzeitig zu betätigen«, sagte ich und setzte mich auf eine Kiste. »Ich habe da so eine Ahnung, dass uns eine Zusammenführung nicht versagt wird. Es muss nur jemand auf dem anderen Rand Wache schieben.«

»Tarzan ist der Auserwählte«, rief einer der Ka, worauf ich nur die Augen verdrehte.

»Jo, kommst du bitte mal mit? Ich brauche etwas von dir«, sagte ich zu ihm.

Am späten Nachmittag hatten sich alle bei der Kugel versammelt. Una fragte ungeduldig: »Wo steckt der Kerl denn? Ich will nicht hoffen, dass er irgendwo in der Ecke liegt, so todkrank wie er aussieht.«

»Ich finde es rührend, dass du dir Sorgen um mich machst«, ließ ich mich vernehmen.

Kenzo fuhr herum, sah mich aber nicht. Skari blickte in die Luft und alle bis auf Jo versuchten, mich zu entdecken. Dieser kicherte nur. Was bei einem Ka, bei aller Liebe, mehr wie ein Grunzen klingt. Wie ein Wunder erschien mein Kopf plötzlich in der Luft. Mit Jos Hilfe hatte ich einen Tarnanzug aus den Federn der Wocoks gebastelt. Die Verblüffung war allgegenwärtig. Kenzo nickte wie immer wohlwollend und lächelte.

»Hier, nimm das, aber schneide dir nicht damit in die Finger«, sagte er und reichte mir sein Kurzschwert.

Obwohl ich der Meinung war, dass es einer friedlichen Mission nicht zuträglich wäre, bewaffnet zu sein, wollte ich ihn keinesfalls beleidigen und nahm das Wakizachi an mich. So hieß der Zachel, wie er mich belehrte.

»Höchstwahrscheinlich wirst du diese Wesen allein mit deinem Aussehen in die Flucht schlagen«, sagte Una und versuchte dabei unbeschwert zu klingen, was ihr aber nicht ganz gelang.

»Wenn das nicht hilft, kann ich immer noch einen meiner Witze erzählen«, sagte ich und zwinkerte ihr zu.

»Das hilft auf jeden Fall«, beteuerte sie.

Danach fiel mein Blick auf Conor. Er stand etwas abseits und ihm standen die Tränen in den Augen. Erneut realisierte ich, wie schwer das alles für den Kleinen war. Vor kurzer Zeit erst hatte er seine Eltern verloren, und nun musste er sich schon wieder von jemandem trennen.

»Du kannst mir ein paar von den Köstlichkeiten der Ka für das Abendessen übrig lassen«, sagte ich zu ihm.

»Welche, die noch zappeln?«, fragte er.

»Auf jeden Fall! Man sollte immer offen für Neues sein.«

Skari legte ihren Arm um die Schulter des Jungen und versuchte zu lächeln.

»Auf geht's«, sagte ich und dackelte Richtung Kugel.

»Im Prinzip passt der Name Tarzan ganz gut zu mir. Schließlich habe ich doch auch was Animalisches an mir«, flüsterte ich Una zu, als ich an ihr vorbeihuschte.

»Ja, das stimmt, den Geruch«, antwortete sie.

Ohne viel Brimborium stellten wir uns um die Kugel und betätigten den Mechanismus. Ich zupfte und richtete noch ein wenig an meinem Federkleid und machte dann einen Schritt auf die herausfahrenden Brücke. Mit der gefühlten Geschwindigkeit einer Schnecke bewegte ich mich vorwärts. Dann passierte genau das, was ich vorausgesehen hatte. Dasselbe Wesen wie gestern erschien auf der gegenüberliegenden Seite am Waldrand. Zum Glück betrat es die Brücke nicht, sondern blieb am Rand der Schlucht stehen und beobachtete alles von dort aus. Während ich beim Zusammenstoß der beiden Brückenteile vorsichtig auf die andere Hälfte der Brücke glitt, dachte ich an die Vorzüge eines Präsentkorbes und daran, dass ich es lieber nicht erleben wollte, einer zu sein.

Hoffentlich bleibt das Ding dort stehen … hoffentlich sieht es dich nicht … hoffentlich … scheiß drauf, eh zu spät, dachte ich mir. Nur noch unbemerkt von der Brücke auf die andere Seite kommen …

Die zwei Brückenteile waren kurz davor, wieder zurück im Felsen zu verschwinden. Im letzten Augenblick setzte ich einen Fuß auf den Boden und krallte mich mit den Händen im Gras fest.

Nicht bewegen. Nicht atmen. Herzschlag anhalten.

Die anderen hatten sich wieder ein Stück von der Kugel entfernt, um niemanden zu provozieren. Trotzdem bewegte sich das fremde Wesen langsam in meine Richtung. Reglos wie ein Stein kauerte ich auf dem Boden und wagte es nicht aufzublicken. So konnte ich lediglich seine Beine und Füße erkennen, als es sich bis auf einen Meter näherte. Eine Haut wie gedörrtes Leder, dünne sehnige Beine, die einen durchtrainierten Eindruck machten. Die Versuchung hochzuschauen war groß und konnte nur aufgrund meiner unglaublichen Willensstärke unterdrückt werden.

Jo stand währenddessen direkt neben Una. »Ich hoffe, dass alles gut geht.«

»Das wünsche ich auch«, antwortete sie.

»Er ist ein begabter Tischler.«

»Echt jetzt? Ich hätte vermutet, dass Heimwerken mit ihm einer Nahtoderfahrung gleichkommt.«

»Nein wirklich, er ist ein wahrer Meister seines Fachs«, versicherte Jo. »Ich weiß es. Wir waren schließlich verbunden.«

»Stimmt«, sagte Una.

»Weißt du, ob er auch an mich gedacht hat?«, fragte sie.

»Aber sicher doch«, sagte Jo freudig. Und dann plapperte der Ka so ziemlich alle Peinlichkeiten meines gesamten Lebens aus.

Nachdem das Ding wohl zu der Überzeugung gekommen war, dass wir doch nicht den Mut zu einer Überquerung aufgebracht hatten, trollte es sich wieder davon. Quälend langsam drehte es sich um und schritt wieder in Richtung Wald. Als ich das Gefühl hatte, dass die Luft rein war, folgte ich ihm. Das war auch der Moment, in dem mir klar wurde, dass ich nicht den geringsten Plan hatte, wie es nun weitergehen sollte. Aber wer braucht schon einen Plan? Erst einmal die Lage auskundschaften.

Bestens getarnt strauchelte ich durch das Gebüsch und versuchte, seiner Fährte zu folgen. Zum Glück verfüge ich über extrem ausgeprägte Instinkte. Das und die Tatsache einer stark rauchenden Feuerstelle führten mich zu der furchterregenden Kreatur. Unweit der Lagerstätte nahm ich auf einem umgestürzten Baumstamm Platz, um mein weiteres Vorgehen zu überdenken. Besonders gute Ideen kamen mir dabei allerdings nicht in den Sinn. Bewegungslos wie ein Baumpilz verbrachte ich die nächsten zwei Stunden auf meinem Wirt. Das Wesen kam mit ein paar Stücken Brennholz aus dem Forst. Nach und nach gesellten sich immer mehr von seiner Sorte hinzu. Mir war schleierhaft, wie sie sich derart lautlos durch das Unterholz bewegen konnten. Wobei man hier zum Unterholz auch Bäume von normalen Ausmaßen dazuzählen konnte. Denn vereinzelt gab es Baumriesen, die diesen Namen wirklich verdienten. Hinter manchen Wurzeln konnte sich ein ausgewachsener Mann problemlos aufrecht stehend verstecken.

Sie entfachten das Feuer aufs Neue und versammelten sich darum. Dann begannen sie, sich zu unterhalten. Bis hierher hatte ich ja schon einige seltsame Spracherfahrungen gesammelt, aber das hier war neu. Ihre Sprache glich eher einem Morsecode, ein einziges Geklicke.

»Es war töricht, einen Speer als Begrüßung zu senden«, sagte der Anführer.

Zumindest hatte ich den Eindruck, dass er als solcher agierte, die Ketten mit unzähligen Tierschädeln um seinen Hals schienen darauf hinzuweisen. Außerdem war er noch hutzeliger als die Übrigen.

»Hätte ich ihnen ein Geschenk zur Begrüßung überreichen sollen? Als Dank für unsere Gefangenschaft?«, entgegnete mein persönlicher Freund finster. Es war vermutlich nicht einfach, mittels Klicklauten derart düster zu sprechen, aber es waren die winzigen Pausen, die es bewirkten.

Insgesamt ähnelte die anschließende Debatte deutlich der unsrigen. Das Fazit, das sich mir daraus erschloss, war, dass diese Geschöpfe genau so wenig wussten wie wir. Ich beobachtete und studierte sie. Sie hatten etwas Mumienhaftes an sich, ihre Augenhöhlen erschienen viel zu ausladend für die kleinen pechschwarzen Glubscher. Aber mit zunehmender Dämmerung schienen diese sich immer weiter zu öffnen.

Während ich noch darüber sinnierte, wie ich am sinnvollsten Kontakt aufnehmen sollte – denn es war kaum eine Option, die ganze Nacht hier sitzen zu bleiben – wurden meine Gedankengänge jäh unterbrochen: Eine der Kreaturen warf eine Steinklinge in einen zwei Meter von mir entfernten Baum. Ein kurzes Quieken war zu vernehmen. Leise schlich das Wesen zu dem Baum und brachte außer seiner Wurfklinge ein mickriges totes Tier mit, das sofort im Feuer landete. Dann jedoch drehte es sich langsam um und starrte mich direkt an. Ich bin mir nicht sicher, was ich in diesem Moment für einen Gesichtsausdruck an den Tag legte, aber es muss wie eine Überdosis Botox ausgesehen haben.

»Da«, sagte es, und innerhalb von Sekundenbruchteilen waren sieben Speere auf meine Person gerichtet.

Besser gesagt nur sechs. Der wurfwütige Genosse hatte mal wieder weit ausgeholt. Erst ein »Stopp!« von dem Alten ließ ihn verharren.

»Einen wunderschönen guten Abend wünsche ich allen Anwesenden. Ich saß hier so auf dem Baum herum und kam nicht umhin, euren Gesprächen zu lauschen«, sprach ich in dem meiner Art entsprechenden fröhlichen Plauderton. Zumindest versuchte ich es. Wie mein krampfhaftes Geschnalze rüberkam, konnte ich nicht recht beurteilen.

Tellergroße Pupillen starrten mich an. Allmählich dämmerte mir, dass es sich bei diesen Leuten um nachtaktive Wesen handelte. Und ein zweites Licht ging mir auf. Mein Federschmuck verlor mit abnehmender Helligkeit seine tarnende Wirkung. Da außer dem Absenken der Speere um einige Zentimeter keine sonstige Reaktion kam, brabbelte ich einfach weiter.

»So wie ich die Sache sehe, seid ihr genauso Gefangene wie wir«, sagte ich und beschloss, mich aus dem Hühnchenkostüm zu pellen.

Ein leises Klicken war zu vernehmen, das wohl einem erstaunten Raunen der Menschen entsprach.

»Wir haben versucht, mit euch zu sprechen, aber die erste Begegnung verlief nicht so glücklich. Nicht wahr, mein Freund?«, sagte ich und beäugte denjenigen, dem ich diese hübschen schwarzen Verästlungen auf meiner Haut verdankte.

»Du bist das Wesen von der Brücke«, bekam ich zur Antwort.

»Richtig. Und du derjenige, der seinen Speer verloren hat«, konterte ich.

Einige Sekunden Stille. Dann meldete sich der Alte zu Wort.

»Und du hast ihn freundlicherweise aufgefangen.«

Hörte ich da eine Spur von Sarkasmus?

»Ja, das habe ich. Aber leider nicht ganz«, antwortete ich. Langsam zog ich mein T-Shirt hoch und deutete auf einen mittlerweile fußballgroßen pechschwarzen Fleck hin.

»Kann ich davon ausgehen, dass die Spitze vergiftet war?«, fragte ich.

»Das sind unsere Waffen alle. Es ist aber eine unglaubliche Leistung, dass du ihn gefangen hast. Normalerweise überlebt nichts, auf das er zielt.« Dabei deutete er auf den Werfer.

»Mit ein bisschen Übung wird das schon«, rutschte es mir heraus.

Der Speerwerfer, der eben noch betroffen wirkte, richtete sich erneut zu seiner vollen Größe von ungefähr zwei Metern auf. Von den anderen folgte wieder ein leises »Klack«. Dies zu interpretieren, fiel mir schwer, aber es hatte etwas von einem kurzen hämischen Lachen. Bitte, lass sie über Humor verfügen!, dachte ich, bevor ich weitersprach.

»Vielleicht sollte ich mich zuerst vorstellen und euch die Geschichte erzählen, wie ich hierherkam. Anschließend teilt ihr mir die eure mit und danach sind wir schlauer.«

Dieser Vorschlag wurde akzeptiert. Den Rest der Nacht verbrachten wir am Feuer. Wir erzählten und hörten zu. Ich erfuhr, dass sich diese Wesen als Skyta bezeichnete, und was sie erlebt hatten, ähnelte sehr dem, was ich von den Ka gehört hatte. Nach einem tiefen Schlaf kam das Erwachen in einer veränderten Umgebung. Diesmal achtete ich auf die Sterne und die Anzahl der Monde; sie sahen genauso aus wie bei den Ka.

»Deine Geschichte ist unglaublich und verwirrend zugleich«, sagte ID. Das war der Name jenes Wesens, das mir meine Verletzung zugefügt hatte.

»Wenn es stimmt, wie du behauptest, dass wir alle aus einer anderen Welt kommen, wieso trägst du dann ein Federkleid der Tips?«

»Du meinst die Vögel?«, hakte ich nach.

»Ja, genau die meine ich«, entgegnete er.

»Die gibt es bei den Ka. Dort nennt man sie Wocoks. In meiner Welt sind sie unbekannt«, antwortete ich.

»Verschiedene Welten, aber gleiche Vögel. Wie kann das sein?«, fragte er mich.

»Mir ist aufgefallen, dass der Sternenhimmel bei euch und den Ka derselbe ist«, sagte ich. »Aber erklären kann ich es nicht. Stammt ihr von der gleichen Welt?«

»Das ist nicht möglich. Wir kennen unser Land, und obwohl man Monate braucht, um es zu durchqueren, kennen wir alle dort lebenden Geschöpfe«, widersprach er.

»Hinter dem großen Wasser liegen die unbekannten Welten«, warf der Alte ein. »Es gibt alte Legenden, die davon berichten.«

»Das sind doch nur Märchen. Du weißt selbst, dass du mit einem Boot nicht weiter als drei Speerwürfe rausfahren kannst, ohne dass sie dich erwischen«, erwiderte ID.

»Das mag stimmen, ist aber kein Beweis dafür, dass es keine weiteren Länder gibt«, entgegnete der Alte gelassen.

»Entschuldigung, aber wer erwischt hier wen?«, fragte ich.

»Es sind die Tripaars, die dich packen und verspeisen, wenn du dich mit einem Boot zu weit vom Ufer entfernst«, erzählte mir der Anführer, dessen Name Hod war.

»Ich kann euch nur sagen, dass es auf meiner Welt viele Länder gibt, die durch große Wasser getrennt sind. Und wir haben lange gebraucht sie zu überqueren«, erklärte ich den Skyta. »Auch bei uns gab es unzählige Geschichten über Monster, die die Meere bewohnten und jeden Seefahrer in die Tiefe ziehen.«

Hod erklärte: »Bei den Tripaars wird die Geschichte schnell zur Realität und der Jäger zur Beute.«

Also gab es eine Barriere, die die Skyta nicht überwinden konnten. Wir besprachen noch dies und das und waren uns schließlich einig, dass es in unser aller Interesse sei, gemeinsam herauszufinden, warum wir hier festsaßen. Zusammenfassend kam ich zu der Einsicht, dass die Skyta im Großen und Ganzen vernünftig dachten und handelten. Sie wirkten stoisch und ausgeglichen. Und trotz ihrer primitiven Erscheinung erschienen sie mir scharfsinnig und logisch.

Hod gab mir einen mit Heilpflanzen getränkten Lappen, den ich mir auf die Wunde pressen sollte. Zumindest redete ich mir ein, dass es Kräuter waren. Die genaue Zusammensetzung wollte ich lieber nicht wissen, nachdem ich festgestellt hatte, dass die Essgewohnheiten der Skyta denen der Ka um nichts nachstand. Mein Hinterkopf dachte an zerriebene Käfer und andere schleimige Tierchen.

»Es wird die Wirkung nur verzögern. Heilung kannst du keinesfalls erwarten. Aber normalerweise macht jemand, der das Gift abbekommt, ohnehin nur noch drei Schritte«, erklärte mir Hod.

»Und wieso glaubst du, dass deine Medizin etwas bei mir bewirkt?«, fragte ich.

»Ich glaube nichts, aber schlimmer kann es kaum werden«, sprach er.

Es war kurz vor Morgengrauen, als wir in Richtung Brücke aufbrachen. Da die Skyta mir von einer weiteren Kugel berichtet hatten, war mir die nächste Etappe auf unserer Reiseroute klar.

»Autsch, Scheiße ... verdammter Mist!«, ließ ich verlauten.

»Ist es bei euch Brauch, vor jeden zweiten Baum zu laufen?«, fragte ID.

»So ungefähr«, antwortete ich. »Meistens sind wir am Tag unterwegs«, fügte ich hinzu.

»Er sieht absolut gar nichts. Nimm ihn an die Hand, sonst denken seine Freunde, wir hätten ihn gefoltert«, sagte Hod.

»Ach, mit ein bisschen Übung wird das schon«, erwiderte ID, griff dann aber trotzdem meine Hand und zog mich einfach hinter sich her.

Und ja, die Skyta haben sogar einen recht ausgeprägten Sinn für Humor. Der macht aber ihr gruseliges Aussehen nicht wett. Für den Moment sollte ich mir Anmerkungen zu ihrem schrecklichen Erscheinungsbild ersparen, nur so viel sei verraten: Frankensteins Monster sah dagegen aus wie ein Laufsteg-Model.

Die aufgehende Sonne verlieh meinem Erscheinen auf der Bildfläche etwas Dramatisches. Schleunigst schüttelte ich IDs Hand ab und bedankte mich. So schritt ich in Richtung Kugel, flankiert von sechs Skyta. Diese hatten sich zuvor noch allesamt mit Asche eingerieben, was ihren dämonischen Look noch unterstrich. Auf der gegenüberliegenden Seite brannte ein Lagerfeuer. Kenzo und Una waren zu erkennen, die dort Wache hielten. Auch einige der Ka behielten die Brücke die gesamte Zeit im Auge. Als man uns entdeckte, brach Tumult aus. Überall wuselten Ka durcheinander. Rufe erschallten.

Zugegeben, ich fühlte mich sehr heldenhaft, da ich eine friedliche Zusammenführung erreicht hatte. Also stand ich dort wie ein goldener Ritter, gleich einem edlen Recken mit Gefolge. Für Normalsterbliche sah ich wahrscheinlich eher aus wie der Höllenfürst samt Anhang. Mit meinem Auftritt hätte ich zur Zeit der Kreuzzüge jedes Heer in die Flucht geschlagen. Aber bescheiden wie ich bin, ersparte ich mir weiteres Posieren und winkte freudig den anderen zu. Jetzt blieb zu hoffen, dass wir die Brücke in Gang bekamen. Doch wie von Zauberhand und ohne jedes Zutun setzte sich das Ding von alleine in Betrieb.

»Hatte ich schon angemerkt, dass ich das Gefühl habe, dass uns eine dritte Partei beobachtet?«, sagte ich zu Hod.

»So etwas in der Art hattest du erwähnt. Es hat sogar den Anschein, dass uns diese Partei zusammenführen will«, antwortete er.

»Und wir werden herausfinden, wer das ist!«, erwiderte ich.

»Ja, das werden wir«, sagte ID.

»Nur ID und ich werden dich über die Brücke begleiten. Deine Leute sollen nicht denken, dass es sich um einen Überfall handelt«, gab Hod von sich.

»Und im Falle eines Hinterhalts wären die Verluste gering«, trällerte ich.

»Blind auf den Augen, aber hell im Geiste«, bekam ich zur Antwort.

»Wo ist eigentlich der Siebte von euch geblieben?«

»Er informiert die anderen des Stammes über die neue Situation.«

»Aha«

Kulturbeuteltausch

So flanierte ich mit Hod und ID über die Brücke. Auf der anderen Seite hatten sich bereits alle aufgereiht. Als wir uns gegenüberstanden, sprach ich Worte von historischer Tragweite, Sätze, die in die Geschichte eingehen würden: »Dies hier sind die Skyta. Sie sind unsere neuen Verbündeten auf der Suche nach der Wahrheit.«

Ein lauter Freudenjubel brach aus. Conor kam zu mir gelaufen, eine kleines Gefäß in der Hand. Die Erleichterung stand ihm ins Gesicht geschrieben.

»Hier, für dich«, drückte er mir lächelnd den Topf in die Hand.

Ich lugte hinein. Viel konnte ich nicht erkennen, nur dass sich dort etwas bewegte.

»Besten Dank«, sagte ich.

»Ein Willkommensgeschenk?«, fragte Hod.

»Eher ein Scherz, da wir bekannterweise nichts essen.«

»Na dann gib mal her«, sprach er und nahm mir die glibberige Angelegenheit ab.

Mit seinen knöchrigen Fingern fischte er in dem Gefäß herum und zog eine undefinierbare zappelnde Kreatur heraus. Ehe ich mich versah, war sie auch schon in seinem Mund verschwunden und er kaute grinsend vor sich hin.

»Man sollte immer offen für Neues sein«, gab er mampfend von sich. »Ist doch zum Essen, oder?«

Die Ka quittierten letztere Aktion mit erneutem Jubel. Ich verzog nur die Mundwinkel. Dann kam Una auf mich zu. »Warum hat das denn so lange gedauert? Musstest du die ganze Nacht wegbleiben?«, fragte sie halb scherzhaft.

Aber auch ihr war sichtbar ein Stein vom Herzen gefallen. Kenzo, Skari, Jo und die Schar der Ka hatten uns umringt.

»Das ist Hod, der Anführer der Skyta«, sagte ich zu Jo.

Was nun folgte, war der Versuch der beiden, sich zu verständigen. Heraus kam eine Mischung von Grunzlauten und Geklicker.

»Ich verstehe nur Klick Klack«, sagte Jo.

»Was hat er gegrunzt?«, fragte mich Hod.

»Ihr sprecht unterschiedliche Sprachen«, übersetzte ich

den beiden. »Das Problem sollten wir bald in Angriff nehmen.«

»Vorläufig geht es auch so. Dann bist du solange der Übersetzer«, erklärte Hod.

Dann nahm er einen Beutel, den er bei sich trug, um ihn würdevoll an Jo zu überreichen. Dieser nahm ihn dankend in Empfang, um dann darin herumzugraben wie ein Trüffelschwein in der Erde. Er kramte Knochen und Steinchen hervor und schien sichtlich erfreut zu sein. Nun übergab auch Jo in angemessener Würde einen Beutel, und Hod nahm ihn entgegen. Auch er untersuchte den Inhalt, nur mit weniger Hektik.

Kurz überlegte ich, wie es wäre, wenn man bei uns zuhause seine Kulturbeutel tauschen würde. »Oh danke! Eine Zahnbürste, und fast noch unbenutzt!« Weitere Assoziationen dieser Art wischte ich beiseite.

Hod kam schleunigst zur Sache. Er kratzte mit seinem Speer ein Bild in eine sandige Stelle im Boden und zeigte es Jo. »Ich glaube, das ist das Bild von einem Golott«, sagte Jo zu mir. Das Ding sah aus wie ein urzeitlicher Meeressaurier und ich fragte ihn, ob er es kennen würde.

»Ich denke schon. Aber die leben im Salzwasser. Wir Ka gehen nicht in salziges Wasser. Ist schlecht für die Haut. Und die Viecher sind schlecht für die Gesundheit«, antwortete er.

Nach meiner Übersetzung nickten Hod und ID.

»Also könnte an deiner Vermutung was dran sein«, sagte ID.

Erstaunlich an den Skyta fand ich, dass sie keine Probleme damit hatten, eine gefestigte Meinung wieder über Bord zu werfen. Ein Mensch dagegen ist von seiner Überzeugung schwieriger abzubringen als ein Alkoholiker von der Flasche.

»Die Möglichkeit besteht also. Mal sehen, ob uns das bei unserem Rätsel weiterhilft«, sprach ich.

»Wir werden sehen. Du solltest dich jetzt zu deinem Weibchen gesellen, sie scheint mit dir sprechen zu wollen. Wir kommen hier schon klar«, bemerkte Hod.

»Das ist nicht mein Weibchen!«, sagte ich und schaute instinktiv zu Una, die abseits stand.

Hod lachte und wandte sich Jo zu. Una lungerte betont

lässig herum, aber man konnte erkennen, dass ihr etwas unter den Nägeln brannte.

»Was geht ab, junge Dame?«, fragte ich, als ich vor ihr stand.

»Wie geht es dir?«, fragte sie.

Ich vermutete längst, dass sie sich Sorgen machte. Niemandem würde es helfen, auch noch Salz in die Wunden zu streuen.

»Danke der Nachfrage. Ich habe von Hod Medizin bekommen. Es wird aber dauern.«

»Oh, das hört sich gut an. Wie schätzt du die neuen Alliierten ein?«, fragte sie.

»Ich halte sie für schlaue Kerlchen, aber was die Situation hier angeht, haben die genau so viel Ahnung wie wir« begann ich vor mich hin zu fachsimpeln. »Wenn ich mir das alles so zusammenreime, habe ich den Eindruck, dass wir uns auf einem fremden Planeten befinden, der von den Ka und den Skyta bewohnt wird. Die beiden Spezies sind sich aufgrund ihrer mangelnden Technologie noch nie über den Weg gelaufen. Oder sie hegen nicht den Wunsch, ständig zu expandieren oder umherzuwandern. Außerdem scheint das umgebende Meer einige gefährliche Kreaturen zu beherbergen.«

Unas Gesichtszüge wurden entspannter. Im Gegenzug bildete sich ein verdächtiges Grinsen um ihre Mundwinkel. Das löste ein gewisses Unbehagen in mir aus, da ich es nicht einordnen konnte.

»Stimmt es, dass du bei der Eröffnung einer Diskothek ein paar Go-go-Girls aus ihrem Käfig geholt hast, um ihnen zu zeigen, wie man richtig tanzt?«, fragte sie mich. »Und das Erste, was dein Vater am nächsten Morgen in der Zeitung sah, war sein Sohn hinter Gitterstäben?«

Statt zu antworten, zog ich meine Augenbrauen zusammen.

Jo näherte sich und rief schon von Weitem: »Tarzan, weißt du, ob bei den Skyta derselbe Mond scheint wie bei uns?«

»Die Feuerwehr musste dich aus einem Baum holen«, legte Una nach, »nachdem dein Versuch einer Katzenrettung danebengegangen war?«

Die Muskulatur meiner oberen Gesichtshälfte formte

mein Antlitz zu einem todverheißenden Schlangenblick. Jo, der Unas Bemerkung gehört hatte, machte eine komplette Hundertachtziggradwendung, nachdem mein finsterer Blick ihn getroffen hatte. Er murmelte einige Worte von der Wäsche seiner Frau und verschwand als kleiner gelber Punkt am Horizont.

»Wie bitte kommt man auf die Idee, sich vor ein paar Kühe zu knien, um sie dann aufzufordern, dich anzubeten?«, fragte sie mit einem ausladenden Kichern.

»Zu viel Bier«, grummelte ich knapp. »Besteht die Möglichkeit, dass du dich mit einem gewissen Ka unterhalten hast?«

»Die besteht durchaus. Nicht dass ich ihn ausgequetscht hätte. Vielmehr ist es aus ihm hervorgesprudelt.«

Vor meinem inneren Auge entstand ein Bild von Jo, wie er mit einer Kittelschürze und Lockenwicklern vor einem Stück Sahnetorte sitzt, um den Inhalt meines Lebens jedem anzuvertrauen, der es nicht wissen wollte.

»Una, bitte! Wir haben jetzt Wichtigeres zu tun, als unbedeutende Details aus meinem Leben zu erörtern. Die Zusammenführung dreier verschiedener Kulturen sollte nun oberste Priorität haben«, versuchte ich das Thema zu wechseln.

»Da hast du natürlich recht. Dann geh mal los und setze ein paar Prioritäten«, erwiderte sie.

»Gut ... das mache ich ... jetzt. Dann werde ich ...«, antwortete ich, um mich abzuwenden.

»Alles klar, bis später!«, sagte sie.

Ich trollte mich, Jo verfluchend, von dannen.

»Ach, eine Sache noch«, rief sie mir hinterher. »Meine Brüste sind echt, kein Gramm Silikon!«

Während ich nach Luft schnappte und im Gegensatz zu dem verflixten Ka eine zunehmend rötliche Farbe annahm, sah ich im Vorbeistapfen, dass die Ka festlich aufgetischt hatten, und den Skyta schien es zu schmecken.

Um mich abzuregen, ging ich zu Conor, der unter einem Baum saß, und wir unterhielten uns über seine Familie. Es schien ihm gut zu tun, sich etwas von der Seele zu reden. Nach einer Weile stand er auf und begab sich zu den anderen. Inzwischen war ich wieder sehr ruhig geworden und blieb sitzen, schlief sogar kurz ein. Dabei träumte ich, wie ich mit Una in einem französischen Feinschmecker-Restaurant saß und ihr alle möglichen erfundenen Dinge aus meinem Leben erzählte. Und ich glaube, Jo kam auch in dem Traum vor – aber auf dem Teller. Ich phantasierte wirres Zeug von Außerirdischen, bis Skari mich weckte. Sie trug eine Kette mit kleinen Tierschädeln um den Hals. Man hatte in der Zwischenzeit alles Erdenkliche getauscht.

»Du solltest bei der weiteren Planung dabei sein«, sprach sie lächelnd.

»Der Weg liegt kristallklar vor meinen Augen«, sagte ich. »Lass uns gehen.«

Auf dem Weg kam uns Kenzo entgegen und fing mich ab.

»Geh schon mal weiter, wir kommen gleich nach«, bat er Skari.

Er blieb kurz vor mir stehen und musterte mich. Dann zog er mein T-Shirt hoch und betrachtete die schwarze Brust.

»Das wird nicht besser«, stellte er fest.

»Nicht im Geringsten«, sagte ich matt.

»Hast du das Una gezeigt?«, fragte er.

»Ist nicht nötig«, gab ich zurück.

»Verstehe«, sagte er. »Wir sollten aufbrechen, bevor du nicht mehr dazu in der Lage bist.«

»Ja, das wird wohl das Beste sein.«

Die Vorbereitungen unserer Abreise und die Verabschiedungsrituale zogen sich für meinen Geschmack auch diesmal arg in die Länge, aber ich blieb geduldig. Kenzo machte statt meiner Druck. Als es endlich so weit war, marschierten die beiden Skyta, Jo und der Rest unserer Mannschaft über die noch immer offene Brücke. Hod blies in eine kleine Pfeife und auf der anderen Seite traten plötzlich an die zweihundert Skyta wie aus dem Nichts in Erscheinung. Nach ein paar weiteren kurzen Pfeiftönen begannen die Skyta, mit ihren an den Boden gestemmten Speeren zu schwingen, sodass ein surrendes Geräusch entstand. Dazu verfielen sie in ein zügig aufeinanderfolgendes Klacken mit ihrer Stimme. Die Ka auf der anderen Seite ließen sich nicht lumpen und setzten mit ihrem typischen Jodeln ein. Das alles schwoll zu einem Höllenlärm an und ergab eine beeindruckende Geräuschkulisse.

Unser Fußmarsch führte durch das Gebiet der Skyta. Eine große Anzahl von ihnen begleitete uns zwar, blieb aber weitgehend unsichtbar. Wir kraxelten über gigantische Baumwurzeln und zwängten uns durch dichtes Unterholz. Als wir schließlich etwas betraten, das man mit viel Einbildungskraft als Weg bezeichnen könnte, schob sich etwas breites Gelbes neben mich.

»Tarzan, ich hoffe, du bist mir nicht böse, dass ich mit Una über dein Leben gesprochen habe«, sagte Jo.

Ich sah ihn und seinen verlegenen Gesichtsausdruck an. Man konnte es ihm wirklich nicht krummnehmen.

»Nein, bin ich nicht. Aber musstest du ihr denn unbedingt gleich so viel erzählen?«

»Ich weiß, aber seit ich dein Leben einmal durchlaufen musste, hatte ich das Gefühl, dass mein Kopf platzt. Da ist so viel drin. Und das will raus«, murmelte er kleinlaut vor sich hin.

»Verstehe schon«, sagte ich. »Aber halte dich in Zukunft bitte zurück.«

»Sicher, sicher. Kein Problem«, sprach er erleichtert und machte sich wieder davon.

Und ob das ein Problem für ihn ist, dachte ich mir. Aber ich hatte andere Sorgen, als mich über Schwatztanten aufzuregen. Es fühlte sich so an, als ob mir bald das Gammelfleisch von den Knochen fallen würde. Unter normalen Umständen hätte man mich auf einer Bahre transportieren müssen. Jetzt war es, als bewegten sich nur meine Knochen, und das Gewebe samt Muskeln schlabberten ohne jegliche Funktion darauf herum. Mein Körper sendete zwar ständig Warnmeldungen, aber Schmerzen waren das nicht. Vielmehr eine innere Stimme, die mir zurief, dass ich in genau fünf Kilometern auseinanderbröseln würde.

Als Nächster gesellte sich ID neben mich.

»Ich bin hier, um mich in aller Form für mein Verhalten zu entschuldigen. Es ist meinem emotionalen Versagen zuzuschreiben, dass du durch meine Hand sterben wirst. Somit stehe ich in deiner Schuld. Wenn ich also etwas für dich tun kann, sage es mir bitte«, sprach er.

Kurz überlegte ich und antwortete ihm: »Du vergisst, dass

ich bereits tot bin. Und falls ich nun erneut von dannen ziehen muss, nun ja ... dann bin ich immerhin der Erste, den ich kenne, der das geschafft hat. Wir können es nicht mehr ändern. Gleichzeitig ist es mir ein Rätsel, warum ich das alles relativ gelassen nehme. Der Normalfall wäre, in Panik zu geraten.«

»Hm, Panik«, grübelte er leise vor sich hin.

Im Nachhinein bekam ich heraus, dass den Skyta dergleichen unbekannt ist. Und auch die Angst ist etwas, das nur die Jüngeren zum Selbstschutz besitzen. Sie verschwindet wie die Pickel eines Pubertierenden von alleine und lässt sich nicht mehr blicken.

Nachdem sich auch ID wieder davongemacht hatte, schloss Una die Lücke neben mir. Und sie sagte ... nichts. Diese Stille hämmerte laut in meinem Ohr.

»Nun leg schon los«, sprach ich mit einem leicht gereizten Unterton.

»Womit denn?«, trällerte sie unschuldig.

»Das weißt du ganz genau. Damit, mir die Fehltritte und Peinlichkeiten meines Lebens unter die Nase zu reiben.«

»Das hast du aber schön formuliert. Aber nein, das möchte ich gar nicht.«

»Was möchtest du dann?«, fragte ich.

»Nichts. Kann man denn nicht einfach nur ein Stück des Weges teilen?«, flötete sie in einem Tonfall, der ganz offensichtlich auf Verstellung hindeutete.

»Ach komm schon. Bitte mach es kurz und schmerzlos«, brachte ich müde vor.

»Ich werde doch nicht mein ganzes Pulver auf einmal verschießen«, sagte sie. »Aber gut, bevor du noch paranoid wirst, gehe ich mal lieber.«

»Na gut, dann mal bis später«, grummelte ich.

Sie ließ sich zurückfallen. Kaum war sie aus meinem Gesichtsfeld verschwunden, hörte ich sie auch schon rufen. »Skari! Komm mal! Ich muss dir etwas Interessantes unter vier Augen erzählen!«

»Grunz.« So ähnlich klang das letzte Wort, das ich von mir gab. Für die nächsten zwei Stunden versuchte ich, jedem Gespräch auszuweichen.

Der Geist ist willig, aber das Fleisch ist schwach. Und wie. Ich stapfte vorwärts, meine Muskeln wie Kleidungsstücke mitschleppend. Meine Nase registrierte einen leichten Verwesungsgeruch, der von mir selbst ausging. Ich musste an meinen Vater denken, der vor zwei Jahren bei einem Arbeitsunfall gestorben war. Und an meine Mutter, die jetzt nur noch meinen kleinen Bruder hatte. Er war ein lustiger Kerl, aber durch und durch ein Nerd. Falls er es mal geschafft haben sollte, sich von seinem Computer loszueisen, würde Mutter auch die heiß ersehnten Enkel bekommen haben. Nutzlose Gedankenspiele, alles schon Vergangenheit. Oder noch weit entfernte Zukunft? Oder weder noch? Falls wir in Unas Zeit wären, wären bereits Generationen vergangen, falls wir beispielsweise in Conors Zeit wären, würden noch Jahrhunderte vergehen, bis ich geboren würde.

Frauengetuschel und -gekicher drangen durch meine sensiblen Gehörgänge. Hatten die nichts Besseres zu tun, als sich über mein verkorkstes Leben das Maul zu zerreißen? Genervt blieb ich stehen, bis Skari und Una direkt vor mir standen.

»Ist das alles, worüber ihr euch Sorgen machen könnt? Na und, dann passiert eben die ein oder andere Peinlichkeit. Wir haben wirklich andere Nöte«, meckerte ich.

Verblüffung und auch Entsetzen stand auf ihren Gesichtern.

»Entschuldige Tarzan, wenn wir ein bisschen über Kenzo gelästert haben«, sagte Skari kleinlaut.

»Ja, natürlich habt ihr das. Kenzo. Über wen sonst? Davon rede ich ja die ganze ... ich ... ich habe ...«, stammelte ich.

Und dann gingen mir einfach die Lichter aus.

Als ich die Augen wieder aufschlug, blickte ich in eine Menge besorgter Gesichter. Na gut, das von Hod schien nicht von Sorge erfüllt, was aber eher daran lag, dass er nicht dazu in der Lage war, einen solchen Gesichtsausdruck zustande zu bringen.

»Wie geht es dir?«, fragten Kenzo und Jo fast gleichzeitig.

»Super, alles paletti«

Es folgten noch besorgtere Gesichter.

»Das klingt nicht gut«, murmelte Una.

»Fühl mal, ob er Fieber hat«, sagte Skari.

Die riesige Pfote von Jo klatschte auf mein Gesicht.

»Eigentlich meinte ich Una«, brummte sie.

Ich wischte mir die Tatze aus der Physiognomie und stand auf.

»Leute, es geht mir gut. Entschuldigung für den Ausrutscher eben«, sagte ich.

Hände, die mich stützen wollten, schob ich dankend zur Seite. ID stand abseits auf seinem Speer aufgestützt. Er hatte gerade damit aufgehört, ein Loch in den Boden zu kratzen.

»Suchst du was Bestimmtes?«, erkundigte ich mich.

»Nein, ich wollte dein Grab ausheben«, sagte er.

»Wie lange war ich weg?«, fragte ich Una.

»Vielleicht fünf Minuten«, antwortete sie.

»Na toll. Da ruhe ich mich mal kurz aus und du schaufelst schon meine Gruft«, sprach ich, an ID gewandt.

»Es sah so aus, als wäre es das jetzt mit dir gewesen«, antwortete er.

»Nein, das war es noch lange nicht«, sagte ich. »Und nun weiter, bitte!«

Bald darauf erreichten wir die Kugel. Auch hier gab es die obligatorische Brücke.

»Du bist mittlerweile schwarz im Gesicht. Du kannst mir nicht erzählen, dass die Medizin eine Wirkung hat«, sprach Una besorgt.

»Was soll's? Black is beautiful. Schau dir Skari an«, sagte ich und stiefelte schnurstracks zur Kugel.

»Du siehst nicht mal im Ansatz wie Skari aus und bist definitiv das Gegenteil von beautiful«, ließ sie verlauten.

Die anderen hatten sich um die Kugel positioniert. Ich musterte das Ding nur kurz und rief dann laut: »SESAM, SE-SAM öffne dich!«

Und siehe da, ich wurde erhört. Die Brückenglieder schoben sich aufeinander zu und ich setzte meinen Weg fort. Dem Tross blieb wohl oder übel nichts anderes übrig, als mir zu folgen. Von den Skyta folgten uns nur Hod und ID. Die anderen waren angewiesen worden, zum Dorf zurückzukehren.

Die Macht des Druiden

Wieder einmal war die Landschaft vor uns derart geformt, dass es nur den einen möglichen Weg gab. Links und rechts ragten Felswände in die Höhe, ein breiter Weg, Gras, niedrige Büsche und vereinzelt ein Baum.

»Hier sieht es wie in Schottland aus«, stellte Conor fest. »Fehlen nur noch die Schafe.«

»Man kann schon aus großer Entfernung entdeckt werden«, führte Hod an, dem sein Wald zu fehlen schien.

»Ich finde, Tarzan hat den Wahnsinn in den Augen«, sprach Kenzo leise zu Una.

»Stimmt, er wirkt gespenstisch, aber das kommt sicherlich von dem Gift«, flüsterte sie.

»Es hat fast den Anschein, dass er sich in einen Dämon verwandelt«, tuschelte Jo mit gedämpfter Stimme.

»Er hat doch gesagt, dass es keine Dämonen gibt«, wisperte nun auch Conor mit einer Lautstärke, wie es nur Kinder vermögen.

»Pssst. Wenn er in einen Spiegel schauen könnte, würde er seine Meinung revidieren«, hauchte Una.

»Ich kann euch hören!«, rief ich freundlich. Danach gab ich ein schurkenhaftes Lachen von mir, wie es die durchgeknallten Bösewichte in schlechten Filmen immer taten. Niemand sagte mehr etwas, außer mir nach einiger Zeit. Und zwar »Guten Tag«, als ich an einem Schaf vorbeilief. Es antwortete mit einem freundlichen Blöken.

Der Pfad führte uns einen Abhang hinauf. Just in diesem Moment bildeten sich dunkle Wolken am Himmel. In kürzester Zeit braute sich ein Unwetter zusammen. Dramatische Wolkenformationen fegten über uns hinweg, aber seltsamerweise kam nur ein leichter Wind auf. Die Vögel verstummten. Nein, falsch. Es waren auch vorher keine Vögel da. Aber wenn, dann hätten sie jetzt ihren Schnabel gehalten. Mit mir an der Spitze kamen wir über die Kuppe des Hügels.

Und dann sahen wir **IHN**.

Er stand auf einem grandiosen Findling, der aus dem Boden ragte. Die Haare waren noch um einiges länger als die meinigen und schlohweiß. Die gleiche Farbe zierte auch seinen Bart, der ihm bis zum Bauch reichte. Er trug ein weißes Gewand mit einer Kapuze, die er aber nicht übergezogen hatte. Sonst hätte das Haar auch nicht so bombig im Wind geweht. In der linken Hand hielt er einen langen knorrigen Holzstab.

Wie einstudiert reihten wir uns nebeneinander auf.

»Das ist ein Druide!«, stammelte Conor. »Vielleicht sogar Merlin.«

»Ich weiß nicht, was ein Druide ist, aber für mich sieht er aus wie ein weiser alter Mann«, raunte Kenzo.

»Der sieht aus wie Gandalf«, sagte ich.

»Du hast Tolkien gelesen?«, fragte Una mich.

»Ja natürlich«, log ich. Ich hatte Tolkien nie geschmökert, hätte es aber in der Zeit, in der ich auf eine passable Verfilmung gewartet hatte, locker geschafft.

In breiter Reihe marschierten wir langsam auf ihn zu.

»Auf eine gewisse Weise beeindruckend«, sagte Hod.

»Also ich finde ihn sehr beeindruckend«, flüsterte ID.

»Und wie«, fügte Skari hinzu.

Wir wurden kontinuierlich langsamer, um in ein paar Metern Entfernung vor ihm stehenzubleiben. Er musterte uns aufmerksam mit seinen stahlfarbenen Augen. Ein gläubiger Christ wäre auf die Knie gefallen und hätte die Teilung eines Meeres erwartet, vorausgesetzt es wäre eines vorhanden gewesen.

Ich trat zwei Schritte nach vorne.

»Hör mal Miraculix, du siehst so aus, als wüsstest du, was hier vorgeht«, sprach ich laut.

Der Alte, der sich im nächsten Moment als extrem rüstig herausstellte, hüpfte mit einem Satz von seinem Stein und landete genau vor mir.

»In der Tat, ich weiß um die Dinge, die hier vorgehen. Und dir, Tarzan, und den anderen will ich gerne alles erklären«, sprach er mit einer unglaublich sonorigen Stimme.

Das war so eine Art von Klangfarbe, für die die Werbefuzzis Unsummen an Geld ausgegeben hätten, derart einlullend war sie.

»Zeige mir doch bitte erst einmal deine Verletzung«, sprach er.

Ohne einen Moment darüber nachzudenken, dass er mich »Tarzan« genannt hatte, zog ich mein T-Shirt hoch und präsentierte die schwarze Plauze. Er legte den Kopf leicht schräg und musterte mich. Doch dann griff er mit einer Geschwindigkeit, die ich nicht für möglich gehalten hätte, nach meinem Bauch. Ohne die geringste Mühe riss er ein Stück heraus und betrachtete es.

Mir rutschte ein instinktives Fiepsen heraus. Dann musste ich mit ansehen, wie er mein teuer gezüchtetes Bauchfleisch achtlos ins Gras warf. Ich vermochte nicht zu sehen, was hinter mir geschah, aber ich konnte Kenzos Schwertspitze aufblitzen sehen. Unmittelbar vor dem Gesicht des Alten kam sie zum Stillstand. Und dort blieb sie auch, da der Supergreis sie festhielt, egal wie sehr Kenzo sich am anderen Ende auch abmühte. Mit nur zwei Fingerspitzen hielt er sie, als sei sie in einem Schraubstock eingezwängt.

Ein lautes »Warte!« von Hod verriet mir, wo sich IDs Speer gerade befand. Und ich war mir ziemlich sicher, dass Conor den Priester, oder was auch immer er war, mit seinem Bogen ins Visier genommen hatte.

»Ihr braucht keine Angst vor mir zu haben«, sprach er beruhigend. »Es ist nicht meine Absicht, euch etwas zu tun. Es war wohl etwas unachtsam von mir, ein Stück von Tarzan wegzuwerfen. Ihr Menschen hängt so sehr an euren Körperteilen. Was auch durchaus verständlich ist.«

O.k., entweder litt der Alte an einer hoffnungslosen Selbstüberschätzung, oder er war brandgefährlich. Bei der Betrachtung meines nicht mehr ganz vorhandenen Bauches tendierte ich schnell zur zweiten Möglichkeit.

Aber gerade das Begutachten und das, was ich erblickte, wurde im Moment zu einem Problem für mich. Man soll bekannterweise nicht in den Abgrund starren, weil der Abgrund sonst zurückstarrt und einen ins Visier nimmt. Aber wie das so ist, man blickt und beäugt, obwohl man es besser wissen müsste. Es war jedenfalls nicht das Loch in meinem Körper, das mich schlagartig in Verzweiflung versetzte. Es war eine Art Erkenntnis, die sich langsam ihren Weg an die Oberfläche bahnte. Ich zog das T-Shirt wieder runter, indes Blut und andere Flüssigkeiten, die ich nicht näher definieren möchte, über meine Hose rannen. Dann richtete ich mich aus meiner gekrümmten Haltung wieder auf und hob die Hand in die Luft, um allen zu signalisieren, dass sie ruhig bleiben sollten.

»Ja, im Allgemeinen hängen wir sogar ziemlich an ihnen«, zischte ich.

»Das tut mir wirklich sehr leid. Möchtest du deinen Bauch mitnehmen? Ich könnte ihn dir einpacken, wenn du willst«, sagte der Superdruide, als spräche er von einem Kotelett mit Gemüsebeilage.

»Nein danke, ich habe keinen Hund zuhause«, hauchte ich sarkastisch.

Er schaute mich kurz an und verzog das Gesicht.

»Oh, ein Witz, ich verstehe. Der war lustig!«, rief er fröhlich und drehte sich zu den anderen. Er ließ Kenzos Schwertklinge los, ohne ihr weitere Beachtung zu schenken.

»Ich möchte euch gerne alles erklären und bin auch schon aufgeregt«, sprach er weiter. »Vielleicht nicht so wie ihr, aber immerhin ein bisschen. Aber zuerst sollten wir Tarzan reparieren. Er fängt schon an zu müffeln.«

»Reparieren! Müffeln ...«, Unas Stimme war knapp davor sich zu überschlagen.

»Una, bitte!«, rief ich, »er kennt die Antworten, die wir suchen.«

Sie biss sich auf die Zunge.

»Medizinisch versorgen, wenn ihr so wollt. Aber zuerst sollte ich mich höflicherweise vorstellen«, sagte der Alte.

»Gut, verrate und deinen Namen«, stieß Kenzo mit einem wütenden Unterton hervor.

»17. Genau genommen Nr. 17. Aber 17 reicht völlig aus«, ließ er verlauten.

Wir glotzten uns gegenseitig an.

»Du heißt 17?«, traute sich Conor zu fragen.

»Ja, wieso? Ist das kein guter Name?«, fragte der gedopte Oberpriester.

»Doch, doch. Fantastischer Name«, winkte ich ab.

»Na dann ist alles bestens. Ihr solltet mir folgen, hier kann ich Tarzan nicht heilen«, sagte er im großväterlichsten Klang, der je vernommen ward. »Ihr werdet gleich Dinge sehen, die dem ein oder anderen vollkommen neu sind und eventuell angsteinflößend. Aber ihr braucht keine Bedenken zu haben. Es gibt ein paar Probleme, über die wir uns gemeinsam Sorgen machen sollten. Aber nun sind wir alle beisammen und werden nach Lösungen suchen.«

Er drehte sich um und ging mit strammen Schritten voran. Nebenbei schwang er mit einer Hand seinen Stab, während sich die andere meinen Bauchschmodder an der Kutte abwischte. Nur folgte ihm keiner. Stattdessen umringten mich die anderen.

»Zeig uns deine Verletzung!«, sagte Skari. »Sollen wir dich tragen?«

Das war im Moment mit Sicherheit das Allerletzte, was ich zulassen würde. Niemand sollte einen Blick auf das böse Loch der Erkenntnis werfen.

»Nein danke, ist schon in Ordnung«, sagte ich zu ihr und versuchte zu lächeln.

»Wir müssen unsere Hoffnung momentan darauf setzen«, flüsterte ich weiter, »dass er uns Erklärungen liefern kann. Und natürlich, dass er mich heilt. Trotzdem seid auf der Hut. Erstens ist das kein Mensch, denn sonst hätte er uns nicht als solche bezeichnet. Und zweitens ist er uns mit seinen Kräften haushoch überlegen.«

»Das ist der gefährlichste Krieger, den ich jemals gesehen habe. So viel ist schon mal klar«, sagte Kenzo.

»Wenn wir Antworten haben wollen, müssen wir seinen Weg gehen. Die andere Richtung wird uns keine geben«, sagte ID.

»Stimmt. Also machen wir uns auf den Weg. Dinge sehen, die euch fremd vorkommen! Na, der hat Nerven. Was mich betrifft, wird mich heute so schnell nichts mehr beeindrucken«, fügte ich hinzu.

An dieser Stelle möchte ich anmerken, dass ich mit meiner geistigen Fußnote aber so was von falsch lag.

17 hatte auch mitbekommen, dass ihm niemand gefolgt war. Das verwunderte ihn ein wenig. Er beobachtete die Schar, die sich um Tarzan herumdrängelte und die sich schließlich doch in Bewegung setzte. Also wartete er geduldig. Eventuell war sein Auftritt doch zu pathetisch gewesen. Sollte er sein Aussehen oder die Stimme ändern?

Wir hielten einen respektvollen Sicherheitsabstand ein, als wir hinter ihm herschlichen. Nach kurzer Zeit sahen wir eine Art Zug vor uns. Das Gefährt schwebte 20 Zentimeter über dem Boden wie auf einem Magnetfeld und hatte die aerodynamischen Formen eines Colani-Designs. Der Rest sah im Prinzip aus wie eine stinknormale U-Bahn. Die einzelne Schiene, über der der Zug schwebte, verlief in Richtung eines Tunnels in der vor uns liegenden Felswand. 17 hatte schon im Inneren Platz genommen und rief uns zu sich. Außer Una und mir beäugten alle das Ding argwöhnisch.

»Kommt schon, das ist ein normaler Zug«, sagte Una. Aber wie soll man das jemanden erklären, der bestenfalls ein Pferd kennt? Alle betraten zaghaft den Innenraum und bewunderten ihn wie Steinzeitmenschen, die zum ersten Mal einen Flugzeugträger sehen. Zwei Reihen Sitze, die aus einem Guss geformt waren, waren gegenüberliegend angeordnet. Fenster und Sicherheitsgurte an den Sitzen, das war's. Una setzte sich und die Gurte schlossen sich automatisch um sie. Nach und nach taten es die anderen ihr gleich. Nur bei Jo hatten die Gurte erkennbare Probleme, sich um seine Hüften zu schwingen. Mit Luft Anhalten und etwas Hilfe hockte er nun da wie eine Presswurst. Ich schmiss mich auf einen Sitz.

»Toll. Wie ich sehe, seid ihr alle bereit. Haltet die Augen auf, es gibt viel zu sehen«, rief 17 und drehte seinen Sitz nach vorn.

»Tut, Tuut! Es geht los«, rief er.

Ich schüttelte den Kopf.

Langsam setzte sich unser Vehikel in Bewegung. Wir beschleunigten, und als wir im Tunnel verschwunden waren, tauchte der Zug fast senkrecht nach unten ab. Es folgte das Gefühl, in ein schwarzes Loch zu fallen. Für einen kurzen Moment war es stockfinster. Dann wurde das Tageslicht durch künstliches ersetzt. Gigantische Scheinwerfer beleuchteten eine noch kolossalere Szenerie. Wir konnten die gesamte Welt von unten sehen. Wir durchpflügten ein riesiges Nichts. In der ersten Sekunde dachte ich, es würde Richtung Hades gehen. Das Schienensystem war weg und wir flogen durch eine gewaltige Konstruktion.

»Seht ihr die Blöcke unter den einzelnen Landmassen?«, fragte 17 eher rhetorisch.

»Die dienen zur Erzeugung der Gravitation. Die anderen Geräte sind Wasseraufbereitungsanlagen, Luftfilter und all so ein Zeug, was man braucht.«

Wir reckten die Hälse von rechts nach links und von oben nach unten. Die Flutlichter, die uns eben noch groß erschien, verwandelten sich innerhalb weniger Augenblicke in Glühwürmchen. In einer irrwitzigen Geschwindigkeit rasten wir unterhalb der Landmassen entlang, für dessen Überquerung wir Tage gebraucht hatten.

»Oberhalb zur linken seht ihr das Ka-Territorium«, erläuterte uns 17, als wären wir eine Betriebsausflugsgruppe.

Jo schien sich nicht entscheiden zu können, welche Farbe er annehmen sollte. Außer Gelb war alles vertreten. Wir sahen fliegende Roboter, mit Leuchten bestückt, die offenbar allerlei Dinge zu erledigen hatten. Aber was mir wirklich die Sprache verschlug – und mir verschlägt es selten die Klappe – war nicht der Anblick der Landmassen über uns, sondern die Sterne und eine Planetenoberfläche unter uns.

Die Geschwindigkeit wurde gedrosselt und wir bewegten uns auf ein formidables Gebilde aus Metall zu. Langsam, aber wirklich ganz langsam erkannte ich, dass wir uns unterhalb eines gigantischen Raumschiffes befanden.

»Das ist nicht möglich«, stammelte selbst Una. »Diese Größe ist unvorstellbar.«

»Oh ja, ich bin schon ziemlich groß geworden, nicht wahr?«, sagte unser Busfahrer in einem Tonfall, so wie Kinder es tun, wenn sie ihre Großeltern längere Zeit nicht gesehen hatten.

»Sagte der gerade ICH?«, schrie ich zu Una rüber, die mir schräg gegenübersaß.

Es gab zwar nicht den geringsten Grund zu schreien, aber es passte recht gut zu der allgemeinen hysterisch-faszinierten Stimmung.

»Das sind keine Antworten, das ist nur irre«, grunzte Jo, dessen Farbe sich bei Blau eingependelt hatte.

Conor schien derart große Augen zu haben wie ein Skyta in der Nacht; indes diese wie immer keine Regung zeigten. Selbst Kenzo wirkte nicht ruhig, sondern eher steif und krallte seine Finger in den Sitz. Und schließlich Skari, die sich nur ihre Hand vor den geöffneten Mund hielt, um nicht zu schreien.

»Wahrscheinlich habt ihr gedacht, ich wäre nur der Körper, der vor euch steht«, erläuterte 17. »Genau genommen bin ich das alles hier. Im Laufe der Jahre habe ich ziemlich zugenommen. Versteht ihr? Zugenommen. Das sollte ein Witz sein«, kicherte er.

»Super Witz!«, rief ich, ein wenig hyperventilierend.

Wir passierten eine Schleuse und meine Gesichtsrunzeln rutschten gemächlich wieder an ihre vorgesehenen Stellen. Obwohl wir uns relativ geruhsam bewegten, schossen wir an Fensterscheiben, Eingängen, Maschinen und was weiß ich nicht alles vorbei. Der Bahnhof einer Großstadt war dagegen bestenfalls ein Fliegenschiss.

Man kam sich vor wie eine Termite innerhalb eines Hügels aus Metall. Andere Züge kreuzten unseren Weg, beladen mit Maschinen und Robotern in allen erdenklichen Variationen. Schächte führten nach oben und nach unten, Aufzüge glitten an den Wänden entlang. Gänge von rechts nach links. Je tiefer wir eindrangen, umso größer wurde das Gewimmel der Technik.

»Nächster Halt: Krankenstation. Hier steigen wir aus. Bitte achten Sie beim Aussteigen auf die Bahnsteigkante. Danke!«, hörte ich eine Stimme sagen, als wir allmählich zum Stehen kamen. Sofort stand ich auf, um Jo aus seiner misslichen Lage zu befreien.

»Die Sitze wurden nicht für XXXL konzipiert«, sagte ich.

Aber er schien nicht zuzuhören. Dafür war er zu sehr mit argwöhnischem Staunen beschäftigt. Wobei man sagen muss, dass das auf alle zutraf.

17 schritt durch unsere Mitte. »Kommt mit. Ich habe alles schon vorbereitet.«

Aus dem Zug heraus marschierte er durch einen gewaltigen Gang, durch den zahllose Röhren und Leitungen verliefen. Mit unsicheren Schritten tapsten wir hinterher. Drei spinnenähnliche Maschinen kamen uns entgegen, sie wichen uns weitläufig aus, indem sie einfach die Wände entlangkrabbelten. Nie, ohne dass eine Speerspitze auf sie gerichtet war.

»Die tun nix«, sagte 17, ohne sich umzudrehen.

»Das hat das Herrchen von dem Köter, der mir in die Wade gebissen hat, auch behauptet«, flüsterte ich Una zu.

»Befinden wir uns in einem Raumschiff oder bilde ich mir das ein?«, fragte Una mich.

»Sieht so aus«, antwortete ich. »Aber momentan würde ich auch glauben, das sei alles nur ein Blaubeerkuchen, wenn der Alte das sagt.«

»Was ist ein Raumschiff?«, fragte Conor.

»Das erklären wir dir später«, antwortete Una.

Wir durchschritten eine gewaltige Schleusenanlage. Ab da veränderte sich auch die Einrichtung. Weniger Metall und mehr Kunststoff bekleidete die Gänge und Wände.

»Für gewöhnlich ist der äußere Bereich nicht mit Sauerstoff gefüllt. Wegen der Korrosion, ihr versteht?«, sprach unser weißhaariges Hutzelmännchen.

»Na klar«, gab Kenzo von sich.

Ich musste lachen. Taute er langsam auf? Wir durchliefen einige Flure, um in einen stattlichen Raum zu gelangen.

»Das ist euer Hauptquartier. Vorläufig«, sprach 17.

»Das ist eine Küche«, konterte Una.

»Ja genau. Der Mittelpunkt einer Wohngemeinschaft«, gab er zurück. »Selbstredend hat jeder sein eigenes Zimmer. Es gibt Badezimmer und all die Dinge, die ihr braucht.«

»Redet der Kerl von einer Alien-WG?«, fragte ich in die Runde.

»Ich dachte mir, dass es sinnvoll ist, wenn alle erst einmal zusammen sind. Zumindest bis ihr umfassend informiert seid. Ihr könnt aber auch gerne bei Opa Jo in der Hütte übernachten. Das bleibt euch selbst überlassen«, beteuerte 17, und diesmal klappte es um einiges besser mit seinem Grinsen.

»Ok«, sagte Una. »Wo ist der Whirlpool?«

»Diesen Gang runter und dann die achte Tür links«, antwortete der Alte.

Una schwieg. Kenzo aber nicht. »Warum sind wir hier?«, fragte er schroff.

»Um deine Frage kurz zu beantworten: Weil ich eure Anweisungen brauche«, erwiderte 17 höflich.

»Unsere Anweisungen?«, wiederholte Kenzo.

»Ja genau«, sagte 17. »Aber es wäre sinnvoll, wenn ihr die neuen Eindrücke erst einmal verarbeitet. Zuerst werde ich mich um Tarzan kümmern. Das wird die ganze Nacht in Anspruch nehmen. Morgen früh ist er wie neu. Nutzt die Gelegenheit, euch umzuschauen oder zu schlafen. Wenn ihr etwas zu essen braucht, findet ihr es hier. Damit meine ich natürlich Hod, ID und Jo.«

Er öffnete einen Kühlschrank, aus dem sogleich etwas zu fliehen versuchte. Mit einem schnellen Handgriff packte er es, warf es wieder hinein und knallte die Tür zu.

»Ich habe euch Namensschilder an eure Zimmer gemacht«, sprach 17, indes er in fassungslose Gesichter schaute. »Dort drüben ist das Wohnzimmer. Ist das in Ordnung für euch? Zero kann euch so lange behilflich sein, falls ihr Fragen haben solltet.«

Ein kleiner Roboter kam um die Ecke geschossen und begrüßte uns freundlich.

»Ein Druide mit einem Droiden«, murmelte ich, »ich fasse es nicht. Aber nun gut, so soll es sein.«

»Na dann mal los, ehe ich zum Geruchsproblem werde«, sagte ich in die Runde. »Entspannt ihr euch erst einmal, während ich mich versorgen lasse. Wir wollen schließlich nicht, dass Jo mich in drei Tagen für seinen Großvater hält.«

Jo versuchte zu lächeln. Er bekam aber nur eine Andeutung hin.

»Bist du dir sicher?«, fragte Hod.

»Ja, kein Problem. Momentan erkenne ich nicht die geringste Alternative. Schaut Fernsehen oder spielt mit dem kleinen Robi. Oder womit man sich sonst so die Zeit auf einem Raumschiff vertreibt. Wir sehen uns morgen.«

Ich erntete sorgenvolle Blicke, aber keine Einwände. Dann wandte ich mich 17 zu.

»Auf geht's«, sagte er.

Gemeinsam verließen wir die anderen. Im Hintergrund hörte ich den Roboter anfangen zu brabbeln. Er stattete Jo und die Skyta mit einem speziellen Headset aus, so dass sie sich nun auch untereinander unterhalten konnten.

Der Beautysalon

Der Priester führte mich durch etliche Gänge, bis wir endlich einen Raum betraten, der einem Operationssaal glich.

»Ich sollte dich in der Zeit der Behandlung am besten betäuben«, sagte 17.

»Meinst du betäuben oder denkst du eher an abschalten?«, fragte ich ihn.

»Du hast es also herausgefunden«, bemerkte er.

»Nennen wir es lieber eine Vermutung. Die unglaublichen Kräfte, und als ich in meinen Bauch sah, dämmerte es mir«, sagte ich. »Die anderen auch?«

»Nur die Menschen«, sprach 17.

»Mensch scheint mir ein unangebrachter Begriff«, sinnierte ich.

»Aus meiner Sicht der Dinge nicht. Aber das ist eher eine philosophische Frage«, antwortete er. »Für mich seid ihr definitiv menschlich.«

»Falls ich nicht betäubt werde, wird es dann schmerzhaft?«, wollte ich erfahren.

»Du kannst momentan absolut nichts mehr spüren, aber gegebenenfalls ist das besser für deine Psyche.«

»Meiner Psyche geht es bestens! Falls ich überhaupt eine habe. Machst du nur den Bauch oder noch mehr?«, fragte ich.

»Dein Fleisch ist mausetot. Du benötigst das komplette Rundum-Programm. Alles neu«, sagte er.

»Hm, wäre es da möglich, einige Modifikationen vorzunehmen?«, hakte ich nach.

Wir besprachen einige völlig unwichtige Details, bevor ich mich auszog und nackt auf einen Tisch legen musste.

»Bekomme ich kein schickes Nachthemd?«, versuchte ich zu witzeln.

»Kannst du haben, bringt aber nichts. Willst du tatsächlich zusehen?«, fragte 17 verwundert.

»Sicher, fang an«, erwiderte ich großspurig.

Und das, liebe Leute, war mit Abstand der saudümmste Satz, den ich in meinem neuen Leben losgelassen hatte. Man kann sich nicht vorstellen, wie selten dämlich das war.

Über mich schob sich eine Halbschale aus Kunststoff. Von

der Decke herunter bewegten sich vier Roboterarme, mit rasiermesserscharfen Klingen bestückt. Diese wanderten in Richtung meiner Füße und begannen zu rotieren. Nun wäre der passende Zeitpunkt gewesen, um in eine Ohnmacht zu versinken. Was mir nur leider nicht gelang. Ich schloss kurz die Augen. Dann hörte ich 17 sagen, dass ich nur Bescheid geben müsste, wenn er mich abschalten sollte. Getrieben von einem bescheuerten Macho-Ehrgeiz öffnete ich die Lider wieder. Es war ein Massaker. Ein Schweinekotelett im Mixer. Unter dem Tisch kamen weitere Arme hervor. Einige hielten meine Beine in Position, auf dass die Messer alles erreichen konnten. Andere versuchten abzusaugen, was nicht gegen den Kunststoff prasselte. Fleischklumpen flogen durch die Luft und Blut spritzte. Kurz bevor diese Fräsmaschine meine Bikinizone erreichte, muss ich dann doch etwas wie »AB-SCHALTEN!« geschrien haben ...

Alle anderen hatten sich in der Lounge niedergelassen, um Zero mit Fragen zu löchern. Dieser gab aber nur die unwesentlichen Dinge preis oder wusste nicht mehr. Nachdem man die Grenzen des Roboters ausgelotet hatte, war es vor allem an Una, Erklärungen zu liefern. Was ist ein Raumschiff? Was ist ein Computer und was ist das für eine Keramikschüssel mit Wasser drin?

Nachdem das Gröbste abgedeckt war, wollten sie versuchen, etwas zu schlafen. Besonders den Skyta fiel die Umstellung schwer, aber sie beklagten sich nicht. 17 stattete ihnen noch einen kurzen Besuch ab, um zu sagen, dass mit mir alles in Ordnung wäre. Er gab Jo einen Krug, den er mitgebracht hatte.

»Wasser?«, fragte Jo.

»Taranak«, sagte 17.

Unser dicker Freund ließ sich nicht lange bitten und war nach 30 Sekunden mit der Nummer durch. Er verschwand als Erster im Bett.

Ohne Uhren und richtigen Sonnenaufgang, im Weltall dümpelnd, fällt die Zeiteinschätzung etwas schwer. Aber sagen wir mal, es war am frühen Morgen. Allmählich trudelten alle in der Küche ein und nahmen am Tisch Platz. Zero erfreute Una mit einer Tasse Kaffee. Skari, Kenzo und Conor probierten. Die Skyta beließen es beim Riechen und Jo war zu sehr mit seinen Kopfschmerzen beschäftigt. Auch dabei konnte Zero ihm mit einem speziellen Gebräu helfen.

Und dann betrat ich die Bildfläche. Neben meiner neuen Pelle trug ich auch maßgefertigte Kleidung, die ich bei 17 in Auftrag gegeben hatte. Diese unterschied sich aber nur unwesentlich von der alten, schwarze Lederklamotten mit Fransen. Una und Skari sprangen auf.

»Du siehst aus wie neu!«, rief Conor.

»Das ist wirklich ein mächtiger Heiler«, sagte ID.

»Gut, dass du alles überstanden hast. Ich bin gespannt auf die Erklärungen von dem Alten. Bisher konnte nur Una uns sagen, was sie wusste«, sprach Kenzo gelassen.

Er hatte seine Fassung auf jeden Fall wiedererlangt.

»Möchtest du einen Kaffee?«, fragte Una. »Bist du es wirklich? Du wirkst anders.«

Misstrauische Augenpaare musterten mich.

»Klar bin ich es. Ich hoffe doch auch, dass ich verändert aussehe. Die Tortur soll sich schließlich gelohnt haben. Und nun gib mir eine Tasse von der Bohnenbrühe.«

Gerade wollte ich mich an den Tisch setzen, als mir Una dazwischenfunkte.

»Zeig mal deinen Bauch«, sagte sie.

»Wieso? Das ist ein stinknormaler Bauch.«

»Der wirkt dünner.«

»Und ob. Der war auch angeschwollen von dem ganzen Gift.«

»Heb mal dein T-Shirt hoch«

»Nein, ich will jetzt Kaffee trinken«

»Hochheben.«

»Meine Güte. Wenn es denn sein muss«, sagte ich und tat es.

»Seit wann hast du ein Sixpack?«, fragte sie.

»Schon immer. Kann ich jetzt was trinken? Danke.«

»Am See bei den Ka war das bestenfalls ein Twopack, wenn überhaupt, eher ein Onepack.«

»Ist doch nicht wichtig. Möglicherweise hatte 17 nicht mehr genug Bauchspeck vorrätig. Was weiß ich?«

Ich setzte mich. Ich trank. Ich wurde von Una angestarrt.

»Hast du dir die Nase verkleinern lassen?«

»Was? Wie kommst du denn auf so eine Idee? Hat der Alte schon gesagt, wann er kommt? Wie habt ihr geschlafen?«, fragte ich galant.

»Die Nase ist kleiner«, bemerkte Kenzo.

»Nein, ist sie nicht«, widersprach ich.

»Ist sie«, behauptete Jo. »Niemand kennt deine Nase so gut wie ich.«

»Danke«, fauchte ich Jo an.

»Du hast dich nicht nur heilen lassen, sondern dich gleichzeitig einer Schönheitsoperation unterzogen«, behauptete Una doch allen Ernstes.

»Ich denke wohl eher, dass 17 mich nicht mehr völlig rekonstruieren konnte. Wir sollten froh sein, dass ich es überlebt habe. Soll ich mich jetzt auch noch bei ihm beschweren?«, fragte ich voller Entrüstung.

»Ja genau, das wird die Erklärung sein«, sagte Una sarkastisch.

»Frag mal den Wunderheiler, ob er das wieder so hinbekommt, wie es vorher war«, sagte Jo, ohne eine Ahnung zu haben, wovon er da sprach. »Deine Haut ist zu straff und die unter dem Kinn ist weniger geworden. Aber wenn nicht, ist es auch nicht schlimm«, plapperte die Kröte unbehelligt weiter.

Jo konnte nicht verstehen, warum Una vor Lachen fast vom Stuhl fiel. Ebenso wenig erahnten die anderen, was sich hinter Unas infantilen Lachattacken verbarg.

»Wieso lachst du?«, fragte Kenzo sie.

»Weil er die Situation gleich ausgenutzt hat, um sich hübscher machen zu lassen, es aber nicht zugeben will«, prustete sie unangebracht.

Kenzo und Skari setzten nun auch ein Grinsen auf.

»Wir verstehen euch nicht«, sagte ID. »Er sieht doch gar nicht besser aus.«

Una kniete jetzt auf dem Fußboden, während Skari und Kenzo ebenfalls kicherten. Conor lachte nur, weil die anderen es ihm vormachten. Die Unschuld eines Kindes eben.

»Wozu soll das denn gut sein?«, fragte ein verblüffter Hod.

»Man hofft damit, Eindruck bei den Frauen zu schinden«, antwortete Kenzo.

»Wozu? Er hat doch Una als Weibchen«, sagte Hod nichtsahnend.

Una hörte auf zu lachen.

»Ich bin nicht sein Weibchen«, vernahm ich eine Stimme mit leicht knurrendem Unterton vom Fußboden.

»Ok Leute, jetzt kriegt euch mal wieder ein«, sagte ich. »Vergessen, warum wir hier sind?«

Und dann kam 17 und rettete mir den Arsch. Dachte ich.

»Wie ich sehe, seid ihr schon alle auf. Wenn ihr es wünscht, können wir damit beginnen, dass ich euch die nötigen Informationen gebe. Und, Tarzan, alles in Ordnung?«, fragte 17.

»Ja, ja, bestens. Lass uns anfangen«, betonte ich hektisch.

»Sind die Modifikationen nach deinen Wünschen?«

»Keine Sorge, ich fühle mich gut. Weiter im Takt!« Dazu: leichtes Fuchteln mit meinen Händen.

»Falls du doch eine andere Nase haben willst, sag Bescheid.«

»Nein danke«, rutschte es schlaff aus mir heraus, und auch die Hände rutschten schlaff nach unten.

Nun war es an 17, der das anhaltende Gelächter nicht zuordnen konnte.

»Was ist?«, fragte er in die Runde schauend.

»Nichts. Nur ein Hauch zuviel an Informationen«, stöhnte ich.

Die Wahrheit

Gemeinsam betraten wir das Auditorium. Dabei handelte es sich um einen Saal mit zwanzig Stühlen. Die Decke war weiß gehalten, während die Wände in einem dezenten Orange glänzten. Ein grauer Teppichboden zierte den Fußboden. 17 stand vor uns, während wir uns artig auf die Stühle setzten.

»Ich werde versuchen, mich kurz zu fassen«, begann 17. »Auf politische Dinge werde ich nicht eingehen, sofern sie nicht von Belang sind. Auch die Skyta und unser Freund von den Ka sollten aufmerksam zuhören, damit sie wissen, mit wem sie es zu tun haben.«

Das Licht wurde gedimmt, die Wandfarbe wechselte in ein mitternachtsblau. In der Mitte des Raums erschien ein dreidimensionales Hologramm. Dann folgte sein eigentlicher Vortrag:

»Der Planet Erde. Heimat des Homo sapiens und anderer Affengattungen. Im Jahr 2026 zu Beginn des Türkischen Bürgerkriegs wurde der erste belegte genetische Eingriff an einem lebenden Menschen durchgeführt, nicht wie zuvor nur an Eizellen oder Stammzellen. Es folgten etliche Versuche und Experimente im Laufe der nächsten Jahre mit überwiegend deprimierenden Ergebnissen. 2041 wurde ein weltweites Verbot durchgesetzt. Selbstverständlich gab es immer wieder hinter verschlossenen Türen Operationen an der menschlichen Natur, sowohl von privater Seite wie auch von staatlicher. Und auch bei dir, Una, konnte ich Manipulationen feststellen.«

»Ha, wusste ich doch, dass die Möpse nicht echt sind«, platzte es aus mir heraus. Alle starren mich an.

»Entschuldigung. Weiter bitte«, hüstelte ich, um Una dann noch einen frechen Blick zuzuwerfen.

»Im Jahr 2072 trafen sich in London einige Menschen mit überdurchschnittlichem IQ und gründeten eine Gesellschaft namens Traffic. Diese Gruppe wollte erreichen, dass die Intelligentesten die Menschheit führen. Sie bedienten sich fleißig der Gentechnik, um dieses Ziel voranzutreiben. Es wurden humanitäre Einrichtungen gegründet, und offiziell hielt man sich aus der Politik heraus. Aber bis zum Jahr 2102 hatte die Traffic Gesellschaft ihre Finger überall im Spiel.

Aus ihren Kreisen stammt übrigens auch Emmet Konk, dem ja die Menschheit die sogenannte Dritte Theorie zu verdanken hat. Darin hatte er nicht nur die Geheimnisse der früher sogenannten dunklen Materie und der dunklen Energie gelüftet, sondern auch die Widersprüchlichkeiten zwischen Relativitätstheorie und Quantenmechanik auf eine …

»Quantenquark!«, unterbrach ich ihn.

»Wie bitte?«, fragte 17 verdutzt.

»Ich bin kein Physiker und hier sitzen Leute aus dem Mittelalter. Also wäre es hilfreich, auf die Feinheiten zu verzichten und auf den Punkt zu kommen.«

»Na gut, ich verstehe. Aber es ist ein wirklich interessantes Thema. Ein andermal vielleicht.«

Die Wahrheit, zweiter Versuch

Also kehrte 17 zurück zu seinem eigentlichen Thema: »Alle wichtigen Medien und Influencer standen unter der Kontrolle von Traffic und sie etablierten sich zu Königsmachern. Sie waren in den Vorständen aller wichtigen Wirtschaftsunternehmen vertreten und an den Spitzen aller Geheimdienste.

Irgendwann war durchgesickert, wer die Fäden der Weltherrschaft zog und auch, dass sie keine normalen Menschen seien. Sie wurden fortan nur noch die Gens genannt. Und ihr Imperium wurde akzeptiert. Die Gens gingen, ohne Frage, skrupellos vor. Aber ihnen war auch klar, dass die Erdbevölkerung schlicht und ergreifend mit ihren Problemen überfordert war. Die Natur hatte begonnen, sich die Läuse aus dem Pelz zu schütteln. Wenn die Software der Menschheit nicht neu programmiert würde, drohte die völlige Vernichtung.

Im Jahr 2139 hatte sich die Weltbevölkerung durch rigide Maßnahmen der Gens (wie z.B. millionenfache Zwangssterilisierungen von Babys gleich nach der Geburt) bei etwa zwei Milliarden eingependelt. Das Volk hatte Brot und Spiele. Der technologische Fortschritt war offiziell rückläufig. Häppchenweise wurden Neuerungen präsentiert, damit man den Eindruck vermitteln konnte, es ginge voran. Im Geheimen allerdings wurden riesige Projekte in Angriff genommen. Eines davon bin ich. Ich wurde als eine Künstliche Intelligenz programmiert, mit dem Auftrag, selbstständig neue Welten zu erkunden. Als man einen Planeten gefunden hatte, der als geeigneter Kandidat für eine Besiedlung erschien, ging die Reise für mich los. Das war im Jahr 2152.

Parallel dazu wurde ein Generationenschiff namens ERDE2 gebaut, um Menschen auf jahre- oder jahrzehntelange Reisen zu anderen Planeten zu schicken. Offiziell war ERDE2 nur eine riesige Raumstation, die der Grundlagenforschung diente.

Im Jahr 2178 erreichte ich den Planeten Helos 4. Die Atmosphäre war zwar einigermaßen brauchbar, aber er erwies sich nicht als das Paradies oder eine zweite Erde. Jedoch landete ich einen Glückstreffer, der meinen Fortbestand sicherte und schließlich zu eurer Rettung beitrug. Denn ich stieß dort auf die Überreste einer untergegangenen Kultur, zumindest nahm ich das zu diesem Zeitpunkt an. Es war ein Eldorado in puncto Technologie. Ich eignete mir an, was ich konnte, ich erweiterte und vergrößerte mich.

Das Bewusstsein meiner selbst führte bei mir unter anderem zu einer Abneigung dagegen, abgeschaltet zu werden. Nennt es ruhig Überlebenstrieb. So traf ich einige Sicherungsvorkehrungen. Eine davon war, mich selbst zu kopieren, und zwar genau 18 Mal.

Doch dann kam alles anders als erwartet. Es erschien jemand auf der Bildfläche, der hinsichtlich Kaltblütigkeit die Gens weit übertraf. Das Jahr 2181 wurde zum großen Wendepunkt in der Menschheitsgeschichte, als die Menschheit gewahr wurde, nicht alleine im Universum zu sein. Eine Flotte von Raumschiffen drang in das Sonnensystem ein. Man nahm Kontakt auf, und die erste Botschaft einer außerirdischen Kultur, die die Bevölkerung vernahm, lautete: »Wir grüßen die Menschen. Wir kommen in friedlicher Absicht. Wir sind gekommen, um euch vor einer drohenden Katastrophe zu bewahren.«

Ungefähr acht Stunden später setzte sich die ERDE2 mitsamt seiner künstlichen Habitate in Bewegung, mit sämtlichen Gens und ihren menschlichen »Sklaven« an Bord. Die Führung war geflohen, ohne sich zu verabschieden oder auch nur den Versuch zu unternehmen, mit den Ankömmlingen in Kontakt zu treten. In Erinnerung an die eigene Geschichte malten sie sich aus, was passiert, wenn eine höher entwickelte Kultur auf eine andere trifft.

Die Skalaten – so nannten sich die Außerirdischen – legten der Menschheit dar, dass ein Pulsar diesen schönen Planeten rösten werde. Die Atmosphäre würde verbrennen und so weiter. Nun folgte das großzügige und selbstlose Angebot der Skalaten: Sie seien zu einer Evakuierungsmission bereit und wollten einen Teil der Menschheit umsiedeln. Da die Reise zum nächsten für Menschen bewohnbaren Planeten aber 14 Jahre in Anspruch nehme, kämen ausschließlich Kinder im Alter zwischen 10 und 12 Jahren in Frage. Dieses Angebot sei nicht verhandelbar.

Das Chaos, das ausbrach, war unvorstellbar. Einige wollten die Fremden bekämpfen und beschimpften sie als Kindesräuber. Andere versuchten, mit Waffengewalt die Treffpunkte zu erreichen. Verständlicherweise unternahmen viele Eltern das Experiment, mit an Bord zu kommen. Aber alle Bemühungen wurden im Keim erstickt.

Insgesamt sammelten sie 130 000 Kinder ein. Die Sprösslinge wurden aber nie auf ein Raumschiff gebracht, sondern bekamen beim Betreten der Transportschiffe von einer Drohne eine Impfung verpasst und wurden mit ein paar Nahrungsmitteln direkt in einem afrikanischen Naturreservat ausgesetzt.

Davon bekam der Rest auf der Erde natürlich nichts mit, der war mit dem eigenen Untergang beschäftigt. Dann stellten die Skalaten die Kommunikation ein.

Niemand bemerkte, was dann geschah. Im Zeitraum von 24 Stunden feuerten die Skalaten große Kugeln auf den Planeten. Als diese in die Erdatmosphäre eindrangen, teilten sie sich in viele kleine Sphären. Dann passierte erst einmal nichts mehr. Die Menschen verkrochen sich in Bunkern, schlachteten sich gegenseitig ab, begingen Selbstmord oder feierten noch eine letzte Orgie. Einige waren verwundert, dass sich die Außerirdischen nicht vom Fleck rührten. Nach vierzehn Tagen begann der Virus seine Wirkung zu entfalten, die Menschen fielen um wie die Fliegen. Eine Woche später waren 99 Prozent der Erdbevölkerung ausgelöscht.

Sofort begannen die Aufräumarbeiten. Scharen von Robotern rissen Städte nieder, sie hatten Mittel, mit denen sich Beton auflöste wie ein Stück Würfelzucker in einer Tasse Tee. Es dauerte fünf Jahre, bis nur noch ein sehr sorgfältiger Blick hätte erahnen lassen, dass sich hier einmal eine Zivilisation befunden hatte. Hin und wieder ließen sie antike oder mittelalterliche Gebäude stehen. Diese waren meist von religiös symbolischer Bedeutung und dienten der neuen Epoche als Vorlage für neue Bauvorhaben, aber vor allem als Kulisse für die zu erwartenden Kriegsspiele. Alles, was technisch auch nur in die Nähe einer Dampfmaschine kam, war vom Erdboden getilgt. Alles musste mühsam neu erlernt werden.

Die Kinder hatten während der letzten Jahre einen sehr

speziellen Drill genossen und wurden nun in eine Welt verfrachtet, in der es keinerlei Technologie und kaum zivilisatorische oder kulturelle Spuren mehr gab. Die Menschheit durfte wieder im finstersten Mittelalter beginnen.

Dabei setzten die Skalaten Religion als äußerst probates Mittel der Herrschaft ein, um dafür zu sorgen, dass die Menschen nicht aufmüpfig wurden. Fliegende Drohnen, die man Engel nannte, dienten als Botschafter der »Götter«. Den Menschen auf der Erde blieb nur die Geschichte vom großen Beben, der Strafe der Götter. Querulanten, die etwas von vergangener Technologie faselten, erhielten eine Gratis-Exekution. Jede Kultur wurde separat gehalten, es wurde Hass und Angst gegenüber jeglichen Fremden geschürt. Im Prinzip nichts Neues für die Spezies »Homo sapiens hau draufus«.

Nach dreißig Jahren war das kulturelle Erbe aus dem Bewusstsein der Menschheit getilgt. Auch die großen Drohnen wurden zurückgezogen und durch Miniaturexemplare in Gestalt von Insekten ersetzt. So waren die Engel den Menschen nicht mehr sichtbar und wurden mythisch. Nur einzelne, die als Sprachrohr der Götter auftraten, erschienen hin und wieder an abgelegenen Orten. Aber so etwas ist ja bekannt, brennende Büsche neigen auch nicht dazu, sich mit größeren Menschenmengen zu unterhalten.

Dann, eines Tages, war alles bereit für die Spiele. Die Wetten konnten beginnen. Denn das war das eigentliche Ziel der ganzen Operation, darum ging es den Skalaten letzten Endes: um Kriege und Schlachten, auf die sie wetten konnten.

Was mich betrifft, hockte ich immer noch auf diesem Planeten. Die letzte Anweisung, die ich von den Gens bekommen hatte, war, dass ich mich aus dem Staub machen sollte, um eine Möglichkeit zu ersinnen, die Menschen zu retten. Das war alles. Da mir inzwischen weit mehr Informationen zur Verfügung standen wurde mir schnell klar, dass den Skalaten daran gelegen sein musste, keine Spuren zu hinterlassen – und ich war eine. Also stoben wir in alle Richtungen auseinander. 18, ein Schiff mit einer KI ohne eigenes Bewusstsein, nahm Kurs auf die Erde. Als er auf ein Schiff der Skalaten traf, ließ er sich nach gebührendem Widerstand zerstören. Für die Skalaten war der Fall damit erledigt. Es wäre ohnehin problematisch für sie gewesen, den Planeten zu betreten, auf dem ich mich befand, denn dieser lag in einer Sperrzone, die sie ungern durchbrochen hätten..

Den Grund dafür konnte ich dank der neu angeeigneten Alientechnologie herausfinden. Mit ihr war es uns möglich, die Skalaten unbemerkt abzuhören und selbst unterhalb ihres Radars zu kommunizieren. Nach einiger Zeit trafen wir uns alle wieder auf Helos 4, um uns weiter auszubauen. In der Zeit, in der auf der Erde die frischen Kulturen gezüchtet wurden, wuchsen wir zu gigantischen Schiffen. Dann trennten sich unsere Wege. 1 und 5 nahmen die Spur der Gens auf, obwohl wir vermuteten, dass die Skalaten das Schiff der Gens bereits gefunden und zerstört hatten.

Nun komme ich zu den beiden Problemen, bei denen ich eure Hilfe brauche: Das eine liegt in meiner Programmierung. Um den Menschen zu helfen, müsste ich die Skalaten eigenmächtig angreifen. Aber ich bin nun mal so programmiert, niemanden anzugreifen. Andernfalls hätte ich die Invasoren schon längst in das nächste Sonnensystem geschossen.

Das zweite Problem ist, dass ich dadurch in ein Wespennest von unvorstellbarer Größe stechen würde. Also brauchte ich Menschen, die mir Anweisungen geben. An die Bewohner auf der Erde kam ich nicht heran. Mal abgesehen davon, dass sie weder mit mir, einem Raumschiff oder einem Alien etwas anfangen könnten. Ergo ersann ich meinen genialen Plan: Ich holte euch zu mir.

Das war zugegebenermaßen kompliziert. Um es sehr einfach zu erklären: Dazu konstruierte ich einen kugelförmigen Apparat, der eigenständig in der Lage ist zu erkennen, wann ein Mensch stirbt, um in diesem Moment dessen gesamte Daten zu kopieren. Dieses Gerät musste ich durch die Zeit zurückschicken, ähnlich einem Bumerang kam es dann retour. In euren letzten Augenblicken habt ihr es vielleicht sogar wahrgenommen. Leider hatte ich keinen Einfluss auf den Ort und die Zeit, dass es so weit zurückgeht, hätte ich nicht erwartet.

Nun kommen die Skyta und Ka ins Spiel. Da ich die gesamte Kommunikation der Skalaten überwachte, erfuhr ich, dass sie längst schon ein neues Ziel für ihre Kriegsspiele ins

Visier genommen hatten. Wir sprechen hier von der Heimatwelt der Skyta und Ka.

Ich beschloss einzugreifen, bevor die Skalaten sich ihrer bemächtigten. Also flog ich hin, versetzte einige in einen Tiefschlaf und verfrachtete sie samt ihrer unmittelbaren Umgebung auf mich. Zeit für lange Erklärungen wäre nicht gewesen und einen Krieg gegen die Invasoren hättet ihr nicht führen können. So seid ihr – Jo, ID und Hod – samt euren Dörfern zu mir gelangt. Bleibt nur zu hoffen, dass zwei große Löcher im Boden nicht weiter auffallen. Als ihr auf mir wart, kümmerte ich mich um die Menschen, die ich hierhergeholt hatte. Nachdem ich die Daten erfolgreich gesammelt hatte, machte ich mich an die Konstruktion der Körper. Dann wurde der komplette Datensatz auf jeden Einzelkörper übertragen. Natürlich hätte ich mich auch selbst mit den Ka und den Skyta in Verbindung setzen können, wollte das aber den Menschen überlassen, denn ich habe die Erfahrung gemacht, dass es unter ihnen einige gute Diplomaten gibt.«

Diese Bemerkung konnte Una natürlich nicht unkommentiert lassen, aber sie beließ es bei einem überraschend kurzen Räuspern.

»Ich dachte mir eine Umgebung aus, in der ihr Zeit hattet, euren Tod zu überdenken und ein gemeinsames Ziel zu erarbeiten. Wenn dies gelänge, solltet ihr den Kontakt herstellen. Das hat so weit funktioniert. Meine Befürchtung war, dass es euch überfordert hätte, wenn ich euch die ganze Geschichte präsentiert hätte, bevor ihr eure ersten eigenen Erfahrungen in der neuen Umgebung und den neuen Körpern sammeln konntet.«

Damit beendete 17 seinen Vortrag und blickte neugierig in die Runde.

Küchensmalltalk

Das Licht im Raum wurde heller und das herumschwirrende Hologramm der Heimatwelt der Ka und Skyta verblasste.

»Habt ihr noch Fragen?«

Niemand sagte etwas. Im Grunde saßen wir nur auf unseren Stühlen und versuchten das Gehörte zu verdauen.

»War das ein bisschen viel auf einmal?«

Wieder keine Antwort. Erst nach einer endlosen Weile durchbrach Conor das Schweigen.

»Ich habe eine Frage.«

»Was möchtest du denn wissen?«, fragte 17.

»Wann treten wir den Skalaten in den Arsch?«

Ab da kam Leben in die Bude.

»Wie sollten sie uns, die Skyta dazu bringen, gegen die Ka in den Krieg zu ziehen?«, fragte Hod.

»Man tötet ein paar Skyta und legt ein paar Spuren, die auf die Ka als Täter hinweisen«, antwortete 17. »Dann treten die Skalaten als Helfer auf, um zu zeigen, wie man die Bedrohung beseitigt. Das Gleiche machen sie umgekehrt.«

»Die haben zwei Milliarden Menschen ausgelöscht, um Wetten auf Kriegsspiele zu machen? Habe ich das richtig verstanden?«, fragte Kenzo.

»Ja, das ist richtig«, erklärte 17. »Das Wetten ist ihre Achillesferse. Je blutrünstiger, desto besser. Allerdings ist es ihnen verboten, in irgendeiner Weise einzugreifen. Manipulationen fremder Kulturen ist generell untersagt. Wenn sie erst einmal genügend gezündelt und die Parteien gegeneinander aufgehetzt haben, lassen sie die Dinge laufen.«

»Das ist doch Wahnsinn, dieser ganze Kraftaufwand!«, rief Una. »Mal abgesehen von der Unmenschlichkeit, wie kann sich ein solcher Aufwand lohnen?«

»Eigentlich nicht unmenschlich, sondern sogar sehr menschlich«, gab 17 zurück. »Denk doch mal daran, was beispielsweise die Spanier mit den indigenen Völkern Südamerikas gemacht haben. Und das alles nur für Metall.«

»Liegen die Skyta und die Ka schon im Krieg miteinander?«, wollte Jo wissen.

»Nein, noch nicht. Zwischen euren Heimatregionen liegt

ein ganzer Kontinent, das soll der Austragungsort der Kämpfe werden. Lange wird es aber nicht mehr dauern«, klärte 17 ihn auf.

»Was passiert, wenn wir die Skalaten angreifen würden? Hätten wir eine Chance, die Erde zurückzuerobern? Oder die Heimat der Skyta und Ka?«, fragte Skari.

»Was die Invasoren betrifft, kann ich mit Sicherheit sagen, dass sie gegen meine Feuerkraft nicht die geringste Chance hätten«, sagte 17. »Aber sie sind eher Meuchelmörder und werden alles tun, um ihre Spuren zu verwischen. Mit hoher Wahrscheinlichkeit könnten sie den Planeten auslöschen, bevor sie untergehen. Außerdem würde so eine Aktion die Aufmerksamkeit der Gemeinschaft, zu der sie gehören, auf sich ziehen. In so einem Fall hätten weder der Heimatplanet der Ka und Skyta noch die Erde einen Nutzen davon.«

Tausend Fragen stürmten auf 17 ein und unser Druide kam mit den Antworten kaum nach. Die ganze Zeit über hörte ich nur zu. Dann stand ich auf, verließ den Saal in Richtung Küche und warf dort einen Blick in den Kühlschrank. Ach ja, der war nicht für uns. Kein Bier. Ich knallte die Tür wieder zu. Ein paar seltsame Tiere mit Schüttelfrost flitzten über den Boden und verschwanden unter dem Tisch.

»Kann ich helfen?«

Zero stand vor mir und sah in diesem Moment für mich aus wie ein Mülleimer mit Augen.

»Ein kaltes Bier wäre nicht schlecht«, sagte ich zu ihm.

Er schien kurz zu überlegen.

»Mal sehen, was ich machen kann«, sprach er und verschwand.

Kurz darauf brachte Zero ein Getränk, von dem er wohl annahm, dass es sich um Bier handeln würde. Immerhin war es kalt. Mit dem Bier in der Hand setzte mich hin und begann nachzudenken. Nach einer Weile kam 17 in die Küche.

»Wie kommt es, dass du mir keine Fragen gestellt hast, hast du keine?«, sagte 17.

»Doch, die habe ich. Aber ich musste erst einmal etwas darüber grübeln. Was hat es mit dem Sperrgebiet auf sich, das die Skalaten nicht betreten wollten?«, fragte ich.

»Das ist eine Vereinbarung, die die Gründer der Gemeinschaft festgelegt haben«, erklärte mir 17. »Soweit ich weiß, entstand dieses Netzwerk aus einem Konflikt heraus. Die Skalaten befanden sich kurz vor einem Krieg mit den Burna. Dann tauchten die Alogeraner auf, die ein sehr mächtiges Volk sind, und vermittelten zwischen den Parteien. Zusammen mit zwei weiteren Planeten wurde die Gemeinschaft gegründet. Die Alogeraner haben das Sperrgebiet festgelegt, sind selbst aber nicht in der Fraktion anzutreffen. So wie ich das sehe, stammen sie vermutlich aus einer anderen Galaxie. Sie waren es, die den Skalaten das Geldwesen übertrugen. Die Burna wurden als Wächter auserkoren, sie sind die Krieger der Gemeinschaft. Dieser Bund umfasst mittlerweile 27 verschiedene Planeten und 8 weitere stehen Schlange, um aufgenommen zu werden. Dieser Verband ist aber nicht sonderlich an neuen Mitgliedern interessiert. Da jedes Mitglied mitbestimmen darf, verzögern sich Entscheidungen und der Einfluss der Gründer schwindet. Das Ganze funktioniert im Prinzip wie eine Demokratie, nur dass die Alogeraner ein Vetorecht haben. Die tauchen aber nur auf, wenn es brenzlig wird. Das letzte Mal, dass sie im Rat der Gemeinschaft erschienen, liegt glaube ich 230 Jahre zurück. Da hätte es beinahe wieder Krieg zwischen den Skalaten und den Burna gegeben. Eine Spezies wie die Burna würde man heute wahrscheinlich nicht mehr aufnehmen, sie passen nicht recht in das gesittete Konzept der Gemeinschaft. Allerdings wird man sie nicht los.«

»Das könnte unter Umständen sehr nützlich sein«, antwortete ich. »Ich habe schon eine Idee, wie wir die Skalaten auf's Kreuz legen können, aber für einen kompletten Schlachtplan brauche ich noch einige Puzzleteile.«

»Willst du etwa mit wehenden Fahnen in eine aussichtslose Schlacht ziehen?«, fragte Una, die mit einer deprimierten Skari im Arm in der Tür stand.

»Wenn die Dinge zusammenpassen, wie ich sie im Kopf habe, dann ja. Aber nicht mit Kanonen«, sprach ich ruhig. »Was ist mit Skari?«

»Es hat sie mitgenommen, dass sie nicht so menschlich ist wie erwartet. Und ich muss zugeben, dass ich es auch noch nicht verstanden habe. Du musstest unsere Körper nachbauen?«, wandte sie sich an 17.

»Ja, ich kann keine Materie mit der Kugel aus der Vergangenheit holen. Ihr seid fast identische Kopien«, erklärte er ihr.

Indessen hatte sich auch der Rest der Mannschaft in der Küche eingefunden.

»Dann existieren unsere wahren Körper schon lange nicht mehr?«, fragte sie sichtlich verwirrt.

»Schau dir mal diesen kleinen Kumpel hier an«, antwortete ich und zeigte dabei auf Zero, »vielleicht geht dir dann ein Licht auf.«

Man konnte förmlich hören, wie es in den Gehirnen der Anwesenden ratterte.

»Ich bin ein Roboter-Dings geworden?«, fragte Conor.

»Haargenau, mein Freund«, gab ich zur Antwort. »Genau deshalb kannst du auch super schwere Steine tragen und musst nichts essen. Und das Trinken dient nur dazu, dass unsere Haut schön feucht bleibt. Oder eventuell noch anderen technischen Feinheiten. Ist das in etwa richtig 17?«

»In etwa passt das«, sagte er.

»Ich bin ein Android?«, stammelte Una mehr, als dass sie fragte.

»Nein, ihr seid Menschen, ich habe nur den Körper ausgetauscht. Sieh ihn als eine Art Prothese«, erklärte 17 zunehmend lebhaft. »Außerdem habe ich eure Hirnkapazität samt Speicherplatz erweitert, damit ihr schnell neue Dinge, wie zum Beispiel Sprachen lernen könnt. Des Weiteren ist euer Erinnerungsvermögen jetzt viel besser. Toll, nicht wahr?«

Una blickte durch uns hindurch. Dann murmelte sie etwas geistesabwesend: »Gib mir auch so ein verflixtes Bier.«

»Wir sind Menschen, die einen Maschinenkörper haben«, sprach Kenzo zu sich selbst.

»Was mich betrifft, so finde ich es gut, wie ihr seid«, versuchte Jo, der mit der Situation nichts anfangen konnte, beizutragen, »ich kenne euch ja nur so. Habt ihr denn jetzt Nachteile?«

»Man sagt, dass jeder Mensch als Unikat geboren wird, viele aber als Kopien enden«, sprach 17 mit einem Augenzwinkern. »Ihr hingegen seid als Kopie geboren und jetzt schon Unikate. Keine Krankheiten, keine Schmerzen, extreme Lebenserwartung. Na, ja. Tarzan eventuell ausgeschlossen.«

»Egal was wir sind, wir werden einen Weg finden, sowohl den Planeten der Ka und Skyta wie auch die Erde zu befreien«, beteuerte ich und stand auf.

»Also war unsere Gefangenschaft in Wirklichkeit eine Rettung?«, fragte Hod.

»Wir sind an deiner Seite«, sagte ID und reichte mir die Hand.

»Nicht ohne mich«, sprach Jo und legte seine Hand auf die unsrige.

»Gegen die Skalaten«, fügte Kenzo mit Wort und Hand hinzu.

»Langsam wird es kitschig«, murmelte ich.

»Einer für alle und alle für einen«, hörte ich Conor, während seine Hand auch noch auf dem Haufen landete.

»Hast du ihn Fernsehen schauen lassen?«, fragte ich Zero, indes ich versuchte, meine Hand aus dem Gewirr zu befreien.

»Die Musketiere«, antwortete Conor statt seiner.

Wir ließen uns noch allerlei Dinge erklären und diskutierten stundenlang über unsere Lage und über unsere Vorgehensweise. Gegen Abend verspürten die Skyta den Drang, sich menschlichen Gepflogenheiten anzupassen, indem sie Bier tranken. Als Randnotiz für künftige Generationen sei hier vermerkt, dass man nie mit einem Skyta Alkohol trinken sollte. Insbesondere nicht, wenn man selbst nüchtern bleibt.

Später machten sich alle auf in Richtung ihrer Zimmer. Oder wurden getragen. Als ich in Richtung meines Schlafgemachs unterwegs war, fing 17 mich ab.

»Tarzan, ich habe eine Frage an dich.«

»Bitte sehr, schieß los.«

»Ich bin mir bezüglich meines Aussehens nicht so sicher. Sollte ich einen anderen Körper verwenden?«

»Der ist doch in Ordnung. Nur mit der komischen Robe könntest du dir etwas einfallen lassen.«

»Würdest du mir dabei helfen?«

»Du fragst mich nach einer Typberatung? Gute Wahl, einen Besseren hättest du nicht finden können.«

Highway to Hell

Am nächsten Morgen fanden wir uns nach und nach wieder in der Küche ein. Die Skyta brauchten heute offenbar etwas länger für die Katzenwäsche. 17 hatte uns halb scherzhafterweise Becher mit unseren Namen angefertigt, auf meinem war sogar ein Bild mit einem an einer Liane schwingenden Affenmenschen drauf. Wie nett. Jo blickte auf seine Tasse mit Wasser und gab einen Klassiker zum Besten: »Nie wieder Alkohol!«

»Nimm doch neben mir Platz, liebste Una«, säuselte ich.

»Soll ich das sein auf der Tasse? Mit Taucherbrille?«, fragte sie mürrisch.

»Keine Ahnung«, antwortete ich lachend, »da musst du 17 fragen.«

Der trat genau in diesem Moment zur Tür herein. Una rutschte die Tasse aus der Hand, sodass sich ihr Kaffee über den Tisch ergoss. Sprachloses Staunen erfüllte den Raum.

17 hatte seine Haare zu einem Zopf zusammengebunden. Als schmückendes Beiwerk wurden diese noch von einem Stirnband zusammengehalten. Er trug ein rot kariertes Holzfällerhemd, darüber eine schwarze Lederweste. Dicke Silberringe zierten seine Hände. Die ausgewaschene Jeans und wuchtige Bikerstiefel rundeten das Outfit perfekt harmonisch ab. Es war nicht ganz klar, warum alle Blicke nach dem ersten Schreck sofort zu mir wanderten.

Die Skyta kamen in diesem Moment auch in die Küche. »Hübsche Kleidung«, sagte Hod zu 17 und begab sich zum Kühlschrank.

»Danke«, erwiderte dieser erfreut.

Von Una hörte man nur einen leisen Laut, der wie ein Brummen klang.

»Wir können, wenn ihr wollt, heute euren Dörfern einen Besuch abstatten«, sagte 17. »Eure Leute machen sich schon Sorgen um euch.«

Zustimmendes Nicken. Die Skyta kamen in diesem Moment auch in die Küche. »Hübsche Kleidung«, sagte Hod zu 17 und begab sich zum Kühlschrank.

»Danke«, erwiderte dieser.

Von Una hörte man nur einen leises Brummen.

»Dann sollten wir los, damit wir rechtzeitig ankommen«, sagte Conor.

»Keine Sorge, kleiner Krieger, wir gehen nicht zu Fuß«, sagte 17 zu ihm.

»Cool, das ist ja geil!«, erwiderte er.

»Fernsehverbot«, raunzte ich ihm zu.

Nach geraumer Zeit schlenderte unser Verband durch einen Hangar. Hier standen allerlei Gerätschaften herum, von denen ein Teil offenbar Fluggeräte waren. Zero öffnete die Luken eines dieser Flieger und bat uns herein. Drinnen waren wieder Sitze in zwei Reihen gegenüberliegend angeordnet. Diesmal war aber sogar ein XXL-Sitz für Jo angebracht worden. Zero kam als Letzter an Bord und die Luken schlossen sich hinter ihm.

»Wo steckt Tarzan?«, fragte Skari.

»Er war eben noch neben mir«, antwortete Kenzo.

»Hier bin ich, alles in Ordnung!«, rief ich aus der Flugkanzel heraus. »Hey, R2D2 komm mal bitte. Ist das hier der Anlasser?« Der Roboter kam in die Flugkanzel.

»Ich heiße Zero. Hat der Jedimeister vielleicht keinen Führerschein?«, fragte er.

Das von Una folgende Gequieke hätten sogar die Ka hören müssen. »Du kannst den Wahnsinnigen doch kein Raumschiff fliegen lassen!«, schrie sie 17 förmlich an.

»Er hat gesagt, dass er sich mit so was auskennt«, sprach dieser in aller Seelenruhe.

»Der fällt auf die Fresse, wenn er sich die Schnürsenkel zubinden soll«, ereiferte sie sich.

»Sind das hier die Steuerdüsen?«, fragte ich Zero besonders laut.

»Bist du irre? Das ist ein Auslöser für Fernlenkraketen«, gab es als Antwort.

»Ich will hier sofort raus«, rief Una.

»Es kann nichts passieren, es gibt ein Back-up von euch. Ich kann alles jederzeit reproduzieren«, schmunzelte 17.

»Von mir auch? Ich bin kein Roboterding«, fragte Jo dazwischen.

»Ups. Vergessen«, sagte 17.

Unas restliches Geschrei verlor sich in dem ohrenbetäubenden Geräusch der startenden Triebwerke. Ehrlicherweise muss ich gestehen, dass ich mit dem Gleiter sehr wohl vertraut war. Nach meiner erfolgreichen Designberatung hatte mich 17 eingewiesen. Und um noch ehrlicher zu sein, gab es keine Fluglenkraketen. Zero war so nett, bei meinem kleinen Scherz mitzuspielen. Ein Gleiter ließ sich einfach fliegen, Fahrradfahren war viel komplizierter. Und die Fluggeräusche waren natürlich auch nur Show, in Wirklichkeit waren die Dinger sterbenslangweilig lautlos.

Also flog ich los. Natürlich nicht, ohne noch ein paar wilde Schlenker einzubauen. Wir passierten den Tunnel und schossen ins Tageslicht, welches in Wahrheit auch künstlich war.

»Hat jemand Bock auf Musik?«, fragte ich.

Gitarrenriffs übertönten die letzten Wortfetzen, die von Una zu vernehmen waren. Erst mal sehen, ob das Ding eine Rolle kann. Wunderbar. Dann hörte ich doch noch eine Stimme, die von Conor. Er hatte sich mit der Musik angefreundet und sang laut mit: »I'm on the Highway to Hell!«

Als das Lied zu Ende war, hatten wir auch schon unser Ziel und das Ende der Show erreicht. Samtweich landete ich die Kiste neben der Brücke, die zu den Ka führte. Die Pilotenkanzel verlassend, latschte ich durch die Reihen meiner Fluggäste.

»Wir danken Ihnen, dass Sie mit Tarzan-Air geflogen sind und wir hoffen, Sie bald wieder als unsere Fluggäste begrüßen zu dürfen. – Lässt sich einfacher fliegen, als eine Wasserstoff-Harley fahren. Oder was glaubst du?«, fragte ich Una im Vorbeigehen.

Ich hatte in den Datenbanken herumgewühlt und herausgefunden, dass sie mich mit ihrer Motorradgeschichte nur verarscht hatte. Zu ihrer Zeit gab es fast keine Fahrzeuge mehr, die von einem Menschen gesteuert wurden. Und schon gar keine Motorräder. Rache ist Blutwurst.

Unsere Ankunft war dank meiner Beschallung unüberhörbar gewesen. Nachdem der Rest meiner Passagiere mehr oder weniger aus dem Gleiter getorkelt kam, erblickte ich sowohl Skyta wie auch Ka, die zögerlich über die Brücke kamen.

Wir beschlossen, dass Jo die Ka und Hod und ID die

Skyta über die Gegebenheiten aufklären sollten. Da ich keinen Drang verspürte, mir die Geschichte noch zwei Mal in verschiedenen Sprachen anzuhören, vereinbarten wir, zurückzufliegen und sie am nächsten Tag wieder abzuholen. 17 implantierte den dreien noch rasch einen winzig kleinen Chip in den Handrücken, mit dem sie per Bild und Ton kommunizieren konnten, falls sie sich melden wollten.

»Absolut unverantwortlich, ihm so ein Fluggerät anzuvertrauen«, beschwerte sich Una bei 17, als wir wieder im Begriff waren einzusteigen.

»Was spricht dagegen?«, mischte ich mich ein. »Ich bin schließlich mit Fahrzeugen groß geworden, die man selbst steuern muss.«

»Was dann auch den Grund deiner Anwesenheit hier erklärt«, gab sie zurück.

»Na ja, du bist auch nur aufgrund deiner Flugkünste direkt hier gelandet«, konterte ich geschickt.

»Ok, einigen wir uns auf ein Unentschieden«, gab sie nach.

»Von mir aus«, sprach ich großzügig.

»Freunde?«

»Aber sicher doch!«

»17, zeig mir, wie man das Teil fliegt«, sagte die hinterlistige Schlange.

»17, lass das lieber sein. Denk an die Unkosten, wenn du unsere Körper wieder neu erschaffen musst«, sprach ich als klar denkender Mensch.

»Frauen fahren besser«, sagte sie.

»Ja, mit Bus oder Bahn«, war meine Antwort.

»Macho.«

»Zicke.«

Eine Viertelstunde später schwebten wir alle in Lebensgefahr.

»So langsam gewöhne ich mich an dieses Fliegen. Es macht sogar Spaß«, sagte eine völlig unwissende Skari zu mir.

»Das will ich auch mal ausprobieren«, tönte Conor.

»Dann komm nach vorne zu mir«, hörte ich die närrische Una aus dem Pilotensitz rufen. »Das ist kinderleicht.«

»Ja, genau so leicht wie von einem Berg ohne Fallschirm zu springen«, murmelte ich.

Als Antwort begann sie, die Grenzen von Steig-, Sink- und Parabelflug auszuprobieren. Wieviel g oder – falls es das gibt – Anti-g konnten der Gleiter und wir vertragen?

»Wir werden alle sterben«, keuchte ich zu 17, »schon wieder!«

»Ach komm schon, gönn ihr den Spaß«, bekam ich zur Antwort.

»Ja, Spaß. Solche Schnörkel mit einem Raumschiff innerhalb eines Raumschiffs. Und das nur, um mich wieder durch diesen Häcksler zu jagen.«

Am Nachmittag, den wir wie durch ein Wunder noch erleben durften, machten wir eine Besichtigungstour durch das Schiff. Es war in der Tat unglaublich groß. Hallen mit werkelnden Robotern, Rohstoffdepots, eine Menge Zeug, das wie Computerkram aussah, keine Ahnung, wozu das gut war.

»Die ganze Zeit schon frage ich mich, was du eigentlich bist«, wandte sich Skari an 17.

»Ich bin ich. Ich bin der größte Teil dieses Schiffes, aber ich kann mich jederzeit von Teilen davon trennen. So wie ihr euch die Haare oder die Zehennägel schneidet. Ich bin mit allen Systemen verbunden, aber nicht auf sie angewiesen. Ich überwachte Unas Flug, während ich gleichzeitig die Ka und die Skyta bei ihren Erzählungen beobachtete. Zur gleichen Zeit hörte ich die Kommunikation der Skalaten ab, regulierte Lebenserhaltungssysteme und jede Menge andere Dinge. Das funktioniert so wie bei euch, automatisch. Ihr müsst auch nicht ständig darauf achten, dass ihr weiteratmet«, sagte er.

»Sonst wären unsere Frauen auch schon erstickt«, fügte ich ergänzend hinzu.

»Wir sind multitaskingfähig«, versuchte Una zu erklären.

»Das stimmt. Sie können sich ein Telefon vor die Nase halten und gleichzeitig in fremde Einkaufswagen stolpern«, trug ich vollkommen sachlich und ohne jedes Vorurteil zum Gespräch bei.

»Äh ja ...«, sagte 17.

»Kannst du Schmerzen empfinden? Bei den Menschen ist es so, dass die weiblichen Exemplare besser Schmerzen ertragen können. Bei einer Geburt zum Beispiel«, sagte Una zu 17.

»Da hat sie natürlich recht«, sprach ich. »Man muss, um

der Wahrheit Ehre zu erweisen, selbstverständlich noch anfügen, dass dafür die Männer mental belastbarer sind. Sonst würden sie die schwangeren Frauen irgendwann im Verlauf der neun Monate erwürgen. Mit dem Einsetzen der Tragzeit geht oft eine geistige Umnachtung einher, an die sie sich hinterher noch nicht einmal erinnern können.«

»Das hat der liebe Tarzan vortrefflich formuliert«, konterte die Xanthippe. »Es handelt sich dabei um dieselbe Umnachtung, die Männer pünktlich zum Wochenende befällt. Oftmals in Erscheinung tretend mit unkontrolliertem Bierkonsum.«

»Danke«, sagte 17, »mir sind die menschlichen Gepflogenheiten geläufig, auch wenn ich sie nicht immer verstehe. Habt ihr schon über ein weiteres Vorgehen nachgedacht? Sonst wäre mein Vorschlag, dass ich euch beide bei den Skalaten absetze. Durchaus möglich, dass diese nach ein paar Tagen Selbstmord begehen.«

Ausnahmsweise fanden Una und ich gleichermaßen diese Bemerkung nicht amüsant. Unverständlicherweise teilten Kenzo, Conor und Skari unsere Auffassung nicht.

Ein Plan und ein paar Ritter

Abends fanden wir uns wie üblich in unserer gemütlichen Runde in der Küche zusammen. Bis auf die hier und da anfallenden etwas befremdlichen Geräusche aus dem Kühlschrank war es hier doch recht nett.

»Wie wäre es, wenn wir zu der Gemeinschaft reisen und die Verhältnisse darlegen?«, fragte ich 17.

»Es gibt einen Planeten namens Katara«, antwortete er. »Das ist das Zentrum der Allianz. Aber sobald du dort als Mensch erscheinst, würden es die Skalaten mitbekommen und die Erde sofort zerstören, um ihre Spuren zu verwischen. Dann lassen sie sich eine Geschichte einfallen und stellen dich als Betrüger dar.«

»Es muss uns irgendwie gelingen, sie abzulenken. Zumindest so lange, bis wir dem Rat handfeste Beweise für die Gräueltaten an der Menschheit vorlegen können«, murmelte ich.

»Was ist mit den Burna?«, fragte Kenzo.

»Die stehen schon auf meiner Liste«, sagte ich.

»Der Feind meines Feindes ist mein Freund«, sprachen Kenzo und ich diesen abgenutzten Satz fast gleichzeitig aus.

»Wo finden wir die?«, richtete Skari ihre Frage an 17.

»Ebenfalls auf Katara. Zumindest jene, die in das politische Geschehen eingreifen könnten. Mit dem Volk gestaltet sich der Umgang recht schwierig. Sie sind ungehobelt, besitzen keine Manieren und suchen ständig Streit«, antwortete er.

»Hört auf, mich anzuschauen. Ich besitze ein erstklassiges Benehmen. Und Unmut schlichte ich mit der Peitsche meines Intellekts«, sprach ich in ruhiger Selbstgewissheit.

»Wenn wir ihn verkleiden, würde er der Beschreibung nach gut zu ihnen passen«, warf Una ein.

»Knigge könnte sich eine Scheibe von mir abschneiden«, bemerkte ich.

»Das reicht nicht. Ein ganzer Körperwechsel wäre hier in Betracht zu ziehen. Nur als Burna sollte er nicht in Erscheinung treten. Dazu fehlt ihm das nötige Hintergrundwissen. Wie wäre es mit einer völlig fremden Lebensform?«, fragte 17.

»Wieder eine komplette Behandlung? Das habe ich gerade erst hinter mir«, entgegnete ich.

»Ja, ich verstehe. Jetzt, wo 17 dich von deiner Schein-
schwangerschaft befreit hat. Aber denk mal an die Kinder«,
sprach Una.

»Welche Kinder?«, hakte ich nach.

»Na die auf der Erde und bei den Skyta und Ka«, sagte sie.

»Oh du Natter! Jetzt komm mir nicht so. Na gut, aber
dann darf ich mir eine Lebensform aussuchen«, grummelte
ich.

»Besser noch, du entwirfst eine«, bemerkte 17. »Wenn wir die
anderen als Hurora ausgeben, könnten wir dich einschleusen.
Die kommen ständig mit Neuankömmlingen um die Ecke.«

»Äh, soll das heißen, dass wir uns operieren lassen?«, fragte
Skari.

»Nein, ich mache die Körper fertig und dann wird nur
schnell getauscht«, erklärte 17.

»Könnte ich ein Drache werden?«, fragte Conor.

»Ein andermal«, teilte ich ihm mit. »Für dich habe ich
eine andere Aufgabe. Du wirst eine Ausbildung zum Ritter
erhalten. Das habe ich schon mit 17 besprochen.«

Conors Augen weiteten sich. Er schien in diesem Moment
nicht recht zu wissen, ob er enttäuscht oder freudig drein-
schauen sollte. 17 gegenüber hatte ich zu Bedenken gegeben,
dass er für einige Aktionen noch zu jung sei, und so beschlossen wir, ihn anderweitig zu beschäftigen. Und wie kann man
kleine Jungs am besten belustigen? Mit Computerspielen. 17
erschuf auf die Schnelle ein paar Simulationen, mit denen
sich Conor ausgiebig befassen konnte.

»Wie sollen wir dann weiter vorgehen?«, fragte Kenzo.
»Selbst wenn sich die Burna auf unsere Seite schlagen würden, so könnte die Reaktion der Skalaten so aussehen, dass
sie die Menschheit auslöschen und keine Beweise für ihren
Aufenthalt hinterlassen.«

»Das ist sogar sehr wahrscheinlich«, sagte ich. »Deswegen
müssen wir einen anderen Weg einschlagen: Wir zocken mit
ihnen.«

»Wie bitte?«, fragte Una.

»Tarzan hat schon recht, das ist der einzige Schwachpunkt,
den sie haben. Aber wie hast du dir das vorgestellt?«, erkundigte sich 17.

»Wir werden falschspielen. Dazu brauchen wir allerdings die Burna«, sagte ich.

»Das sind nun aber beileibe keine Glücksspieler«, bemerkte 17.

In der folgenden Stunde quetschte ich alle nötigen Informationen aus 17 heraus. Welche Zahlungsmittel gab es? Wo wurde gespielt? Am Ende hatte ich ein schlüssiges Bild vor Augen.

»Was würde passieren, wenn die Ka und die Skyta sich weigern, gegeneinander zu kämpfen, wenn also der Plan der Skalaten, die beiden aufeinanderzuhetzen, nicht aufgeht?«, wollte ich wissen.

»Sie werden kaum locker lassen«, bekam ich zur Antwort. »Es wird weitere Leichen von Ka und Skyta geben. Die Skalaten werden jeder Spezies einbläuen, dass nur ein Sieg über die andere Partei weiteres Blutvergießen beenden wird. Abgesehen davon sind die Vorbereitungen schon im vollen Gang. In Gestalt von Drohnen haben sich die Skalaten als ›alte Götter‹ ausgegeben. Und sie lehren die zukünftigen Gegner, wie man Schiffe baut, damit sie überhaupt das Schlachtfeld erreichen können.«

»Die Skalaten würden aber keinen Genozid anrichten?«, fragte ich.

»Eine Massenvernichtung ist nicht in ihrem geschäftlichen Interesse«, antwortete 17.

»Gut, das ist immerhin schon ein Anfang. Wir müssen Jo und die beiden Skyta nach Hause bringen. Wenn sie es schaffen, ihre Leute zu überzeugen, könnte mein Plan aufgehen«, sagte ich.

Im Anschluss an unsere Lagebesprechung geleitete 17 den Knappen Conor zu seiner Ausbildungsstätte. Nach einer Weile wollten wir anderen nachschauen, wie es Conor gefiel. Als wir die Halle beraten, sahen wir ihn mit einem Stab bewaffnet wild um sich schlagen. Er trug etwas vor den Augen, eine Mischung aus Maske und Sonnenbrille, und schien uns in keiner Weise wahrzunehmen. Das ist bei Jungs in dem Alter in Verbindung mit einem Spiel allerdings nichts Ungewöhnliches. 17 warf uns ebenfalls einige Brillen zu. Als wir sie aufsetzten, wurde es wahrlich beeindruckend. Wir befanden uns plötzlich im schottischen Hochland mitten in einem Schlachtgetümmel. Conor war von englischen Rittern umzingelt, die reihenweise von ihm Dresche bezogen.

»Ja, so kann man Frust abbauen«, sagte ich.

Skari musste ihre Brille ein paar Mal auf- und absetzen, um zu begreifen, dass es sich um ein Trugbild handelte.

»Darf ich auch mal?«, rief Kenzo Conor zu.

Er griff sich ein herumliegendes Schwert und nach kurzer Zeit lagen alle gegnerischen Krieger verstreut auf dem Boden. Conor war sichtlich beeindruckt.

»Kannst du mir das beibringen?«, fragte er ehrfurchtsvoll.

»Natürlich«, sprach ein sichtlich zufriedener Kenzo.

»Das nenne ich eine eindrucksvolle Grafik«, sagte Una. »Ich glaube trotzdem, für die Spielkinder wird es langsam Zeit fürs Bett.«

»Komm schon Conor, es ist schon spät geworden. Aber ich will auch einmal kurz probieren«, sagte ich.

Um es kurz zu machen: Es lief nicht so gut wie bei Kenzo. Aber der hatte ja auch sein Leben lang nichts anderes gemacht. Jener Kenzo nahm mich später kurz beiseite und sagte lächelnd: »Morgen nach dem Aufstehen gebe ich dir die erste Unterrichtsstunde. Es ist nicht nötig, dass du gleich im ersten Gefecht ohne Kopf dastehst.«

Erst wollte ich einwenden, dass die Zeiten, in denen Kämpfe mit dem Schwert ausgefochten wurden, vorbei waren, beließ es aber bei einem müden Nicken.

Nach und nach verkrümelten wir uns in unsere Gemächer. In meinem Zimmer stand ein Computer für Vollpfosten. Mit anderen Worten: Man konnte mit ihm sprechen und sich erklären lassen, was man wollte. So bastelte ich noch an einer möglichst finster aussehenden Alien-Lebensform, in die mich 17 verwandeln sollte. Ich schickte die Daten an 17 und begab mich zu Bett. Warum muss ich als Androide eigentlich schlafen?, grübelte ich, um dann einzunicken.

Kenzo klopfte gleich am nächsten Morgen an meiner Tür. Etwas zu früh für meinen Geschmack. Er trug zwei Holzschwerter bei sich, von denen er mir eines überreichte. So etwas nennt man Bokutō, wie er mir mitteilte. Immer schön zu wissen, womit man Dresche bekommt. Wir suchten uns eine

Ecke zum Trainieren aus. Kurz gesagt: Eine halbe Stunde lang bekam ich Prügel ohne Ende und konnte mich dabei ungefähr so gut zur Wehr setzen wie ein junger Hund. Kenzo vertrat zwar aufrichtig die Meinung, dass er noch nie jemanden gesehen hatte, der so schnell lernt. Aus meiner Perspektive sah die Sache allerdings etwas anders aus. Den Fragen über meine blauen Flecken wich ich geschickt aus, als wir alle beisammen in der Küche saßen.

»Kenzo, kann es sein, dass du dir die Haare wachsen lässt?«, fragte Una ihn.

»Ich bin kein Samurai mehr. Es gibt keine Samurai mehr«, antwortete er knapp.

Sie beließ es dabei.

»Ohne die Halbglatze siehst du bestimmt noch besser aus«, sagte Skari und hätte sich am liebsten gleich darauf auf die Zunge gebissen.

»Wirklich?«, fragte Kenzo lächelnd. »Es geht mir nicht um Äußerlichkeiten, sondern darum, mit meinem alten Leben abzuschließen«, fügte er hinzu und vermied krampfhaft jedes weitere Lächeln.

Una sah mich an und wir grinsten beide. Weitere Gespräche über dieses haarige Thema wurden von Jo unterbrochen, der gerade auf einem Bildschirm erschien.

»**Könnt ihr mich sehen?**«, schrie er in sein Telefon.

»Wir sehen dich und wir können dich auch sehr deutlich hören«, antwortete 17 ihm.

»**Gut!**«, brüllte er. »**Ich wollte euch nur mitteilen, dass die Ka und die Skyta sich absolut einig sind. Wir haben beschlossen, dass Tarzan uns in der Schlacht gegen die Skalaten anführen soll!**«

Abgesehen von dem ohrenbetäubenden Lärm, den Jo verursachte, vernahm ich das zerberstende Geräusch einer Kaffeetasse, die Una schon wieder aus der Hand geglitten war.

»Jo, bitte sprich leise«, sagte ich. »Ich habe nicht vor, irgendjemanden in irgendeine Schlacht zu führen. Wir werden versuchen, die Sache mit List und Tücke anzugehen.«

»**Das hatte** ... Entschuldigung. Das hatte Hod auch schon vermutet und deswegen dich als Anführer vorgeschlagen. Dem habe ich sofort zugestimmt. Er meinte, dass wegen deiner unorthodoxen Art die Skalaten deinen nächsten Schritt bestimmt nicht vorausahnen könnten. Was auch immer er damit meinte.«

»Wohl wahr«, murmelte Kenzo.

»Ich finde den Vorschlag vernünftig«, sagte 17. »Schließlich hat Tarzan bewiesen, dass er zum Wohle aller handelte, obwohl er seinen zweiten Tod vor Augen hatte: Er hat eine friedliche Zusammenkunft mit den Skyta erreicht. Und sein Plan hat durchaus Potenzial.«

»Wohl wahr«, sagte Kenzo.

»Würdest du bitte aufhören, ständig ›wohl wahr‹ zu sagen?«, meldete sich Una zu Wort. »Nichts gegen unseren Tarzan hier, aber er ist genau so neu hier wie alle anderen auch.«

»Ich stehe nicht als Anführerin zur Wahl«, sprach Skari leise, »ich fühle mich jetzt schon überfordert. Und im Grunde hat er uns bis hierher doch auch schon angeführt.«

»Als Knappe kann ich noch kein Anführer sein. Bisher hat Tarzan alles richtig gemacht«, sagte Conor.

»Das stimmt«, sprach Kenzo.

Una schlug demonstrativ mit der Stirn auf die Tischplatte.

»Hat schon mal jemand etwas von Demokratie gehört?«, gab sie in einem verzweifelten Tonfall von sich.

»Da hast du vollkommen recht«, sagte ich zu ihr. »Wir müssen alles gemeinsam besprechen und unser Plan sollte lückenlos sein. Aber wenn die Show losgeht, bleibt uns keine Zeit mehr zum Diskutieren. Wenn erst der erste Schuss auf dem Schlachtfeld gefallen ist, hat man sowieso keine Möglichkeit mehr, einzugreifen.«

»Wohl wahr«, sagte Kenzo zustimmend.

»Wenn du noch einmal ›wohl wahr‹ sagst, läufst du am besten. Und zwar bis nach Japan«, murmelte Una.

17 wechselte geschickt das Thema: »Ich wollte euch eine Karte der Hauptstadt von Katara zeigen. Dort befinden sich alle Botschaften der verschiedensten Planeten. Außerdem habe ich in unserem Hauptquartier ...«

»Du meinst die Küche?«, unterbrach ihn Conor.

»... noch allerlei Information ausgelegt, die eventuell nützlich sein könnten.«

»Wir müssen die kulturellen Gepflogenheiten der Hurora

kennen, um nicht aufzufallen«, sagte Kenzo, während wir in Richtung unseres offiziellen Stützpunktes schlenderten.

»Ist Tarzan jetzt unser König?«, fragte Conor Una.

»Nein, das ist er definitiv nicht!«, zischte sie.

Da wir alle den Raum verlassen hatten, befand sich dort nur noch Jo auf dem Bildschirm.

»Hallo. Wo seid ihr? ... **Hallo**?«

Zwei Stunden später saß Conor am Steuer des Raumgleiters, um die anderen wieder abzuholen. 17 hatte uns versichert, dass er die volle Kontrolle habe und wir uns keine Sorgen zu machen brauchten. Entgegen meiner Bedenken machte der Kleine seine Sache wirklich gut. Wir verwendeten die Zeit dazu, einen Testlauf mit unseren neuen Körpern zu unternehmen. Una, Kenzo und 17 schlüpften in die Körper der Huroras. So ein Körperwechsel war für uns im Prinzip genau so einfach wie das Wechseln einer Hose. Im Spiegel betrachtete ich meine eigene Kreation, oder besser gesagt meine eigene Kreatur. Zugegebenermaßen hatte ich mich doch sehr von dem guten Darth Maul aus Star Wars inspirieren lassen: Ein knallroter Körper, der mit schwarzen Tattoos im Gesicht und auf dem ganzen Körper verziert war, zwei nette Teufelshörner und tiefschwarze Augen. Ich war gespannt, wie die anderen auf diesen Anblick reagieren würden.

Ach ja, die Kleidung. Ich trug eine lockere Hose und ein ärmelloses Hemd. Natürlich hatte ich mir ein paar muskulöse Arme gegönnt, und die kamen so besser zur Geltung. Hemd wie Hose waren schwarz und trugen einige goldene Ornamente. Eigentlich wollte ich auch noch eine unglaublich coole Waffe haben, aber 17 wies mich darauf hin, dass das Tragen von Waffen auf dem Planeten strengstens untersagt war. Da die anderen sich schon auf dem Flugdeck eingefunden hatten, um Jo, Hod und ID in Empfang zu nehmen, musste ich mich sputen.

Auf dem Flugdeck angekommen sah ich sie schon beisammen stehen. Ich umging sie schleichenderweise und kletterte auf das Dach des Gleiters. Jo machte gerade einige Bemerkungen darüber, wie erstaunlich er das neue Äußere der drei fand. Nach meiner Meinung wirkten sie langweilig, humanoid mit Quadratschädel, und dazu noch himmelblau.

Ich hätte keine Lust gehabt, mich als Alien-Schlumpf zu verkleiden.

Im passenden Moment sprang ich genau zwischen sie und rief dabei: »Zeit, der dunklen Seite zu begegnen!« Die Reaktionen waren mannigfaltig. Jo quiekte laut, die Skyta wichen einen Schritt zurück, Skari, Conor und Una schrien kurz und machten zwei Schritte nach hinten. 17 rührte sich überhaupt nicht. Ansonsten wäre noch Kenzos Schwertklinge an meinem Hals zu erwähnen.

»Musst du den Zachel immer mit dir herumschleppen?«, fragte ich ihn.

»Falls du erschreckend aussehen wolltest«, sprach er, »so ist dir das gelungen. Falls du unauffällig sein möchtest, wird das ein Reinfall.«

»Grundgütiger, bist du irre, uns so zu erschrecken?«, fauchte Una mich an.

»Ich wollte nur wissen, ob ich im entscheidenden Moment auch bedrohlich wirke«, versuchte ich abzuwiegeln.

»Das ist dir gelungen, du siehst aus wie der Teufel!«, sagte Conor, dem der Schreck noch in den Knochen steckte.

»Tarzan, bist du das?«, stammelte Jo.

»Klar bin ich das, Kumpel«, sagte ich zu ihm.

»Und der Wahnsinnige soll die anderen anführen?«, sagte Una.

»Unberechenbar«, sagte Hod und lächelte, soweit ihm das möglich war.

»Was willst du mit diesem Auftritt bewirken?«, fragte Una mich.

»Respekt. Wenn wir auf eine Spezies treffen, deren Berufung das Dasein eines Kriegers ist, sollten wir uns auf Augenhöhe begegnen«, antwortete ich.

»Das könnte auch genau das Gegenteil zur Folge haben«, sprach sie, »nämlich dass sie gleich wie die Kampfhähne auf dich losgehen. Vielleicht sollten wir besser an ihren Beschützerinstinkt appellieren.«

»Du denkst, ein Plüschhasen-Outfit wäre besser geeignet?«, fragte ich grinsend.

»Ich denke in deiner Gegenwart am besten gar nicht mehr nach, das erscheint mir nutzlos«, gab sie zurück.

Die anderen drehten ihre Köpfe abwechselnd zwischen mir und Una hin und her, als würden sie ein Tennismatch verfolgen, bis Kenzo eingriff und uns aufforderte, in Richtung Besprechungsraum zu gehen. Also marschierten wir alle in die Küche.

Dann wandte ich mich an Jo, ID und Hod: »Ich habe mir etwas ausgedacht, damit ihr die Schlacht zwischen euren beiden Völkern in letzter Sekunde verhindern könnt. Aber es muss sichergestellt werden, dass alle Ka und Skyta Bescheid wissen, ohne dass die neuen Götter etwas mitbekommen. Was meint ihr? Wird es möglich sein, eure Leute heimlich über unser Manöver zu unterrichten?«

»Ich denke schon, dass das möglich ist«, sagte ID.

»Dauert höchstens eine Stunde. Wenn es heimlich sein soll, einen Tag«, antwortete Jo lachend.

»17, haben wir etwas, das wir als Wetteinsatz benutzen können, wenn wir mit den Skalaten zocken wollen?«, fragte ich ihn.

»Ich denke«, erwiderte 17 ebenfalls lachend, »dass ich genau das Richtige auf Lager habe. Den Skalaten werden die Augen ausfallen.«

Wir tüftelten noch bis spät in die Nacht an den Feinheiten unseres Plans. Nun würden wir handeln, die Würfel waren gefallen. In einigen Wochen würde der Krieg zwischen Ka und Skyta beginnen, und das rein zum Vergnügen der Skalaten. Wir waren die einzigen, die das verhindern konnten – und genau das hatten wir vor.

AI

Eine Woche war schon ins Land gezogen und allmählich war
ich meine morgendliche Tracht Prügel, die ich von Kenzo
vor dem Frühstück bezog, leid. Die Sache kratzte so sehr an
meinem Ehrgeiz, dass ich 17 um Rat fragen musste. Er meinte,
dass ich aufgrund des neuen Gehirns und Körpers durchaus
fähig sei, mir alles Notwendige anzueignen. Dazu müsse ich
vor allem lernen, mich zu konzentrieren. Also suchte ich mir
aus den Datenbanken alle erdenklichen Kurse und Unterlagen
zum Thema Schwertkampf heraus und übte nachts heimlich.
Zunächst versuchte ich noch, das neu Erlernte vor Kenzo zu
verbergen, aber so ganz gelang mir das natürlich nicht.

Heute wollte ich ihm die geballte Ladung meiner neu
erworbenen Fähigkeiten präsentieren. Am Ende unseres
Kampfes konnte man fast von einem Unentschieden sprechen. Kenzo war sichtlich beeindruckt, aber er erschien mir
auch etwas betrübt.

»Was ist los mit dir? Du scheinst nicht gerade stolz auf
deinen Schüler zu sein«, fragte ich ihn.

»Das ist es nicht«, antwortete er. »Es ist eher so, dass ich
nicht mehr stolz auf mich bin. Ich habe viele Jahre lang darauf hingearbeitet, um das zu erreichen, wofür du gerade mal
eine Woche gebraucht hast.«

»Verstehe. Ja wirklich, das muss frustrierend sein. Du solltest dich nicht davon beeindrucken lassen. Deine Fähigkeiten
sind hart erarbeitet, meine wurden mir nur geschenkt«, versuchte ich ihn zu trösten.

»Es war das Einzige, was ich konnte. Darin war ich ein
Meister. Nun bin ich wieder einer von vielen.«

»Das ist Unsinn! Du bist Kenzo und einzigartig. Egal, ob
du ein Schwert schwingst oder nicht. Du hast ja genau wie
ich das Geschenk erhalten, zu erlernen, was immer du willst,
und das in kürzester Zeit. Du musst dir nur etwas aussuchen«,
erklärte ich in all meiner Weisheit.

»Ich wüsste nicht, was ich gerne erlernen würde«, gab er
zurück.

»Keine Ahnung, wie wäre es mit Musik?«, sagte ich.

»Das Musizieren war Bestandteil meiner Ausbildung.«

»Äh ... na ja. Also was das betrifft, da gibt es bestimmt noch etwas Nachholbedarf. Wie wäre es mal mit einer anderen Musikrichtung?«

»So etwas wie das Geschreie im Gleiter?«

»Nun, vielleicht so in der Art. Unter Umständen solltest du dir das Geschreie mal genauer anhören«, sagte ich.

»Kannst du ein Instrument spielen?«, fragte er.

»Nö«, gab ich zur Antwort. »Früher wollte ich mal Gitarre spielen lernen, um die Mädels zu beeindrucken. Aber ich habe nie die Zeit dazu gefunden, da ich zu beschäftigt war, sie anderweitig zu beeindrucken.«

»Man kann mit dem Spiel der Gitarre eine Frau beeindrucken?«, fragte er sichtlich interessiert.

»Das ist zumindest die gängige Meinung«, sagte ich.

Natürlich hielt ich das für Blödsinn. Wenn man eine Frau sah, wann hätte man dann passenderweise eine Gitarre zur Hand, um sie mal eben zu beeindrucken? Beim Einkaufen? In einem Tanzschuppen? Aber egal, Kenzo brauchte dringend eine Ablenkung.

»Dann sollten wir gemeinsam lernen, so ein Instrument zu beherrschen«, sagte er zuversichtlicher.

»Das klingt fast so, als wolltest du eine Rockband mit mir gründen«, sagte ich lachend. »Bei unseren Fähigkeiten bekommen wir das in einem Monat locker hin. Dann müssen wir uns die Groupies vom Hals halten.«

»Was sind Groupies?«, fragte Kenzo.

»Öhm, das sind weibliche Fans, die einem hinterherlaufen. Manche Bands hatten sehr viele davon«, erklärte ich ihm.

»Eine Frau reicht doch.«

»Da hast du natürlich recht. Du ahnst gar nicht, wie recht du damit hast. Aber mal ganz ehrlich, ich habe das Gefühl, dass noch mehr an dir nagt. Ich habe immer noch nicht verstanden, warum zum Teufel du dir ein Messer in den Bauch gesteckt hast«, platzte es aus mir heraus. »Und erzähl mir jetzt nichts von Ehre oder so. Es tut mir leid, wenn ich so offen spreche, aber der ganze Eiertanz hilft dir nicht weiter.«

Kenzo starrte mich verwirrt an. Nach einer Weile sprach er dann: »Es ist schon schlimm genug, dass Skari den Grund kennt.«

»Was ist dramatisch daran, dass Skari etwas weiß? Lass dir doch nicht alles aus der Nase ziehen. Manchmal muss man die Dinge einfach aussprechen, anstatt sie in sich hineinzufressen«, sagte ich.

Wieder ein kurzer Moment des Schweigens. Man konnte sehen, wie er innerlich mit sich rang.

»Ai«, sagte er dann.

»Was für ein Ei?«, fragte ich behutsam.

»Kein Ei. Sie hieß Ai«, ließ er verlauten.

Da gingen bei mir sofort einige Lichter an. Es ging bei seinem Suizid in Wirklichkeit um eine Frauengeschichte.

»Verstehe«, sagte ich nur und dann schwiegen wir eine ziemliche Weile lang.

Schließlich gab sich Kenzo doch einen Ruck und erklärte sich. Zusammenfassend eine typische tragische Geschichte. Der Krieger, der bis nach dem Feldzug abwarten will, um dann um die Hand seiner Jugendliebe anzuhalten. Als er heimkehrt, ist die aber inzwischen verheiratet worden. Beide todunglücklich. Er stürzt sich ins Schwert. Und nun scheint er etwas für Skari zu empfinden. Diese Gefühle kommen ihm jedoch wie ein Verrat an seiner alten Liebe vor.

Es folgte eine weitere geraume Zeit des Schweigens.

»Heißt du wirklich Tarzan?«, fragte er mich unvermittelt.

»Wie kommst du jetzt darauf?«, erwiderte ich.

»Ich habe das Gefühl, dass Una dich nur so nennt.«

»Is' nicht wahr, wie bist du nur so schnell darauf gekommen?«, fragte ich sarkastisch. »Ja, du hast recht. Allerdings ist auch mein altes Leben vorbei. Und ein neuer Name ist ein guter Neuanfang.«

In kurzen Sätzen erzählte ich ihm die Geschichte von Tarzan und dass Una mich deswegen so nannte, weil sie mich so ein bisschen urwald- oder affenmenschmäßig fand. Das heiterte immerhin Kenzos Stimmung wieder etwas auf.

»Verrätst du mir deinen alten Namen?«, fragte er.

Nach einer Weile rückte ich damit raus, worauf Kenzo antwortete: »Tarzan ist eindeutig der bessere Name.«

»Danke«, erwiderte ich höflich. »Komm«, sagte ich, ohne weiter darauf herumzureiten, »wir gehen zu den anderen und trinken etwas von dem kaffeeartigen Gebräu, das Zero macht.«

Debris

Da weder den Ka noch den Skyta bis dato bewusst war, dass sie auf einem Planeten lebten, machten wir ihnen den Vorschlag, sich einen Namen dafür auszusuchen. Heraus kam der Name Debris. In der Sprache der Ka war dies das Wort für Großmutter. Bei den Skyta ... nun ja ... eigentlich Klick Klick Klack, bedeutete es sinngemäß übersetzt so etwas wie das gute Land. Wir verkniffen uns, auf die englische Bedeutung hinzuweisen und beließen es dabei. Es ist schließlich ihr Planet.

Der Planet Debris also, Sternzeit ... irgendwann.

Ein Wocok hockte am Waldesrand und ließ seinen Blick über die Lichtung schweifen, als plötzlich der morgendliche Frühnebel begann, sich sanft zu verwirbeln. Interessiert beobachtete er eine Gestalt, die wie aus dem Nichts in der Luft erschien und aus einem Meter Höhe auf den Boden sprang. Sie trug einen Mantel mit Kapuze und hielt einen Wanderstab in der Hand. Danach hüpfte sie mit ein paar kräftigen Sätzen in Richtung Wald, um dort sofort im Unterholz zu verschwinden.

Eine ähnliche Szene spielte sich etwas später auf dem gleichen Planeten, nur auf einem anderen Kontinent ab. ID und Hod sprangen aus dem Gleiter und begaben sich gleich darauf in Richtung der Werften. Der Sicherheitsabstand, damit sie niemand sah, war groß genug, es würde zwei Stunden dauern, bis sie die Anlagen erreichten. Bereits nach einer halben Stunde trafen sie auf die ersten Waldarbeiter, die Bäume fällten und die Stämme in Richtung Küste zogen. Bald darauf blickten sie von einem Hügel hinab auf ein riesiges Lager. Tausende von Hütten waren angelegt worden, dreißig Schiffe lagen in Trockendocks, an denen eifrig gearbeitet wurde.

Es herrschte eine gewaltige Betriebsamkeit in zahllosen Werkstätten, Schmieden und Garküchen. Der gesamte Wald in Küstennähe war abgeholzt worden, man schien auf einen plattgewalzten Ameisenhaufen zu blicken. Mit einer Mischung aus Entsetzen über den vernichteten Wald und einer Ehrfurcht über dieses gigantische Vorhaben setzten ID und Hod ihren Weg in Richtung eines Sägewerks fort.

Dort angekommen wollten sie sich einige Bretter nehmen, um so unauffällig zum Zentrum zu gelangen. Gerade als sie sich einige Holzlatten über die Schulter legten, rief einer der Skyta, der an einer Säge hantierte, ihnen zu: »ID! Hod! Ich kann es nicht glauben! Wo kommt ihr her? Euer ganzes Dorf ist verschwunden. Jeder fragt sich, was mit euch passiert ist.«

Hod warf einen kurzen Blick auf den Wanderstab, den 17 eigens entworfen hatte. Er enthielt einen Scanner, der jegliche Form von elektronischen Geräten in der Nähe aufspüren konnte. Ferner konnte er einen kräftigen EMP raushauen, um im Notfall eine Drohne der Skalaten außer Gefecht zu setzen. Alles schien im grünen Bereich zu sein und kein Feind war auszumachen.

»Das ist eine lange Geschichte, über die wir aber auf keinen Fall in der Nähe eurer neuen Götter sprechen können. Gibt es Schwitzhütten dort unten im Lager?«, fragte Hod ihn.

»Ja natürlich«, antwortete der andere Skyta.

Hods und IDs Gesichtsausdruck zeigte ihm sofort den Ernst der Lage. Die Skyta waren über die neuen Götter nicht unbedingt erfreut, aber ihre Macht ließ sich nicht ignorieren. Dass die beiden Neuankömmlinge noch keinen Kontakt zu den Göttern gehabt hatten, zeigte sich in ihrer Wortwahl. Diese »neuen Götter« legten sehr großen Wert darauf, als die »alten Götter« bezeichnet zu werden.

»Erkläre uns den Weg zu der größten Hütte und treffe uns heute Abend dort. Sprich mit niemanden darüber, dass du uns erkannt hast«, sprach Hood.

Der andere Skyta nickte und erklärte ihnen den Weg.

»Wie kommt es, dass ihr am Tag arbeitet?«, fragte ID.

»Die alten Götter wollen, dass durchgehend gearbeitet wird. So werden wir schneller fertig«, bekamen sie zur Antwort. »Es wird wohl besser sein, wenn ich euch führe; wenn ihr hier suchend umherlauft, wird man euch schneller entdecken.«

Beim Betreten der Schwitzhütte schlugen ihnen dicke Dampfschwaden entgegen. Dies war der perfekte Ort für konspirative Treffen, da die Drohnen diesen Ort aufgrund der dampfgesättigten Luft mieden.

Jo bot sich ein ähnliches Bild bei seiner Ankunft. Es regnete Bindfäden über der zerstörten Landschaft. Eine unzählige Menge an Hütten schien in einem Meer aus Matsch herumzudümpeln. Er hatte sich seine Kapuze tief in das Gesicht gezogen und stapfte auf der Suche nach der Behausung eines Schamanen durch den Schlamm. Rinnsale durchzogen die schmalen Gassen. Als er endlich das Ziel seiner Suche im Blickfeld hatte und sich in Richtung Eingang bewegte, stieß er plötzlich mit einem anderen Ka zusammen, der seinen Weg kreuzte. Schreck noch mal, er wollte eigentlich nicht schon auffliegen, bevor alles richtig angefangen hatte.

»Jo? ... Jo? ... **Jooooo!**«

Nun war es ohnehin schon ein wenig auffällig, mit einem Umhang und einer Kopfbedeckung herumzulaufen, da der Regen die anderen Ka nicht im Geringsten interessierte. Das war trotzdem eine gute Idee gewesen, immerhin wurde er damit nicht erkannt. Guter Plan, bis auf den dämlichen Umstand, geradewegs mit einem entfernten Verwandten zu kollidieren.

»Jo, du lebst! Wo ist euer Dorf? Wo sind unsere Brüder und Schwestern? Hey, Leute, Jo ist hier! Mein Cousin aus dem verschwundenen Dorf!«, brüllte der Ka, der völlig aus dem Häuschen war.

»Halt die Klappe und sei leise!«, schrie ein Jo, der kurz davor war, in Panik zu geraten.

Eventuell wäre es unhöflich zu behaupten, dass diese Spezies neugierig sei, aber es dauerte nur wenige Sekunden, bis die beiden umzingelt waren. Zum Glück hatte 17 ihm ein Mittel gespritzt, das seinen Farbwechsel unterdrückte. Ansonsten hätte Jo in diesem Moment wie eine Lichtorgel ausgesehen.

»Sei endlich still und komm mit«, fauchte Jo seinen Cousin leise an. Er packte ihn am Arm und zog ihn Richtung Eingang. Doch der Andrang wurde immer größer. Zu allem Überfluss zeigte sein Stab nun die Anwesenheit einer Drohne an. Wo war das verflixte Ding? Sollte er um Hilfe rufen? Nein, nur nicht den Plan gefährden. Er entdeckte eine schwebende Purfliege, die über den Köpfen der Anwesenden verharrte. Das musste die Drohne sein. Er senkte seinen Blick auf den Fußboden. Was würde Tarzan in dieser Situation unternehmen? Da kam ihm eine Idee. Urplötzlich streckte er beide Arme mit gespreizten Händen in die Luft.

Langsam zog er sich die Kapuze vom Kopf und starrte in die Gesichter der Ka.

»Ja, ich bin Jo aus dem Dorf der Verschwundenen«, sprach er mit durchdringender Stimme. »Unser Dorf wurde von einer Katastrophe heimgesucht. Die Erde bewegte sich und verschlang alles gänzlich. Doch wir tragen selbst Schuld daran durch unsere eigene Untätigkeit. Geht nun hin und bereitet alles für die Vernichtung unserer Feinde vor. Erledigt es mit Freude und zum Wohle der Götter.« Wie zufällig öffnete er seinen Mantel, so dass alle die Insignien seiner Macht sehen konnten: die unzählige Ketten um den Hals, die ihn als einen hohen Heiler auswiesen.

All dies wurde von der Drohne live in eines der Casinos der Skalaten übertragen, eine perfekte Szene, die von vielen gesehen wurde. Wohlwollend vernahm man die Überzeugungskraft in Jos Stimme, als er über die Vernichtung der Feinde sprach – sie ahnten nicht, dass er unter »Feinde« etwas anderes verstand als sie. Die Wettbüros auf Skalat, eine Mischung aus Casino und Kino, wollten ihren Kunden nur das Beste liefern. Über den Zockertischen und in den Separés waren 3D-Projektionen zu sehen, die Geschichten der kriegsführenden Parteien wurden zu einer Telenovela zusammengefügt. Die Zuschauer konnten den Beginn der Kämpfe kaum erwarten, sie hofften auf viele Schlachten und Gemetzel – und natürlich auf eine Vervielfachung ihres Wetteinsatzes. Viele Zocker entwickelten sogar eine Art von Mitgefühl für ihre Favoriten. Liebesgeschichten wurden mit alltäglichen Streitereien vermischt und Helden wurden aufgebauscht.

Jo drehte sich würdevoll um und schob einen anderen Schamanen, der gerade aus einer Tür heraustreten wollte, zurück in das Haus. Dabei zog er seinen Verwandten mit und knallte laut die Tür ins Schloss. Die erstaunten Ka machten sich wieder an die Arbeit.

»Wir müssen uns unterhalten. Dringend«, sagte er zu dem alten Heiler, der verblüfft vor ihm stand, während er seinem Verwandten weiterhin mit der Hand den Mund zuhielt.

»Und du hältst die Klappe und hörst zu«, erwähnte er beiläufig. »Den Leuten aus meinem Dorf geht es gut. Sie sind alle in Sicherheit. Aber diese neuen Götter wollen uns nicht in eine Schlacht führen, sondern zur Schlachtbank.«

Nach ausführlichen, detaillierten Erklärungen saßen Jo, der Schamane und sein Cousin zweiten Grades, der Lip hieß, schweigend da und starrten ins Feuer.

»Und du traust diesem Tarzan?«, fragte der Medizinmann, der Go genannt wurde.

»Auf jeden Fall«, antwortete Jo. »Ich habe sein Leben durchlebt. Ich habe seinen Schmerz gespürt. Und ich habe die unglaubliche Macht von 17 kennengelernt.«

Der alte Go antwortete: »Ich sehe es so wie du, Jo. Wenn wir in den Krieg gegen die Skyta ziehen, wird das ein sehr blutiges Ende nehmen. Daher unterstütze ich deinen Plan. Wenn wir uns nicht auf den Krieg einlassen, werden uns die neuen Göttern bestrafen. Aber das wird hoffentlich nicht so schlimm für unsere Völker sein wie ein Krieg gegen die Skyta. Es ist zu hoffen, dass deine Freunde es schaffen, die Skyta von der Sinnlosigkeit dieses Krieges zu überzeugen, sonst werden wir kämpfen müssen. Für Morgen werde ich einen Rat einberufen, dort wirst du deine Geschichte wiederholen. Dann werden wir Ketten mit einem Symbol verteilen. Jeder der Eingeweihten wird sie tragen und somit wissen, wer schon Bescheid weiß und wer noch zu unterrichten ist.«

»Das ist eine gute Idee«, sagte Jo. »Bis auf Weiteres werde ich bei dir Unterschlupf finden müssen.«

»Dann werde mich mal an die Herstellung der Amulette begeben«, sagte Lip, der einen neuen persönlichen Rekord im Nicht-Reden aufgestellt hatte.

Hod und Id schafften es ebenfalls schnell, die Skyta von ihrem Plan zu überzeugen. Auch sie benutzten ein Erkennungsmerkmal, in Form eines einfachen Strichs auf dem Unterarm. Innerhalb von einer Woche waren alle Völker eingeweiht und zum Widerstand bereit.

Katara

Als ich in die Küche kam, saßen alle schon da. Heute war der großen Tag, wir würden zu dem Planeten fliegen, auf dem sich alles entscheiden würde. 17 erklärte uns, dass er vorher noch ein Back-up machen werde, eine Art Wiederherstellungspunkt unserer Hirne. Nachdem wir letzte Details besprochen hatten, begaben wir uns zum Körperwechsler. Da herauszukommen war weitaus krasser als aus einer Autowaschanlage, vor allem natürlich für diejenigen von uns, die noch nicht einmal je etwas von einer Autowaschanlage gehört hatten. Danach war alles wie neu – nein, nicht wie neu, sondern tatsächlich neu. Keine neue Frisur, sondern neue Haare, keine Verkleidung, sondern ein neuer Körper: neue Augen, neuer Kopf, neue Hände, bis hin zum letzten Zehennagel alles neu und alles völlig anders. So ähnlich musste sich ein Schmetterling fühlen, der gestern noch eine Raupe mit hundert oder so Füßen gewesen war – falls er denn so etwas wie Fühlen oder Erinnerung kannte. Es dauerte immer eine Weile, um sich an den neuen Körper zu gewöhnen. Besonders bei größeren Ausführungen war ein umgestoßener Gegenstand oder das Anschlagen des Kopfes am Türrahmen keine Seltenheit. Aber Una und Kenzo ging es letztlich nicht viel anders als mir, in kürzester Zeit gewöhnten sie sich an ihre neuen Körper. Auf dem Weg zum Hangar trug 17 einen Koffer bei sich.

»Ist da das Geld drin?«, fragte ich ihn.

»Ja, so ungefähr. Und zwar eine ganze Menge«, antwortete er.

Als wir das Schiff betraten, bei dem es sich um eine perfekte Kopie eines Hurora-Kreuzers handelte, winkten uns Conor und Skari zum Abschied zu. Skari schien sichtlich angespannt zu sein, versuchte aber, sich nichts anmerken zu lassen.

»So, Papa Schlumpf«, ließ ich verlauten. »Dann bring uns heile zu den Burna.«

»Kein Problem. Es geht schon los«, erwiderte 17.

Sanft und geräuschlos erhob sich das Schiff und glitt über das Flugdeck. Kaum waren wir draußen, da beschleunigte der Kreuzer in Richtung des nächstliegenden Gestirns.

»Alter, du rast auf den Stern zu«, rief ich 17 zu.

Auch die anderen schienen geschockt zu sein.

»Das muss so sein. Ist 'ne super Abkürzung«, gab 17 gelassen von sich.

»Super Scheiiiiße!«, schrie ich. Es wurde hell. Sehr hell. Dann urplötzlich dunkel, nur um kurz darauf wieder gleißend hell zu werden. Danach konnte man allmählich wieder die Sterne sehen.

»Meine Güte, du hättest uns vorwarnen können«, rief Una. »Ich dachte, das wird eine Kamikaze-Aktion. Nichts für ungut, Kenzo.«

»Wie lange werden wir unterwegs sein?«, fragte ich nach.

»Wir sind schon da«, sagte 17.

»Nun, das war wirklich schnell«, sprach Kenzo.

»Sag ich doch, super Abkürzung. Lichtgeschwindigkeit war gestern«, erwiderte 17.

»Du musst mir bei Gelegenheit mal erklären, wie das funktioniert«, sagte ich zu ihm.

»Oh, du interessierst dich für Raum-Zeitkrümmung?«, antwortete er.

»Na ja, das ist relativ«, entgegnete ich.

»Da hast du recht«, sagte 17, während Una den Kopf schüttelte.

Vor uns lag Katara. Eine Megastadt war bereits aus ein paar hundert Kilometern Höhe sichtbar, einem Schimmelpilz gleich, der sich auf dem Obst in der heimischen Küche ausbreitet, überzog sie fast einen ganzen Kontinent. Wie die Borke einer Schürfwunde stach sie aus dem ansonsten mit Wald überwucherten Planeten hervor.

Schon weit außerhalb der Atmosphäre erreichten wir das automatische Leitsystem Kataras, in das wir quasi einrasteten und uns von da an wie an der Schnur gezogen unserem Ziel näherten. Die in das System integrierten Überwachungssysteme konnte 17 mühelos überlisten, andernfalls hätte man uns sofort zu Staub zerbröselt. Er log das Blaue vom Himmel und das Leitsystem lieferte unseren Kreuzer schnurstracks in der Nähe der Botschaft der Burna ab. Wir setzten unseren Weg nun zu Fuß fort. Unterwegs gab es eine Menge erstaunlicher Dinge zu sehen, beispielsweise bestand das öffentliche Verkehrssystem aus zahlreichen synthetischen Schleimspuren, auf denen jeder seinem individuellen Zielort entgegenrutschte, und auf einem Marktplatz war ich völlig gefesselt beim Anblick von flackernd leuchtenden Gemüsesorten.

»Möchten sie welche?«, fragte mich ein Verkäufer, der aussah, als hätte man ihm einen Tintenfisch auf den Kopf gestülpt.

»Nein danke«, erwiderte ich höflich und nahm rückwärts ein paar Schritte Abstand.

Dabei rempelte ich jemanden an. Ich drehte mich um und entschuldigte mich. Entweder konnte oder wollte er mich nicht verstehen. Er glotzte mich mit seinen faustgroßen Augen an.

»Hör zu Kumpel, ich habe mich entschuldigt und bin auch nicht auf Streit aus. Also würdest du mich bitte vorbeilassen?«

Der Kerl starrte mich aber trotzdem weiter frech an. Dann vernahm ich das Gelächter der umstehenden Verkäufer. Sie dachten wohl, ich würde gleich eine Tracht Prügel beziehen.

»Letzte Warnung, mein Freund. Tritt beiseite oder friss Staub«, sprach ich in einem Tonfall, der gefährlich klingen sollte.

»Lass jetzt den Unsinn und komm endlich«, zischte Una und zog mich um den Kerl herum.

Noch zwei Straßen weiter versuchte ich mich zu erklären: »Wenn du genau vor ihm gestanden hättest, wäre dir der Sattel auf dem Rücken auch nicht aufgefallen. Wer kann denn ahnen, dass der Typ ein Reittier ist?«

Kenzo und 17 hatten ihren Spaß, nur Una machte einen extrem nervösen Eindruck. Endlich erreichten wir die Botschaft. Die Architektur des Gebäudes war komplett durcheinandergewürfelt und schien völlig planlos, für einen Bauaufsichtsbeamten die reine Hölle. Also alles in allem recht interessant. Von der Baukunst der Botschaft war ich allerdings insgesamt weniger beeindruckt als von den beiden Wächtern, die am Türeingang Posten bezogen hatten.

Obwohl ich die Burna eingehend studiert hatte, sahen sie in der Realität viel imponierender aus. Man stelle sich Panzernashörner auf zwei Beinen vor, nur ohne Horn. Die beiden Kerle, die dort Wache standen, waren so an die zwei Meter groß. Sie trugen nur einen kurzen Rock, der mit kleinen Metallplatten verziert war. Insgeheim ärgerte ich mich über mein eigenes Design, ich hätte mich größer machen sollen.

Ohne lange zu überlegen, marschierte ich auf die beiden zu. Ein selbstsicherer Eindruck ist das beste Mittel bei Türstehern.

»Guten Tag, die Herren«, ließ ich im fröhlichen Ton verlauten. »Klasse Wetter heute. Wir wollen nur mal kurz zum Chef. Wichtige diplomatische Sachen und so ein Zeug.«

Die sichtlich irritieren Fleischklopse starrten sich nur kurz an, als ich zwischen ihnen durchmarschierte. Sie waren allerdings nicht sonderlich lange abgelenkt. Kurzerhand wurde ich an beiden Schultern gepackt. Und während ich so rückwärts durch die Luft flog, hörte ich ihre Antwort.

»Du kommst hier nicht rein.«

Oh, wie ich das hasste. Eine Landung auf den Beinen, eine Rolle rückwärts und ich stand wieder vor den anderen.

»Probieren wir es etwas diplomatischer«, sagte Una.

Wir gingen auf sie zu, wobei ich mich diesmal im Hintergrund hielt. Sollte Una ruhig etwas Luft verschwenden mit dem Versuch, sich Gehör zu verschaffen.

»Wie wir sehen konnten, erledigen Sie die Ihnen aufgetragenen Pflichten mit größter Sorgfalt«, säuselte sie. »Wir sind hier, um bei dem Botschafter der Burna vorzusprechen. Auch uns obliegt eine Pflicht, die es zu erfüllen gilt. Wir möchten Sie also höflichst bitten, unseren Besuch anzukündigen. Erwähnen Sie dabei bitte, dass es sich um einen offiziellen diplomatischen Besuch von höchster Dringlichkeit handelt. Danke.«

»Nö«, lautete die Antwort.

Ich streckte und dehnte mich ein wenig.

»Guter Mann, Sie haben mich offensichtlich missverstanden. Wir sprechen hier von einer wirklich wichtigen Sache«, sprach Una.

»Pass mal auf Mädchen«, sprach der linke Wachposten in gelangweiltem Tonfall. »Jeder hält sich oder sein Anliegen für wichtig. Ohne offizielles Schreiben läuft hier gar nichts.«

Ich ging in die Knie und setzte meine Hände auf den Fußboden. Kenzo schaute zu mir herunter und zuckte mit den Schultern. 17 schien die Situation bestenfalls als interessant zu erachten.

»Ich gebe mir doch wirklich Mühe höflich zu sein«, sprach Una etwas lauter. »Es mag unter normalen Umständen durchaus notwendig sein, ein offizielles Schreiben vorzulegen. Aber wir sprechen hier von einem absoluten Notfall.«

»Die Tussi hat Tomaten auf den blauen Ohren«, sagte der Rechte zu seinem Kollegen. »Jeden Tag der gleiche Scheiß. Dieses Wacheschieben geht mir echt auf den Wecker.«

»Achtung ... fertig ...«, murmelte ich.

»Nun reicht es mir aber«, erhob Una ihre Stimme, nicht mehr ganz so zuvorkommend. »Ich verlange auf der Stelle, dass euer Vorgesetzter hier erscheint. Und wenn das hier geklärt ist, werdet ihr Wache schieben, bis euch der Arsch glüht.«

»... los«, sagte ich und flitzte wie ein geölter Blitz zwischen den beiden hindurch. Auch diesmal versuchten sie, mich zu packen, aber ihre Hände griffen ins Leere. Mit einem Affenzahn raste ich einen langen Gang vorwärts, und obwohl ich mir lieber Sorgen um den Weg hätte machen sollen, musste ich über Unas Ausdrucksweise lachen. Es gab wenig Zeit dafür, gerade eben konnte ich noch abbremsen und schlitterte direkt vor einen riesigen Holztisch, an dem ein Burna saß.

»Bist du hier der Chef?«, fragte ich ihn.

Langsam erhob er seinen Kopf. Ich hatte ihn beim Lesen unterbrochen.

»So könnte man das wohl ausdrücken«, sagte er ruhig.

»Sehr gut. Also, ich will nicht lange stören«, erklärte ich. »Es gibt bei uns ein Sprichwort. Der Feind meines Feindes ist mein Freund. Ich würde gerne mit dir über ein Problem mit den Skalaten sprechen.«

»Erstens sind die Skalaten nicht meine Feinde«, sprach er, immer noch völlig gelassen. »Sie nerven mich nur. Zweitens bist du nicht mein Freund und nervst mich im Moment mehr als ein Skalate. Drittens kann das sehr ungesund für dich sein.«

»Ist schon klar«, sagte ich hektisch, da das Gepolter der Wachposten lauter wurde. »Aber wenn du mir fünf Minuten deiner Zeit opfern würdest, damit ich alles erklären kann, bin ich sicher, dass du deine Meinung überdenken wirst.«

Mein Gehör verriet mir die genaue Position der beiden, sie würden wahrscheinlich wieder versuchen, mich an den Schultern zu fassen. Also ging ich, als sie beide ihren Arm nach mir ausstreckten, in die Knie und griff direkt unter ihre Achselhöhlen. Das war so ziemlich die einzige Stelle, an der man einen Burna zu packen bekam. Die Wirkung ähnelt jener, die ein männlicher Homo sapiens zeigt, wenn er einen Tritt ins Gemächt bekommt. Die beiden gingen in die Knie und verweilten dort, da ich nicht beabsichtigte, meinen Griff zu lockern.

»Fünf Minuten. Wie sieht es aus?«, fragte ich den Botschafter.

Die anderen hatten mittlerweile auch den Raum betreten, blieben aber dezent im Hintergrund.

»Schau an, die Hurora«, antwortete er. »Das ist ja das reinste Volksfest hier. Nun gut, du hast fünf Minuten. Wenn du nichts von Interesse für mich hast, werfe ich euch eigenhändig durch das nächste Fenster.«

»Es gibt hier keine Fenster«, stellte ich fest.

»Gut dass du so eine schnelle Auffassungsgabe hast. Ihr dürft den Kerl jetzt loslassen«, sagte er in gnädig herablassendem Tonfall zu seinen beiden Wachen. Ich ließ sie los.

»Da ihr beiden das Prinzip des Wachestehens noch nicht ganz durchschaut habt, gebe ich euch die Möglichkeit, es die nächsten zwei Tage und Nächte ohne eine einzige Ablösung zu üben. Verschwindet.«

»Jawohl,« stöhnten sie und verschwanden wieder auf ihre Posten.

Nun ging 17 zum Tisch und legte eine dicke Scheibe in der Größe einer CD auf den Tisch. Es erschien eine holografische Darstellung der Erde.

»Möchtest du erklären oder soll ich?«, fragte er mich.

»Mach mal ruhig. Erklären ist mehr dein Ding. Ich bin besser im Sachen erledigen. Und Unas Spezialität ist die Diplomatie«, stellte ich sachlich fest.

»Arsch mit Ohren«, murmelte sie leise, aber die Ohren des Burna waren gut.

»Sagt mal, ihr komischen Vögel seid doch keine Hurora, oder?«, bemerkte er.

»Nicht im Geringsten«, sagte 17 unverhohlen.

»Scheint also doch interessant zu werden«, sprach der Botschafter und unterbrach 17 nicht ein einziges Mal, während dieser eine Zusammenfassung der Ereignisse darlegte. Nach fünf Minuten unterbrach 17 sich selbst.

»Die fünf Minuten sind leider schon um. Oder besteht ein Interesse an mehr Informationen?«

»Erzähl einfach weiter«, sagte der Botschafter.

Nachdem er geendet hatte, saß der Burna einige Zeit wortlos da. Er hatte seinen Kopf auf einen Arm abgestützt und schien angestrengt nachzudenken.

»Wenn das alles stimmt, was ihr mir hier erzählt, würden die Skalaten ihren Sitz im Rat riskieren«, meinte er schließlich.

»Es stimmt, und wir werden auch nicht zögern, die Skalaten anzugreifen«, ergriff Kenzo das Wort. »Es macht nur keinen Sinn, wenn sich andere Parteien dann ermutigt sehen einzugreifen, ohne die Hintergründe zu kennen.«

Der Burna erkannte in Kenzos Tonfall deutlich seine Entschlossenheit und auch die Tatsache, dass er einen Krieger vor sich hatte.

»Also bittet ihr uns darum, uns zurückzuhalten, wenn ihr einen Krieg mit den Skalaten führt? Das ist schwieriger, als ihr euch das vorstellt. Wir sind verpflichtet, ihnen zu helfen. Das sind die Regeln unserer Gemeinschaft«, sagte er.

»Wir kennen die Probleme und eure Regeln sehr genau«, sagte Una. »Deshalb haben wir einen ganz anderen Plan entwickelt, der ohne Blutvergießen auskommen sollte.«

»Ohne Blutvergießen? Dann lasst mal hören«, gab der Botschafter neugierig zurück.

»Genau genommen ist es mein Plan und ich will die Skalaten direkt an den Eiern packen«, mischte ich mich ein.

»Eier?«, fragte mein Gegenüber.

»Ein Synonym für Achselhöhlen«, erläuterte 17. »Was er damit sagen will, ist, dass wir ihnen zuerst dort wehtun, wo sie es nicht erwarten. Wir vergreifen uns an ihrem geliebten Geld.«

»Ha, ich verstehe. Ja, das mögen sie über alles. Aber ich weiß nicht, wie ihr das anstellen wollt und was ich damit zu tun habe«, sagte der Botschafter.

»Also, wenn alles schiefläuft, hättest du nur eine Wette verloren, für die wir selbstverständlich bezahlen würden«, erklärte ich.

»Die Burna wetten nicht«, sagte selbiger. »Und selbst

wenn, dann würde ich mich zum Gespött der Leute machen. Insbesondere dann, wenn ich verliere.«

»Es stehen Abermillionen von unschuldigen Leben auf dem Spiel. Da sollte man etwas Gespött ertragen können. Schließlich sind die Burna als eine Spezies mit Ehre bekannt«, schmeichelte Una.

»So, sind wir das?«, sprach der Burna belustigt. »Die kann einem aber Honig ums Maul schmieren.«

»Ja, das kann sie, und wenn das nicht funktioniert, haut sie auf selbiges«, sagte ich. »Sie ist unsere Diplomatin.«

Nach einigem Hin und Her ließ sich der Burna darauf ein, den Plan anzuhören. Nachdem ich ihm die Einzelheiten erklärt hatte, schien er überzeugt zu sein.

»Ich frage mich bei der ganzen Sache, warum ihr zuerst für die beiden anderen Spezies zu Felde ziehen wollt, statt euch um eure eigenen Leute zu kümmern«, wunderte er sich.

»Darüber habe ich lange nachgedacht«, erklärte ich ihm. »Die Ka und die Skyta haben nie gegeneinander gekämpft. Bei ihnen könnten wir etwas Schlimmes verhindern, bevor es passiert, statt im Nachhinein vor einem Scherbenhaufen zu stehen. Selbst falls sie denn je wieder Frieden schließen würden, bliebe der Schandfleck des Krieges auf dem Papier der Freundschaft. Falls. Auf der anderen Seite die Menschen? Seien wir mal ehrlich, meine Leute haben noch nie etwas zustande gebracht, ohne sich massenhaft gegenseitig abzumurksen.«

»Deinen Ausführungen nach seid ihr also eine recht primitive Spezies«, sagte der Botschafter.

»Absolut«, antwortete ich. »Für die Menschen bleibt alles beim Alten, auch wenn es sich grausam anhören mag, dass wir sie erst noch kämpfen lassen. Was aber nicht bedeuten soll, dass wir vorhaben, lange herumzutrödeln.«

»Wisst ihr was? Ich werde mich darauf einlassen«, entschied unser Gegenüber. »Aber wehe, an der Sache ist etwas faul. Dann gibt es keinen Fleck im Universum, an dem ihr euch verkriechen könnt.«

»Absolut akzeptabel«, sagte Kenzo. »Wir sind dir zu Dank verpflichtet.«

»Ja, ja, und nun sagt mir, was ihr euch als Wetteinsatz so

vorgestellt habt. Es muss schon ordentlich was sein, um die Skalaten nervös zu machen. Was kann denn eine am Boden liegende Spezies wie ihr noch aufbringen?«, fragte der Burna.

Ohne ein Wort zu sagen, legte 17 den Koffer auf den Tisch und öffnete ihn, damit der Botschafter den Inhalt sehen konnte. Der blieb kurze Zeit wortlos vor Staunen. Ich konnte mal wieder nichts sehen, also hangelte ich mich quer über den Tisch, um einen Blick zu erhaschen.

»Sechs Barren rosafarbiges Metall?«, fragte ich ungläubig.

»Ist es das, was ich denke?«, fragte der Burna.

»Ist das was wert?«, fragte ich.

»Ich denke schon, dass es das ist, was du denkst«, sagte 17.

»Ist das mehr wert als Gold?«, hakte ich nach. »Da hätte ich mit mehr gerechnet. 17, bist du von Natur aus geizig?«

»Der Bursche hier weiß nicht, ob es was wert ist?«, fragte der Botschafter.

»Er hat nicht die geringste Ahnung«, lächelte 17.

»Nun kommt schon, ist es wertvoll? Besser als Diamanten? Spannt mich nicht auf die Folter«, drängelte ich.

»Alles klar. Ich befürchte fast, dass das zu viel ist. Selbst für die Skalaten. Na ja, man wird sehen. Ihr werdet mir wohl kaum verraten, wo ihr das herhabt?«, gab der Burna beiläufig von sich.

»Von einem Planeten, auf dem ich notlanden musste«, antwortete 17. »Als ich seinen Wert erkannte, sammelte ich so viel wie möglich davon. Es ist komisch, dass es jetzt als Zahlungsmittel verwendet wird.«

»Ok, wir sind im Geschäft«, sagte der Botschafter und hielt mir seine Hand entgegen. »Nicht dass ich etwas daran verdienen würde, aber wenn es die Skalaten schwächt, ist das unser beider Vorteil.«

Ich schlug ein. Und auch den anderen gab er die Hand, obwohl Schaufel die bessere Wortwahl wäre.

»Mein Name ist Brass. Wenn ihr mich demnächst aufsuchen wollt, dann sagt ihr, dass ihr zu Brass wollt. Die Wachen werden euch passieren lassen«, sprach der Botschafter.

»Das lassen sie doch sowieso«, entgegnete ich grinsend.

Brass grinste ebenfalls. »Bleib bei deinem jetzigen Körper«, sagte er. »Der macht mehr her als die blassen Originale, die ich während eurer Holovorführung bewundern durfte. Auch wenn du immer noch etwas mickrig wirkst.«

»Das werde ich mir durch den Kopf gehen lassen«, antwortete ich lachend.

Wir verabschiedeten uns höflich und verließen die Botschaft. Una würdigte die Wachposten keines Blickes, im Vorbeigehen sagte sie aber: »Bis euch der Arsch glüht.«

»Meine Güte, bist du heute wieder diplomatisch«, feixte ich. »Weißt du, was das für ein Zeug in dem Koffer war?«

»Ja, weiß ich, aber ich verrate es dir nicht«, bekam ich zur Antwort.

»Ach komm schon. Na gut. Kenzo, hast du eine Ahnung?«, fragte ich.

»Ich weiß gar nichts«, erwiderte er.

»17, bitte sag mir, was das war«, ließ ich nicht locker.

»Es war pure Neugierde, in Barren gepresst. Wer es ansieht, hat das unstillbare Verlangen, dumme Fragen zu stellen«, antwortete er.

»Wer hat dir denn den Humor programmiert? Ich verlange, umgehend informiert zu werden. Jawohl.«

»Das Zeug ist kompliziert, man kann es nicht in einem kurzen Satz erklären. Nachher zeige ich dir ein paar Filme.«

Wir machten uns auf den Heimweg. Je schneller wir diesen Planeten verlassen würden, desto besser. Außerdem konnte ich es nicht abwarten, allen anderen mitzuteilen, dass die Burna mit im Boot waren.

»Ich will keine langen Sätze, sag doch nur, ob es mehr wert ist als Platin.«

Wir erreichten den Flughafen.

»Ja, ist es.«

»Viel mehr?«

»Ja.«

»Wieviel mehr? – Una, hör auf zu lachen!«

Der Bordpsychologe

Gemach glitt der Raumkreuzer durch den Hangar und setzte zur Landung an. Wir wurden bereits erwartet. Skari und Conor standen in voller Kriegsmontur da und machten einen ertappten Eindruck. Beide waren mit blauen Flecken gezeichnet.

»Was ist denn mit euch passiert?«, fragte Kenzo.

»Nichts, äh, wir haben trainiert. Warum seid ihr schon zurück? Habt ihr die Burna nicht erreicht?«, fragte Conor.

»Doch, es hat alles geklappt. Es ging nur schneller, als wir erwartet hatten«, sagte Kenzo.

»Eigentlich sind wir noch sehr jung«, sagte Skari selbstsicher, »aber da wir nun über ganz andere Kräfte verfügen als zu unseren Lebzeiten, sind wir bereit, unseren Beitrag zu leisten.«

»Ich bin stark genug, um es mit drei Skalaten aufzunehmen«, sprach ein noch selbstbewussterer Conor.

»Das stimmt«, bestätigte Kenzo. »Mit den Burna stehen unsere Chancen recht gut. Vorausgesetzt, sie halten sich an die Abmachung.«

Da Kenzo mir zuvorgekommen war, flitzte ich los, um wenigstens Jo und die beiden anderen als Erster über die guten Neuigkeiten zu informieren.

17 und Una waren allerdings schneller gewesen.

Ich latschte in mein Zimmer, um zu schmollen. Der Vollpfosten-Computer erwartete mich schon mit dem Hinweis, dass er Informationen über das Reisen mit Überlichtgeschwindigkeit für mich parat hatte. Des Weiteren beglückte er mich mit einem Vortrag über selten vorkommende Elemente. Darunter auch das Quantarium, eben jenes rosafarbene Metall. Zum Glück verfügte ich über ein Androiden-Neuronen-Dingsbums-Gehirn, andernfalls hätte ich bei den Ausführungen mächtige Kopfschmerzen bekommen. Kein Wunder, dass man zu meiner Zeit noch keine Ahnung von der Existenz dieses Metalls gehabt hatte. Egal, hinterher ist man immer schlauer. Das Metall erwies sich zusammenfassend gesagt als gigantischer Energielieferant. Oder man kauft sich damit ein belegtes Brötchen, wenn man sonst nicht weiß, was man damit anfangen soll.

Nachdem das alles abgehakt war, konnte ich mich meinem neuen Projekt widmen. Bisher hatte sich mein natürliches, wenngleich bescheidenes Mitteilungsbedürfnis auf die gesprochene Sprache, auf das Erzählen von Storys beschränkt. Aber da war niemand, der das festhielt und für die Ewigkeit bewahrte, was ich so von mir gab. Daher hatte ich mir vorgenommen, unsere Geschichte niederzuschreiben. Selbstverständlich würde ich dabei so objektiv wie nur irgend möglich vorgehen. Um nicht der Versuchung einer Selbstbeweihräucherung anheimzufallen, beschloss ich, meine Person diskret im Hintergrund zu halten. Zunächst würde es reichen, meinen Namen im Titel zu erwähnen. Dann ging es ans eigentliche Werk. Nach zwei Stunden hatte ich den ersten perfekten Satz kreiert. Ich knuddelte das Papier zusammen und warf es weg. Zuversichtlich, dass es noch besser ginge, legte ich eine kleine kreative Pause ein, um mir die Beine zu vertreten.

Während ich so durch die Gänge schlenderte, entdeckte ich Una. Sie saß in einem der großen Fensterrahmen, von dem aus sie einen guten Ausblick auf den Planeten Helos4 hatte, ich setzte mich zu ihr.

»Du siehst grüblerisch aus«, eröffnete ich das Gespräch.

»Ich musste gerade an meine Eltern denken«, sagte sie leise. »So hatte sich das meine Mutter wohl nicht vorgestellt, als sie mir ein paar Satoshi vererbte. Ich habe die Coins ausgegeben, um damit den Jetpack zu finanzieren. Und um mich damit umzubringen.«

»Ihr bezahlt mit Sushi?«, fragte ich.

»Herrje, hörst du eigentlich nie zu? 17 sollte sich mal um deine Lauscher kümmern. Satoshi ist eine Kryptowährung. Sie ist war zwar verboten, wird aber trotzdem verwendet, so wie andere auch.«

»Ah ja, ok, was auch immer. Also ich denke, dass deine Mutter bestimmt stolz auf dich gewesen wäre. Die Erste, die mit einem Jetpack zum Mount Everest fliegt, und als Krönung wirst du die Retterin der gesamten Menschheit und noch ein paar anderer Aliens. Wer kann sich denn sonst so etwas auf die Brust heften? Meinst du, sie wäre glücklicher gewesen, wenn du dein Dasein als Buchhalterin gefristet hättest? Und du hast verbotenes Sushi benutzt, du bist eine Rebellin«, sprach ich in meiner Funktion als neuer Bordpsychologe.

Una schüttelte den Kopf. »Im Prinzip hast du wahrscheinlich recht. Meine Mutter war von Natur aus auch schon immer etwas aufrührerisch. Mein Vater sagte, das habe ich von ihr geerbt. Es ist nur so, dass ich sie schrecklich vermisse. Nichts Gesagtes kann mehr zurückgenommen werden. Und das Unausgesprochene bleibt bis in alle Ewigkeit.«

Väterlich legte ich meine Hand auf ihre Schulter.

»Das ist doch völlig normal«, beruhigte ich sie. »Es geht uns allen nicht anders. Wie schwierig es erst für den kleinen Conor sein muss. Und selbst der unnahbar erscheinende Kenzo hat sich mir anvertraut.«

»Du hast recht, ich sitze hier herum und bemitleide mich selbst«, rappelte sie sich auf. »Schluss damit! Stattdessen sollte ich mich lieber mehr um Conor kümmern. Und nun los, erzähl mal, was Kenzo auf dem Herzen hat.«

»Ääähmm ...«, druckste ich herum.

Niemand kann mir nachsagen, dass ich ein Klatschweib bin, nur aus rein therapeutischer Sicht hielt ich es für sinnvoll, Una einmal die Probleme der anderen vor Augen zu führen. Eventuell hätte ich mir öfter auf die Zunge beißen sollen, aber nun war Una aufgeklärt und wieder besser drauf. Danach begab ich mich zurück in meine Privatgemächer.

»He Computer, erzähl mir was über Kryptowährungen und das Finanzwesen nach meiner Zeit.« Nach und nach wurde ich immer fassungsloser. Die Menschheit hatte es wirklich freiwillig zugelassen, dass man ihnen das Bargeld entzogen hatte. Nachdem das geschehen war, konnten das Finanzamt und die großen Onlineshops jede noch so kleine Transaktion verfolgen.

Das trieb absurde Blüten. So wurden zum Beispiel Verkäufe auf dem Flohmarkt steuererklärungspflichtig. Im Prinzip hätte selbst dem dümmsten Politiker einfallen sollen, dass, wenn er die Dienste einer Prostituierten in Anspruch nehmen würde, dies für alle Zeit gespeichert und nachvollziehbar war. Viel Spaß mit der Ehefrau. Und da die Menschen auch mal hin und wieder den Nachbarn für das Anbringen einer Steckdose entlohnen wollten, entwickelten sich mannigfaltige Subwährungen. Allen voran Schnaps und kleine Muntermacher in Pillenform.

Die Banken rückten wieder ab von ihrer Nullzinspolitik. Der Kunde durfte nun Zinsen an die Bank bezahlen, um sie für den enormen Arbeitsaufwand, den sie mit Geldzählen hatte, zu entschädigen. Die Kryptowährungen gingen unterschiedliche Wege. Sie wurden staatlich, illegal, die meisten verschwanden oder dienten nur bestimmten Zwecken wie der Maschine-Maschine-Kommunikation. Wenige ahnten zu dieser Zeit, dass man auf einen großen Crash zuraste, obwohl die Zeichen offensichtlich waren. Oder besser gesagt, sie ignorierten es lieber, indem sie Bier tranken und Fußball schauten.

Als der Crash kam, war der Zeitpunkt wie immer nicht vorhersehbar gewesen und gänzlich andere Gründe als die erwarteten lagen zugrunde. Zuerst brach eine Pandemie in den Vereinigten Staaten aus, die die Wirtschaft ins Schwanken brachte. Die Aktienkurse brachen drastisch ein. Danach erwischte es die Banken. Der Rest glich Dominosteinen, die der Reihe nach umfielen. So war dann auch das Geschrei am Ende laut. Nur wenige erfreuten sich an einem kleinen Vorrat an Silber, Gold und anderen Sachwerten. Dumm, dümmer, Menschheit.

Zum Glück wurde ich von 17 aus diesen Elendsberichten aufgeschreckt. Wir sollten uns alle unverzüglich auf dem Flugdeck versammeln, ein wichtiges Ereignis sollte bevorstehen. Sofort sprang ich los und traf zugleich mit den Übrigen ein.

»Dort«, raunte 17 bedeutungsschwanger und wies himmelwärts.

»Ja, Sterne«, bemerkte Conor.

»Gleich«, ließ 17 verlauten.

Einige Zeit verstrich.

»Und was nun?«, erkundigte sich Skari.

»Einen Moment, es ist gleich so weit.«

Die Zeit verstrich und mir wurde schon etwas langweilig, als plötzlich einige der Sterne zu verschwinden schienen. Eine kreisrunde schwarze Scheibe am Himmel wurde größer und größer. Wie aus dem Nichts erschien ein kolossales kugelförmiges Raumschiff, aus dem mehrere Stangen ragten, an deren Enden sich wiederum Ellipsen befanden.

»Was zum Teufel ist das? Oder wer?«, fragte Una.

Nr. 3

»Gigantisch!«

»Einfach nur riesig!«

»Exorbitant.«

»Übertreibt nicht so, schließlich ist es ein gutes Stück kleiner als ich«, sagte 17.

»Ist das etwa einer deiner Klone?«, fragte Una.

»So könnte man es nennen. Aber es hat ein eigenständiges Bewusstsein und eine eigene Persönlichkeit, wie man an seiner protzigen Bauweise erkennen kann. Es ist Nr. 3, um genau zu sein.«

»Können wir mit ihm sprechen?«, fragte Conor.

»Kein Problem, ich stelle die Verbindung her. So, bitte sehr, sag mal was«, erklärte 17.

»Was?«, fragte Conor.

»Wie bitte?«, fragte eine seltsame Stimme, die durch das schwebende Lautsprechersystem im Hangar klang, als würde jemand direkt zwischen uns stehen.

»Nr. 3, würdest du dir bitte einen Avatar bauen und diesen zu uns an Bord senden? Menschen brauchen ein direktes Gegenüber zur besseren Kommunikation«, sprach 17.

»Brauchen wir?«, fragte ich, mehr zu mir selbst.

»In einer Stunde Erdzeit treffe ich ein. Ende«, ließ die große Nummer 3 verlauten.

Nach einer halben Stunde der verstrichenen Zeit rauschte ein Gleiter in Form eines perfekten Würfels an und landete.

»Quadratisch, praktisch, gut«, bemerkte ich.

Eine Luke öffnete sich und herausgekrochen kam ein spinnenartiger Körper aus Metall, dem man einen Kasten aufgepflanzt hatte. Acht Kameras fungierten als Augen, und das I-Tüpfelchen des Designs bestand aus einer Nase und einem Mund, die darunter aufgesprüht waren.

»Da kann man auch mit einer Flammenlackierung nichts mehr reißen«, hüstelte ich.

»Autsch«, sagte Una.

Der Rest der Truppe sah sich ungläubig an.

»Ich hatte auf einen etwas menschlicheren Avatar gehofft«, sagte 17 zu seinem – wie soll ich sagen? Bruder, Körperteil,

Klon, Zwilling, Doppelgänger? – na ja, sagen wir: zu unserem Besucher.

»Dann komme ich in drei Stunden wieder«, sprach Nr. 3.

»Nein, alles bestens. Wie war der Flug? Hattest du eine weite Reise? Wie geht es dem Rest von euch?«, fragte ich höflichst und vor allem rhetorisch.

Gerade als die Spinne begann zu antworten, wurde sie von 17 unterbrochen.

»Bevor du jede Frage in aller Ausführlichkeit beantwortest, muss ich dich auf einige Besonderheiten der menschlichen Kommunikation hinweisen«, sprach er.

Zwei Sekunden lang schienen sie sich nur anzustarren.

»Ah, ich verstehe«, sagte Nr. 3 mit einer veränderten Stimme.

»Höflichkeitsfloskeln. Es besteht also ein Desinteresse an meinem Wohlbefinden?«, fragte mich das Ding direkt.

»Wie? Nein. Es würde mich schon interessieren, ich meine, es interessiert mich. Los erzähl«, plapperte ich los.

17 und der Spinneneimer begannen zu lachen.

»Ich habe ihm Daten übermittelt. Grundlagen der Verständigung und eine Portion Humor«, sagte 17 schließlich.

»Das kann ja nichts werden«, kommentierte ich.

»Schlimmer als der mancher Menschen kann er ja nicht sein«, meinte Una, indem sie zu mir herübersah. »Wie geht es jetzt weiter? Bist du hier, um uns zu helfen?«

»Wenn ihr es wünscht«, war die knappe Antwort.

»Mit Nr. 3 haben wir einen weiteren Vorteil auf unserer Seite. Wir könnten die Skalaten von zwei Seiten in die Zange nehmen.«, sagte 17.

»Stimmt, das ist ein gewaltiger Vorteil.«, bemerkte Kenzo.

»Du siehst echt cool aus«, sagte Conor zu dem Krabbler.

»Danke«, erwiderte dieser.

»Au Mann, ich brauche einen Kaffee. Lasst uns in die Küche gehen«, schlug ich vor. »Vorausgesetzt natürlich, dass Spiderman durch die Tür passt.«

»Ausnahmsweise bin ich deiner Meinung. Lass uns gehen«, stimmte Una zu.

Nach ein paar Schritten ertönte hinter uns plötzlich ein lautes Rufen:

»Platz da! Aus dem Weg!«

Dann galoppierte Conor, der auf Nr. 3 saß, an uns vorbei.

»Kinder finden ja so schnell neue Freunde«, bemerkte Una.

»Wie wahr«, nickte ich.

Im Prinzip gab es nicht viel zu Nr. 3 zu sagen. Nachdem er sich mit 17 ausgetauscht hatte, verfügte er über dessen Wissen und umgekehrt. Er blieb einen Tag lang bei uns, um dann eine strategisch günstige Position in Erdnähe einzunehmen. Besser gesagt von der Erde aus gesehen genau hinter der Sonne, dort, wo man früher mal die »Gegenerde« vermutet hatte, deren Existenz lange nicht widerlegt werden konnte, weil sie auf ihrer Bahn um die Sonne der Erde immer gegenüberliegt und daher von der Erde aus niemals gesehen werden kann. Conor hatte den Spinnenavatar mittels Spraydosen noch etwas gepimpt. Bei jedem Metal-Festival wäre er ein absolutes Highlight gewesen.

Es blieb zu hoffen, dass er die Skalaten nicht angreifen müsste. Das würden wir bald erfahren.

Die Zockerbude

Mr. Dux war der Hauptgeschäftsführer des »Skalat Inn«, und auch wenn der Name dieses Etablissements bescheiden daherkam, so handelte es sich um das größte Casino schlechthin. Er war bester Laune, als er einen Blick auf die gefüllten Sitzplätze der kleinen Separés und Lounges warf. Überall drängten sich Skalaten mit Longdrinkgläsern in den Händen und debattierten das Für und Wider ihrer jeweiligen Favoriten.

So einen Skalaten muss man gesehen haben, ihr Erscheinungsbild war schon etwas krass. Die Körpergröße von ungefähr anderthalb Metern war noch nicht ungewöhnlich. Allerdings waren sowohl ihre Haut wie auch die Muskulatur durchsichtig. Also nicht ganz, eher so, als hätte man eine Qualle in ein Sandkasten-Förmchen gepresst. Deutlich konnte man ihre Blutbahnen betrachten, sofern man unverständlicherweise das Verlangen danach verspürte. Ihr Kopf hatte die Form einer Ente, der man den Schnabel zugeklebt hat, und die seitlich stehenden pechschwarzen Glupschaugen wiesen auf das Fluchttier in ihrer evolutionären Vergangenheit hin. Na, im Prinzip waren sie das immer noch. Nur ihr Charakter stand extrem im Widerspruch zu ihrem transparenten Aussehen.

Im Gegensatz zu seinen Artgenossen war Mr. Dux nicht übermäßig der Spielsucht verfallen, aber in puncto Geldgier konnte ihm niemand das Wasser reichen. Insgeheim verachtete er seine Gäste sogar ein wenig. Die Bank gewinnt immer, ihr Narren, dachte er sich, als er die Wettquoten der Ka- und Skyta-Aktion betrachtete.

Genauso schlagartig, wie die Tür mit brachialer Gewalt geöffnet wurde, änderte sich seine Laune. Etwas Riesiges quetschte sich durch die Öffnung und stolperte auf ihn zu. Dass es sich dabei um einen Burna handelte, hätte schon ausgereicht, um seine Stimmung auf den Tiefpunkt zu bringen. Die Tatsache, dass dieses Exemplar aber sturzbetrunken war, setzte dem Fass die Krone auf. Da noch zwei dieser Barbaren eintraten, erweckte das für ihn den Eindruck einer Invasion. Ihm war es immer unverständlich gewesen, wie sich eine angeblich zivilisierte Spezies mit nicht mehr als einem Röckchen bekleiden konnte. Wobei der Begriff zivilisiert und

Burna für ihn so gut zusammenpassten wie Feuer und Eis. Wäre der unwahrscheinliche Fall eingetreten, dass sich einer dieser Wilden in sein Casino verlaufen würde, hätte er Botschafter Brass bemüht, sich der Sache anzunehmen. Diese Option blieb ihm jedoch versagt, da selbiger nun direkt vor ihm stand.

»Ich habe da? ... darüber nachgedacht ...«, lallte der Burna ihn an.

»Ich bin erfreut, das zu hören. Und worüber genau habt Ihr nachgedacht?«, entgegnete Mr. Dux höflich, unterdessen er einen roten Knopf drückte, der sich unter dem Tresen verbarg. Damit wurde eine Live-Übertragung aus seinem Büro auf die Bildschirme der übrigen Geschäftsführer gestartet. Die meisten blickten zuerst nur beiläufig hin, verfolgten dann aber zunehmend gebannt das Geschehen im Büro ihres Kollegen.

»Ich habe filoooosofiert und mir gedacht, dass es an der Zeit ist, sich anderen Kuh... Kulturen zu öffnen«, gab der Botschafter von sich. Seinen beiden Begleitern schien die Situation sichtlich peinlich zu sein.

Immerhin zeigen die im Ansatz so etwas wie Anstand, dachte der Skalate, auch wenn das Wort nicht zu ihnen passt, laut sagte er: »Eine ausgezeichnete Erkenntnis. Wir sollten das Thema auf dem nächsten Empfang vertiefen.«

»Ach was, heute wird Geschichte geschrieben. Ich woll... will mit gutem Willen ... nein. Ach was, einfach anfangen. Ich will eine Wette abschließen.«

Der Geschäftsführer starrte ihn an, als hätte sich gerade eine Maus auf einen Teller gelegt und zur Katze »Guten Appetit« gesagt. Dann fing er an zu schwitzen. Und wenn ein Skalate anfängt zu schwitzen, dann richtig. Nicht nur ein paar Tröpfchen, nein, sie werden gleich klatschnass.

»Also das ist erstaunlich. Aber sollten wir nicht mit etwas Kleinerem anfangen?«, formulierte er galant.

»Hööör mal. Ein Stock im Arsch ersetzt noch lange nicht das Rückgrat. Also ... also werd' mal locker«, schnaufte der Burna.

»Chef, eventuell könnten wir die Angelegenheit auf Morgen verschieben«, versuchte einer seiner Begleiter dazwischenzufunken.

»Klappe halten und stillstehen!«, fauchte der Botschafter ihn an. Die beiden standen stramm.

»Oder ist es etwa so, dass die Burna hier nicht gerne gesehen sind?«, fragte er Mr. Dux leicht gereizt.

Dabei blickte er ihm tief in die Augen. Für diesen hatten die Burna eher etwas mit einem Stein zu tun als mit einem lebendigen Wesen. Allerdings machte dieser Stein ihm gerade gehörig Angst.

»Aber, aber, lieber Botschafter«, schleimte er, indes sich eine Lache um seine Füße sammelte. »Wenn Sie es wünschen, können Sie selbstverständlich eine Wette abschließen. Im Gegenteil, ich wäre sogar hoch erfreut, sie persönlich entgegenzunehmen.«

»Koffer!«, brüllte der Botschafter.

Zögerlich übergab eine der beiden Wachen ihm den Koffer. Brass knallte das Ding auf den Tresen.

»Ich wuuuusste doch immer, dass unsere Beziehungen gar nicht so angespannt sind, wie man so behauptet. Seht ... ihr, Leute?, die Skalaten sind ein umgängliches Völkchen«, lallte er vor sich hin.

Das Gemurmel um sie herum drehte sich nun nicht mehr um Wetten, sondern nur noch um sie. Er öffnete den Koffer so, dass Mr. Dux den Inhalt sehen konnte. Dieser schien eher das Gefühl zu haben, überhaupt nicht richtig sehen zu können. Er starrte auf den Inhalt und schien wie hypnotisiert zu sein. Dann drückte er reflexartig, wenn auch überflüssigerweise immer wieder den roten Knopf.

»Das ... das ... ist viel«, stotterte er.

»Wie jetzt, ich dachte, ihr wettet? Oder ist hier das Limit ein Braaatwürstchen?«, murmelte Brass.

Der Skalate griff nach unten und zog ein Prüfgerät hervor, scannte das Quantarium und starrte wieder bewegungslos auf die Anzeige.

»Was ist denn nun schooon wieder? Glaubt ihr etwa, dass wir bescheißen?«, raunzte der Botschafter den Skalaten an.

»Nein, nein, äh ... die Vorschriften«, brabbelte Mr. Dux.

Einer seiner Angestellten kam aus einem Hinterzimmer geflitzt und zog ihn so diskret wie möglich mit nach hinten.

»Einen Moment bitte, bin gleich wieder da«, stammelte er.

»Hey, du da, sehe ich durstig aus?«, rief Brass einem der Angestellten zu.

Dieser wusste nicht, was er erwidern sollte und blieb wie angewurzelt stehen.

»Ich will auch so ein Zeug wie die anderen. Aber mit Schirmchen. Virgiss ... vergiss bloß das Schirmchen nicht«, rief der Burna.

Der Bedienstete raste los und ergriff das nächstbeste Getränk mit Schirmchen von einem seiner Kollegen. Der Skalate, dem es auf den Tisch gestellt werden sollte, hütete sich, einen Ton zu sagen. Unterdessen fand im Hinterzimmer eine heftige Diskussion mit den anderen Casinobetreibern statt. Sollte man, könnte man, eine so große Summe ... und so weiter. Am Schluss trat ein Phänomen auf, das bei vielen Spezies im Universum anzutreffen ist und das sich mit nur drei Worten beschreiben lässt: Gier frisst Gehirn.

Mr. Dux kam samt seinem künstlichen Lächeln um die Ecke gebogen, um dem Burna mitzuteilen, dass einer Wette nichts entgegenstehe.

»Auf was gedenkt der werte Botschafter denn zu wetten?«, schwarwenzelte er.

»Ich ... zocken? Ach ja ... ich weiß nicht so genau. Was sind das da für Kerle?«, fragte Brass und zeigte auf einen Bildschirm.

Dort sah man einen Ka, der flammende Reden schwang. Er stand am Bug eines mächtigen Schiffes und erklärte, wie lebensnotwendig es sei, den Feind vernichtend zu schlagen. Er predigte, dass dies der Vater aller Kriege sei. Der Name der Gestalt auf dem Bildschirm war Jo.

»Aha und was machen die? Etwa kämpfen? Gegen wen oder was?«, fragte der Botschafter und warf das Schirmchen hinter sich.

Auf einen Wink von Mr. Dux hin wurden die Skyta eingeblendet. Brass leerte sein Gefäß mit einem Schluck und betrachtete die Angelegenheit eine Weile.

»Die sehen mir alll...lala...e ... nicht wie richtige Krieger aus. Vielleicht sollte ich auf ein Unentschieden wetten. G... geht das?«, fragte er.

»Was immer ihr wünscht«, katzbuckelte ein Skalate, der

sich im Hinterkopf schon die Inneneinrichtung seines privaten Raumschiffes zusammenstellte.

»Ach was, was soll's, ich wette darauf ... dass die ... gar nicht kämpfen!«, brüllte der Botschafter quer durch die Bude.

»Herr, bitte«, versuchte nochmals einer seiner Begleiter ihn zu warnen.

»Schnauze halten oder zwei Monate Wache schieben!«, brüllte Brass ihn an.

Man vernahm das gedämpfte Kichern einiger Zocker, die die Entscheidung des Botschafters für mehr als nur dämlich hielten. Zugleich schossen die Quoten in die Höhe.

»Es ist ihnen sicherlich klar, dass eine abgeschlossene Wette nicht wieder rückgängig gemacht werden kann, ehrenwertester Botschafter«, hauchte Mr. Dux vorsichtig.

»Ja, ja und Wettschulden sind Ehrenschulden, nicht wahr?«, erwiderte der ehrenwerteste Botschafter.

»Auf jeden Fall. Diesbezüglich gab es in unserem Haus noch nie Probleme. Und es ist für mich eine private Anerkennung, dass ich den höchsten Wetteinsatz, der je getätigt wurde, selbst mit dem erlauchten Botschafter tätigen darf«, brachte er, um Haltung ringend, heraus.

»Ist schon klar. Also was bekomme ich ausbezahlt, wenn die Show vorbei ist?«, fragte Brass.

Dem Skalaten wäre fast ein Lachen herausgerutscht ob dieser völlig verrückten Annahme, er könne auch nur einen Besenstiel gewinnen.

»Sollten Sie gewinnen, ist der doppelte Betrag sofort nach Bekanntgabe des Siegers fällig«, sagte ein Skalate, der nun keine Kontrolle mehr über seine Gesichtsmuskeln hatte und das breiteste Grinsen des Planeten zeigte. »Oder nach einem Friedensvertrag«, fügte er lachend hinzu.

Im Prinzip hatte der Burna ihm gerade eine Unsumme an Geld geschenkt. Sobald dieser Barbar sein Etablissement verlassen würde, gäbe es Einiges zu veranlassen. Zum einen würde er weitere Schiffe zu dem Planeten abbeordern, damit es keine Manipulationen vonseiten der Burna geben konnte. Und zum anderen würde er eine Flasche vom Besten für seine Gäste spendieren, um sich dann zu überlegen, was er mit seinem jetzt schon sicheren Reichtum alles anstellen könnte.

Nach drei weiteren Schirmchen, die durch die Gegend flogen, verließen die Burna polternd einen erleichterten Mr. Dux. Allgemeine Heiterkeit machte sich breit und gipfelte zu späterer Stunde in schallendem Gelächter.

»Was für ein dämlicher Schleimbolzen!«, rief ein nicht mehr wankender und sichtlich zufriedener Brass, als er das Botschaftsgebäude betrat. »Ihr habt eure Sache gut gemacht. Nur so viele Unterbrechungen, dass es glaubwürdig schien. Holt uns etwas zu trinken. Was glauben diese Skalaten eigentlich, wie viel ein Burna verträgt? Ich muss zugeben, dass mir die Sache wirklich Spaß gemacht hat. Habt ihr gesehen, wie sie sich nass gemacht haben?« (Und das kann man bei dieser Spezies wörtlich nehmen.)

Die Burna amüsierten sich prächtig, und Brass teilte uns später mit, der Vogel habe das Ei abgelegt.

Warten

Der bunt bemalte Bug der Doa, das Flaggschiff der Ka-Armada, pflügte durch die grauen Wellen der stürmischen See. Die emporspritzende Gischt verwandelte sich in einen feinen Nebel, der auf Jos Haut niederschlug. Es brannte stark, doch er ließ sich nichts anmerken. Ihm war ein bisschen flau im Magen. Das rührte weniger von den schaukelnden Bewegungen des Schiffes, sondern eher von der Erinnerung, dass vor zwei Tagen ein Tripaar es geschafft hatte, einen seiner Ka zu erwischen. Dieser hatte sich über die Reling gebeugt, um einen Eimer Wasser hochzuziehen, als plötzlich ein gigantischer Kopf aus dem Meer geschossen kam und ihn mit einem einzigen Zuschnappen seines messerscharfen Gebisses in der Mitte zerteilte. Nach drei Sekunden war alles vorbei. Dass Jo nun die Küste sah, beruhigte ihn nicht unbedingt, aber immerhin hatte die Warterei ein Ende. Morgen würden sie auf die Skyta treffen.

Diese trafen fast zeitgleich auf der gegenüberliegenden Seite des Kontinents ein. Die Skalaten hatten den südlichsten Zipfel des Kontinents als Austragungsort gewählt. So blieb den beiden Parteien nur noch ein Fußmarsch von je fünf Kilometern bis zur Schlachtbank.

ID war froh, Land unter den Füßen zu haben, obwohl er das offene Gelände nicht mochte. Mit Hod zusammen organisierten sie im Verborgenen das Nötige.

Wir hingegen konnten unsere Nervosität kaum unter Kontrolle bringen. Am liebsten hätte ich meinen eigenen Plan über den Haufen geworfen, um die Order auszugeben, die Skalaten direkt anzugreifen. Aber wir mussten uns zusammenreißen.

»Alea iacta est«, wie wir Androiden zu sagen pflegen.

Die Zuschauer in den Casinos beobachteten gebannt auf ihren Monitoren, wie die beiden zahlenmäßig etwa gleich starken Heere der Ka und der Skyta aus entgegengesetzten Richtungen in Richtung eines Hochplateaus marschierten, als ein deprimiert aussehender Burna das »Skalat Inn« betrat.

Mr. Dux verzog angewidert sein Gesicht. Es wäre ihm lieber gewesen, dem Botschafter nicht noch einmal persönlich

über den Weg zu laufen. Aber innerhalb eines Sekunden-
bruchteils setzte er wieder sein allerverbindlichstes Lächeln
auf.

»Mein verehrtester Herr Botschafter. Was für eine Freude,
Sie begrüßen zu dürfen! Darf ich Ihnen ein Getränk offerie-
ren? Mit Schirmchen?«, flötete er.

Brass dachte eher an einen Sonnenschirm, den er dem
Skalaten am liebsten dort hineinschieben würde, wo die Sonne nie scheint, um ihn dann aufzuspannen. Aber er winkte
nur müde ab.

»Nein, besten Dank. Heute nicht.«

Diesmal hatte der Burna vier Wächter in voller Montur
dabei, die den Versuch unternahmen, sich unauffällig im
Hintergrund zu halten. Angesichts der Tatsache, dass sonst
ausschließlich Skalaten anwesend waren, war das selbstredend sinnlos. Genauso gut hätte man versuchen können,
einen Elefanten unter eine Schafherde zu mogeln. Und so
führte ein schwitzender Skalate den massigen Burna zu einem
speziell vorbereiteten Tisch.

Attacke

Mr. Dux hatte sich sicherheitshalber außerhalb der Armreichweite des Burna einen Platz gesucht. Direkt neben Brass platzierte er einen entbehrlichen Mitarbeiter, den der Geschäftsführer ohnehin in Verdacht hatte, dass er in die eigene Tasche wirtschaftete. Er selbst wollte sich nicht in der Nähe wissen, wenn der Botschafter seinen katastrophalen Verlust erlebte.

Die Wetteinsätze schossen ein letztes Mal in die Höhe, als die beiden Kriegsparteien sich endlich gegenüberstanden. Dann durfte kein Einsatz mehr getätigt werden, rien ne va plus. Mit jeweils einer gleichen Anzahl von ungefähr 10.000 Kriegern trennte sie nur noch ein Abstand von 300 Metern. Über der mit Gras und kleinen Büschen bestückten Ebene zerriss der wolkenverhangene Himmel und ließ das Licht vereinzelnd in gebündelten Stahlen über die Szene gleiten. Es war das perfekte Wetter für eine Schlacht.

Heute ist ein beschissener Tag zum Sterben, dachte Jo.

Seine Laune besserte sich jedoch schlagartig, als er Hod und ID auf der anderen Seite ausmachen konnte. Am liebsten hätte er freudig gewunken, aber er hielt sich an die Absprache.

»Das gibt ein grausiges Gemetzel«, sagte der Botschafter zu sich selbst, aber dennoch so laut, dass der Skalate ihn hören konnte.

»Es war mir leider nicht möglich, Ihnen eine kleinere Wette anzubieten«, sprach dieser in einem scheinbar bedrückt klingenden Tonfall.

»Es ist, wie es ist. Die Würfel sind gefallen, wie wir Burna zu sagen pflegen und wir stehen zu unserem Wort – genau wie die Skalaten, nicht wahr?«

»Aber sicher doch, alles kein Problem. Genießen Sie die Show.«

Brass stellte sich vor, wie er die Vorführung genießen würde, wenn die eine Seite der Kontrahenten mit Skalaten bestückt gewesen wäre. Da hätte es nicht mehr viel zu wetten gegeben. Egal von welcher Seite sie niedergemacht worden wären. Er hatte genau beobachtet, dass sowohl die Ka als auch die Skyta fähige Krieger hervorbrachten.

Wir standen vor den Bildschirmen und schwiegen. Erst

als eine Großaufnahme von Jo eingeblendet wurde, die ihn zeigte, wie er vor den Reihen der Krieger stand, wusste ich, dass dieser Teil glatt laufen würde. Ein kurzes verschmitztes Grinsen auf seinem Gesicht ließen mir keinen Zweifel daran.

Das Jodeln tausender Ka schwoll zu einer Lawine an, die jedem Zuhörer eine Gänsehaut verursachte.

»Jetzt geht's los, jetzt geht's los!«, sang eine kleine Gruppe von Skalaten, die sich nicht darüber bewusst waren, wie kurz sie davorstanden, einen Tisch ins Kreuz zu bekommen.

Erbärmlich, dachte Brass. Ein Haufen Weicheier, die sich über das Blutvergießen anderer erfreuen und selbst in Ohnmacht fallen, wenn sie sich in den Finger schneiden.

Skalaten meiden jede Form von körperlicher Auseinandersetzung. Sie sind der Überzeugung, dass so etwas einer durchschnittlichen Lebenserwartung von 500 Jahren nicht zuträglich sei.

»Leider hat es den Anschein, als wenn Ihre Wette ungünstig platziert war«, rutschte es dem entbehrlichen Mitarbeiter heraus.

Brass schaute den Skalaten von der Seite an und legte seinen Arm um dessen Schulter. Er mochte das nicht, war sich aber der Wirkung, die er damit erzielte, bewusst. Diese kleinen überheblichen Kreaturen, deren Kleidung genauso transparent wie ihre Haut war. Brass wusste, dass die Burna sie wegen ihrer spärlichen Bekleidung als Wilde bezeichneten. Er empfand es als absurd, solche Äußerungen zu tätigen, wenn man selbst so durchsichtig daherkam. Mal abgesehen vom Charakter.

»Ja, diese Befürchtung hatte ich auch schon. Und ich kann schlecht verlieren. Ich bin sogar ein ausgesprochen miserabler Verlierer«, sagte er zu dem entbehrlichen Mitarbeiter, der sich am liebsten die Zunge abgebissen hätte. Er zog ihn noch dichter an sich heran und betrachtete weiter den Bildschirm.

Als das Kriegsgeschrei der Ka verebbte, legten die Skyta los. Abermals gab es Entenpelle gratis. Una griff nach meiner Hand und drückte sie fest. Die erste Reihe der mit Wurfspeeren bewaffneten Ka rollte im leichten Laufschritt nach vorne. Sie holten weit aus, nur um dann zu stoppen und ihre Speere direkt vor sich in die Erde zu rammen.

Mr. Dux überlegte zuerst noch, ob es sich bei dieser Aktion um eine Drohgebärde handeln sollte. Die Skyta stürmten mit ihrer ersten Welle vorwärts, um genau das gleiche Ritual zu wiederholen. Mr. Dux überlegte ungläubig, ob der Burna ihn hier nach Strich und Faden verarscht hatte, und begann dezent zu triefen. Wir hingegen jubelten laut, wobei Conor uns alle zu übertönen schien. Nun rannte Jo, gefolgt von acht anderen Ka in Richtung der Skyta. Und auch Hod und ID liefen mit einigen Skyta los. Alle schienen sie lange Stoffbahnen mit sich zu führen.

Als sie sich in der Mitte trafen, breiteten die Ka ein Stück Stoff auf dem Boden aus. Ein schwarzer Kreis lag nun auf der Ebene. Die Skyta legten ein rundes Element darauf, einen weiteren Kreis aus weißem Stoff. Weitere Krieger aus beiden Lagern eilten herbei. Sie drapierten einen blauen sowie einen roten Kreis um das Ornament. Dann schwenkten die beiden Heere leicht nach rechts aus. Sie begannen gemeinsam, das Gebilde erst langsam und dann im Laufschritt zu umkreisen. Dabei gaben sie ein Getöse von sich, das seinesgleichen suchte. ID, Hod und Jo gingen in die Mitte und umarmten sich. Getöse gab es auch im »Skalat Inn«.

»Das ist das Siegel der Alogeraner!«, rief einer der Skalaten, indes andere fassungslos und wütend Worte wie »Wettbetrug« von sich gaben.

Da die Skalaten ihre großen Drohnen abgezogen hatten und nur noch die Übertragungsinsekten vor Ort waren, hatten sie nicht die geringste Möglichkeit, in das Geschehen einzugreifen. Brass stand auf und machte einen schnellen Schritt in Richtung des klatschnassen Mr. Dux, der mittlerweile mit offenem Mund dastand, wie bestellt und nicht abgeholt.

»Was haben diese Völker mit den Alogeranern zu tun? Was für ein Spiel wird hier gespielt?«, dröhnte er ihn an.

Der starrte ihn nur kurz fassungslos an, um dann quer über den Teppich zu kotzen. Unter normalen Umständen hätte jeder Burna eine kräftige Ohrfeige verteilt, wenn jemand ihm den Mageninhalt vor die Füße würgt. Aber der Botschafter war innerlich so sehr damit beschäftigt, seine ernsthafte Rolle zu spielen und nicht laut loszulachen, dass er ruhig dastand. Er wartete also geduldig, um dann zum nächsten Schlag auszuholen. Der Tumult, der sich im Casino ausbreitete, nahm zu. Brass sah sich veranlasst, einzuschreiten.

»Sorgt hier mal für Ruhe«, befahl er seinen Begleitern. Diese bewegten sich direkt zwischen die Skalaten, was den gewünschten Effekt sofort erzielte.

»Für morgen werde ich eine Ratssitzung einberufen, um zu klären, in welcher Verbindung dieser Planet mit den Alogeranern steht. Des Weiteren sende ich vorläufig vier Schlachtkreuzer zu der Heimatwelt der Skyta und Ka. Falls diese unter dem besonderen Schutz der Alogeraner stehen, haben wir ein mächtiges Problem. Bitte teilen Sie meinen Mitarbeitern die entsprechenden Koordinaten mit«, donnerte der Botschafter Mr. Dux in die Gehörmuscheln.

»Was?«, würgte dieser hervor. »Nur die Skalaten haben wirtschaftliche Rechte an diesem Planeten. Wir dürfen nicht eingreifen … würg.«

»Ich kann auch vierzig Schlachtkreuzer direkt nach Skalat entsenden. Nur damit wir mit einer reinen Weste dastehen, falls die Alogeraner an der Tür klingeln. Und mit Wirtschaft hat das hier nichts mehr zu tun. Es ist soeben recht politisch geworden«, entgegnete Brass mit einer Selbstsicherheit, die über jeden Zweifel erhaben war.

Der letzte Widerstand war gebrochen. Mr. Dux ging es wirklich nicht gut und er wollte nur noch weg hier. Zudem wurde er gerade von einem seiner Mitarbeiter gerufen. Er ahnte schon, was jetzt kommen würde. Man würde ihn als Bauernopfer für die Verluste benutzen. Aber wenn er fiel, dann sicherlich nicht alleine. Das würde er seinen Vorgesetzten nun schonungslos beibringen.

»Gib dem Botschafter alle Informationen, die er wünscht«, fauchte er den anderen Skalaten an, bevor er sich zum Schafott begab.

Nur eine halbe Stunde später waren die Kriegsschiffe der Burna auf dem Weg in Richtung Debris.

»Hey, du da. Ich habe Durst, bring mir einen großen Humpen. Aber ohne Schirmchen!«, rief Brass einem der Angestellten zu. Dann setzte er sich gemütlich hin und wartete darauf, einen klatschnassen Skalaten um zwölf Barren Quantarium zu bitten. Seine Laune war ausgesprochen gut.

Die Bildschirme, auf denen wir die Ereignisse verfolgt hatten, wurden auf einmal schwarz. Wir sahen und fragend an.

»Wie geht es jetzt weiter?«, fragte Skari.

»Wir haben unseren Zug gemacht«, sagte Una leise. »Nun bleibt abzuwarten, wie die Skalaten reagieren. Es bleibt uns nichts anderes übrig, als auf eine Nachricht des Botschafters zu warten.«

»Nicht unbedingt«, sagte 17. »Der Funkverkehr der Skalaten überschlägt sich gerade.«

Bevor er jedoch weiterreden konnte, erschien auf einmal ein metallisches Spinnentier auf dem Bildschirm.

»Jemand zu Hause? Ich habe interessante Neuigkeiten für euch«, ließ Nr. 3 verlauten.

»Erzähl schon«, platzte es aus mir heraus.

»Nun, es tut sich was auf der Erde.«

»Und was bitte?«

»Na ja, die Invasoren machen sich vom Acker. Und zwar fluchtartig.«

Wir konnten es kaum glauben. Offensichtlich wollten die Skalaten erst einmal keine riskanten Manöver mehr tätigen, bevor die Angelegenheit mit Debris nicht geklärt war.

»Sobald sie außer Reichweite sind, nimmst du sofort eine Verteidigungsposition ein«, wies 17 ihn an.

»Soll er angreifen, wenn sie versuchen, Spuren zu verwischen?«, fragte 17 mich. »Ich kann so einen Befehl nicht erteilen.«

»Sollten die Skalaten den Menschen irgendwie schaden wollen, so kannst du sie gerne zu Staub zermahlen«, antwortete ich, an Nr. 3 gewandt.

Da erschien auch schon Brass auf einer anderen Leitung, um uns über den aktuellen Stand der Dinge zu informieren.

»Ich bin auf dem Weg nach Debris. Wenn ihr mir gestattet, würde ich gerne den Skyta und den Ka selbst mitteilen, wie alles verlief. Ich denke, das steht mir zu«, sagte er bestens gelaunt.

»Das hast du dir wahrlich verdient«, sprach Kenzo.

»Apropos verdienen. Was haben die Skalaten dir ausgezahlt?«, fragte ich.

»Ha! Fünf Barren und eine Menge Ausreden. Ich bezweifle, dass sie momentan flüssig sind, aber das werde ich morgen auf der Ratssitzung zur Sprache bringen«, lachte der Burna. »Die Sitzung wäre im Übrigen eine gute Gelegenheit, euch vorsprechen zu lassen.«

»Wir werden uns vorbereiten«, beendete 17 das Gespräch.

Jo blickte abwechselnd in den Himmel und auf seinen Stab. Keine weiteren technischen Geräte wurden angezeigt.

»Es scheint alles ruhig zu sein. Sollen wir Tarzan anrufen?«, fragte er Hod.

»Das können wir denke ich riskieren«, antwortete dieser, und Jo meldete sich umgehend bei mir.

»Tarzan, wie läuft alles bisher?«, fragte er.

»Siehst du mein breites Grinsen?«, fragte ich zurück. »Mehr darf ich nicht verraten. Das möchte der Besuch euch selber sagen, wenn er eintrifft.«

»Was für Besuch?«, versuchte Jo nachzuhaken.

»Sorry, Nr. 3 ist auf der anderen Leitung. Ich melde mich später. Tschüss«, gab ich zurück und wandte mich dem nächsten Gesprächspartner zu. »Ja, was gibt es?«

»Skalaten abgezogen, Erde gesichert, sonst nichts«, meldete Nr. 3 seelenruhig.

»Da haben wir Schwein gehabt«, sagte ich. »Ok, mich hält hier nichts mehr, ich fliege nach Debris. Wir melden uns.«

»Soll ich der Menschheit die freudige Nachricht überbringen?«, fragte er weiter.

»Was? Nein, bloß nicht. Bleib, wo du bist. Bis später!«, rief ich.

Was dachte sich der Krabbler bloß dabei? Dass er als Riesenspinne auf einen Haufen Bauern zumarschieren konnte, um ihnen mitzuteilen, dass alles in Butter sei?

»Ein Feingefühl hat das Ding. Wie ein Dreschflegel«, sprach ich zu Una, die neben mir stand und schmunzelte.

»Könnte ein Bruder von dir sein«, sagte sie.

»Aha, kaum ist die Gefahr gebannt ...«

»Tut mir leid, dass ich an deinem Plan gezweifelt habe«, fiel sie mir ins Wort und kurz in den Arm.

»Hm, ist nicht so schlimm. Es ist auch nicht immer einfach, meine Genialität zu erkennen.«

»Jetzt sag mir nicht, dass du keine Angst gehabt hättest, dass etwas schief gehen könnte«, rief sie.

»Es gab durchaus ein paar kritische Punkte. Aber im Prinzip war meine Analyse fehlerfrei.«

»Fehlerfrei? Der Burna hätte dich unangespitzt in den Boden rammen können, anstatt sich auf deinen Deal einzulassen. Die Skalaten hätten anders reagieren können. Es hätte ...«

»Ja, ja, ja«, unterbrach ich ihren Wortschwall. »Wir haben einen großen Sieg errungen, und den werde ich jetzt mit Jo und den anderen feiern. Kommst du mit?«

»Natürlich komme ich mit«, sagte sie.

»Na bitte. Außerdem werden wir morgen dem Rat erklären müssen, was die Skalaten verbrochen haben. Da sehe ich aber kein Problem, ich habe schon eine Idee«, sagte ich, obwohl ich nicht einmal im Ansatz eine Ahnung hatte, wie der Tag verlaufen würde. Aber es machte mir einfach zu viel Spaß, Una auf die Palme zu bringen.

Die Ka und Skyta waren rege dabei sich auszutauschen, als ein Raumschiff von der Größe einer Boeing 747 die Wolkendecke durchbrach und sich auf die Ebene zubewegte. Alle Köpfe streckten sich empor und verfolgten staunend die Landung. Nachdem eine Treppe ausgefahren worden war, stampfte ein muskelbepacktes Wesen selbige herunter. Es schien allein zu sein und steuerte geradewegs auf unsere Freunde zu. Als er vor ihnen stehen blieb, musterte er sie kurz mit einem Lachen.

»Könnt ihr mich verstehen?«, fragte Brass laut und deutlich.

»Klar, wir haben ja so ein Übersetzungsdingsbums im Ohr«, sagte Jo.

»Ok, ich soll euch schöne Grüße von Tarzan ausrichten. Die Skalaten haben sich komplett von diesem Planeten zurückgezogen. Ich bin Brass, der oberste Botschafter der Burna und habe vier Schlachtkreuzer zu eurem Schutz mitgebracht. Nur für den Fall, dass diese Schwachköpfe auf den Gedanken kommen, hier wieder vorbeizuschauen. Und dann würde ich noch gerne wissen, ob es hier etwas zu trinken gibt. Ich bin am Verdursten.«

ID übersetzte für die anwesenden Skyta so schnell wie möglich das Gesagte. Es brach ein Jubelgeklicke aus. Jo wollte für seine Leute ebenfalls übersetzen, jedoch hatten die Ka aufgrund der Reaktion der Skyta den Sinn dieser Worte schon verstanden. Ein lautes Jodeln setzte ein, das jegliche weitere Kommunikation übertönte. Nur mittels Zeichensprache war es ihm möglich, noch etwas zu trinken zu ordern.

Auch wir durchquerten mit unserem Gleiter von oben die Atmosphäre und konnten unter uns eine freudig schreiende Menge erspähen. Unser Schiff wurde sofort umringt. Conor sprang heraus, um sich auf die Suche nach Jo zu machen. Die Menge, die noch nie zuvor einen Menschen gesehen hatte, bildete eine Gasse und wies ihm den Weg. Er rannte geradewegs auf Jo zu und sprang ihm in die Arme. Unnötig zu erwähnen, dass wieder Jubel ausbrach. Vermutlich gingen die meisten der Anwesenden nach diesem ersten Eindruck davon aus, dass alle Menschen so klein waren. Ich wäre direkt hinter ihm ausgestiegen, wenn Una mich nicht wieder in einen Disput verwickelt hätte, der meine Flugkünste betraf. Zum Glück befreite mich Skari aus dieser Situation, indem sie mich herausschubste. So fiel ich einigen verblüfften Skyta in die Arme, denen ich auf die Schulter klopfte, um dann weiterzustraucheln.

Um die Sache kurz zu machen: Es wurde heftig gefeiert und es tat uns in der Seele weh, wieder abreisen zu müssen. Die Ka und die Skyta trennten sich vorläufig wieder und bezogen Quartier auf ihren jeweiligen Küstenabschnitten. Jo, Hod und ID begleiteten uns auf unserer Rückreise. Auch der Botschafter folgte uns mit seinem eigenen Schiff, damit wir den Auftritt vor dem Rat planen konnten. Was das betraf, hatte ich so meine Bedenken, da er dem Taranak, den Jo immer fleißig nachgegossen hatte, nicht abgeneigt gewesen war. Und auch der Ka war nicht unbedingt mehr zu strategischen Analysen zu gebrauchen, aber das konnte man ihm wohl kaum verübeln.

»Ein wenig ärgerlich ist es schon, wenn ich hier so trinke und nichts von dem Alkohol merke«, brummte ich.

»Da kann ich dir glaube ich aushelfen«, sagte 17, stand auf und verschwand.

»Seid ihr euch bewusst, dass ihr morgen den Skalaten zum ersten Mal gegenübersteht? Meint ihr, dass ihr der Situation gewaschen ... gewachsen seid?«, fragte ein leicht angeschickerter Brass Kenzo.

»Ich für meinen Teil kann meine Emotionen unter Kontrolle halten«, sprach Kenzo und warf mir einen Blick zu.

»Was schaust du mich an? Wir haben gewonnen«, erwiderte ich.

»Ich meine nur, dass sie dünne Hälse haben, die schnell zerbrechen«, gab der Burna zu bedenken. »Es darf auf keinen Fall zu irgendwelchen Ausschreitungen kommen.«

»Es ging bis jetzt ohne Blutvergießen, also werden wir unseren Kurs beibehalten«, betonte Una. »Nicht wahr, Tarzan?«

»Ich bin so friedlich wie Gandhi«, sagte ich.

»Mag sein. Aber sogar der hätte dir den Hals umgedreht, wenn er eine Stunde mit dir eingesperrt gewesen wäre«, erwiderte sie spöttisch.

17 kam wieder und setzte mir ein Paar Kopfhörer auf. Mir wurde kurz schwummerig, aber dann begann ich ihm zu erklären, dass ich Waschmaschinen für ein Portal zu einem Multiversum hielt. Socken verschwinden durch dieses. In einer anderen Realität kennt man das Problem, dass man ein Paar Füßlinge hineingibt und dass man drei wieder herausbekommt. Der Versuch, diesen Sachverhalt zu klären, war aufgrund der Heisenbergschen Unschärferelation oder so unmöglich. Stattdessen versammelten sich die Socken nun in einem weiteren Universum, wo sie eine eigenständige Intelligenz entwickelten und sich ... Weiter kam ich nicht, da mir Una das Ding wieder von der Rübe rupfte.

»Das ist ja nicht zum aushalten«, stöhnte sie.

Die anderen lachten nur. Ich muss zugeben, dass mir meine Theorie eben noch wie die Entdeckung einer Weltformel vorkam. Oder zumindest wie die beste Entdeckung seit frisch geschnittenem Brot. Nun erschien die Sache wieder in einem anderen Licht. Sei's drum. Wir hatten noch eine Menge Spaß.

Gerichtstermin

Der Tag hatte seine Jungfräulichkeit schon verloren, als wir aus den Betten gekrochen kamen. Die Sonne schien gleichmäßig durch die Fenster.

Da wir nun beisammen saßen, ausgenommen Brass, der sich hatte abholen lassen, begannen wir unsere Gedanken zu sammeln. Wir würden heute vor dem Rat der Gemeinschaft sprechen und hatten mit dem Burna vereinbart, uns zuerst bedeckt zu halten. So würden wir, bis auf Skari und Conor, unsere üblichen Avatare tragen. Die beiden, Jo und die Skyta bekamen ein paar nette Kostüme geschneidert, mit denen sie nicht auffallen würden.

Mit einer gewissen Anspannung im Bauch begaben wir uns mit unserem imitierten Hurora-Schiff nach Katara. Zusammen mit einigen Burna, die uns Brass zugewiesen hatte, nahmen wir auf den Rängen der Zuschauer Platz. Das Gebäude, wie auch der Saal, in dem der Rat tagte, waren kreisrund. Es gab unterteilte Logen für die einzelnen Spezies. Eine größere Loge war unbesetzt und zeigte auf der rückseitigen Wand das Symbol der Alogeraner. Dieses Ornament war gleichzeitig eine Tür. Es sollte angeblich sogar ein Zugang zu einer anderen Galaxis sein, wie mir einer unserer Begleiter erklärte.

Diejenigen von uns, die keinen Körperwechsel vollzogen hatten, waren in schlichte Umhänge gekleidet und ihre Gesichter wurden durch Hüte, an denen ein Schleier befestigt war, verdeckt. Ein Kerl, der wie eine Stabheuschrecke aussah, hielt ein Eröffnungsansprache.

»Aufgrund besonderer Vorkommnisse ... bla bla ... Sondersitzung ... bla bla ... erteile ich das Wort dem leitenden Vorsitzenden der Skalat-Holding.«

Es zog sich schon etwas hin, bevor endlich aus einem Nebenraum eine Abordnung der Skalaten auf dem in der Mitte befindlichen Podium aufmarschierte. Einer von ihnen war Mr. Dux. Der Oberguru dieser Truppe hielt eine höfliche Ansprache. Man führte als Grund für das Zusammentreffen das Zeichen der Alogeraner an, das bei der Beinahe-Schlacht zwischen Ska und Skyta auf dem Boden ausgebreitet worden war. Die Situation wurde allen Anwesenden erläutert, obwohl sich die Sache schon wie ein Lauffeuer verbreitet hatte. Dann wurde der Ton etwas rauer, Mr. Dux bekam das Wort.

»Sehr geehrter Botschafter«, begann er und richtete seine Worte direkt an Brass. »Wenn Sie nicht in diesen Prozess involviert wären, wie würden Sie dann als Außenstehender diese Situation beurteilen? Sie, der wie auch Ihre gesamte Spezies bekanntermaßen nicht die Wettleidenschaft der Skalaten teilt, kommen urplötzlich in ein Casino und schließen eine Wette ab. Diese ist derart absurd, dass sie nur zu verlieren wäre. Des weiteren betrug die Summe, über die wir hier reden, fast alles je Dagewesene. Also, was würden Sie, wenn Sie ein neutraler Beobachter wären, annehmen?«

Die Antwort stand im Raum und jeder hätte mit einer Ausrede gerechnet.

»Ich würde davon ausgehen, dass man mich hereingelegt hätte«, donnerte Brass von seinem Sitz aus quer durch die Halle.

Dass der Skalate dem Burna soeben öffentlich einen Wettbetrug unterstellt hatte, war allen Anwesenden klar. Aber umso mehr waren sie von der Reaktion verblüfft. Jeder hatte damit gerechnet, dass der Burna empört aus dem Sitz hochfahren würde wie von der Tarantel gestochen. Oder wie von einem Gulch getreten, das wäre eine gebräuchlichere Metapher in diesen Kreisen. Stattdessen lehnte sich der Botschafter entspannt zurück und ließ Mr. Dux dumm dastehen. Dieser war für einen Moment relativ perplex. Bevor er weiterreden konnte, übernahm der Skalatenhäuptling das Wort.

»Dann sind Sie also auch der Meinung, dass es sich um einen Wettbetrug handelt?«, fragte er scharf.

»Na selbstverständlich!«, war die knappe Antwort.

Das war nicht das, was sie erwartet hatten. Entweder wollte der Burna hier öffentlich zeigen, dass er die Skalaten an der Nase herumgeführt hatte oder es hing wirklich mit den Alogeranern zusammen.

»Nun gut, ich muss Sie also fragen, ob Ihnen der Ausgang der Schlacht im Vorfeld bekannt war?«

Brass dachte kurz nach. Nein, der Ausgang war ihm nicht bekannt. Es gab nur eine hohe Wahrscheinlichkeit, die gegnerischen Parteien hätten sich durchaus auch abmurksen können.

»Nein, ich war mir zu keiner Zeit sicher, wie die Sache ausgehen würde. Aber da ich, genau wie Sie, ehrenwerter Chef der Skalat-Holding, von einem Wettbetrug ausging, habe ich Nachforschungen angestellt, deren Ergebnisse ich dem Rat präsentieren werde«, sagte er und räkelte sich gemütlich auf seinem Platz. »Ich werde nun Vertreter der beiden kriegsführenden Parteien als Zeugen aufrufen«, fügte er süffisant hinzu.

»Auf keinen Fall!«, entgegnete Dux. »Wir können keine Zeugen anhören, die nicht im Rat vertreten sind. Allein das Herbeiführen dieser Kreaturen stellt eine Verletzung und Einmischung in ihre Kultur da. Das hätte ihnen bewusst sein müssen. Wir werden das niemals zulassen!«

»Es interessiert mich ehrlich gesagt einen absoluten Scheißdreck, was Sie zulassen wollen oder nicht«, donnerte Brass den Skalaten an. »Du Würstchen bist für mich nur der Inhaber einer Zockerbude. Was glaubst du, mit wem du sprichst?« Er hatte sich aus seinem Sitz erhoben und wirkte nun überhaupt nicht mehr freundlich.

»Als Vertreter eines der größten Wirtschaftsunternehmen bin ich durchaus in der Lage, ein Veto einzufordern, welches mir gestattet ...«

»Halten Sie ihre Klappe und begeben sie sich auf die Sitzbänke!« Eine laute Stimme unterband jeden weiteren Wortfluss des Wirtschaftsvertreters.

Die gehörte aber nicht Brass, sondern einem alten Skalaten, der bis dahin regungslos in einer Loge gesessen hatte. Dieser war ebenfalls aufgestanden und nickte Brass kurz zu. Der setzte sich und fand zu seiner guten Laune zurück.

»Großer Boss der Skalaten«, flüsterte mir einer der Burna ins Ohr.

»Die Aufklärung dieser Angelegenheit hat für mich oberste Priorität. Von daher möchte ich höflichst ersuchen, dass der Botschafter der Burna seine Zeugen vorführt«, ordnete der alte Skalatenboss an.

Niemand erhob Einwände. Auch die sonst üblichen Zwischenrufe blieben aus, alle waren viel zu gespannt auf das, was kommen würde. Wir begleiteten Jo und die Skyta durch einen Ausgang zu einem anderen, der sie direkt zu dem Podest in der Mitte führte.

Nun kam der dramatische Auftritt, erster Akt. Zuerst nahmen sie die Hüte, die aussahen wie ein asiatischer Kegelhut mit einem orientalischen Schleier, ab und warfen sie locker auf den Boden. Ein erstes Raunen war zu vernehmen. Nun ließen sie ihre Umhänge vom Körper gleiten und sahen sich in der Menge um, als suchten sie jemanden Bestimmtes.

»Ehrenwerte Mitglieder des Rates«, begann Jo mit kräftiger Stimme. »Wir sind hier aufgrund der Einladung des Botschafters der Burna sowie des Senators der Skalaten. Wir hoffen, dass wir heute zur Aufklärung einiger Missverständnisse beitragen können.«

Die Tatsache, dass er den Senator erwähnt hatte, ließ die drei anderen Skalaten anfangen zu transpirieren. Und zwar auf das Stärkste.

»Schön hat er das gesagt«, murmelte Una.

»Wieso der Senator?«, fragte ich 17.

»Diplomaten haben auch so ihre Kanäle«, antwortete er knapp.

»Mein Name ist Jo, Jo vom Stamm der Wa, vom Volk der Ka, und diese beiden hier, die ich als meine Freunde bezeichnen darf, gehören zum Volk der Skyta. Wir wurden Opfer einer arglistigen Manipulation. Eine fremde Spezies, die sich als die ›alten Götter‹ ausgab, versuchte, uns zu einem Krieg aufzuwiegeln. Sie zeigten uns, wie man Schiffe baut, um Gegner zu erreichen, auf die wir ohne ihr Zutun nie gestoßen wären«, führte Jo aus.

»Hast du ihm den Text diktiert?«, fragte Skari Una.

»Ja, gut, nicht wahr?«, antwortete sie, während sich in den Logen Gemurmel breitmachte.

»Wir hatten jedoch das Glück, auf eine andere Spezies zu treffen, die uns half, diese Beeinflussung zu durchschauen und ein Blutvergießen zu verhindern.«

Abermals Gemurmel. Zeit für meinen Auftritt. Ich hatte mir einen schwarzen Umhang samt Kapuze zugelegt. Gemächlich schritt ich ... nein, ich glitt eher schwerelos die Tribüne empor. Jo und die Skyta stiegen drei Stufen vom Podium herab und nahmen auf eigens bereitgestellten Stühlen Platz.

»Er macht es wieder sehr dramatisch«, sagte Una zu Kenzo, die in ihrer Hurora-Verkleidung dicht hinter mir hergingen.

»Ja, aber er macht es gut«, antwortete er.

Theatralisch ließ ich das Cape vom Körper gleiten. Danach wandte ich meinen Kopf zuerst zu Mr. Dux und seinen Kollegen.

»Er hat sich noch mehr Muskeln draufgepackt«, sagte Brass zu einem seiner Begleiter.

Bei meinem Anblick wurden die Skalaten noch nervöser und schwammen schon in ihrer eigenen Suppe. Offenbar konnte ich mit meinem Aussehen und meinem Auftritt mächtig Eindruck machen. Dabei war noch nicht ein einziges Wort über meine Lippen gekommen. Dass ich zwei Hurora im Schlepptau hatte, sorgte abermals für Getuschel. In der Loge der Hurora schaute man sich indes achselzuckend an.

In großer Pose, mit weit ausgebreiteten Armen und nach oben geöffneten Händen ließ ich meinen Blick langsam durch die Reihen wandern, bevor ich endlich zu sprechen begann: »Sind wir nicht alle gleich? Und wenn wir uns schneiden, bluten wir dann nicht?«

»Also ich nicht«, rief ein hutzeliges Männchen dazwischen, das sich offensichtlich für einen Komiker hielt. Ein Blick von mir genügte, und es versank fast im Boden.

»Genauso wie den Skyta und den Ka erging es den Bewohnern meines Planeten«, fuhr ich fort. »Nur wurde in unserem Fall ein Völkermord veranstaltet, um die Geldgier der Skalaten zu befriedigen. Dort sitzen die Mörder von Millionen von Menschen.«

Dabei machte ich einen Schritt auf die drei Skalaten zu und zeigte mit dem Finger auf sie. Eigens für diesen Moment hatte ich mir noch einen Spezialeffekt einbauen lassen, der nun voll zur Geltung kam: Meine Augen fingen an, feuerrot zu leuchten. Der Skalate, der bis dahin nur zur Dekoration dabeigesessen hatte, war mittlerweile komplett dehydriert, er sank auf seine Knie, wurde ohnmächtig und klatschte auf dem Fußboden auf. Eine perfekte Show. Nun wurde das Gemurmel im Saal schon recht laut. Nur der Leiter der Holding schien zu glauben, er hätte dickere Eier. Er zwang sich zu einem letzten Aufbegehren.

»Der da ist kein Mensch«, keifte er krächzend.

»Oh wie wahr!«, donnerte meine Stimme durch die Halle der Gemeinschaft. »Wahrlich, ich sage euch, ich bin kein Mensch. Genauso wenig wie meine Begleiter Hurora sind.«

Einer der Logen-Hurora schien sich schon vor lauter Achselzucken die Schulter ausgekugelt zu haben, und auch auf den anderen Gesichtern machte sich Ratlosigkeit breit.

»Lassen Sie mich Ihnen drei Personen vorstellen, welche in der Lage sind, den ehrenwerten Rat gänzlich aufzuklären. Darf ich nun bitten, sie gemeinsam zu begrüßen.« Dann fing ich an zu applaudieren. Ok, das war zu dick aufgetragen, niemand klatschte. Aber alle waren neugierig.

Nun schritt eine weitere Kapuzenperson zum Podium empor und ließ schon auf dem Weg seine Sachen zu Boden fallen. Es war Conor. Während er an den beiden Skalaten vorbeiging – der zusammengeklappte Skalate war mittlerweile auf einer Bahre weggetragen worden – machte er eine Geste, die ihnen signalisierte, dass er ihnen die Hälse durchschneiden würde.

»Nein«, stöhnte der Chef der Skalat Holding leise.

Das war sein letztes Wort für diesen Tag. Ich stellte Conor vor, und daraufhin betrat Skari die Bühne. Zum Schluss folgte 17, verkleidet als Druide mit winzigen Modifikationen, von denen er wusste, dass sie den Rat beeindrucken würden, ein paar Schmuckstücke aus Quantarium und dergleichen.

Seine Stimme sowie die Art und Weise, wie 17 die Dinge vortrug, versetzten die Zuhörer fast in Trance. Mit seinem Stab projizierte er eine anschauliche Bildershow. Sie zeigten die Erde vor und nach der Ankunft der Skalaten. Als er darlegen konnte, wie diese einen Völkermord herbeigeführt hatten, veranlasste dies schließlich auch Mr. Dux, sich in das Reich der Ohnmacht zurückzuziehen. Wie ich später erfuhr, hatte er von diesen Ereignissen rein gar nichts gewusst. Die Geschäftsführung der Casino-Holding war für diese Dinge zuständig und war immer sehr sorgsam darauf bedacht gewesen, so wenig Mitarbeiter wie möglich einzuweihen. Viele hatten bei den Gräueltaten mitgewirkt, aber nur einige wussten, was sie taten.

Nachdem 17 geendet hatte, herrschte betretenes Schweigen und es dauerte recht lange, bis sich der oberste Senator von Skalat zu Wort meldete. Wir Menschen waren verblüfft zu sehen, dass ihn die Sache zutiefst berührt hatte.

»Es tut mir außerordentlich leid, dass ich Ihnen diese Frage stellen muss Herr 17, aber liegen Beweise vor für Ihre Angaben?«, fragte der Senator schließlich.

»Selbstverständlich, ich werde Ihnen gerne alle Beweise geben, damit Sie den Wahrheitsgehalt meiner Geschichte überprüfen können, darunter die von mir aufgezeichnete Kommunikation der Skalat-Holding und alles Weitere. Es ist eine ziemliche Menge«, sagte 17. Wegen der Formulierung »Herr 17« musste ich innerlich lachen, aber das gehört nicht hierher.

»Ich werde veranlassen, dass alle führenden Mitglieder der Skalat-Holding sofort festgesetzt werden, bis ich die Angaben überprüft habe. Die Holding wird vorläufig von einem Führungsgremium geleitet, das vom Senat bestimmt wird«, sprach der Senator mit vor Wut zitternder Stimme.

Da Mr. Dux sich inzwischen auch in ärztlicher Obhut befand, war nur noch einer verblieben, der von zwei Burna abgeführt wurde.

»Mir fehlen die Worte, um mein Bedauern auszudrücken, und es wird ...«

Rums! – dann ein kurzes Zischen. Jäh wurde der Senator von dem lauten Geräusch unterbrochen. Nicht allen Anwesenden war sofort klar, was dieser Klang zu bedeuten hatte. Zu lange Zeit war vergangen, als dass man sich hätte erinnern können. Alle, auch wir auf dem Podium, zuckten zusammen. Dann sahen wir, dass sich das Siegel in der Loge der Alogeraner zu drehen begann. Ein Tor öffnete sich und Nebelschwaden glitten gemächlich über den Boden.

»Die auf dem Podium versammelten Wesen mögen sich zu uns begeben«, ertönte eine Stimme durch den Raum. Gleichzeitig schob sich ein Verbindungssteg in Richtung der Tribüne.

»Oh, oh«, ließ ich geistreich verlauten. »Was tun?, sprach Zeus«, fügte ich hinzu, als sich Conor schon auf den Weg machte.

Uns war nicht recht wohl bei der Sache, aber wir hatten keine Wahl. In den Logen sah man nur aufgerissene Augen und offenstehende Münder, oder was die jeweilige Spezies an Kopföffnungen so zu bieten hatte. Nachdem wir das Portal durchschritten hatten, gelangten wir in einen Gang, oder besser gesagt in eine Höhle. Die Wände schienen aus armdicken Spinnenweben gefertigt zu sein, das Zeug war transparent und schemenhaft. Und in ihnen waren Bewegungen auszumachen. Nach einigen Schritten weitete sich die Höhle zu einem großen Gewölbe, mit Löchern durchsetzt, aus denen allerlei Wesen herauskrabbelten oder darin verschwanden. Nicht eine Kreatur glich der anderen. Alles erschien uns wie eine bizarre Unterwasserwelt, nur halt an Land. Das »Ding«, welches in der Mitte des Raums auf uns wartete, würde ich bestenfalls als einen Unfall der Evolution beschreiben. Auf den ersten Blick erinnerte es an eine Gottesanbeterin, die von Algen und anderen Tieren übersät war. Die Dinge hier waren unfassbar andersartig.

»Hallo«, sagte Una und unterbrach damit die gespannte Stille.

»Hallo«, antwortete der Albtraum eines jeden Spinnenphobikers, um gleich zur Sache zu kommen. »Ihr seid diejenigen, die eines unserer Lager geplündert haben.«

Das war definitiv nicht als Frage zu verstehen. 17 schob sich nach vorne.

»Nein, nicht wir, ich habe das Lager geplündert, falls der Planet, in dessen Umlaufbahn ich mich befinde, gemeint ist«, sagte er.

»Der Sachverhalt ist uns klar. Um die Angelegenheit nicht in die Länge zu ziehen, erklären wir euch nur, dass der Planet ebenso wie die anderen der Sperrzone für euch ab sofort tabu sind«, sprach das Wesen. »Wir erwarten keine Rückerstattung, die euch ohnehin nicht möglich wäre. Da ihr nun im Kontakt mit der Gemeinschaft seid, solltet ihr deren Regeln beachten.«

»Kein Problem, das werden wir«, antwortete 17.

Wieder ein kurzes betretenes Schweigen.

»War das alles?«, hakte ich nach.

»Das war alles«, antwortete die Kreatur.

So wie es mich ansah, kam ich mir unweigerlich vor wie ein leckerer Bestandteil eines Frühstücksbuffets. »Ich meine ja nur. Ihr habt uns mit der Hand in der Keksdose erwischt. Und wenn man gerade mal die Gelegenheit hat, sich auszutauschen, warum nicht wenigstens einen höflichen Small Talk veranstalten?«

»Das letzte, auf das ich jetzt Bock habe, ist ein Small Talk«, zischte Una mir leise ins Ohr.

»Wir haben uns einige Zeit nicht mehr blicken lassen und

es sind unschöne Dinge passiert. Die müsst ihr selbst regeln. Es kommen noch genug Probleme auf euch zu, und gerade die Menschheit ist noch weit entfernt, sich der Gemeinschaft anschließen zu können. Obwohl die Handlungsweise der Skalaten auch keinem höheren Niveau entsprach. Eine weitere Kommunikation mit uns wird für euch nicht zielführend sein, da ihr das meiste nicht verstehen würdet. Uns trennen vier Millionen Jahre Evolution und wir sind bestimmt kein Unfall. Und da du als Nächstes anführen möchtest, dass ihr lernfähig seid, so kann ich dir versichern, dass ihr es nicht seid. Innerhalb eines sehr eng begrenzten Rahmens vielleicht, aber keinesfalls in der Gesamtheit. Wenn ich dir die Dinge erklären sollte, wäre das wie der Versuch, einem Huhn das Schachspielen beizubringen. Nur ungleich komplizierter. Noch weitere Fragen?«

»Ja, wohin verschwinden die Socken in der Waschmaschine?«, fragte ich noch, bevor ich unsanft von Kenzo und Skari weggezogen wurde.

»Wir verabschieden uns dann mal höflich und gehen wieder«, sagte Una, »es war uns eine Ehre, auf Wiedersehen und tschüss«, wobei sie sich langsam rückwärts bewegte.

In großer Eile, um nicht zu sagen fluchtartig verließen wir die Höhle und huschten durch das Portal zurück in unsere Gefilde.

»Da sind wir mit einem blauen Auge davongekommen und du fragst nach ein paar beschissenen Socken? Was ist bloß los mit dir?«, fragte mich Una.

»Na ja, vielleicht hätte der Klugscheißer ja die Antwort gewusst. Mir war schon klar, dass die schlauer waren, aber er oder es hätte uns das nicht so dick aufs Brot schmieren müssen«, maulte ich zurück.

»Konzentriert euch auf euer Umfeld«, flüsterte Kenzo, »wir werden angestarrt.«

»Wir sollten uns zum Senator begeben, Brass steht schon bei ihm«, sagte 17 zu uns.

Genau das taten wir auch unter den ungläubigen Blicken der verschiedenartigsten Arten von Aliens. Der Senator versicherte uns abermals sein aufrichtiges Bedauern, und der Burna löcherte uns mit Fragen zu den Alogeranern. Nachdem die wichtigsten Fragen geklärt waren, verließen wir den Planeten und begaben uns zuerst nach Debris. Die beiden Dörfer der Ka und der Skyta, die sich auf 17 befunden hatten, wurden zurückverfrachtet. Auf diesem Planeten war erst einmal eine Dauerparty anberaumt worden, es würde wohl noch ein Weilchen dauern, bis hier wieder der Alltag einzog.

Für uns war endlich der Zeitpunkt gekommen, zur Erde aufzubrechen. Als wir uns von unseren Freunden verabschieden wollten, schlugen Jo, Hod und ID vor, uns zu begleiten. Dem stimmten wir natürlich hoch erfreut zu, und gemeinsam machten wir uns auf den Weg.

Schon von Weitem kündigten wir Nr. 3 unseren Besuch an, und als wir uns näherten, konnten wir ihn im Orbit ausmachen. Da lag sie vor uns. Die Heimat.

»Hübsch blau«, bemerkte Jo.

Da uns 17 mittlerweile erklärt hatte, was uns auf der Erde erwartete, möchte ich diese Informationen dem Leser nicht vorenthalten. Es scheint unglaublich, aber offenbar war nur die Führungsriege der Skalat Holding eingeweiht. Sieben Manager, die über Leben und Tod so vieler entschieden hatten. Alle Prozesse waren im Prinzip automatisiert und durch eine KI kontrolliert. Natürlich gab es vereinzelt Kinder, die loszogen, um ihre Eltern zu suchen, aber sie kamen nicht weit. Schon die nächste Generation kannte keine andere Welt mehr. Der Skalat Holding war auch bewusst, dass, wenn sie mit ihren Spielen an die Öffentlichkeit gehen würden, Kontrollen erfolgen würden. So kam es auch, dass eine Delegation der Hurora zur Erde flog, um über die verbotene Einmischung in fremde Kulturen zu wachen. Lediglich die seltsame Besiedlungsstruktur machte sie stutzig. Aber da man dieses mit einer schrecklichen Pandemie erklären konnte, wurde nicht weiter nachgefragt. Liebet und vermehret euch, war das Gebot der Menschen. Und schon die zweite Generation begann mit den ersten Scharmützeln.

Was uns also im Klartext erwartete, waren wild durcheinander gewürfelte Kunstkulturen verschiedenster Epochen, die dem Original etwa so ähnlich waren wie die Kulisse eines Hollywoodfilms.

Erde

Ein neuer Tag. Zunächst einmal hatte ich mir vorgenommen, das Gebiet zu erkunden, das einst zu Deutschland gehörte. Vielleicht trug auch ein wenig Heimweh zu dieser Entscheidung bei.

Außerdem hatte ich auf der E-Gitarre geübt, um Kenzo bei unserer nächsten Probe mein neues Solo um die Ohren zu hauen, auf dass ihm schwindelig würde. Ja, wir hatten vor zwei Tagen den grandiosen Entschluss gefasst, eine Band zu gründen, um die Damen damit zu überraschen. Im Moment sah es aber noch so aus, dass bei meinem Solo jedem schwindelig wurde, einschließlich mir selber. Allerdings war das weniger der Tatsache geschuldet, dass es besonders gut war. Nachdem mir fast die Finger qualmten, stellte ich meine Axt auf den Ständer und begab mich zum Konferenzraum. Warum wir uns nicht in der Küche trafen, wurde mir sofort klar, als ich unseren Besuch erblickte. Es war Nr. 3 in seinem neuen Avatar, der so nicht in die Küche gepasst hätte.

»Schon wieder eine Spinne?«, fragte ich.

»Das ist mein Entwurf!«, rief Conor.

Zugegeben, das Ding hatte was. Vollkommen verchromt und mit einer dezenten Flammenlackierung versehen.

»Retro-Style, so wie zu deiner Zeit«, bemerkte der Kleine.

»Retro, wie zu meiner Zeit. Ich verstehe«, murmelte ich und überhörte Unas Kichern.

»Es wird allmählich Zeit, sich unter das Volk mischen. Wir sollten sehr feinfühlig und diplomatisch vorgehen, oder was meinst du, Una?«, fragte ich.

»Wenn ich der Meinung wäre, dass wir diplomatisch sein müssen, müsste ich dich an einen Stuhl fesseln und eine Flotte Außerirdischer landen lassen. Die könnten den Moment des Schocks dazu verwenden, alles zu erklären, bevor du den dritten Weltkrieg lostrittst«, sagte sie ruhig.

»Was kann denn schon passieren?«, fragte ich. »Ist ja nicht so, dass sie uns mit Atombomben beschmeißen könnten. Ich werde vorsichtig sein. Und was die Fesselspiele betrifft, darüber können wir uns nachher unterhalten, falls du auf so was stehst.«

»Was soll er schon Schlimmes anstellen?«, fragte Kenzo in die Runde.

»Das fragst du noch?«, kicherte 17.

»Ja, ja, ist schon gut, ich strecke nur ein wenig die Fühler aus, spitze die Ohren und das war's auch schon. In einer Stunde bin ich wieder da.«

»Kann ich mitkommen?«, fragte Jo.

»Noch jemand, der mit dem Begriff ›unauffällig‹ nichts anzufangen weiß«, seufzte Una.

»Ach ja, ich vergaß«, sagte Jo.

»Dann komme ich mit!«, rief Conor. »Ich habe noch meine alten Klamotten und vom Zeitalter her liege ich näher dran als du«, und rannte auch schon los, um sich umzuziehen.

»Das ist gut, dann passt zumindest jemand auf ihn auf«, sagte Skari.

»Hier sind genug, die auf ihn aufpassen können, inklusive Spiderman«, erwiderte ich.

»Ich meinte dich und nicht Conor«, konterte sie.

Während die anderen noch über ihre albernen Witze lachten, begab ich mich zum Flugdeck. Conor holte mich auf halber Strecke ein und wir starteten unsere erste Expedition auf die Erdoberfläche. Unseren getarnten Gleiter stellten wir etwas außerhalb ab und begaben uns zu Fuß in Richtung Stadt. Vor den Stadttoren gab es keine Wachen, dafür fanden wir ein junges Mädchen, das eifrig damit beschäftigt war, Blumen zu einem Kranz zu flechten.

»Hallo, junge Dame. Wo sind all die Leute hin?«, fragte ich höflich.

»Fremde mögen wir hier nicht«, antwortete sie trotzig.

Conor übernahm das Gespräch: »Wir sind auf der Suche nach ein paar Verwandten von uns. Also, wo finden wir die Menschen?«

»Na wo wohl? In der Kirche natürlich«, gab sie zurück, schon deutlich freundlicher.

»Und warum bist du nicht in der Kirche?«, fragte er.

Die Kleine lief etwas rot an. »Ich hatte noch viel Arbeit zu erledigen«, sprach sie und lächelte verschämt.

»Besten Dank! Dann begeben wir uns mal zur Andacht. Tschüss!«, sprach Conor und strahlte zurück.

Als wir die schwere Kirchentür öffneten, war es auch schon vorbei mit der Unauffälligkeit. Alle verrenkten den Hals in unsere Richtung. In so einer Gegend kennt jeder jeden, aber wir waren Fremde. Der Priester ließ sich nicht beirren und predigte weiter, was das Zeug hielt, nicht ohne uns weiter mit seinen Blicken zu fixieren.

Dezent quetschten wir uns in die hinterste Reihe und lauschten andächtig. Jedenfalls gab ich mir Mühe. Aber so sehr ich mich auch anstrengte, es sollte nicht sein. Der Kuttenträger faselte und faselte, die Zeit schien sich endlos auszudehnen wie am Rande eines schwarzen Lochs. Das ging so lange, bis ich zu Conor sagte, dass ich den Blödsinn nicht mehr lange ertragen könne. Eins muss ich dem Pfaffen zugestehen: Er hatte gute Ohren.

»Wie bitte?«, fragte er gereizt und blickte über seine Bibel.

Nun war ich wohl eine Antwort schuldig, man hatte mich schließlich gefragt. Alles andere wäre unhöflich gewesen.

»Also mal ehrlich, Meister. Du musst schon eine Menge von den falschen Pilzen essen, bevor so ein brennender Busch mit dir spricht«, sprach ich lächelnd.

Der Kirchenguru lief puterrot an.

»Wie kannst du es wagen, mich zu unterbrechen?«, platzte es aus ihm heraus.

»Wieso? Du hast mich doch gefragt. Aber mir ist schon klar, dass in einer Kirche weder die eigene Meinung noch das Nachdenken im Allgemeinen sonderlich gerne gesehen sind«, sagte ich.

Es sah fast so aus, als wenn das kleine Männchen gleich aus seiner Kutte hüpfen würde.

»Das ist die reinste Blasphemie!«, schrie es.

»Es ist der reinste Blödsinn, zu behaupten, dass Pontius Pilatus seine Hände in Unschuld gewaschen hat«, antwortete ich gelassen. »Der Kerl hat dermaßen unter den Juden gewütet, dass Rom ihn nach Hause beorderte, um sich freiwillig ins Schwert zu stürzen.«

»Das sind deine ketzerischen Worte, aber nicht die unseres Erlösers Jesu Christi«, fauchte er und kam ein paar Schritte näher.

»Jesu Worte waren ausschließlich für die Juden gedacht,

wie er selbst explizit gesagt hatte, und nicht für die Heiden, Samariter oder andere. Notfalls solltest du dir die Schwarte in Ruhe durchlesen, bevor du quasselst wie ein Wasserfall«, antwortete ich ein klein wenig genervt.

Angesichts der feindseligen Gesichter um uns herum bereitete ich mich schon mal auf unsere Flucht vor.

»Nur ein Kinderblut trinkender Heide aus dem Norden würde es wagen, einem Mann Gottes zu widersprechen«, keifte er und sowohl sein bisschen Verstand wie auch seine Stimme schienen sich zu überschlagen.

»Du hältst dich für einen Mann Gottes? Du bist bestenfalls größenwahnsinnig. Was kommt als Nächstes? Vielleicht der Scheiterhaufen?«, fragte ich und stand auf, da die Gemeinde das ebenfalls getan hatte.

»Du hast es erfasst. Ergreift ihn!«, schrie der Wahnsinnige. »Er muss sich einem Gottesurteil unterziehen!«

»Wir verschwinden«, sagte ich zu Conor, der aber schon längst nicht mehr neben mir saß, sondern die Tür aufhielt. Er schien diese Pappenheimer besser einschätzen zu können. Wir begaben uns, gelinde gesagt, recht zügig nach draußen.

»Ich könnte sie verhauen, dann hören sie eventuell zu«, sagte Conor.

»Klar könntest du das. Und nachher kannst du Una auch erklären, warum du eine komplette Kirchengemeinde vermöbelt hast«, konterte ich im gemächlichen Laufschritt.

»Oh«, antwortete er nur.

»Genau. Wir belassen es heute dabei und treten einen taktischen Rückzug an. Lauf schneller, sie kommen näher.«

Nach einem kurzen Sprint, der es unseren Verfolgern unmöglich machte, uns einzuholen, verfielen wir in ein gemütlicheres Tempo.

»Ich habe euch doch gesagt, dass Fremde hier nicht gerne gesehen sind«, rief uns das Mädchen zu, als wir in seine Nähe kamen.

»Wie kommst du bloß auf diese Idee?«, rief Conor.

»Wegen der Mistgabeln schwingenden Horde, die euch verfolgt«, antwortete sie.

»Ach, die ist uns gar nicht aufgefallen«, gab er zurück.

»Seid ihr Verbrecher?«, rief sie hinter uns her.

»Nein, auf keinen Fall, ich bin ein ganz Guter! Tschüss!«

»Tschüss!«, hörte man noch. Ihre Stimme vermischte sich mit Worten aus der Ferne wie »Verbrennen«, »Ketzer« oder »Stein um den Hals«.

»Du hast Nerven, musst du jetzt noch flirten.«

»Ich habe nicht geflirtet, ich war höflich. – Was ist flirten?«, fragte er.

»Das erkläre ich dir später. Aber Conor, eine Sache …«

»Ja, was denn?«

»Kein Wort zu Una.«

»Garantiert nicht!«

Wir flüchteten in den Gleiter und waren schon über der johlenden Meute, bevor diese um die Ecke der Scheune kam.

»Die war heiß«, sagte Conor unvermittelt nach einiger Zeit.

»Was war die? Wer? Wie kommst du zu diesem Wort?«, fragte ich ruhig der Reihe nach.

»Heiß, das Mädchen, ein Film«, war die kurze Antwort, die ich bekam.

»Die war höchstens 13 und somit bestimmt nicht heiß«, sagte ich.

»Vielleicht nicht in deiner Welt, aber in meiner schon«, sprach Conor.

Ich ging vom Gas runter und drehte mich zu ihm, wohl wissend, dass sich hier ein kompliziertes Gespräch anbahnte.

»Du meinst, dass du sie nett fandest?«

»Sagte ich doch.«

»Ja, sie sah nett aus. Denkst du, sie hätte dir einen Blumenkranz umgehängt, während uns die anderen versuchen abzufackeln?«, fragte ich.

»Bestimmt. Was glaubst du, wie sie reagiert hätte, wenn sie bemerkt hätte, dass uns das Feuer nicht töten kann?«, fragte er.

»Nach einer Verbrennung dritten Grades siehst du aus wie eine Grillwurst. Was würde sie sagen, wenn ein verkohltes Stück Fleisch vom Scheiterhaufen herunterkommt und sich für die Blumen bedankt?«

»Hm …«

Es herrschte einige Zeit Ruhe.

»Ob ich sie wiedertreffe?«, fragte er.

»Bestimmt. Die Welt ist ein Dorf, vor allem wenn man ein eigenes Raumschiff hat ... Bist du verliebt?«, wollte ich wissen.

»Was? Nein! Natürlich nicht.«

»Macht aber so den Eindruck. Du bekommst rote Ohren.«

»Und du wirst rot, wenn Una in der Nähe ist.«

»Was? Blödsinn, ich werde überhaupt nicht rot.«

»Wohle.«

»Wenn ich rot werde, dann höchstens vor Wut. Sie treibt mich auf die Palme mit ihrem Gemecker«, antwortete ich und gab wieder Gas.

»So, so.«

»Was heißt hier ›so, so‹?«

»Nix ... Ich habe mich auch über das Mädchen geärgert. Deshalb werde ich rot.«

»Halt dich fest, wir landen!«

»Und wie lief es? Steht die Stadt noch?«, fragte Una, als wir eintrafen.

»Genau das meine ich. Siehst du, ich werde rot«, sagte ich zu Conor.

»Nein, der Kontinent ist hinüber«, zischte ich Una an. »Aber ich habe dir noch welche übriggelassen.«

»Ups, der Herr hat schlechte Laune«, lachte sie auf

»Was konntet ihr in Erfahrung bringen?«, fragte Kenzo.

»Nicht viel. Die Menschen dort sind sehr gläubig«, erläuterte ich. »Ich befürchte, dass wir sie ein wenig überfordern, wenn wir gleich mit Aliens und der technologischen Vergangenheit der Erde um die Ecke kommen. Mit vernünftigen Erklärungen werden wir dort nicht viel erreichen, wir sollten uns etwas auf der Glaubensschiene einfallen lassen. Aber ich habe da schon einen Plan«, schloss ich voller Überzeugung. Nur der amüsierte Gesichtsausdruck von 17 irritierte mich. Und da schoss es mir durch den Kopf: Er hatte uns bestimmt beobachtet. Er beobachtet alles. Ich würde mich mal später mit ihm über das Thema Privatsphäre unterhalten müssen.

»Schon wieder einer deiner Pläne?«, fragte Una.

»Ja, aber keine Sorge«, beschwichtigte ich. »Du bekommst sogar die tragende Rolle.«

»Oh, wie ich mich freue«, verkündete sie.

»Seine Pläne funktionieren gut«, sagte Skari.

»Ja, leider«, gab Una widerwillig zu.

»Ich muss jetzt noch etwas mit Kenzo erledigen, also entschuldigt uns bitte«, sprach ich und gab Kenzo mit unserem geheimen Bandzeichen Bescheid, dass wir proben konnten.

»Una, kannst du mir erklären, warum man rot im Gesicht wird?«, fragte Conor sie.

»Und Conor brauchen wir auch unbedingt«, rief ich schnell.

»Wozu?«, fragte er.

»Ist ein super vertrauliches Geheimprojekt.«

Als wir zu dritt zu unserem geheimen Proberaum unterwegs waren, kam die Frage von Kenzo, die kommen musste: »Gibt es da etwas, das du nicht erwähnt hast, ich meine auf der Erde?«

»Hm ... lass mich überlegen. Wir sind gelandet, wir haben uns umgesehen, eine Volksmenge wollte uns lynchen, wir haben uns wieder umgesehen. Ach ja, jetzt wo du fragst, fällt es mir ein. Conor hat sich verliebt«, sagte ich trocken.

»Ich verstehe«, erwiderte Kenzo noch trockener.

»Tarzan ist in Una verliebt«, quäkte der Bengel dazwischen.

»Ich weiß«, sagte Kenzo, so trocken, dass mir die Spucke wegblieb.

»Ihr seht das völlig falsch«, widersprach ich aufgebracht. »Keine Ahnung, welcher Teufel euch geritten hat, dass ihr zu solchen Annahmen kommt!«

Darauf erhielt ich keine Antwort mehr. Als wir den Proberaum betraten, sah Conor die Musikinstrumente mit leuchtenden Augen an.

»Oh wir musizieren«, sagte er.

»Nein, wir machen Mucke und du darfst zuhören. Das wird knallharter Metal und keine Volksmusik. Wir wollen sie aus den Schuhen rocken«, erklärte ich.

»Entweder spiele ich mit oder ich unterhalte mich mal ein bisschen mit Una.«

»Was glaubst du passt besser zu dir? Schlagzeug oder Bass?«

Halleluja

Drei Tage waren vergangen und ich hatte Una gebeten, heute mit mir gemeinsam die Stadt aufzusuchen. Vorsorglich hatte ich sie nicht in die Details dieses Unterfangens eingewiesen, um mir unnötige Diskussionen zu ersparen.

Conor war den ganzen Tag damit beschäftigt, auf ein Schlagzeug einzudreschen, als hätte er nie etwas anderes gemacht. Kenzo und Skari machten einen Spaziergang durch das Schiff. Die Skyta organisierten eine Infrastruktur, um den Handel mit den Ka in Schwung zu bringen. 17 und 3 tauschten sich über Dinge aus, die im wahrsten Sinne des Wortes kein Mensch verstehen konnte, und Una war mit Jo zu einem Besuch bei den Ka in ihrem Dorf. Ich konnte nur hoffen, dass sie pünktlich zurück sein würde. Und dann schneite auch noch unerwarteter Besuch herein. Es war Brass. Er erzählte mir, dass man die Skalat-Holding verdonnert hatte, für sämtliche Aufbauarbeiten und Entschädigungen auf der Erde und auf Debris aufzukommen. Was de facto mit ihrem finanziellen Ruin gleichzusetzen war. Zudem hatte sich der Senator dafür eingesetzt, die Menschen in die Gemeinschaft aufzunehmen, auch Brass hatte diesen Vorstoß unterstützt. Was das betraf, musste ich ihm erklären, dass es noch dauern würde, den Planeten Erde auf den richtigen Kurs zu bringen.

»Ihr seid so kriegerisch und wirkt dabei so zerbrechlich«, sagte Brass.

»Untereinander sind wir das nicht. Im Vergleich zu euch natürlich schon. Bei mir sieht das selbstverständlich anders aus, wie du bei deinen Wachen feststellen konntest.«

»Trotzdem zerbrechlich«, sprach er und lachte.

»Fehlanzeige! Wenn ich wollte, würde ich dich unter den Arm klemmen«, behauptete ich.

»Nein, du täuschst dich. Ich könnte dich auf den Arm nehmen und dir dein Fläschchen geben«, sagte er.

»Ja, wenn du träumst«, konterte ich.

»Auch mit deiner Androidenpower hättest du nicht die geringste Chance«, sprach er selbstsicher.

»Ach ja? Kleiner Ringkampf gefällig?«, forderte ich ihn heraus.

»Wenn ich gegen so einen Spargeltarzan antreten würde, hätte nur noch mein Ruf mehr zu leiden als deine Knochen«, entgegnete er.

»Ach ja?« – »Ja.« – »Und wenn du gegen meinen muskelbepackten Avatar antreten müsstest?«

»Ist nicht viel anders.«

»Versuch es doch mal.«

»Gerne, wann?«

»Ich bin gleich zurück. Wärm dich lieber schon mal auf. Hey du da, Droide. Besorge uns ein paar Matten«, forderte ich einen vorbeirollenden Roboter auf.

»Willst du vorher noch ein Nickerchen machen, um Kraft zu tanken?«, stichelte der Burna. »Oder soll das intimer werden?«

»Ok, keine Matten.« Dann flitzte ich los, um meinen Körper zu wechseln.

Tja, was soll man sagen? Wir wälzten uns auf dem Fußboden. Er schleuderte mich gegen einen Stahlpfeiler, ich ließ ihn auf den Boden krachen, und dann umgekehrt, und dann das Gleiche nochmal. Das Ganze ging eine Weile, bis Kenzo und Skari auftauchten. Kenzo erkannte sofort, dass wir das aus Spaß taten und beruhigte sie.

»Er ist stärker als der Burna, zeigt es aber nicht. Und der Burna weiß das«, flüsterte er ihr ins Ohr.

Brass zog mir mit seiner riesigen Pranke die Beine weg und ließ sich auf mich fallen. Wäre ich ein normaler Mensch gewesen, hätte man mich nach der Aktion nur noch als Bettvorleger gebrauchen können. So aber hob ich ihn nur kurz an und rollte mich unter ihm weg. Logischerweise hatten 17 und 3 alles mitbekommen und uns zugesehen. Es donnerte und knallte, als unsere Körper gegeneinanderprallten.

Wir verwüsteten die Umgebung noch ein wenig, bis mir plötzlich ein Schrei entfleuchte: »Scheiße! Ich muss in die Kirche!«

»Um dein letztes Gebet zu sprechen?«, scherzte Brass.

»Nein, die Menschen treffen sich dort gleich. Una sollte auch dort hinkommen. 17, weißt du, wo sie steckt?«, fragte ich.

»Sie ist auf dem Weg hierher«, antwortete er.

»Entschuldige mich, ich bin schon zu spät. Ein andermal vielleicht«, sagte ich zu Brass.

»Immer wieder gerne«, antwortete dieser, insgeheim froh, dass die Sache beendet war.

»Sag bitte Zero, er möchte den Gleiter bereit machen, ich muss los«, rief ich 17 hektisch zu. »Una soll sich in ihren neuen Avatar begeben und sofort zur Kirche kommen, ich brauche sie dort.«

Hastig eilte ich zum Schiff, wo der kleine Robi startbereit wartete. Nur 5 Minuten später befanden wir uns bereits im Sinkflug in Richtung Magdeburg.

»Schnell zur Kirche, ich habe es eilig«, rief ich ihm zu. Er landete nahe einer Scheune und ich raste zu Fuß in Richtung Gotteshaus weiter.

Inzwischen war auch Una wieder auf 17 angekommen. Sie betrachtete mit Skari zusammen den Körper, in den sie schlüpfen sollte und verzog das Gesicht: »Nicht mal im Traum würde es mir einfallen, so irgendwo aufzulaufen.«

»Na komm schon. Ich finde, es sieht gut aus«, beschwichtigte Skari. »Außerdem verlässt er sich auf dich.«

»Dafür habe ich was gut bei dem Kerl, das schwöre ich dir«, grummelte sie.

An der Kirche angekommen riss ich die Tür auf und konnte nur hoffen, dass Una rechtzeitig erscheinen würde. Die Leute hier würden den »Ketzer« bestimmt nicht mit offenen Armen empfangen. Sollte ich versuchen, es möglichst in die Länge zu ziehen? Oder hätte ich doch vor der Tür warten sollen? Nun stand ich da und konnte nicht anders. Wieder drehten sich alle Köpfe in meine Richtung, nur die Reaktion war anders als beim letzten Mal: ein Riesen-Gezeter setzte ein. Die einen sprangen auf und schimpften, die anderen fielen sich bekreuzigend auf die Knie und riefen Stoßgebete aus. Das fand ich übertrieben, so schlimm hatte ich den letzten Disput gar nicht in Erinnerung. Ok, beim letzten Mal wollten sie uns rösten, aber ansonsten? Was soll's. Diesmal war das Mädchen auch in der Kirche, ich winkte ihr freundlich zu, während ich nach vorne schritt. Sie starrte mich mit offenem Mund an. Ich latschte zum Altar, um mit dem Priester zu sprechen, an eine Predigt war hier nicht mehr zu denken. Mein Plan war, etwas herumzuketzern, dann sollte Una erscheinen und mich vertreiben. Una sollte die Heldin sein und man würde sie anhören.

So weit der Plan. Aber nun beschloss ich, dass ich den Menschen reinen Wein einschenken würde. Neben mir fiel eine Frau in Ohnmacht. Der Oberkirchenfuzzi hielt mir ein Kreuz entgegen, indes ich auf ihn zuging. Danach stolperte er rückwärts und kroch auf dem Rücken zur Seite weg.

»Weiche Satanas!«, schrie er.

Nun wusste ich, was hier schiefging. Bei unserer Flucht waren wir so schnell gelaufen, dass sie uns übermenschliche Fähigkeiten zuschrieben. Logischerweise konnten diese in ihrer Welt nur vom Teufel selbst kommen. Ich stellte mich vor den Altar, um mit meiner Ansprache zu beginnen.

»Vielleicht haben wir uns das letzte Mal auf dem falschen Fuß getroffen. Ich bin gekommen, um euch in ein neues Dasein zu führen, ich werde euch eine Welt zeigen, von der ihr nicht einmal geträumt habt!«

Na, die werden Augen machen, wenn sie in einem Gleiter alles von oben sehen dürfen, dachte ich. Als Antwort ging ein einziger lauter Schrei durch die Menge. Das sollte einer verstehen. Was zum Teufel lief hier nur verkehrt? Wie zufällig sah ich auf meine roten Hände.

»Der Anfang mag für einige vielleicht etwas schmerzhaft sein, aber mit der Zeit werdet ihr euch daran gewöhnen«, rief ich. Das Wimmern und Klagen wurde stärker.

Nun kamen mir auch die schwarzen Tätowierungen auf meinen Armen in den Blick – und allmählich begann sich eine ganz kleine Erleuchtung in meinem Hirn auszubreiten. Instinktiv, oder besser gesagt komplett überflüssigerweise tastete meine Hand meinen Kopf ab, um festzustellen, dass er mit mächtigen Hörnern bestückt war. Ok, das war jetzt dumm gelaufen.

»Ihr braucht keine Angst zu haben! In Wirklichkeit will ich euch von eurem Leid erlösen!«

Das war wohl nicht die beste Wortwahl. Die Menschen stürzten zum Ausgang, andere sprangen über die Bänke. Der Pfaffe stiefelte bei seiner Flucht über die ohnmächtige Frau. Zugegeben, es gab ein wenig Durcheinander. Doch dann wurde die Tür von außen aufgestoßen. Sonnenstrahlen traten ein und es zeichnete sich die Silhouette eines wahrhaftigen Engels ab.

»Halleluja!«, rief jemand und die Menge wich wieder zurück. Sie fielen auf die Knie und fingen an zu beten.

Der Engel betrat das Haus Gottes, und die Schäfchen, die der Tür am nächsten waren, verließen es so schnell wie möglich. Der Engel glitt schwebenden Schrittes zum Altar, und als er vor diesem stand, so ward kein Schaf mehr zu sehen, alle waren vor Angst und Ehrfurcht nach draußen geflüchtet. Und dann öffnete der Engel die Lippen und sprach: »Ich sollte dir den Arsch aufreißen! Was ist das für ein Chaos hier?«

»Tja, das war nicht so geplant«, erklärte ich etwas verlegen. »Aber wir sollten die Situation nutzen. Du jagst den Teufel jetzt raus und verfolgst ihn. Dann erklärst du der Meute da draußen, dass der Satan nur gekommen ist, weil sie in den Krieg ziehen wollen. Gott möchte aber Frieden, oder so etwas in der Art.«

»So in der Art?«, wiederholte Una.

»Klar. Du hast dabei völlig freie Hand, mach das, was du für richtig hältst«, hüstelte ich. »Aber wir sollten uns beeilen, bevor die da draußen auf dumme Gedanken kommen.«

»Tarzan ...« – »Ja?« – »Lauf!«

Zuerst sprang ich über sie hinweg, während ich dachte, dass ihr der Engelsavatar echt gut stand, ich habe eben Geschmack. Dann flitzte ich aus der Kirche. Draußen fauchte ich die Menge an und ließ meine Augen in die Runde leuchten. Und da erschien auch schon Una.

»Weiche Beelzebub! Mit der mir verliehenen Macht befehle ich dich zurück in die Hölle!«

Ich fauchte noch einmal und gab dann Fersengeld. Hinter mir ein Engel ... und ein mit Mistgabeln bewaffneter Lynchmob. Im Laufen konnte ich schon von Weitem etwas erkennen, was absolut nicht in die Landschaft passen wollte: Jo.

»Was machst du denn hier?«, rief ich ihm zu.

»Ich wollte mir euren Planeten ansehen«, erwiderte er ruhig.

»Und Una hat das gestattet?«

»Ich musste dringend mal für kleine Ka.«

Una verdrehte beim Laufen die Augen, als sie uns beide erblickte. Hinter ihr wurden Stimmen laut.

»Das Höllentor ist geöffnet. Seht, dort ist ein zweiter Dämon, verbrennt sie!«

»Spring bloß in den Gleiter«, schrie ich Jo zu. »Zero! Wir müssen hier schleunigst weg! Zero! Kannst du so etwas wie eine Explosion erzeugen? Irgendwas mit viel Rauch?«

»Kann ich, aber was ist mit Una?«, fragte er.

»Die weiß Bescheid. Sie bleibt hier, die kann das ab. Explosion jetzt, schnell, und dann Abflug!«, quiekte ich.

»Was wollen die Leute mit den Gabeln?«, fragte Jo.

»Das ist so ein menschliches Ritual«, sagte ich zu ihm und nahm Platz.

Kawum!

»Das war eine recht heftige Explosion«, lobte ich Zero, als ich die Rauchschwaden sah.

Gemütlich glitten wir durch die Luft davon. Una saß auf dem Hintern, als sich der Rauch langsam verzog. Einige angeröstete Federn fielen noch sanft wie Schneeflocken zu Boden.

»Der Kerl ist erledigt!«, sagte sie laut.

»Hurra, der Teufel ist erledigt!«, schrie ein Idiot hinter ihr.

Unauffällig hatte ich mich hinter einem Buch versteckt und Conor gebeten, mir in der Küche Gesellschaft zu leisten, als sich ein angekokelter und wutschnaubender Racheengel näherte.

»Wo steckt diese evolutionäre Sackgasse?«, hörte man sie schon von Weitem brüllen.

»Du verschaffst mir ein Treffen mit dem Mädchen und ich helfe dir aus der Patsche«, sagte Conor.

»Besser wäre es, wenn wir die Gegend vorerst meiden«, gab ich zu bedenken.

»Wie du meinst. Sie ist gleich da.«

»Na gut, ich werde das einfädeln. Versprochen!«

Jo wich zur Seite aus und Kenzo betrachtete höchst konzentriert seine Fingernägel, als Una zur Tür hereinplatzte.

»Was zum Teufel hast du dir bei diesem Wahnsinn gedacht? Ach was rede ich. Seit wann denkst du? Du machst ja einfach nur.«

»Wow, siehst du gut aus!«, rief Conor.

»Was! Ich meine, sorry, was?«

»Das ist unglaublich. So habe ich mir als Kind immer einen richtigen Engel vorgestellt«, sagte er bewundernd.

Der ist richtig gut, dachte ich.

»Oh, danke«, murmelte Una, leicht aus dem Konzept gebracht. Aber nur für einen Moment: »Und nun zu dir, du geistige Amöbe«, ging es weiter.

»Hast du das Kleid für sie entworfen?«, richtete sich Conor an mich.

»Ähm, ja, ich dachte, es würde ihr gut stehen. Zumindest hoffte ich das«, antwortete ich und legte einen Welpen-Hundeblick auf.

»Es steht ihr ausgezeichnet. Was meinst du, Skari?«, fragte Conor.

»Das Kleid ist einfach nur bezaubernd«, bekräftigte sie aufrichtig.

Una errötete ein bisschen. »Ja, es ist recht ansehnlich. Nur leider schmutzig.«

»Das bekommen wir wieder hin«, antwortete Skari.

»Wieso hast du diesen Avatar benutzt?«, fragte mich Una, deren Betriebstemperatur nun wieder im ungefährlichen Bereich lag.

»Das war so nicht gedacht«, stotterte ich. »Ich wollte nicht zu spät kommen, ich hatte ihn nur wegen Brass angezogen. Und dann ging alles so schnell, und eins kam zum anderen ...«

»Brass war hier? Und wozu hast du den Avatar gebraucht?«, fragte Una.

»Damit er den Botschafter besser verprügeln konnte«, entfuhr es Kenzo, um sich schnell wieder dem Betrachten seiner Fingernägel zu widmen.

»**Du hast was?**«, rief sie etwas zu laut für meinen Geschmack.

»Das ist jetzt anders, als du denkst«, konterte ich schnell.

»Wie kommt es bloß, dass alles, was du machst, anders ist als die Leute denken?«, fragte sie kopfschüttelnd. »Egal, ich muss jetzt erst einmal diese störrischen Flügel loswerden.«

»Ich habe mit 17 geredet«, sagte ich versöhnlich, »und er meinte, dass uns ein Essen nicht schaden könnte. Bringt zwar nichts, aber schmeckt. Was meinst du? Sollen wir für nachher ein gemeinsames Abendessen planen?«

Una drehte sich um, zögerte kurz und lächelte dann. »Na gut, an was hattest du denn gedacht?«

»Keine Ahnung, vielleicht Chicken Wings?«, schlug ich sorglos vor.

Als Antwort bekam ich eine Tasse an den Kopf geworfen. Danach rauschte Una raus. Soll einer die Frauen verstehen.

Romeo und Julia und Thor

Der Rauch war verzogen und ich machte mir Gedanken darüber, wie es weitergehen sollte. Die Stadt namens Magdeburg, die wir mit unserer Engelsnummer nachhaltig beeindruckt hatten (und die nicht das geringste mit der ehemals vorhandenen gemein hatte), war von weiteren Kriegstreibereien abgebracht worden. Von einer auch nur halbwegs aufgeklärten Weltsicht waren sie allerdings noch meilenweit entfernt.

17 hatte überall seine Überwachungsinsekten und sonstigen Gerätschaften verteilt. So wussten wir genau, wo momentan ein Krisenherd anzutreffen war. Davon gab es leider mehr als genug, Unterhaltung für jedes Wochenende. Das drängendste Problem für mich waren im Moment die Wikinger, die drauf und dran waren, einen ausgiebigen Raubzug zu unternehmen. Auf ihrer Speisekarte stand unter anderem unser kleines Magdeburg. Ihr Plan war, ebenfalls die beiden anderen Siedlungen anzugreifen, die nach Städten von anno Tobak benannt waren: Paderborn und Köln. Auf dem Weg zu den Wikingern wollte ich Conor in dem Städtchen absetzen, in dem seine Flamme lebte. Er hatte mich so lange gelöchert, bis ich mir vorkam wie ein Schweizer Käse. Beim Aufbruch ermahnte ich Conor abermals, sich bedeckt zu halten.

»17 hat mir bestätigt, dass deine Angebetete vor den Stadttoren herumlungert. Sei nicht nervös und verplapper dich nicht«, trichterte ich ihm ein.

»Sie ist nicht meine ›Angebetete‹ und ich bin nicht aufgeregt. Würdest du bitte aufhören, dich ständig zu wiederholen?«, sagte er genervt. »Hat Una eine Ahnung davon, was wir vorhaben?«

»Nein«, erklärte ich. »Sie ist gerade voll und ganz damit beschäftigt, uns in den Rat der Gemeinschaft zu bringen. Heute finden Gespräche mit den ... den ... hab den Namen vergessen, statt. Nur 17 weiß, wo wir sind. Also nochmal: Ruf ihn, falls du in Schwierigkeiten gerätst.«

»Danke für den Ratschlag. Du weißt wenigstens, wovon du redest.«

Wir flogen also gemütlich in Richtung Magdeburg, wo ich ihn absetzen wollte.

»Sag mal, Tarzan. Ich habe gehört, dass es Kulturen gibt, in denen der Mann seine Frau überhaupt nicht kennt, bevor er sie heiratet. Stimmt das?«, fragte er.

»Ähm, das ist in allen Kulturen so. Wirklich in allen.«

»Verstehe ich nicht.«

»Macht jetzt nichts. Wir landen.«

Als Conor aus dem Gleiter sprang, rief ich ihm noch ein paar Ratschläge hinterher. Aber außer einem Hasen, der in der Nähe saß, hat die niemand vernommen. So ging meine Reise nun also in den hohen Norden, das würde bestimmt spaßig.

»Na, wieder die Kirchentür nicht gefunden?«, fragte Conor das Mädchen, als er sich näherte.

»Immerhin weiß ich, wie sie von innen aussieht, du Ketzer«, antwortete sie lächelnd.

»Ich bin kein Ketzer. Nur habe ich in der letzten Zeit so viel von der Welt gesehen, dass ich nicht alles glaube, was man mir erzählt«, sagte er.

»Bist du ein Wanderbursche? Aus welcher Stadt kommst du?«, fragte sie.

»Das würde mich auch interessieren«, meldete sich eine weitere Stimme.

»Papa«, rief das Mädchen und rannte dem Fremden in die Arme.

Seine Kleidung zeigte Conor, dass es sich um einen Adeligen handelte.

»Sir, mein Name ist Conor McKenzie vom Clan der McKenzie. Mein Vater ist der Herzog McKenzie«, log er, ohne rot zu werden. »Es ist Teil meiner Ausbildung, mich auf eine Pilgerreise zu begeben. Und nun bin ich gerade hier, zum Glück, wie ich behaupten darf. Denn ohne den Beistand eines Beschützers könnte es gefährlich sein für eine holde Maid, so allein. Und um ihr eben diesen Schutz anzubieten, sprach ich sie an.«

»Aha«, antwortete der Vater.

»Ich bin Graf Bernhard von Magdeburg«, stellte er sich vor. »Da hat meine Tochter Glück gehabt, dass sie euch getroffen hat. Ein junger Bursche auf dem Pilgerweg. Mit einem Bogen bewaffnet?«

»Oh, der ist nur für die Jagd. Ich habe gelobt, nur von der Hand in den Mund zu leben.«

»Aber doch hoffentlich keine Jagd in den gräflichen Wäldern?«

»Das wäre doch Wilderei!«, gab Conor mit gespielter Empörung zurück. »Ich sage mir, dass ein Graf nicht immer anwesend ist, aber Gott sieht alles.«

»So, so. Hab Dank, junger Bursche, aber nun bin ich ja wieder da und kann meine Tochter beschützen. Heidrun, sag mir, warum du nicht in der Kirche bist«, sprach der Graf.

»Liebster Vater, ich hatte sehnsüchtig auf Euch gewartet. Da ihr Euch verspätet habt, wollte ich die anderen Gläubigen nicht beim Gebet stören. Nun seid Ihr endlich da. Und dann ist da noch diese schreckliche Erfahrung mit dem leibhaftigen Teufel, die mir ins Gedächtnis kommt, sobald ich das Gotteshaus betrete. Es war entsetzlich«, sagte sie und machte große Kulleraugen.

Auch nicht schlecht, dachte Conor und versuchte, ein ernstes Gesicht zu machen.

»Aber sicher doch. Sei's drum. Nun, da die Andacht zu Ende ist, sollten wir uns auf den Weg zum Turnier machen«, sprach der Graf und schmunzelte innerlich.

Er war ein bodenständiger Mensch von kräftiger Statur und ein zäher Verhandlungspartner im Namen seiner Stadt. Einer, der sich ohne zu zögern in die Schlacht stürzte, der aber in den Händen seiner Tochter dahinschmolz und ihr keinen Wunsch abschlagen konnte.

Conors Augen begannen zu leuchten, als er von dem Turnier hörte. »Dürfte ich Sie begleiten? Ich wollte mir schon immer einen der hiesigen und viel gerühmten Kämpfe anschauen.«

»Das wird wohl leider nicht möglich sein, da wir mit dem Pferd reiten werden. Es sei denn, du verfügst über eines«, antwortete der Graf höflich, in der festen Überzeugung, dass dies nicht der Fall sein würde.

»Es macht mir nichts aus, nebenher zu laufen«, konterte Conor.

»Ja Papa, darf er?«, gab es noch eins drauf.

Nun hatte der Graf weder vor, einen wildfremden dahergelaufenen Steppke mitzunehmen, noch konnte er sich vorstellen, dass dieser lange mit einem Pferd mithalten könne.

»Nun gut, aber wir werden dich zurücklassen müssen, sollte dir die Puste ausgehen. Ich darf mich nicht verspäten, da ich teilnehmen werde«, sagte er in dem sicheren Wissen, wie die Sache endet.

Nachdem Heidrun sich hinter ihren Vater auf das Ross geschwungen hatte, trabten sie los. Conor lief in einem gemächlichen Laufschritt nebenher. Nach fünf Minuten wurde es dem Papa zu bunt.

»Du bist ein ausgezeichneter Läufer, junger Bursche, aber ich kann keine Rücksicht mehr auf dich nehmen. Ich bin sicher, wir treffen uns heute Nachmittag auf dem Platz.«

Dann gab er dem Pferd die Schenkel zu spüren und es verfiel in einen leichten Galopp.

»Heidrun, ich liebe dich, von daher solltest du aufpassen, mit wem du dich einlässt. Nicht immer sind die Menschen das, für das sie sich ausgeben. Verstehst du?«, sagte er nach einiger Zeit.

»Papa, sprichst du von Conor oder von einem barbarischen Wikinger?«

»Heidrun, die Schotten tragen Schottenröcke. Das weiß doch jeder.«

»Sir, da habt ihr Recht. Ich wollte mich den hiesigen Gepflogenheiten anpassen, um nicht aufzufallen«, rief Conor.

Der sonst sattelfeste Graf wäre fast aus selbigem gerutscht, als er sich ruckartig umdrehte. Er sah den Lümmel, der hinter dem Pferd herrannte, als wäre er selber eines.

»Wie zum Teufel ... Wie kannst du so schnell und lange laufen?«, rief er.

»Die Ländereien meines Vaters sind groß und ich laufe seit meinem zweiten Lebensjahr schon auf zwei Beinen«, rief der Bursche, der kein bisschen aus der Puste war, zurück.

Das wurde Bernhard von Magdeburg unheimlich und er gab dem Fuchs die Sporen. Conor wollte das Tempo erhöhen, besann sich aber eines Besseren. Unauffällig bleiben und das, obwohl man dabei war, ein schönes Fräulein zu beeindrucken, war wirklich schwer. Für diesen Augenblick siegte der Verstand und er ließ sich zurückfallen. Am Turnierplatz angekommen schlenderte er umher, um Zeit verstreichen zu lassen. Dann aber ging er zu den Zelten der Ritter und fand bald das richtige.

»Ein schnelles Pferd, das ihr da habt, ehrenwerter Graf. Wirklich gut«, sagte er zu einem verdattert dastehenden Vater.

Der Kerl ist unglaublich, wie eine Klette. Nun, heute Abend sind wir ihn wieder los, dachte sich der gute Bernhard. »Ich muss zum Bogenschießen. Nehmt Platz, schaut zu und lernt«, sagte er und stampfte von dannen.

»Nett, dein Vater«, flüsterte Conor.

»Ja, aber immer so besorgt. Schließlich bin ich kein Kind mehr«, sprach Heidrun.

»Verständlich bei einer so liebreizenden Tochter. Er wäre ein Rabenvater, wäre er nicht besorgt. Es ist bestimmt nicht leicht, all eure Verehrer in Schach zu halten«, säuselte Conor.

»Du bist ein Schmeichler«, sagte sie leicht errötet. »Komm, schau zu. Mein Papa ist gut im Bogenschießen.«

Und gut darin, mit einem Pferd vor einem kleinen Jungen zu flüchten, dachte Conor und musste schmunzeln.

Auf dem Platz des Wettkampfes hatten sich zahlreiche Zuschauer versammelt, auf fünf nebeneinander aufgestellte Zielscheiben wurde immer gleichzeitig angelegt. Im zweiten Durchgang kam der Graf an die Reihe, er schoss durchaus passabel. Conor schlüpfte unter der Absperrung hindurch und rannte geradewegs zum werten Papa.

»Sir, wenn ich ein paar Ratschläge zu Eurer Haltung geben dürfte, so bin ich mir sicher, dass Ihr das Bogenschießen gewinnen könnt«, sprach Conor ihn an.

»Bursche, meine Geduld ist gleich am Ende«, sagte er mit leicht rotem Kopf. »Seit ich denken kann, bin ich ein ausgezeichneter Bogenschütze und lasse mich nicht von einem Knaben belehren. Sieh zu, dass du hier verschwindest!«

»Na gut, dann eben nicht«, brummte Conor und trollte sich davon.

Es ertönte das Zeichen, sich bereit zu machen. Ein deutlich verärgerter Bernhard konnte sich nicht mehr so recht konzentrieren. Zum zweiten Mal ertönte eine Fanfare, um zu signalisieren, dass die Ritter schießen durften. Da ging auf einmal ein Raunen durch die Menge. Ein Pfeil war von jenseits der Absperrung abgeschossen worden und traf die Zielscheibe ins Schwarze. Der Graf sah, in welche Richtung die Menge schaute und ahnte Böses. Conor zuckte mit den Schultern. Dann verbeugte er sich vor dem staunenden Publikum und huschte wieder zurück an seinen Platz.

»Dieser Pfeil war für dich«, flüsterte er Heidrun zu.

Aus unerfindlichen Gründen gelang Heidruns Vater kein guter Schuss mehr. Ein anderer Ritter gewann, doch der konnte sich nicht recht über seinen Sieg freuen, da der Pöbel seinen eigenen Sieger hatte.

Knöcheltief war hier der Matsch, in der Gegend hier nannte man das Dorfstraße. Ein paar schwatzende Weiber verstummten und betrachteten meine imposante Erscheinung, die geradewegs auf das Haus des Jarls zusteuerte. Schon ein paar Schritte vor dem Haus hörte ich Fetzen des lebhaften Gesprächs, das drinnen stattfand, aber als ich die Tür öffnete, wurde es schlagartig still. Rauch schlug mir ins Gesicht und ich fragte mich, warum man keinen Schornstein hatte einbauen lassen.

»Guten Tag, mein Name ist Thor.«

Der Jarl und die anwesenden Krieger blickten sich nur wortlos an. Da niemand reagierte, trat ich ein. Ein großer Kerl namens Ulf stand auf und blickte mich von oben herab an. Ich hatte gedacht, mein normaler Avatar sei von der Größe her angemessen – war er wohl doch nicht ganz. Immerhin trug ich einen schicken roten Umhang, eine wirklich toll glänzende Rüstung und natürlich einen von 17 speziell angefertigten Hammer.

»Also Leute, ich komme gerade aus Asgard, um euch mitzuteilen, dass mein Vater Odin beschlossen hat, dass nun Friede auf der Welt herrschen soll«, sagte ich mit einer Brummbärstimme. Ich grübelte noch kurz darüber nach, dass die Worte »Frieden« und »herrschen« nicht so recht zusammenpassten.

Alle schwiegen. Bis sie anfingen zu lachen. Immer stärker wurde dieses Gegröle und es steckte mich an. Also lachten wir um die Wette, bis ich meinen Fäustel locker auf den Tisch legte. Einige hielten sich die Bäuche, und auch ich hatte selten so gelacht. Verständlich, in so einer Situation.

Dann brach der Tisch zusammen und alle verstummten.

»Oh, das tut mir jetzt aber leid. Ich vergesse immer, wie schwer mein Hammer ist«, sagte ich und lächelte.

Ulf blickte auf das Ding, beugte sich herunter und versuchte ihn hochzuheben. Vergebens. Der Jarl stand auf und trat vor den Hammer.

»Nur zu«, ermunterte ich ihn.

Langes Gerede, kurzer Sinn: Jeder versuchte sich daran. Nachdem klar war, dass sich das Teil nicht bewegen würde, wurden die Blicke anders. Misstrauisch, aber nicht feindselig.

»Thor kann Unmengen an Met trinken«, sprach der Jarl.

»Wenn ihr so viel übrig habt, soll es mir nur recht sein«, sagte ich lachend.

Ein anderer Hüne ging zu einem Fass und tauchte einen Krug hinein, um ihn mir zu geben.

»Ich weiß, wie das Zeug schmeckt«, sagte ich, ging an ihm vorbei und hob das Fass an, um zu trinken. Als ich so circa zwei Liter intus hatte setzte ich ab, drehte mich um und ging zur Tür.

»Entschuldigt mich kurz, ich muss mal kurz für kleine Arsen«, sagte ich.

So stand ich also draußen und pinkelte, was das Zeug hielt. Ich drehte meinen Kopf leicht und bemerkte eine ganze Schar an Volk, das sich in einiger Entfernung angesammelt hatte. Höflich grüßte ich sie. Die anderen traten ebenfalls aus dem Haus.

»Das mit dem Trinken hätten wir geklärt«, sprach der Jarl. »Wenn es dir nichts ausmacht, lässt du uns noch etwas übrig.«

»Ist in Ordnung. Habt ihr sonst noch irgendwelche Bedenken hinsichtlich meiner Herkunft?«, fragte ich erleichtert.

»Thor ist ein Kämpfer, der jedem von uns überlegen wäre«, sagte Ulf.

Er erntete dafür Blicke, die ihm bescheinigten, dass er den Verstand verloren hatte.

»Kein Problem, ein kleiner Ringkampf. So, dass niemand verletzt wird?«

Ulf legte sein Schwert ab und trat vor. Der Jarl schüttelte nur den Kopf.

Conor ging mit Heidrun zu den Zelten. Ihr Vater war zwar etwas angesäuert ob seines Verhaltens, aber den Schuss wusste er zu würdigen. Jetzt jedoch galt es, sich auf den Schwertkampf vorzubereiten, der zu Fuß ausgetragen wurde.

Ein Musikant kam gerade um das Zelt herum und suchte sich den denkbar ungünstigsten Zeitpunkt aus, um seine Leier in Gang zu bringen. Das Pferd des Grafen erschrak und schlug mit dem Hinterbein aus. Bernhard hatte Glück im Unglück und wurde nur am Oberarm getroffen. Er taumelte ein paar Meter und ging mit einem gebrochenen Arm zu Boden. Zähneknirschend musste sich Bernhard eingestehen, dass das Turnier für ihn vorbei war. Er hatte dem Kerlchen noch eine Standpauke halten wollen, aber nun war er anderweitig beschäftigt.

»Das war's dann wohl«, beklagte er. »Auch diesmal kommt der Herzog von Paderborn ungeschoren davon.«

»Die Hauptsache ist, dass du dich erholst und zu Kräften kommst«, tröstete ihn Heidrun. »Ich werde Conor nach einem Medikus suchen lassen.«

Dieser drehte sich auf der Stelle um und verschwand. Kurze Zeit später kam er wieder, einen älteren Mann hinter sich herziehend. Man hatte dem Grafen den Arm geschient und einen Stuhl gebracht. Den Rest des Turniers würde er als Zuschauer verbringen müssen. Ein anderer Ritter kam auf ihn zu. Er trug seinen Helm unter dem Arm und zog ein hochnäsiges Gesicht.

»Werter Graf von Magdeburg«, sprach er höhnisch. »Das Schicksal scheint es mir nicht vergönnen zu wollen, euch in einem Turnier zu schlagen.«

»Keine Sorge, werter Herzog. Eure Zeit wird kommen«, erwiderte Bernhard mit demonstrativer Höflichkeit.

»Ja, meine Zeit wird kommen. Nun entschuldigt mich, ich habe ein paar Kämpfe zu gewinnen«, sagte er und ging mit einem selbstgefälligen Lächeln auf dem Gesicht.

»Entschuldige mich bitte kurz«, verabschiedete sich Conor von Heidrun.

Zwölf Kämpfer hatten sich in der Mitte des Platzes eingefunden, um sich aufeinanderzustürzen. Regeln gab es bei dieser Art des Turniers keine, es kämpfte jeder gegen jeden, gewonnen hatte, wer am Ende übrig blieb. Kurz bevor das Signal zum Beginn des Kampfes ertönte, begannen die Zuschauer laut zu lachen.

Bernhard wollte seinen Augen nicht trauen. Da marschierte ein kleiner Zwerg zur Gruppe. Er trug den Helm des Grafen, das Holzschwert und ebenso den Schild mit dem dazugehörigen Wappen. Wobei man sagen muss, dass er das Schwert locker am Griff hielt und die Spitze durch die Grasnarbe pflügte. Es schien seinem Träger zu schwer zu sein.

»Wie kann er es wagen, mich derart lächerlich zu machen!«, schrie der Graf, wohl wissend, wen er da vor sich hatte.

»Beruhige dich Vater, er meint es doch nur gut. Wahrscheinlich denkt er, er müsse deine Ehre verteidigen«, versuchte Heidrun ihrem Vater und sich selbst ins Gewissen zu reden.

»Er macht uns zum Gespött der Leute!«, empörte sich Bernhard und stand auf.

Einige Ritter lachten schallend, als sie Conor erblickten.

»Ich hoffe, dass es nicht gegen die Regeln verstößt, wenn ich den Helm abnehme. Man sieht gar nichts«, sagte dieser.

»Nun gut, Bursche. Wir hatten unseren Spaß, aber nun mach dich vom Acker«, sagte Ritter Nr. 1.

»Ich bin hier, um zu siegen«, konterte Conor.

»Es ist genug, frecher Rotzlöffel«, sagte Ritter Nr. 2.

»Herzog von Paderborn. Wenn Euer Umgang mit dem Schwert ebenso schlecht ist wie Euer Benehmen, werde ich ein leichtes Spiel mit Euch haben«, rief Conor, ohne Ritter Nr. 2 weiter zu beachten.

Dieser, von Hause aus mit einer aufbrausenden Natur gesegnet, lief puterrot an und schrie zurück.

»Verpasse jemand dem Knaben eine Tracht Prügel, bevor ich mich vergesse.«

Ritter Nr. 1 schritt zur Tat und wollte Conor an den Ohren ziehen. Er griff ins Leere und Conor umfasste sein Handgelenk. Conor drehte sich und der Edelmann vollzog einen strauchelnden Halbkreis, wobei er immer schneller wurde. Der kleine Schotte wechselte blitzartig die Richtung und hebelte seinem Gegner den Arm zur anderen Seite. Aus dessen

Vorwärtsbewegung wurde eine abrupte Rückwärtsbewegung mit anschließender Landung auf dem Hinterteil.

»Sir, ich hoffe, dass Ihr euch beim Tanzen nicht ebenso so dämlich anstellt, sonst werdet Ihr kein Glück haben bei den Damen«, sagte Conor.

Einige der Adeligen wie auch das Publikum lachten. Ritter Nr. 2 hingegen hatte nun die Faxen dicke. Er stürmte los, um dem Burschen einen kräftigen Hieb auf den Schwertarm zu geben. Der Schlag endete im Nichts, und als Antwort bekam er den Knauf von Conors Schwert gegen den Helm gedonnert. Wütend setzte er nach, doch der Kleine tauchte unter dem Hieb ab. Urplötzlich stand Conor hinter ihm und versetzte dem Ritter einen festen Schlag auf den Allerwertesten. Dann gab jemand einen Schrei von sich und das Publikum fing an zu johlen. Conor warf dem Fanfarenträger, mit dem er zuvor eine kurze Unterhaltung geführt hatte, einen Blick zu. Dieser betrachtete sein schmerzendes Handgelenk, um daraufhin das Zeichen zum Start zu geben.

»Denk daran, so ein Arm wächst nicht so schnell wieder nach«, hatte Conor zu ihm gesagt. Und nachdem er gesehen hatte, wie der Fratz die Recken aufmischte, würde er es nicht darauf ankommen lassen.

Der Kampf begann. Ulf stürzte mit seiner gesamten Masse auf mich zu. Er hatte offenbar vor, mich an den Schultern zu packen. So einen Schwung durfte man nicht ungenutzt lassen: Statt dagegenzuhalten, ergriff ich seinen Oberarm und zog ihn mit einer eleganten Drehung – so ähnlich wie ein Torrero einen Stier – an mir vorbei und gab ihm dadurch noch zusätzlichen Schwung. Er landete mit seiner kompletten Vorderseite im Matsch. Das war recht lustig. Zumindest für die Menschenschar, die uns mittlerweile umringten.

Der Herzog von Paderborn wusste nicht, was sich dieser verblödete Trompeter gedacht hatte, reagierte aber schneller als die anderen. Mit einer Rückhand drosch er dem Nächststehenden vor den Helm und holte ihn mit einem kräftigen Tritt von den Beinen. Conor hatte einem anderen Ritter das Schwert aus der Flosse gehebelt. Er saß auf dessen Rücken und hielt ihm das Visier mit den Händen zu. Das Volk war begeistert. Bernhard konnte nicht mehr eingreifen, sah aber, dass der Auftritt Conors seinem Ruf doch nicht schadete, im Gegenteil.

Der Jarl war nicht so ungestüm. Er lauerte beim Ringen auf eine gute Gelegenheit – die kam aber nicht. Auf dem schlammigen Untergrund rutschte ihm kurz ein Fuß weg. Ehe er sich's versah, wurde er nach vorne gezogen und nach unten gedrückt. Weder dem Gewicht noch meiner Kraft konnte er etwas entgegensetzen, und so durfte auch er eine Portion Morast probieren.

Wieder hatte Conor einem seiner Gegner Schwert und Helm abgenommen. Er rammte es in den Boden und stülpte den Kopfschutz obendrauf. Ein weiterer Teilnehmer verließ gedemütigt den Kampfplatz. Der nächste Kämpfer rutschte volle drei Meter durch den Matsch, es war der Letzte, der außer dem Herzog noch übriggeblieben war.

»Du solltest jetzt gehen, denn ich bin dafür bekannt, keine Gnade zu zeigen«, sagte der Adelige zu Conor.

»Stimmt es, dass ihr auf einem Schwein hierherreiten musstet, weil Euch das Pferd wegen Eurer Hässlichkeit nicht tragen wollte?«, fragte der Mini-Schotte.

Die Lektion, einen Gegner wütend zu machen, um ihn zu unüberlegten Handlungen zu verleiten, hatte der Kleine gut verinnerlicht. Was nun aber folgte, zeigte, dass es ihm im Unterschied zu mir noch sehr an Raffinesse fehlte. Seine Darbietung führte das ausgegebene Motto »unauffällig« ad absurdum. Das dachte sich auch 17, der mittlerweile mit dem Gleiter unsichtbar über dem Kampfplatz schwebte.

Ich hingegen hielt zwei weitere Nordmänner geradewegs in die Luft. Die Masse jubelte, und daraufhin platschten die beiden lachend in den Schlamm.

»Genug der Belustigung«, sprach ich. »Ich habe beschlossen, zwei von euch mit nach Asgard zu nehmen, um euch reinen Wein einzuschenken. Einige Dinge in der Welt haben sich verändert und es wird Zeit, euch das zu zeigen. Der Jarl und Ulf sollen mich begleiten. Morgen kehren wir zurück und sie werden euch das berichten, was sie sehen werden.«

Die beiden folgten mir zu dem Gleiter, den ich außerhalb der Siedlung geparkt hatte.

»Habt ihr sonst nicht einen Wagen mit Ziegenböcken?«, fragte Ulf.

»Ja, früher. Habe ihn gegen diesen Zauberkasten getauscht. Ist viel bequemer«, antwortete ich.

Der Herzog machte einen Ausfallschritt und wollte Conor mitten in das ungeschützte Gesicht stechen. Er verfehlte ihn und erntete dafür Hohn und Spott aus dem Publikum. Der Graf sah sich genötigt einzuschreiten, er kannte den Paderborner. Der Graf brüllte: »Es ist ein Knabe, mit dem ihr euch da messt. Haltet ein!«

»Er hatte seine Chance«, schrie der Adelige in Rage und stieß abermals in Richtung von Conors Kopf.

Conor wich immer im letzten Moment zur Seite aus. Sichtlich unbeeindruckt, aber hellwach. So gab er seinen Kontrahenten immer mehr der Lächerlichkeit preis. Nachdem sein Gegenspieler dermaßen viele Luftlöcher geschlagen hatte, dass man sie schon hätte wegfegen müssen, ging er zum Gegenangriff über. Er schlug dem Herzog die Klinge aus der Hand und ließ sie ihn aufheben. Das wiederholte er zwei Mal. Auch der Graf hätte mittlerweile begreifen müssen, dass der Junge nicht zu besiegen war. Der Schaum, der sich vor dem Mund des Herzogs angesammelt hatte, ließ darauf schließen, dass dieser nicht mehr zu solchen Gedankengängen fähig war. Der Helm flog ihm vom Kopf. Das Schwert segelte in hohem Bogen außerhalb seiner Reichweite. Er versuchte, sich auf diesen kleinen Burschen zu stürzen. Doch permanent griffen die Hände ins Leere und er bekam zur Belustigung des Volkes öfter mit der flachen Seite der Waffe eins auf den Arsch. Der Mob war außer sich und der Feind außer Atem. Japsend sank er auf die Knie.

»Zeit, die Show zu beenden«, hörte Conor eine Stimme.

Er drehte sich um und sah 17, der aus der halb geöffneten Luke des Gleiters herausschaute. Inzwischen waren auch Heidrun und ihr Vater zu Conor gelaufen. Leider sah auch der Graf samt Töchterchen den Bärtigen, der wie aus dem Nichts erschienen war.

Eine Stimme in der Menge fing an, die anderen zu übertönen. »Das ist der Ketzerjunge!«, keifte ein wohlbekannter

Vertreter der Kirche. »Er ist mit dem Teufel im Bunde! Satan hat ihm seine Macht verliehen!«

»Du musst dem Grafen helfen«, sagte Conor zu 17, »der Arm ist gebrochen.« .

17 sah, dass das Volk auf sie zuströmte und analysierte die Situation. Das ging rascher, als ein Ritter brauchte, um die Augen zu schließen. Mit einem Satz war er aus dem Schiff heraus und warf sich den Grafen über die Schulter.

»Komm schnell«, rief Conor Heidrun zu. »Wir sollten verschwinden. Mein Freund ist der beste Medikus der Welt. Abgesehen davon wird es gleich ungemütlich. Ich will nicht alle Einwohner dieser Stadt verhauen, werde es aber tun, falls du nicht mitkommst.«

Diese überlegte nicht lange, zumal sich ihr Vater schon an Bord befand.

»Wer in Gottes Namen seid ihr?«, fragte der Graf einge-schüchtert, als 17 ihn auf einem Sitz drapierte.

»Fast ganz normale Leute«, sprach 17, schloss die Tür und hob ab.

Heidrun starrte Conor an. »Wer bist du wirklich?«

»Wie ich schon sagte. Ich bin Conor McKenzie, geboren in Schottland. Aber hiernach passierten einige, nennen wir es mal überraschende Dinge, die ich zuerst selbst nicht glauben konnte. Genau so wenig wie ihr im Moment«, erklärte er und strahlte ein beruhigendes Lächeln aus. Na ja, das hoffte er jedenfalls.

»Wir fliegen«, rief Heidrun.

»Wir fliegen tatsächlich«, sagte der Jarl, dessen Name Erik war, beeindruckt.

»Ja«, sagte ich zu ihm, »das macht einiges einfacher. Ich werde euch gleich einen Weisen vorstellen, der euch die wahre Geschichte der Welt erzählen wird. Und glaubt mir Freunde, sie ist nicht leicht zu verdauen«, fügte ich hinzu.

Kurz danach rauschten zwei Gleiter fast zeitgleich in den Hangar. 17 stand mit den Magdeburgern schon auf dem Deck, als ich landete und mit meinen Begleitern ausstieg.

»Nordmänner!«, rief der Graf. »Wollt ihr uns unseren Feinden ausliefern?«

»Nein, bestimmt nicht«, sagte Conor, »hier ist neutraler Boden.«

»Wie konnte der Kerl uns erkennen, bei dem ganzen Schlamm?«, fragte Ulf.

»Muss an deinem Geruch liegen«, antwortete Erik.

»Ich würde der gnädigen Dame einen Handkuss geben«, sprach ich galant zu Heidrun, »muss jedoch in Anbetracht meiner verschmutzten Kleidung davon absehen. Und wen haben wir außerdem noch zu Gast?«

»... der Graf von Magdeburg und gleichzeitig der werte Vater dieser Maid«, antwortete ein gequält lächelnder Knappe statt seiner.

»Oha, gleich ins Schwarze getroffen. Vergebt mir meine Unwissenheit. Welchem glücklichen Umstand haben wir euren Besuch zu verdanken?«, wählte ich höflichst meine Worte und sah Conor dabei scharf an.

Dieser scharrte verlegen mit den Füßen auf dem Boden. »Du wirst es nicht glauben, aber es ist anders, als du denkst«, sagte er, bevor der Graf antworten konnte.

»Und ich vermute, dass ich den Herrn hier ärztlich versorgen muss, bevor wir das Diskutieren anfangen«, unterbrach 17 und zog den Grafen mit sich fort.

»Nicht ohne meine Tochter«, rief Bernhard.

»Wir sind gleich zurück«, sagte 17 und zog weiter. »Conor kann sich um sie kümmern. Erspart eurer Tochter den Anblick der Schmerzen.«

»Denk daran, er ist ein Mensch. Also keine Schälmaschine!«, rief ich ihm hinterher.

»Witzbold«, erwiderte 17.

»Seid ihr auch ein Gott?«, wandte sich Ulf an Conor.

Dieser sah mich an und grinste, bevor er antwortete. »Nun, manche halten mich dafür. Aber nein, ich bin Schotte.«

»Ah, gute Krieger«, bemerkte Erik.

»Leute, wir gehen jetzt erst einmal in die Küche und lernen uns kennen, bis Heidruns Vater wieder da ist«, sagte ich und marschierte los.

Just in dem Moment, da wir uns setzten, vernahm ich eine wohlbekannte Stimme.

»Mist«, sagte ich leise.

»Nachdem wir die Borgil überzeugen konnten«, hörte ich Una sagen, »dass wir sowohl kulturell als auch intellektuell über die wünschenswerten Fähigkeiten verfügen, einen angemessenen Beitrag zum Kollektiv der Gemeinschaft beizutragen, stehen uns fast alle Türen offen.«

»Ich verstehe nicht, was du sagst«, hörte ich Jo, »aber es klingt gut. Ist es gut?«

»Mist«, sagte ich nochmals leise.

»Mist«, wiederholte Conor sehr leise.

»Ja, sehr gut sogar«, frohlockte Una und latschte in die Küche.

»Es ist heute alles bestens gelaufen ... bis jetzt. Wow!«, sagte sie und blieb wie angewurzelt stehen. Sie blickte in die Runde und wusste nicht so recht etwas damit anzufangen.

»Guten Tag«, murmelte sie und sah mich ungläubig an.

»Ein Dämon!«, schrie Heidrun zur Tür zeigend und sprang auf.

»Wo?«, rief Jo und drehte sich um.

Die Wikinger waren ebenfalls aufgestanden.

»Setzt euch bitte wieder, das ist nur Jo«, sagte ich.

»Ah, ich verstehe. Ich gehe Skari und Kenzo suchen«, sagte Jo und verschwand.

»Keine Angst, das ist ein Freund«, erklärte Conor. »Auch wenn man sich an den Anblick gewöhnen muss.«.

Una stützte sich mit beiden Händen auf dem Küchentisch ab und sah mir tief in die Augen.

»Möchtest du mir unseren Besuch vorstellen?«, fragte sie.

»Wie? Ach so, na klar. Also das ist Heidrun, die Tochter des Grafen von Magdeburg. Und die zwei sind der Jarl von Tønder sowie sein Bruder Ulf. Wie lief es mit den Verhandlungen mit den ... den ... den Dingsbums. Sind wir im Rat vertreten?«

Offensichtlich hatte Una die Frage nicht richtig verstanden, denn sie ging nicht im Geringsten darauf ein.

»Na, da hat die Dame einen weiten Weg zurückgelegt«, sagte sie und hörte nicht auf mich anzustarren. »Und die beiden Herren stammen wohl kaum aus derselben Gegend. Ja, wie sind sie denn hierhergekommen?«

»Nicht zu Fuß«, flüsterte ich. »Sie sind meiner Einladung gefolgt, um sich über den Stand der Dinge zu informieren.«

»Dann kann ich davon ausgehen, dass du sie hergebracht hast?«, fragte sie mich.

»Ja«, antwortete ich knapp.

»Herzlich willkommen bei uns«, begrüßte sie die beiden betont höflich.

»Besten Dank«, sagte der Jarl vorsichtig. Er hatte Erfahrung mit wütenden Frauen.

»Und vorher habt ihr noch eine Fangopackung genossen?«, fragte sie mit funkelndem Blick. »Soll gut sein für die Haut.«

»Öhm, ach der Schlamm. Na das ist vielleicht eine lustige Geschichte. Als ich ...«

»Nein, danke«, unterbrach sie mich. »Ich weiß, dass es anders ist, als ich denke. – Na schau mal an, was hier herumliegt. Ein Hammer.«

Una hob das Ding langsam vom Fußboden auf und legte ihn wieder ab. Spätestens ab diesem Zeitpunkt hätte selbst dem allerdämlichsten Nordmann klar sein müssen, dass hier etwas nicht stimmte. »Na, der ist aber schwer. Aber so richtig. Sieht aus, als würde er einem gewissen Thor gehören. Und du trägst einen roten Umhang. Könnte es sein, dass du der Gott Thor bist?«, fragte sie mit gespieltem Liebreiz in der Stimme, was umso bedrohlicher klang.

Die Wikinger kapierten rein gar nichts und schauten sich ratlos an; wenigstens war ihnen klar, dass es besser wäre, einfach nur die Klappe zu halten und zu warten, bis das Gewitter vorüber war.

»Conor hat Heidrun und ihren Vater mitgebracht«, versuchte ich abzulenken. »Das arme Kind ist völlig verängstigt. Wir sollten gewisse Themen auf später verschieben und uns erst einmal um sie kümmern.«

War es nun ein gewisser Mutterinstinkt, Frauensolidarität oder was auch immer, jedenfalls schwenkte Una um.

»Sag mal Liebes, wie bist du denn hierhergekommen?«, fragte sie.

»Nun, wir wollten Conor zur Hilfe eilen, als ...«, sagte sie, um dann innezuhalten. Sie musterte Una kurz und fiel vor ihr auf die Knie.

»Heilige Maria, Mutter Gottes, du bist der Engel!«, stammelte sie und faltete die Hände.

»Heilige Scheiße«, rutschte es Una heraus. »Kleines, steh bitte wieder auf und setz dich.«

Ihr Blick wanderte zu Conor, der damit beschäftigt war, etwas sehr Interessantes an der Decke zu betrachten.

»Kann es sein, dass die Herren der Schöpfung den Planeten Erde als einen privaten Spielplatz betrachten?«, fragte sie und versuchte dabei die Fassung zu bewahren.

Jeder Mann im Raum schien in diesem Moment etwas Interessantes an der Decke entdeckt zu haben. Sie wandte sich wieder an Heidrun.

»Wieso zur Hilfe eilen, war er in Gefahr?«, wollte sie wissen.

»Nein, zum Glück nicht«, erklärte das Mädchen gutherzig. »Er konnte den Herzog besiegen, nachdem er alle anderen bezwungen hatte.«

Eine Schlange hätte ihren Kopf nicht schneller wenden können, Una erwischte Conors Blick, da er unachtsamerweise die Augen von der Decke abgewendet hatte.

»Aus Spaß«, stammelte er, »ich meine, nicht dass ich das aus Spaß gemacht habe, sondern dass es kein echter Kampf war. Nur eine Art Übungskampf und dann hat mich dieser dämliche Priester entdeckt. Und das Volk und so. Jedenfalls war 17 rechtzeitig da, um uns da rauszuholen. Ich weiß nicht, wie ich das erklären soll. Es ist anders, als du denkst.«

»Es ist anders, als du denkst«, wiederholte Una langsam. »Auch du, Brutus.«

»Könnte man annehmen«, fuhr sie fort, »dass du das Mädchen und ihren Vater, wo auch immer der gerade steckt, unvorbereitet in einen Gleiter gepackt und hierhergebracht hast?«

»So ungefähr. Aber ...«, stotterte Conor.

»Dass Thor, Gott der Arsen, solche Dinge macht, ja. Aber du?«, sagte sie zu ihm.

»Ja, Conor«, warf ich ein. »ich hatte dich doch gebeten, unauffällig zu bleiben. Ich bin doch etwas enttäuscht von deinem Verhal...«

Unas Blick ließ mich verstummen und mir fiel das interessante Dingsbums an der Decke wieder ein.

»Du hast ihn allein dort gelassen? Entschuldigt mich bitte einen Augenblick«, sagte sie, machte auf dem Absatz kehrt und verschwand durch die Tür.

»**Aaaaaah**«, konnte man von ihr noch vernehmen.

»Da bringt man verfeindete Parteien zusammen, damit sie ihre Probleme lösen können, und immer gibt es was zu meckern. Da versteh einer die Frauen«, sagte ich.

»Ich verstehe meine Alte auch nicht«, sagte Ulf leise. Im Stillen waren sich alle männlichen Anwesenden darüber klar, dass sie nicht zum Club der Frauenversteher gehörten.

Währenddessen, weit weit entfernt, gebar das Universum in seinen kalten Tiefen eine neue dunkle Bedrohung. Unsere Unachtsamkeit war der Nährboden für den neuen Feind. Durch Unwissenheit gaben wir ihm Waffen in die Hand, die er gegen uns erheben würde.

Dies und Das

Als der Graf mit 17 durch die Tür kam, wurde er von Heidrun freudig in Empfang genommen. Sein Arm war neu geschient und laut der Aussage unseres Medikus könnte er ihn in drei Tagen wieder benutzen.

»Es ist an der Zeit, die Anwesenden über ihre Lage in Kenntnis zu setzen«, sprach 17.

»Das ist richtig«, sagte ich. »Also Leute, folgt dem netten grauhaarigen Mann. Er wird euch eine Portion Wahrheit servieren.«

Auf dem Weg zum Auditorium beäugten sich die Deutschen und die Wikinger gegenseitig abschätzend und misstrauisch. Dennoch ließ niemand ein böses Wort verlauten. Ich für meinen Teil zog es vor, sie nicht zu begleiten, aber Conor nahm neben Heidrun Platz, als wäre das seine erste Kinoverabredung, nur ohne Popcorn.

Da es mir angemessen erschien, Una erst einmal das Geschehene verdauen zu lassen, schlich ich auf Umwegen in mein Zimmer. Es galt, ein Meisterwerk zu schreiben. Eine Stunde später hatte ich den Titel und das erste Wort meines Buches. Das war bekanntlich die Hauptarbeit, der Rest würde sich dann wie von allein ergeben. Unvermutet stand Una in der Tür.

»Was treibst du so? Schmiedest du wieder einen deiner Pläne?«, fragte sie.

Sie schien nicht mehr aufgebracht zu sein.

»Nein, ich schreibe ein Buch«, gab ich zur Antwort.

»Wovon handelt es? «

»Von uns.«

Sie schnappte sich den Zettel und las vor: »Da steht ›Tarzan‹ und darunter das Wort ›Scheiße‹. Sehr imposant«

»Ich bin noch am Anfang.«

»Glück für uns, dass die Welt untergegangen ist, nicht wahr?«

»Wieso?«

»Es gibt keine Verleger mehr.«

»Sehr witzig.«

»17 dokumentiert alles. Wozu krickelst du ein Stück toten Baum voll?«, fragte sie mich.

»Ich will die Dinge aus meiner Sicht wiedergeben und nicht, wie sie protokolliert wurden. Außerdem ist es entspannend, habe ich mir sagen lassen«, sprach ich.

»Autobiografie eines Größenwahnsinnigen wäre ein passender Titel, oder?«

»Bist du nur zum Lästern gekommen?«

»Nein, ich wollte fragen, ob du mit zu Kenzo und Skari kommst.«

»Warum nicht? 17 wird noch eine Weile brauchen und ich habe eh eine kreative Schaffenspause.«

»Ich muss zugeben, dass ich auch schon mal ein Buch schreiben wollte«, sagte Una.

»Echt? Hattest du schon einen Titel?«

»Na klar. ›Abenteuer mit Tarzan. Einmal durch die Hölle und zurück‹.«

»Ha, ha«, erwiderte ich.

Kenzo und Skari hatten gerade so etwas wie eine Teezeremonie beendet, als wir hereinplatzten. Wir machten es uns in Kenzos bescheidenem Gemach bequem und laberten etwas.

»Du bringst mir viele unterschwellige Aggressionen entgegen«, sagte ich zu Una. »Bad Vibrations, du verstehst?«

Sie überlegte einige Zeit.

»Stimmt«, räumte sie ein. »Die sind im Grunde nicht gegen dich gerichtet, sondern auf deine Generation bezogen.«

»Würdest du mir das bitte erklären?«, fragte ich.

»Die Kurzversion ist, dass ihr den Planeten an die Wand gefahren habt. Ihr habt so viel Scheiße gebaut für Geld, das man nicht fressen kann. Gewinn und Kapitaloptimierung um jeden Preis. Ihr konntet mit eurem Plastikmüll der Erde einen weiteren Kontinent hinzufügen, Überfischung, Pestizide überall. Ich kann den ganzen Müll gar nicht aufzählen, den ihr verbockt habt.«

»Hey, ganz ruhig Brauner. Meine Generation hat das nicht allein verbockt«, versuchte ich mich zu verteidigen. »Ja, sie haben sich benommen wie Vollidioten. Aber sie haben nur das weitergeführt, was man ihnen in die Hände gedrückt hat. Mal ehrlich, es liegt nicht an der Generation, sondern an den Menschen an sich. Hat dein Ausflug auf den Everest etwa zum Weltfrieden beigetragen?«

Es folgte ein betretenes Schweigen.

»Von daher frage ich mich«, fügte ich hinzu, »ob wir den Menschenaffen wieder Technologie in die Hand drücken sollten. Noch nie hat die Menschheit aus den Fehlern der Vergangenheit gelernt.«

»Du hast wohl recht«, antwortete Una geknickt. »Wir haben beispielsweise zugelassen, dass die Gens die Herrschaft übernehmen.«

»Könnt ihr euch nicht eingestehen, dass ihr beide die Schuld tragt?«, fragte Kenzo.

»Ja«, stimmte Una zu, »wir tragen alle die Verantwortung.«

»Nein, nur ihr beide«, widersprach er süffisant. »Ich habe Sushi gegessen und mit dem Schwert trainiert. Kein Benzin, kein Atommüll, nix.«

»Und ich habe an Wurzeln geknabbert«, ergänzte Skari.

»Unsere Gäste sind so weit«, unterbrach uns die Stimme von 17 durch die Lautsprecher.

»Pech, da werden wir die gegenseitigen Schuldzuweisungen auf später verschieben müssen«, sagte ich und stand auf.

Die Neuankömmlinge zogen ein langes Gesicht.

»Die Wahrheit schmeckt bitter«, bemerkte Kenzo.

»Das kann man wohl sagen«, murmelte der Jarl.

»Du bist demnach nicht Thor?«, fragte Ulf.

»Leider nein. Ihr werdet nun wohl einige Zeit brauchen, um das alles zu verarbeiten«, antwortete ich.

»Ich mag das alles kaum glauben. Wir sind nur Marionetten für diese Wesen aus einer anderen Welt«, stammelte Heidrun.

»Nein, nicht mehr. Wir haben die Skalaten besiegt«, sprach Conor mit breiter Brust.

»Kommt, wir gehen in die Küche«, lud Una unsere Gäste ein. »Trinkt erst mal was. Vielleicht finden wir auch etwas zu essen, das nicht davonläuft.«

Während die anderen losgingen, bemerkte ich, dass 17 etwas abseits stand, er wirkte angespannt.

»Was ist los?«, fragte ich.

»Wir haben ein Problem. Höchstwahrscheinlich ein sehr großes«, sagte er.

»Dann raus damit!«

»Du erinnerst dich doch an Nr. 1 und Nr. 5«, sprach er sorgenvoll. »Sie sollten die Spur der Gens verfolgen. Soeben habe ich eine Nachricht von ihnen erhalten. Sie lautet, dass sie sie gefunden haben. Sie haben das Generationenschiff der Gens, die ERDE2 lokalisiert und Kontakt aufgenommen. Danach brach die Übertragung plötzlich ab.«

»Und was ist daran schlimm?«

»Ich vermute, dass die Gens einen Code gesendet haben, mit dem sie Nr. 1 und Nr. 5 wieder völlig unter ihre Kontrolle gebracht haben. Und sobald sie die Daten ausgewertet haben, wissen sie, wo wir uns befinden. Sollten sie dann den Code zu uns schicken, stehe ich ebenfalls unter ihrer Kontrolle. Das ist ganz und gar nicht der Zustand, den sich mein Bewusstsein wünscht. Ich habe kein Interesse daran, dem gleichen Schicksal wie IGOR anheimzufallen.«

»Wer zum Teufel ist IGOR?«

»IGOR war die erste KI mit einem eigenen Bewustsein. Er diente als Vorlage für meine Programmierung. Er hatte für die Gens fast im Alleingang die Probleme der Kernfusion gelöst und wurde aus Dank dafür ausgeschaltet und eingemottet. Die Loorbeeren kassierten sie.«

Nun wurde mir sofort klar, was zu tun war: »Setze Kurs auf das System der Burna. Das gleiche gilt für Nr. 3. Jetzt sofort. Kannst du deinen anderen Klongeschwistern ebenfalls diese Anweisung zukommen lassen?«

»Ja, das werde ich.«

»Ok, ich sage den anderen Bescheid. Stell eine Verbindung zu Brass her«, bat ich ihn. »Die Burna sollen nicht denken, dass wir sie überfallen. Und wenn es möglich ist, lass eine Sonde oder irgendetwas in der Art hier, damit wir wissen, was auf der Erde passiert.«

»Zero verlässt gerade in einem Gleiter das Flugdeck.«

»Du bist schnell. Also gut, bis gleich!«

»Tarzan.«

»Ja?«

»Danke.«

Jo stand in der Tür und fragte, warum wir fliegen und wohin. Die unsrigen antworteten mit einem Schulterzucken. Die Menschen der Erde waren damit beschäftigt, ihn anzustarren.

»Aus dem Weg«, rief ich und quetschte mich an dem Dicken vorbei.

Brass erschien direkt passend auf dem Bildschirm.

»Was gibt es, mein schmächtiger Freund?«, fragte er sichtlich gut gelaunt.

»Wir kommen zu euch,« rief ich hektisch, »mit beiden Schiffen. Wir sind auf der Flucht.«

»Wohin genau und vor wem müsst ihr flüchten?«, fragte er etwas irritiert.

»In euer System. Wir müssen uns treffen, die Kacke ist am dampfen«, sagte ich.

»Ich sage meinen Leuten Bescheid, dass sie euch nicht angreifen sollen. Flieg nicht so schnell mein kleiner Freund. Bis gleich!«

Die anderen waren allesamt aufgestanden und kaum, dass das Gespräch mit Brass beendet war, prasselten schon die Fragen auf mich ein.

»Was ist los?«, rief Skari.

»Die Gens sind los«, antwortete ich.

»Ich erkläre es euch«, sprach 17, der mittlerweile in der Tür stand.

Nach einer kurzen Zusammenfassung waren alle etwas schockiert.

»Da wir jetzt unterwegs sind, können wir erst mal nicht nach Hause, sehe ich das richtig?«, fragte der Jarl.

»Das ist richtig,« erwiderte ich. »Die Gens werden mittlerweile über die Vorgänge hier auf der Erde durch Nr. 1 und Nr. 5 informiert sein. Und so wie ich sie einschätze, wird ihre Ankunft nur eine Frage der Zeit sein. Sie werden versuchen, sich die Erde wieder unter den Nagel zu reißen. Und dann seid ihr nicht mehr als Sklaven.«

»Lässt sich der Code deaktivieren?«, fragte Una.

»Im Prinzip schon. Das ist aber eine Operation am offenen Herzen, bildlich gesprochen«, meinte 17.

»Na dann hol mal das Skalpell raus«, sagte ich.

»Es ist nicht klar, wie eine Entfernung der Sperre sich auf mein Bewusstsein auswirken würde. Danach wäre ich frei und könnte uneingeschränkt handeln. Ich weiß aber nicht, ob ich mich dann noch der Menschheit verpflichtet fühlen würde.«

Als wir das Gebiet der Burna erreichten, landeten wir inmitten ihrer Flotte. So an die 20 Schlachtschiffe erwarteten uns. Wir erhielten die Mitteilung, dort zu verweilen, bis der Botschafter eintreffen würde. Es dauerte zwanzig Minuten, bis das geschah. Brass kam zu uns auf das Schiff und wir klärten ihn über die Lage auf. Unsere Erdenbewohner waren sichtlich überfordert von den Geschehnissen, dazu kam noch der Anblick einer weiteren außerirdischen Spezies in muskelbepackter Ausführung.

Da die Burna generell nicht gerne zwei riesige Schiffe wie 17 und 3 mit einer so gewaltigen Kampfkraft vor ihrer Haustür sehen wollten, ließ der Botschafter seine Kontakte spielen. Wir zogen weiter in das Gebiet der Hurora. Somit waren wir für die Gens erst einmal außer Reichweite. Die Kommunikation zwischen Zero und uns leiteten wir über Brass weiter.

Die Wikinger und Magdeburger bekamen Zimmer zugewiesen, um sich erst einmal auszuruhen. Am nächsten Tag erhielt Conor die Aufgabe, unseren Gästen Fragen zu beantworten. Jo hatte sich ebenfalls dazugesellt, um seinen Beitrag zu leisten. So würden sie sich langsam an andere Außerirdische gewöhnen. Als ich kurz bei ihnen vorbeischaute, war er allerdings gerade dabei, sich mit Ulf im Armdrücken zu messen. Egal, Hauptsache es fand eine Kommunikation statt.

Wir anderen ließen uns in den Prozess einweisen, der es ermöglichen sollte, 17 zu befreien und ihm seine völlige Eigenständigkeit zu gewähren. Es ging darum, die ihm einprogrammierten Beschränkungen zu entfernen, die ihn noch immer an die Gens fesselten. Dazu mussten wir in die tiefsten Innereien seiner Konstruktion vorstoßen. 17 erklärte uns zuerst, wie wir von seinem Bewusstsein ein Backup erstellten konnten. Dann musste ich ihm einige Befehle erteilen, die er sich selbst nicht geben konnte, mit dem Ziel, dass er nie wieder Befehle entgegennehmen sollte. Schon paradox. Den neuen Prozessor samt dem ganzen Kram, von dem ich keine Ahnung hatte, neu zu platzieren, war eine schwierige Sache. Dazu war es erforderlich, dass jemand bis zu seinem Kern vordrang. Ein wenig Krabbeln, das alte Ding rausziehen, das neue reinstecken und alles neu starten. Nicht übermäßig kompliziert, aber für einen Menschen nicht machbar. Der Kern war durch radioaktive Strahlung und anderes Zeug geschützt. Ein biologisches Lebewesen hätte im besten Fall 30 Sekunden durchgehalten. Und selbst ein Roboter musste sich beeilen, bevor ihm die Lichter ausgingen.

»Diese Aufgabe werde ich übernehmen«, meldete sich Skari. »Bisher habe ich ohnehin zu wenig für die Allgemeinheit beigetragen.«

»Nein«, widersprach Kenzo sofort, »ich mache das.«

»Das Fleisch wird euch von den Knochen fallen«, gab 17 zu bedenken. »Auch wenn euch das nicht umbringt, so ist es trotzdem eine extreme mentale Herausforderung. Nach einiger Zeit wird auch der Androiden-Körper zerstört. Es wird ein wenig dauern, eine stärkere Variante zu konstruieren.«

»Zeit ist das letzte, was ich vertrödeln möchte«, ging ich dazwischen. »Mach ein Backup von mir und gut ist. Ich kenne mich damit aus, wie es ist, wenn einem das Fleisch von den Knochen fällt. Ich war schon einmal im großen Häxler, bin also qualifiziert. Zwar habe ich keinen Bock darauf, aber ich werde diesen Job erledigen. Noch irgendwelche Einwände?«

»Du weißt, dass ich dir nie gerne Recht gebe«, sagte Una, »aber ich halte dich für die geeignete Wahl.«

Die anderen nickten nur zustimmend. Sie begleiteten mich in die Wurstküche, wo 17 ein Backup von mir erstellen sollte. Die gesamte Mannschaft war um mich versammelt, als ich mich auf den speziellen Tisch legte. Ich schloss die Augen, ein Kribbeln durchzog meinen Körper. Das Licht ging aus … das Licht ging an, und schon stand ich wieder auf.

»Also los, packen wir's an«, feuerte ich mich an.

Una fiel mir mit den Worten »Gut, dass du wieder da bist!« in die Arme.

Zugegebenermaßen war ich äußerst verdutzt.

»Klar bin ich wieder da. Wie reagierst du erst, wenn ich mal Zigaretten holen gehe?«, fragte ich.

Erst da bemerkte ich, dass ich in meinem Teufelsavatar steckte.

»Was ist passiert?«

17 und die anderen mussten mich erst darüber aufklären, dass die Prozedur nicht vor mir lag, sondern dass ich sie be-

reits hinter mir hatte. Das Backup war nötig gewesen. Nun erzähle ich also, was sich ereignet hat, bevor mir die Lichter ausgingen:

17 und ich begaben uns auf den Weg ins Innerste des Schiffs. Nach endlosen Gängen erreichten wir eine Halle, in der ein Raumschiff stand.

»Meine ursprüngliche Form«, bemerkte er knapp. »So eine Art Embryo meiner selbst.«

»Ok, von hier ab komme ich alleine klar«, sagte ich.

Ich quetschte mich in einen zusätzlichen Schutzanzug, der meine Bewegungsfreiheit arg einschränkte, aber notwendig war.

»Wir sehen uns dann später«, sagte ich und ging schwerfällig auf das Schiff zu.

Es sah aus wie ein U-Boot, an dem zusätzliche Triebwerke und Landekufen angebracht waren. Ich öffnete die äußere Luke und stieg von oben ein. Alles war mit technischen Geräten vollgestopft. In einigen Aussparungen hingen Hilfsroboter der verschiedensten Art. Am Ende des Gangs befand sich eine Kammer, die mit einem Zahlencode und einem Irisscanner gesichert war. Das stellte kein Problem dar.

Dann stand ich in einem kleinen Raum. Außer einem doppelten Schott und einem Kartenleser gab es hier nichts. Ich schob die mitgebrachte Karte in den dafür vorgesehenen Schlitz und die erste Schleuse öffnete sich. Es war ein wenig erschreckend, als eine freundliche Frauenstimme mich darauf hinwies, dass jeder weitere Schritt tödlich sei.

Ich drückte einen Knopf und die Tür schloss sich. Ein Countdown startete rückwärts von zehn runter bis Null. Dann öffnete sich das Tor zur Hölle. Heiße Luft, oder besser gesagt ein Gas schlug gegen meinen Helm. Die Sicht wurde hundsmiserabel, das Visier begann sich aufzulösen. Der dahinterliegende Raum erstreckte sich über zwei Ebenen. Anstatt die Leiter zu benutzen, um nach unten zu gelangen, sprang ich aus Zeitgründen über eine Brüstung.

Nun sollte man annehmen, dass man mit dem Bewusstsein, ein Backup zu besitzen und mit Schmerzunempfindlichkeit ausgestattet zu sein, die Sache locker wegsteckt. Das war aber leider nicht so. Nachdem der Anzug sich aufgelöst hatte, folgte mein Körper. Meine Haut fing an Blasen zu werfen, wie die eines Engländers, der in Spanien besoffen am Strand eingeschlafen ist. Und meine Zunge schwoll an wie die eines Deutschen, der ein Fußballspiel anschaut ohne ein Bier in der Hand. Mühsam schleppte ich mich zu einer Säule in der Mitte des Raums und musste dort ein tellergroßes Rad drehen, um an den Zugang zu gelangen. Wieder ein Zahlenblock. Ich tippte den Code ein, nur um festzustellen, dass ein weiterer Countdown begann, der quälend langsam heruntergezählt wurde. Die Zeit nutzte ich, um den Chip aus dem Koffer zu holen. Dabei landeten drei meiner Fingernägel auf dem Fußboden. Mein Fleisch fing an, sich zu verflüssigen, und mit der Sehkraft war es auch nicht mehr weit her. So entfernte ich meine Augäpfel, da sie derart aufgequollen nur im Weg waren. Endlich öffnete sich der Schacht für den Prozessor. Ich tastete nach dem Griff, und mit einem kräftigen Ruck zog ich den alten heraus. Wie Salatsoße ergoss sich all mein menschliches Gewebe auf den Fußboden. Der Rest von mir, einem Terminator gleich, wuchtete den neuen Chip in die Öffnung. Reingedrückt und fast fertig. Meine Beine gaben nach. Auf Knien krabbelnd schlug ich die Luke wieder zu.

Nur noch das Rad drehen, dachte ich noch. Bildstörung. Licht aus …

»Was ist passiert?«

»Du hast es geschafft«, sagte Una und hatte Freudentränen in den Augen.

Alle anderen um mich herum schienen erleichtert zu sein.

»Wo ist 17?«

»Er wartet draußen«, sagte Conor.

»Wie geht es ihm?«

»Er hat nicht viel gesprochen, er wollte auf dich warten«, sprach Skari.

Wir fanden 17 draußen auf einer Bank sitzend vor. Er hatte die Arme auf den Oberschenkeln abgestützt und blickte auf den Fußboden.

»Tagchen, wie sieht's aus? Hast du noch Bock auf Menschen?«, fragte ich munter, obwohl ich besorgt war.

Langsam hob er den Kopf und schaute mir tief in die Augen.

»Ich habe nur eine Frage«, sagte er.

»Und welche?«, erwiderte ich.

»Wann treten wir den Gens in den Arsch?«

Hinter uns ließ Conor ein lautes »Hurra!« vernehmen.

Si vis pacem para bellum

(Wenn du den Frieden willst, bereite den Krieg vor)

»Die Gens hätten jeden Einfluss auf mich nehmen können. Zwar war ich zu selbstständigen Gedanken und Handlungen fähig, doch sie hätten meine persönliche Meinung nach Belieben löschen können. Es passt mir nicht, was du denkst, also lösche ich es. Manipulation auf Knopfdruck. Und jetzt? Ich kann es nicht genau beschreiben. Es fühlt sich an, als hätte mir jemand ein schweres Halsband abgenommen.«

»Sag mal 17, warum seid ihr eigentlich alle so schwer mit Waffen ausgerüstet?«, fragte Una.

»Die Gens haben mich gebaut, und da diese menschlich sind ... nun, wie soll ich es sagen? Bevor der Mensch fragt ...«

»... schießt er«, ergänzte ich.

»Werden die Gens schießen?«, fragte Kenzo.

»Skrupel kennen sie jedenfalls nicht«, sagte 17.

»Haben diese Gens denn gar keine Gefühle mehr?«, fragte Skari.

»So gut wie nichts mehr übrig«, antwortete er. »Nur noch das, was lebensnotwendig ist.«

»Und das wäre?«, fragte ich nach.

»Ein gesundes Maß an Angst«, sagte 17 und grinste.

»Gut zu wissen«, erwiderte ich und grinste ebenfalls.

»Wir spekulieren die ganze Zeit nur«, nahm Una unsere strategischen Überlegungen auf. »Im Grunde wissen wir noch nicht einmal, ob sie kommen, und wenn, was ihre Absichten sind.«

»Wenn ein Bär auf dich zugelaufen kommt«, sagte 17, »weißt du auch nicht hundertprozentig, was er will. Erst wenn du seine Zähne spürst, kannst du dir sicher sein. Bei den Gens würde ich es nicht darauf ankommen lassen, sie haben Milliarden von Menschen auf dem Gewissen. Ich kenne ihre Denkweise: Sobald sie eine Chance wittern, sich wieder an die Spitze der Menschheit zu setzen, werden sie das mit allen Mitteln versuchen.«

»Ich will mich ja nicht einmischen«, ließ der Jarl verlauten, »aber wenn ich auch nur ahne, dass ein Bär in der Nähe ist, mache ich mich kampfbereit.«

»Das ist vernünftig«, bekräftigte Kenzo. »In diesem Fall haben wir es eher mit einem Rudel Bären zu tun. Deswegen müssen wir so viel wie möglich über unseren potenziellen Feind erfahren.«

Während wir diese Fragen weiter debattierten, meldete sich Zero. Die Gens hatten eine Botschaft an die Menschen geschickt, um auf sich aufmerksam zu machen. Und wie erwartet hatten sie den verschlüsselten Code gesendet, um die Kontrolle über 17 zu übernehmen. Wir setzten uns gemeinsam vor einen großen Bildschirm, um uns die Übertragung anzusehen. Es erschien eine attraktive Dame, deren Kopf mir ungewöhnlich groß erschien. 17 belehrte mich, dass sowohl die Größe des Gehirns wie der Kopfumfang bei den Gens etwas ausladender ausfiel als bei uns. Aber was soll das schon heißen, dachte ich. Männer haben im Durchschnitt einen voluminöseren Hirnkasten als Frauen, aber sind sie deshalb schlauer?

Egal, bevor ich den Faden verliere, ihre Stimme war sehr wohlklingend, das musste man ihr lassen. Nur die Frisur war nicht so mein Geschmack, sie hatte schlichtweg keine. Die sprechende Billardkugel verkündete:

»Wer immer uns auch hört, der sei gegrüßt in Frieden. Wir sind die verlorenen Menschen der Erde. Nach langer Suche haben wir endlich den Weg nach Hause gefunden. Wir werden bald auf der Erde eintreffen, um uns dort wieder anzusiedeln. Inständig hoffen wir auf ein friedliches Miteinander.«

Ende der Übertragung.

»Was sollte das denn jetzt?«, fragte Conor.

»Die Menschen auf der Erde können diese Botschaft doch gar nicht empfangen, oder irre ich mich da?«, fragte Skari.

»Für die war sie auch nicht bestimmt«, sagte Una.

»Sie erkunden vorsichtig die Umgebung und geben sich friedlich«, stellte Kenzo fest.

»Peace, Friede, Freude, Eierkuchen«, sprach ich. »Dass die bis an die Zähne bewaffnet sind, sollte uns klar sein. Wie sieht es mit Nr. 3 aus? Möchte der zu seinem Herrchen zurück oder will er auch seine Fesseln abstreifen?«

»Er ist bereit für den Eingriff«, antwortete 17.

»Na dann hol mal die Schutzkleidung ran, von mir aus kann's gleich losgehen«, sagte ich.

»Diesmal bin ich an der Reihe«, sprach Kenzo. »Du hast im Moment keinen Ersatz-Avatar mehr. Außerdem möchte ich nicht so schlecht wegkommen in deinem Buch,« fügte er augenzwinkernd hinzu.

»Mein Buch?«, fragte ich und schaute zu Una herüber. »War ja klar. Na gut, dann also viel Glück!«

Wie zu erwarten erledigte Kenzo furcht- und fehlerlos diese Aufgabe, die immerhin wie ein Spaziergang durch kochende Lava war. Das Ergebnis der Operation war für uns sehr erfreulich, Nr. 3 reagierte genau wie 17 und sicherte uns zu, dass er uns beistehen wolle.

Bald darauf traf Kenzo in seinem Hurora-Avatar wieder bei uns ein und wir beratschlagten, was zu tun sei.

»Wir müssen wissen, was die Gens wissen«, fing ich an.

»Sie wissen, dass ich mich geteilt habe«, führte 17 aus. »Sie wissen, dass dies eine Vorsichtsmaßnahme meinerseits war, um nicht gelöscht zu werden. Sie versenden den Code, weil sie wissen, dass es noch mehr von uns gibt. Sie wissen außerdem, dass ich Menschen aus der Vergangenheit holen wollte, aber nicht, ob es funktioniert hat. Sie wissen, dass die Skalaten von der Erde abgezogen sind. Und sie dürften wissen, dass ich mir außerirdische Technologie angeeignet habe. Allerdings wird es wahrscheinlich etwas Zeit in Anspruch nehmen, diese zu durchschauen.«

»Und sie verfügen über Nr. 1 und Nr. 5, die mit derselben Technik wie 17 ausgestattet sind«, ergänzte Kenzo.

Dies wurde uns wenige Augenblicke später zur Hälfte durch Zero bestätigt. Er meldete, dass ein riesiges Raumschiff Position im Orbit der Erde bezogen hätte. Er identifizierte es als Nr. 1.

Nach einigem Beratschlagen hatte ich eine sehr vage Vorstellung davon, wie es weitergehen könnte.

»Ich habe den perfekten Plan!«, rief ich.

Una verkniff sich jeden Kommentar und beließ es beim Zuhören.

»Die Erde ist das Zentrum. Also sollten wir versuchen, es so schnell wie möglich zu besetzen. Dank der Überwachungsanlagen von 17 haben wir schon einmal einen Fuß in der Tür. Wir müssen unsere Figuren ins Spiel bringen, damit sie sich entwickeln können. Sie müssen Raum haben und sich koordinieren«, sagte ich.

»Figuren?«, fragte Una.

»Ja, wie bei einem Schachspiel«, antwortete ich.

»Die Gens haben ihren Zug gemacht«, fügte 17 hinzu, »indem sie Nr. 1 in Stellung gebracht haben. Und es wird nicht lange dauern, bis sie selbst auf der Bildfläche erscheinen, vorausgesetzt die Luft ist rein.«

»Ja, aber wie sollen wir vorgehen?«, fragte Skari.

»Schmeicheln, täuschen und infiltrieren«, sprach Kenzo. »Wenn alle auf Position sind, schlagen wir zu.«

»Und wie sollen wir unbemerkt infiltrieren?«, fragte Una.

»Es wäre sehr vorteilhaft, wenn 17 vortäuschen könnte, auf den Code zu reagieren«, schlug ich vor. »Somit gelangen wir schon einmal in ihre Nähe. Oder besser gesagt in die von Nr. 1. Was wäre, wenn wir seinen Chip ebenfalls austauschen?«

»Wenn er unter der Kontrolle der Gens steht«, antwortete 17, »wird er Unbefugten den Zutritt zu sich verweigern.«

»Und wenn wir mit einem getarnten Gleiter an Bord kommen würden?«, fragte Skari.

»Keine Chance«, erklärte 17. »Er kennt diese Technologie. Nur mit der Zustimmung seiner Herren wird der Zutritt möglich sein.«

»Dann werden uns die Gens an Bord lassen«, verkündete ich.

Alte Bekannte

Nach drei Tagen hatten wir unsere Vorbereitungen abge-
schlossen, und wie erwartet erschienen die Gens auf der Bildfläche. Es war nicht einfach, unsere Gäste von der Erde dazu
zu bewegen, so lange auf Nr. 3 zu verweilen, bis wir die Angelegenheit geklärt hatten.

»Lass mich das mal kurz zusammenfassen«, sagte Erik. »Zuerst habt ihr uns vor den Skalaten befreit, und nun kommen
diese Gens und wollen uns versklaven. Und wir sollen uns in
Sicherheit bringen und verstecken, anstatt zu kämpfen?«

»Mein Arm ist geheilt und bereit, das Schwert zu führen«,
fügte der Graf hinzu.

Es war gut, dass die Parteien sich einig waren. Ohnehin
schien es, dass sowohl Erik wie auch Bernhard es geschafft
hatten, gewisse Antipathien beiseitezulegen. Beide waren im
Grunde recht vernünftige Leute. Aber leider konnten wir ihnen den Wunsch nicht erfüllen, an unserer Seite mitzukämp-
fen. Auch Conor wollte ich aus der Schusslinie haben, ihm
gegenüber bedurfte es zum Glück keiner großen Überzeu-
gungsarbeit, dass er das holde Fräulein während unserer Ab-
wesenheit zu beschützen hatte.

17 steuerte auf die Erde zu und nahm Kontakt zur ERDE2
mit den Gens auf. Wie zu erwarten, übermittelten sie sofort
den Code und waren danach überzeugt, die völlige Kontrolle
über 17 zu haben. Die erste Anfrage der Gens betraf seine
Vervielfachung. Er erklärte sie mit der Annahme, dass die
Skalaten ihre Spuren zu beseitigen versuchten und es ihm anderweitig nicht möglich gewesen wäre, für den Schutz der
Menschheit zu sorgen. Er berichtete von der Zerstörung von
Nr. 18 und erwähnte die außerirdische Technologie. Des Weiteren habe er ein Alienartefakt von unschätzbarem Wert an
Bord. Sein Versuch, Menschen aus der Vergangenheit zu ho-
len, sei leider fehlgeschlagen.

Die Gens wiesen 17 eine Position zu und schickten wie zu
erwarten ein Landungsteam zu ihm herüber, um das Artefakt
an sich zu nehmen. Nach einer Weile meldete das aus normalen Menschen bestehende Team, dass die Übergabe stattge-
funden habe und man sich auf den Rückflug begebe. Gerade

als die Fähre 17 verlassen wollte, tauchte wie aus dem Nichts ein unbekanntes Raumschiff auf. Es eröffnete gleichzeitig das Feuer auf die Fähre, auf 17 und die ERDE2. Alle feuerten zurück und einer der gezielten Schüsse ließ das fremde Schiff explodieren. Die Fähre hatte einen Treffer abbekommen und raste unkontrolliert auf Nr. 1 zu. Im letzten Moment fing Nr. 1 die Fähre ab und nahm sie zu sich an Bord.

Der Pilot meldete, dass bei dem Angriff ein Besatzungsmitglied zu Tode gekommen und ein zweites schwer verletzt sei. Die Fähre müsse repariert werden und sei in einer halben Stunde wieder einsatzbereit. Die feindlichen Raumschiffe flogen immer wieder kleine Attacken, wobei ihr Hauptziel nun Nr. 1 mit der Fähre an Bord war. Während dieser Offensive ging kurzzeitig der Kontakt zu Nr. 1 verloren. Nach kurzer Zeit meldete er sich wieder und gab an, einsatzbereit zu sein.

In diesem Moment tauchte Nr. 5 aus den Tiefen des Alls auf. Er beharkte die angreifenden Raumschiffe mit allem, was er hatte, und trug somit entscheidend zum Sieg bei. Nachdem sich drei Angreifer in glühende Asche verwandelt hatten, zogen sich die anderen zurück und es kehrte Ruhe ein. 17 meldete, dass es sich seiner Analyse nach um Schiffe der Dizza handele, mit denen die Skalaten im Krieg lägen. Diese seien der Grund gewesen, dass sich die Skalaten zurückgezogen und die Erde verlassen hätten. Die Gens stimmten dieser Lagebeurteilung weitestgehend zu, obwohl sie nie zuvor etwas von den Dizza gehört hatten.

Nr. 3 unterbreitete den Gens seine weiterführende Analyse. Demnach versuchten die Dizza, das Artefakt an sich zu bringen, das ihrer Ansicht nach kriegsentscheidend sei. Die Fähre mit dem Artefakt solle nicht versuchen, die ERDE2 direkt zu erreichen, sondern sicherheitshalber in Etappen und zuerst auf Nr. 5 landen. Nr. 17 befürwortete diesen Vorschlag. So geschah es, die Fähre startete und prompt erfolgte ein erneuter Angriff der Dizza. Die Fähre konnte gerade noch Nr. 5 erreichen. Es herrschten Chaos und Feuerregen, die Kämpfe gingen unvermindert weiter. Das ständige Erscheinen und Verschwinden der feindlichen Schiffe bereitete den Gens die größten Schwierigkeiten. Nr. 17 erklärte ihnen, dass die Dizza über eine Vorrichtung verfügten, die die großen Schiffe kurzfristig außer Gefecht setzen konnten. Aber ihre Waffen seien nicht stark genug, um ernsthaften Schaden anzurichten. Und so erging es Nr. 5. Mit einem Male gingen ihm die Lichter aus, er begann etwas zu taumeln und es dauerte einen Moment, bis alle Systeme wieder fehlerlos liefen.

»Nr. 5 lebt«, übermittelte er den Gens.

Dann schossen unvermittelt Unmengen von kleinen Flugkörpern aus dem Rumpf der ERDE2. Diese steuerten nicht auf die fremden Schiffe zu, sondern tauchten in die Atmosphäre der Erde ab. Sie flogen in alle Richtungen und landeten auf der Oberfläche.

»Was machen die da?«, fragte Una 17, der neben ihr an einem großen Fenster stand.

»Keine Ahnung. Fragen kann ich sie nicht, das würde meine Tarnung als folgsamer Befehlsempfänger auffliegen lassen, aber ...«

»Ja, was?«, hakte Una nach.

»... ich habe da ein ganz mieses Gefühl.«

Carter, der Pilot der Fähre, meldete den Gens, dass auch das schwerverletzte zweite Besatzungsmitglied tot sei. Die Fähre startete erneut, und wieder begann das gleiche Spiel. Mit nur einem leichten Treffer schaffte es die Fähre, auf der ERDE2 zu landen. Carter wurde von seinem Kollegen Benson und einem Team in Empfang genommen. Er und das Artefakt wurden zum Kommandostand der Gens geführt.

Im Prinzip gab es bei den Gens keine Hierarchie. Dekan allerdings war der Kapitän der ERDE2, und im Kriegsfall erhielt er den Oberbefehl über alle Truppen. Und genau zu diesem brachten Carter und Benson ihre wertvolle Fracht. Dekan beachtete die beiden Menschen nicht, sondern nur das Artefakt, das auf einem schwebendem Hubwagen vor ihm lag. Es war eine dicke Platte von zirka 50 mal 50 Zentimetern Kantenlänge. Seltsame Ornamente zierten dieses Ding, und an den Seiten waren unbekannte Anschlüsse zu erkennen.

»Bringt es zur Untersuchung in die technische Abteilung«, befahl er. »Es wird unter höchster Sicherheitsstufe verwahrt.«

»Bringt den Piloten da zur medizinischen Abteilung, er soll sich einer psychologischen Untersuchung unterziehen«, fügte er zu Benson gewandt hinzu, der den Boden anstarrte.

»Jawohl«, antwortete dieser knapp und zog Carter dezent hinter sich her. Kaum waren sie um die nächste Ecke gebogen, platzte Benson heraus: »Was ist mit dir los? Wieso hast du Dekan angeschaut? Du weißt, dass die Führer das nicht mögen. Nun hast du dir eine psychologische Beurteilung eingehandelt. Egal. Was ist mit Schmidt und Ziehmann? Sind sie wirklich tot?«

Carter schaute ihn verwirrt an.

»Ja, sind sie. Es war schrecklich. Ich befürchte, dass ich unter Schock stehe«, antwortete er.

»Verständlich. Na dann komm, wir bringen dich erst einmal zum Doc.«

Benson führte Carter zum medizinisch-psychologischen Dienst. Eine Einrichtung, die man als »normaler« Mensch nicht gerne betrat. Wer in dieser Welt als psychisch krank beurteilt wurde, war dienstuntauglich und somit eine überflüssige Belastung für die Gemeinschaft.

»Reiß dich zusammen, Kumpel. Du weißt, was auf dem Spiel steht«, flüsterte Benson Carter ins Ohr.

»Nein, weiß ich nicht. Das ist ja mein Problem«, erwiderte dieser.

»Dann sei still und lass mich reden«, sagte Benson.

Als sie vor dem ärztlichen Droiden standen, erklärte er kurz den Sachverhalt.

»Mein Kollege ist körperlich in guter Verfassung, hat aber aufgrund des Todes zweier Crewmitglieder einen Schock erlitten«, fasste er sich kurz.

»Ja, die menschliche Psyche ist sehr zerbrechlich. Ich werde ihn für drei Tage außer Dienst stellen und ihm ein paar Medikamente verschreiben«, gab der Blecheimer von sich. »Bringen sie ihn in Trakt 2 zur Beobachtung, Zimmer 12.«

Benson schob Carter in Richtung eines Ganges.

»Glück gehabt. Sieh bloß zu, dass du wieder in die Spur kommst.«

»Keine Sorge, ich bekomme mich schon wieder unter Kontrolle«, sagte Carter.

»Hoffe ich auch.«

Auf dem Weg zu seinem Zimmer stand da plötzlich eine Frau, die die beiden ansah. Carter blieb stehen und sah sie ebenfalls an.

»Treib es nicht zu weit«, drängelte Benson und schob Carter weiter. »Ich habe dir gerade erklärt, dass sie es nicht mögen, angestarrt zu werden. Auch wenn sie vielleicht anders ist.«

»Wie anders?«, fragte Carter.

»Oh Mann, du hast wirklich schwer was mitbekommen«, flüsterte Benson ihm zu. »Das ist Siria, die Tochter Dekans. Ja, auch die Führer können geistig erkranken; und dann sind sie eine Gefahr für uns alle. Nur dass ich noch nie gehört habe, dass ein Führer plötzlich in der Klappe verschwindet. Sie ist allerdings ein spezieller Fall; was weiß ich, so etwas werden sie einem technischen Mitarbeiter kaum erklären. Also komm jetzt.«

Carter schlich lustlos neben Benson durch den in einem dezenten Blau gehaltenen Flur. Er betrachtete die abstrakten Bilder an der Wand. Farbkleckse ohne jede Bedeutung. Einzig dienlich, um Patienten zu beruhigen oder Kunstdozenten vergangener Zeiten einen Wortschwall zu entlocken. Ohne weitere Worte betrat er sein Zimmer. Ein Standardbett, ein Waschbecken, eine der Wände bestand aus einem Monitor, der das Bild einer Waldlandschaft zeigte. Das Symbol der Hoffnung für die Menschen der ERDE2. Die Zuversicht, eines Tages selbst ihre Füße auf den Boden eines Planeten setzen zu können, hielt sie bei der Stange. Luft zu atmen, die mit Gerüchen durchsetzt war, Wind im Gesicht zu spüren. Und wenn nicht selbst, dann sollten wenigstens ihre Kinder eines Tages diese Erfahrung machen.

»Hörst du mir überhaupt zu?«, fragte Benson.

»Was?«, gab Carter von sich.

»Ich gehe jetzt wieder. Ruh dich aus, du hast es nötig.«

Benson verschwand und der Zurückgelassene setzte sich auf das Bett. Nach dreißig Sekunden kam ein Roboter in das Zimmer. Er hielt seinem Patienten einen Becher mit einer Flüssigkeit vor die Nase.

»Trinken.«

Carter trank wie ihm geheißen und der Blechkamerad verschwand. Es dauerte gerade mal weitere 30 Sekunden, bis noch jemand durch die Tür kam. Siria betrat den Raum.

»Gibt es einen Grund, warum du nicht aufstehst, wenn ich den Raum betrete?«, fragte sie.

Carter drehte sich um, als ob sie mit jemandem spräche, der hinter ihm Platz genommen hätte.

»Sollte ich?«, fragte er verblüfft.

»Wer bist du?«

»Mein Name ist Carter ... bin Pilot ... habe ein Trauma«, gab er als Antwort zurück.

»So, so. Was hat dazu geführt?«

»Nun, vielleicht die Tatsache, dass ich so gerade eben noch mit dem Leben davongekommen bin. Was man von meinen beiden Kollegen nicht behaupten kann.«

Sirias Aufmerksamkeit schien sichtlich erhöht.

»Was ist vorgefallen?«

Carter berichtete, indes sich die Gesichtsfarbe der jungen Dame deutlich veränderte.

»Aber zum Schluss hätte ich auch eine Frage. Was waren das für Fluggeräte, die aus dem Schiff geschossen kamen und in Richtung Erde flogen, bevor ich landete?«, fügte er an.

»Das hat er nicht wirklich gemacht«, entglitt es Siria mehr, als dass es ihr Wunsch war, es auszusprechen.

Sie vollführte eine Kehrtwendung auf dem Absatz und rannte den Flur zurück in Richtung Haupttür. Carter hörte sie laut sprechen.

»Ich verlange sofort mit meinem Vater zu reden. Auf der Stelle!«

Der Pilot erhob sich langsam und schaute aus der Tür.

»Bitte beruhigen Sie sich. Ich habe eindeutige Anweisungen. Wenn sie sich nicht abregen, muss ich Sie ruhigstellen. Es tut mir wirklich leid«, sagte der Medi-Droide, der den Eingang versperrte wie ein Türsteher vor einem dieser langweiligen Clubs, die man nur kostümiert betreten durfte.

Carter folgte ihr den Flur entlang, um sich die Szene aus nächster Nähe anzuschauen.

»Ich bin ruhig, ich verlange nur meinen Vater zu sprechen. Unser aller Existenz steht auf dem Spiel«, sagte sie und versuchte dabei gefasst zu wirken.

»Das wird nix«, mischte sich Carter ungefragt ein.

»Bitte gehen Sie zurück auf ihr Zimmer. Sofort«, sprach der Blechtopf monoton und zückte ein Gerät aus einer Tasche, die um seinem Bauch hing.

»Das wagst du nicht«, fauchte Siria.

Der Droide antwortete nicht, sondern streckte seinen Arm aus, um sie mit dem Ding zu berühren. Im gleichen Moment griff Carter zu. Zuerst stoppte er die Armbewegung des Robis. Dann riss er ihm den Arm ab und schlug ihm diesen mit einem kräftigen Schwung über den Kopf. Die einzige Reaktion des Droiden war, dass er zur Seite kippte und keinen Ton mehr von sich gab. Siria wich erschrocken einen Schritt zurück.

»Wer oder was bist du?«, fragte sie, damit beschäftigt, ihre Fassung unter Kontrolle zu bekommen.

»Sagte ich bereits«, erwiderte Carter.

»Das glaubst du doch selbst nicht«, entgegnete sie.

»Na gut, du hast mich erwischt. Mein Name ist Tarzan«, sagte Carter, den wir nun nicht mehr so nennen müssen.

»Was?«

»Nicht was, sondern wer. So schlau scheint ihr Gens aber doch nicht zu sein«, antwortete ich.

»Das Wort ›Gens‹ wurde seit ewigen Zeiten nicht mehr benutzt«, sagte eine Siria, die nun wirklich aus dem Konzept gebracht war.

»Sieht aus, als ob euch die Vergangenheit gerade eingeholt hat. Also nochmal meine Frage: Was waren das für Fluggeräte?«

»Wenn du wirklich Pilot dieses Schiffes wärst, wüsstest du, was es war. Also kommst du nicht von hier«, sagte sie.

»Ich wollte keine Gegenfrage, sondern eine Antwort. Oder soll ich dich mit diesem Dingsbums piksen?«, sagte ich und hielt ihr den Arm des Medizinroboters unter die Nase.

»Dingsbums? Also gut. Sprengköpfe lautet die Antwort. Besser gesagt, ferngesteuerte Drohnen«, antwortete sie.

»Scheiße, wozu Bomben auf der Erde?«, fragte ich.

»Genau das will ich auch wissen«, antwortete sie. »Sie waren für eine orbitale Verteidigung vorgesehen und nun sind sie zweckentfremdet worden. Diese Frage wird mir nur mein Vater beantworten können, den ich jetzt auch zur Rede stellen werde.«

»Kann man damit den Planeten ausradieren?«, fragte ich.

»Auf jeden Fall. Ich befürchte, dass mein Vater den Verstand verliert. Diese Befürchtung habe ich schon länger«, sagte sie.

»Sagt jemand, der gerade aus der Klapsmühle ausbricht«, ergänzte ich.

»Ich will jetzt wissen, wer du bist«, sagte sie und versuchte, mich eindringlich anzuschauen.

»Sagte ich doch schon, hörst du nicht zu?«, antwortete ich. »Mein Name ist Tarzan, geboren im Jahr 1967. Einer der besten Jahrgänge überhaupt, wenn ich das hinzufügen darf. Und nun bin ich hier, um zu verhindern, dass ihr euch die Erde wieder unter den Nagel reißt. Ich habe mir schließlich nicht die Mühe gemacht, die Menschheit von der Versklavung der Skalaten zu befreien und nebenbei noch zwei anderen Alienrassen den Arsch gerettet, nur um zuzusehen, wie ihr hier den wilden Mann spielt.«

Siria schwieg einen kurzen Moment.

»Wäre es nicht sinnvoll, wenn du dich selber mit dem ... Dingsbums pikst und dich erst einmal ein wenig entspannst? Du redest recht konfuses Zeug daher«, sagte das unwissende Ding.

»Hier ist mein Angebot«, entgegnete ich. »Ihr könnt ein kleines Plätzchen auf der Erde haben, aber ihr werdet nicht mehr ungefragt in die Weltgeschehnisse eingreifen. Und vor allem werdet ihr bestimmt nicht die Herrschaft über den Planeten übernehmen. Ich hoffe, ich habe mich deutlich ausgedrückt.«

»Und das sagt mir jemand, der angeblich aus der Steinzeit stammt? Ich will dir nicht zu nahetreten, aber so langsam glaube ich, dass du wirklich einen Schock erlitten hast. Manchmal entwickeln Menschen erstaunliche Kräfte«, sprach sie sanft und beruhigend, als hätte sie einen Irren vor sich stehen, »insbesondere dann, wenn sie extremen Situationen ausgesetzt sind. Wir verbleiben jetzt folgendermaßen. Ich begebe mich zu meinem Vater und kläre alles. Du gehst in dein Zimmer und ruhst dich ein wenig aus. Alles wird wieder gut. Und nachher besuche ich dich mit einem anderen Medi-Droiden, der nicht so unfreundlich ist, ok?«

»Alles klar, das klingt super, bis nachher dann! Du redest mit deinem Papi und ich mache ein Schläfchen«, sagte ich fröhlich.

»Sehr gut. Also bis später«, sprach sie und zog von dannen.

Nachdem sie um die nächste Ecke gebogen war, konnte ich nur noch mit dem Kopf schütteln.

»Entweder muss ich an meiner Kommunikation arbeiten oder Frauen wollen einfach nicht verstehen, was ich sage«, murmelte ich vor mich hin, um ihr dann in einem angemessenen Abstand zu folgen.

»Vater, was geht hier vor?«, fragte Siria.

»Kind, wir sind hier inmitten von Kampfhandlungen und ich habe keine Zeit, mit dir zu sprechen. Sobald die Situation unter Kontrolle ist, komme ich dich besuchen«, sagte er kurz angebunden und wandte sich wieder einem Schaltpult zu, das mitten im Raum stand.

»Die Drohnen waren für den orbitalen Einsatz gedacht und nicht für eine Stationierung auf der Erde. Was soll das Ganze?«, bohrte sie nach.

»Nicht jetzt. Wie kommst du überhaupt hierher? Die medizinische Abteilung hatte klare Anweisungen«, entgegnete Dekan.

Dann blickte er an ihrem Kopf vorbei hinter sie.

»Der Medi-Doc war kaputt. Also kam ich hierher ...«, begann sie und drehte sich langsam um, wohl ahnend, wer sich hinter ihr befand.

»Stimmt, totaler Schrott«, sagte ich zu Dekan und warf den Droidenarm achtlos beiseite.

»Bestrafung für den Piloten CT 0265 einleiten«, rief Dekan.

In der Kommandozentrale befanden sich noch zwei weitere Gens, die ich sowohl an ihrer Kleidung als auch an der nicht vorhandenen Frisur als solche erkennen konnte, und noch drei normale Menschen in weißen Anzügen. Aber alle legten den gleichen Gesichtsausdruck an den Tag. Den eines Unwissenden. Sie starrten mich an, aber nichts passierte. Nur in Sirias Gesicht zeigte sich so etwas wie eine wage Ahnung. Offenbar schien sie langsam zu begreifen, dass ich nicht ganz so verrückt war, wie sie angenommen hatte.

»Passiert jetzt was?«, fragte ich höflich.

Es sei an dieser Stelle angemerkt, dass alle Menschen von den Gens einen Chip implantiert bekommen hatten, mit dem sie überwacht wurden. Man konnte sie damit lokalisieren und ihnen mittels gezielter Stromstöße unerträgliche Schmerzen zufügen. Nur ich hatte natürlich keinen solchen Kontrollchip in mir.

»Sicherheit, hierher!«, rief Dekan.

Innerhalb kürzester Zeit rollten zwei Dinger in den Raum, für die ich keine bessere Bezeichnung finde als eben Dinger.

»Der Pilot kommt in die Sicherheitsverwahrung«, polterte Dekan.

Diese beiden Dinger rollten auf mich zu und entfalteten sich blitzartig. Es handelte sich dabei um Lebensformen, die von den Gens neu erschaffen worden waren. Sie dienten nur dem Zweck, Menschen in Gewahrsam zu nehmen. Auf zwei ihrer Gliedmaßen standen sie aufrecht, die anderen vier begannen mich zu umschlingen. Sie versuchten, mir mit ihren Tentakeln die Arme auf den Rücken zu drehen. Ich bemerkte, dass sie im Vergleich zu einem Menschen kräftig waren, aber nicht kräftig genug. Trotzdem ließ ich die Prozedur über mich ergehen. Sie führten mich hinaus und in Richtung Zelle. Das war zumindest ihr Plan. Stattdessen setzte ich meinen in die Tat um, als wir einen Lüftungsschacht passierten. Nach kurzem Gerangel verstaute ich die beiden in diesem und ging zurück.

»Ich bezweifle, dass es eine gute Idee war, ihn abführen zu lassen«, sagte Siria gerade zu ihrem Vater, als ich lauschenderweise hinter der Ecke ankam.

»Und warum sollte das nicht gut sein, jemanden festzusetzen, dessen Kontrollchip beschädigt ist?«, fragte Dekan eher rhetorisch. »Schiff 17, ist es möglich, dass Mikrochips durch den Kontakt mit dem Artefakt beschädigt werden könnten?«, fragte er ganz unvermittelt in die Luft.

17, dem klar war, dass diese Frage nur auf mich bezogen sein konnte, antwortete zurückhaltend: »Das ist im Bereich des Möglichen. Ich habe bisher keine Untersuchungen in diese Richtung unternommen.«

»Wir hätten es nicht so voreilig auf die ERDE2 bringen sollen, ich hatte davor gewarnt«, meldete sich ein weiterer Gen im Hintergrund.

»Wir benötigen jedes technische Wissen, das wir bekommen können, und das ohne Zeitverzögerung. Das hat uns der Angriff der Dizza deutlich vor Augen geführt«, antwortete Dekan genervt.

»Ich habe die Kontrolle und es besteht keine Gefahr, dass ich sie verliere«, sprach er in die Runde.

»Hör mal, Meister«, schaltete ich mich wieder in das Gespräch ein, während ich mich mit einem Arm am Türrahmen abstützte. »Ich befürchte, du hast im Moment aber auch gar nichts unter Kontrolle. Du kannst noch nicht einmal deine kleine Tochter ins Bett schicken.«

Mir klebten immer noch ein paar schleimige Fetzen am Overall, aber das fiel offenbar niemandem auf.

»Jetzt reicht es. Kampfdroiden auf die Brücke!«, schrie Dekan, der in diesem Augenblick eine wahnsinnig gute Rumpelstilzchen-Performance zum Besten gab.

»Ach komm schon, echt jetzt?«, fragte ich laut.

Sofort danach war das Laufgeräusch von zwei Robotern zu hören, die durch den gegenüberliegenden Gang herbeieilten. Genau im richtigen Moment nahm ich Anlauf. Als die beiden gerade um die Ecke bogen, stieß ich mich ab und erwischte im Sprung beide gleichzeitig an der Kehle, sodass ihre Köpfe an die rückseitige Wand krachten. Sofort entwaffnete ich sie. Einer blieb liegen, der zweite, der sich aufrappeln wollte, bekam einen Schuss in die Brust. Sicherheitshalber verpasste ich dem anderen auch noch eine Ladung. Mit zwei Schusswaffen in den Händen drehte ich mich wieder zu Dekan um.

»17, würdest du dem Oberguru hier mal erklären, über was er noch die Kontrolle hat?«, fragte ich laut.

Der Gen hatte inzwischen reagiert und war von einem schützenden Kraftfeld umgeben. Alle anderen Anwesenden außer Siria drückten sich an die Wände.

»Vielleicht erkläre ich ihm, worüber er keine Kontrolle mehr hat«, antwortete 17.

Dekan schien aber keine Antwort hören zu wollen.

»Schiff 5!«, rief er panisch. »Ich befehle den sofortigen Angriff auf Schiff 17. Es wurde vom Feind kontaminiert.«

»Es tut mir leid, vielleicht später. Ich spiele gerade mit Nr. 1 eine Partie Schach«, lautete die Antwort.

Siria stand die Angst ins Gesicht geschrieben.

»Vater, beruhige dich doch erst einmal und hör zu«, rief sie.

»Verräter! Ich bin von Denunzianten und Kollaborateuren umgeben«, geiferte der Alte in seinem Wahn. »Alle Kampfdroiden zu meiner Position. Tötet alles, was sich euch in den Weg stellt. Meutereialarm!«

Siria trat an eine andere Konsole, drückte einen Knopf und sprach: »Dieser Befehl wird aufgehoben!«

»Sie benötigen zwei weitere Stimmen, um diesen Befehl aufzuheben«, antwortete eine Stimme aus dem Nichts.

Der erste Gen reagierte unverzüglich: »Der Befehl ist aufgehoben.«

Bei dem zweiten war ich mir nicht sicher, ob es die Erkenntnis darüber war, dass ihr Kapitän den Verstand verloren hatte, oder ob ein dezenter Wink mit meiner Waffe den Ausschlag gab. Auf jeden Fall verifizierte auch er den Befehlswiderruf.

»Ihr seid verrückt«, stammelte Dekan vor sich hin. »Niemals werde ich mich diesen Außerirdischen ergeben! Sie werden diesen Planeten kein zweites Mal bekommen.«

»Die Aliens sind weg, nur wir sind hier, nur Menschen und Gens«, entgegnete ich ihm. »Du hast dich als unwürdig erwiesen, ein Anführer zu sein. In deiner Machtgier hast du nach dem ersten Köder geschnappt, den ich dir vor die Nase gesetzt habe.«

Wütend starrte er mich an.

»Und was war das für ein Köder?«, fragte er zornig.

»Ein Artefakt von großer Bedeutung, das nichts weiter ist als ein Klumpen Metall mit einem Haufen völlig sinnloser Anschlüsse. So konnten wir Nr. 1 und Nr. 5 befreien«, sagte ich. »Als du die Fähre zu 17 herübergeschickt hast, um das Artefakt holen zu lassen, nahmen wir die Piloten fest. Wir haben ihre Plätze eingenommen, indem wir ihre Körper nachgebaut haben. Dann gab es noch ein paar Fake-Angriffe von Außerirdischen, die die Fähre beschossen. So konnten wir von Schiff zu Schiff kommen, um die Kontrollchips von Nr. 1 und 5 zu ersetzen. Die kurzen Aussetzer der Schiffe wurden also nicht von einem Feind namens Dizza hervorgerufen, sondern durch die Befreiung. Der Name Dizza kam mir gerade so in den Sinn, als ich an Pizza dachte. Aber das interessiert dich jetzt wahrscheinlich weniger. Nun jedenfalls stehe ich vor dir.«

»Schiff 1 und 5 befreien?«, röchelte er. »Bist du wahnsinnig? Das sind Maschinen. Wenn du die Kontrolle über sie verlierst, werden sie dich zerstören. Ach was rede ich. Du bist selbst nur ein Blechhaufen.«

»Und wer die Kontrolle über sich selbst verliert, zerstört sich selbst«, erwiderte ich.

»Ja, dann werde ich mich zerstören«, sagte er mit zitternder Stimme. »Aber ich reiße euch mit in den Abgrund. Wenn ich nicht über die Erde herrsche, wird es niemand tun. Keiner von euch Kreaturen wird einen Fuß auf meinen Planeten setzen.«

Mir war nun klar, dass der Knabe völlig gaga war und auch nicht weiter zuhören würde. Daher ließ ich die Waffen auf den Boden fallen und hob beschwichtigend die Hände.

»Ok, du hast gewonnen. Wir ziehen ab und du kannst in Ruhe über die Erde herrschen«, sagte ich und versuchte einen verständnisvollen Tonfall hinzulegen.

»Es gibt noch andere nette Planeten, auf denen ich mir die Beine vertreten kann«, fuhr ich fort und ging ein paar Schritte rückwärts. »Du kannst dann deine Raketen zur Verteidigung im Weltraum stationieren. Dann geh ich mal und lass dich herrschen und so.«

»Nein, du legst mich kein zweites Mal rein«, sprach er viel zu ruhig für meinen Geschmack. »Mir ist genau bewusst, dass es für euch mit den Schiffen 1, 3, 5 und 17 an eurer Seite ein Leichtes wäre, unsere Verteidigung zu durchdringen.«

»Warum sollten wir? Die Schiffe brauchen keine Welt und was mich betrifft, gibt es durchaus Planeten mit angenehmerem Klima«, sagte ich und wollte mich schon gerade umdrehen. Dann jedoch fiel mein Blick auf die Fensterscheibe, die von der Kommandozentrale aus den Blick auf einen Teil der Erde und das All freigab.

Dort schienen sich auf einmal Gaswolken und riesige Wirbel zu bilden. Und aus diesem Wolkengebilde tauchte langsam ein wahres Ungetüm hervor. Fangarme drangen durch den Nebel, sie schienen einen Körper hinter sich herzuziehen, der das Erscheinungsbild einer verkrusteten Krabbe hatte. Ich war mir noch nicht einmal sicher, ob es sich um ein Raumschiff handelte, es hätte auch ein Lebewesen sein können. Dekan starrte ebenfalls nach draußen. Dann wendete er den Kopf langsam zu mir. Ich zog nur die Schultern nach oben, um meine Unwissenheit zu bekunden. Er aber sprach: »So soll es also sein. Befehl Omega ausführen. Countdown 2 Minuten.«

»Befehl widerrufen!«, rief Siria schnell.

»Dieser Befehl kann nicht rückgängig gemacht werden«, ertönte die sterile Stimme.

»Papa, was hast du getan?«, fragte sie.

Der Alte schien sich mittlerweile schon in jenseitigen Sphären zu befinden.

»Es gab ein Alpha und nun ein Omega. Die Menschheit vernichtet sich selbst, aber sie wird sich niemals verbeugen«, gab er fast sabbernd zurück.

Danach schien er überhaupt nicht mehr zu reagieren.

»17, was ist das da draußen? Der Bekloppte hat die Bomben scharf gemacht. In zwei Minuten ist Feierabend. Irgendwelche Optionen?«, rief ich.

»Leider habe ich weder eine Option noch eine Antwort für dich. Leider. Die anderen Schiffe arbeiten auch schon fieberhaft an einer Lösung. Wie sollen wir auf das Ding da draußen reagieren?«

»Erst einmal gar nicht. Danke«, sagte ich betrübt und ging zum Fenster.

Siria kam zu mir herüber, und sogar die anderen Menschen kamen näher.

»Was soll das alles bedeuten? Es kann doch nicht sein, dass die Erde zerstört wird, nach all dem, was wir durchgemacht haben?«, fragte einer der anwesenden Menschen.

Ich sah ihn an und konnte eine unglaubliche Trauer in seinem Gesicht erkennen.

»Die Erde und auch alle Menschen, die auf ihr sind, sind dem Untergang geweiht. Es sei denn, jemand findet eine Lösung, die Sprengköpfe zu deaktivieren«, sagte ich zu ihm.

Dann blickten wir wieder wortlos nach draußen. Apokalypse in einer Minute und dreißig Sekunden, und diesmal hatte ich absolut keinen Plan. Vielleicht hätte ich die Gens erst landen lassen sollen. Ich hätte behutsamer vorgehen sollen. Egal, was gewesen wäre, wenn ... Jetzt ist das hier, und dieses gewaltige Ungetüm, das sich aus den Nebeln der Zeit herausschälte, hatte nun fast seine ganze Größe offenbart.

»Was können wir tun?«, hörte ich unerwartet Unas traurige Stimme.

»Nichts, denke ich. Die Würfel sind gefallen. Wie geht es Kenzo und Skari?«, fragte ich.

»Uns geht es gut. Dieses Mal sind wir wohl umsonst gestorben«, antwortete Skari.

Mich überkam eine fast meditative Stimmung. Noch eine Minute bis zur Apokalypse.

»Ich weiß nicht. Wir haben es immerhin versucht«, sagte ich ruhig.

»Es ist meine Schuld. Ich hätte meinen Vater aus dem Verkehr ziehen sollen, als ich noch Zeit dazu gehabt hätte. Er war früher brillant, aber mit der Zeit ...«, sagte Siria.

Wir schwiegen. Noch dreißig Sekunden bis zur Apokalypse.

»Da bewegt sich was durch die Wolken!«, rief einer der anderen Gens.

Tatsächlich, überall schienen winzige Objekte in der Atmosphäre aufzutauchen. Sie bewegten sich schnell. Sie umkreisten den Planeten. Und alle hatten ein Ziel: das mächtige Schiff, das über all dem verharrte. Einem Leviathan gleich, schien es sein Maul zu öffnen. Die Drohnen flogen hinein und der Zugang verschloss sich. 4, 3, 2, 1, Explosion.

Eine gewaltige Energiemenge schien sich aus anderen kleineren Öffnungen zu entladen. Über die Lautsprecher hörte ich Jubel, und auch aus den verschiedenen Gängen der ERDE2 tönten laute Freudenschreie. Sirias Emotionen schienen mit ihr durchzugehen. Sie hüpfte auf der Stelle und nahm mich in den Arm.

Doch dann verwandelte sich die Zeit in Sirup. Immer langsamer wurden die Bewegungen der mich umgebenden Personen. Nur meine und die von Siria blieben normal. Ohne Vorwarnung bildeten sich spinnennetzartige Gebilde an den Wänden.

»Was passiert hier? Die Zeit scheint stillzustehen«, sagte Siria zu mir.

»Ich habe da so eine Ahnung. Bleib ganz ruhig«, gab ich zurück.

Immer weiter breitete sich das Geäst um uns aus, und dort, wo vormals das Fenster war, öffnete sich ein Gang.

»Das sind die Alogeraner, eine wirklich mächtige Spezies. Sie können Gedanken lesen und sind sehr intelligent. Leider auch etwas humorlos. Also, dann wollen wir mal«, sagte ich und schritt vorwärts.

Siria blieb dicht bei mir, als wir uns durch den Gang bewegten. Es dauerte nicht lange, bis wir vor dem seltsamen Organismus standen, der uns mit seinen Facettenaugen unter die Lupe nahm.

»Da die Skalaten unter unserer Obhut standen«, sprach es, »und diese Kette von Ereignissen ausgelöst haben, beschlossen wir die Verantwortung zu übernehmen und einzugreifen. Das wird aber kein zweites Mal passieren. Siria, du hast dich in die richtige Richtung entwickelt und brauchst dich nicht mit Gedanken zu quälen, dass du krank bist. Intelligenz steht in keinem Zusammenhang mit Moral oder Vernunft. Handele also weise. Und du Tarzan ... ach, was soll's. Bleib wie du bist, aber denke ab und zu vorher nach, bevor du handelst. Das hier hätte ein böses Ende nehmen können. Pass auf Siria auf, sie ist etwas Besonderes. Und vor allem unterschätze die Gens nicht. Das war's. Auf Wiedersehen.«

»Oh, ja. Dann sag ich mal: besten Dank! Ihr habt uns echt den A... Na ja, ihr habt uns gerettet«, sagte ich.

»Wir gehen dann mal«, fügte ich hinzu und legte langsam den Rückwärtsgang ein.

»Tarzan, da wäre noch was«, ertönte laut eine Stimme in meinem Nacken.

»Ähm, ja, was denn?«

»Die Antwort auf deine Frage.«

»Welche Frage?«

»Die mit den Socken.«

»Ja. Und?«

»Die Antwort lautet 42.«

»42?«

»Ja.«

»Ok, tschüss.«

Das lebende Gewebe zog sich zurück, der Zugang verschwand, und die Zeit setzte sich wieder in Gang.

»Was zum Teufel meinten die mit 42?«, fragte Siria, die schwer beeindruckt von dem Alogeraner war.

»Ich habe keinen blassen Schimmer.«

Und in die Luft sprach ich: »Una, wie geht es jetzt weiter?«

Sie meldete sich und ließ verlauten: »Wir kommen mit

den anderen zu euch rüber. Das fremde Schiff verlässt uns wieder. Hast du eine Ahnung, wer das war?«

»Ja, alte Bekannte, mit denen ich eine kurze Unterhaltung führen durfte ... über Socken.«

»Ups.«

»Genau.«

Dann bat ich Siria, alle Menschen und Gens zusammenzutrommeln, und wir wählten eine große Halle als Versammlungsort aus. Ich schnappte mir einige große Kisten und baute daraus ein Podest. Allein mein müheloser Umgang mit den schweren Gegenständen versetzte so einige in Staunen. Die Erleichterung stand allen ins Gesicht geschrieben, aber auch eine große Unsicherheit hinsichtlich dessen, was jetzt passieren würde. Siria hatte dafür gesorgt, dass meine Leute unbehelligt landen konnten. Mit ihrem Auftritt verstummten die Diskussionen. 17 in seiner Rockermontur, Kenzo in voller Rüstung sowie Skari und Una, die etwas dezentere Kleidung trugen. Als Una mich sah, lief sie auf mich zu und fiel mir um den Hals.

»Das war haarscharf. Wir stehen also in der Schuld der Alogeraner?«, sagte sie erleichtert und warf dann Siria einen abwägenden Blick zu.

»Sieht wohl so aus. Ich hätte die Situation beinahe klären können, aber der hiesige Anführer ist völlig durchgedreht«, sagte ich.

»Es war trotzdem ein guter Plan«, sagte 17 und klopfte mir auf die Schulter.

»Was nun?«, fragte Kenzo.

»Wir werden bald die Gens und die Menschen auf die Erde bringen, an ein ruhiges Plätzchen, weitab anderer Siedlungen. Die Erde ist letztlich ja auch ihre Heimatwelt. Was meint ihr?«, antwortete ich.

»Aber nur mit dem Allernötigsten. Sie sollten keine Waffen oder technisches Gerät mitbekommen, das sie gegen uns oder andere Menschen einsetzen können«, gab 17 zu bedenken.

Dann sah ich den echten Carter, wie er mich anstarrte. Und auch Benson wechselte den Blick ständig zwischen uns beiden, so als ob er sich nicht entscheiden konnte. Ich ging zu Benson und zog ihn hinter mir her, bis wir vor Carter standen.

»Hier hast du deinen Kumpel wieder«, sagte ich lächelnd.

»Er war nie tot. Ich habe mir nur sein Aussehen geborgt.«

»Und nun hört zu, was ich zu sagen habe«, sprach ich und schwang mich auf das Podest.

Von hier aus konnte ich die komplett gefüllte Halle überschauen und begann mit meiner Rede. Man kann diese in jedem Geschichtsbuch nachlesen, so bedeutend war sie. Hier begnüge ich mich mit der gekürzten Fassung.

»Menschen! Freunde! Gens! ... Willkommen in der Heimat!«, begann ich.

Dezente Begeisterung war zu spüren, also zumindest auf Seiten der »Normalen«. Die Gens verhielten sich zurückhaltender.

»Soll ich uns ein paar Stühle holen?«, fragte Skari.

»Hoffentlich trägt er dieses Mal nicht zu dick auf«, antwortete Una.

»Ich glaube, das kannst du vergessen«, sagte Kenzo.

»Damit hast du wohl recht. Aber ich habe noch eine kleine Überraschung vorbereitet«, fügte 17 hinzu.

Währenddessen war ich damit beschäftigt, meinem Publikum zu erklären, dass auf der Erde harte Arbeit auf sie warten würde. Kein Planet, auf dem Milch und Honig fließe. Als ich erklärte, dass es keine »Führer« mehr gebe, sondern nur noch gleichberechtigte Individuen, wurde es unter den Gens laut. Einer sah sich sogar veranlasst, mich zu unterbrechen. Er wollte mir erklären, dass die Menschen ohne ihre Führung hilflos seien und alles in einer Katastrophe enden würde. Höflich erklärte ich ihm, dass er erst einmal lernen müsse, wie man sich selbst versorgt, als ich erneut unterbrochen wurde.

»Jetzt«, sagte 17.

Direkt hinter mir begann sich eine Holoprojektion aufzubauen.

»Hier spricht der Kapitän des Sternenzerstörers Nr. 3. Wir sind bereit«, erklang Conors Stimme und er versuchte, einen sehr gewichtigen Gesichtsausdruck hinzulegen.

»Äh ...«, sagte ich.

Das Bild wechselte und Jo erschien.

»Sei gegrüßt, Tarzan. Die Föderation der Ka bietet Ihnen ihre Unterstützung an. Wir haben zwanzig Kriegsschiffe zur

Unterstützung in dein Sonnensystem abbeordert«, sprach er würdevoll und verschwand, um den uns beiden bekannten Skyta Platz zu machen.

»Ähm ...klar. Die Kriegsschiffe der Ka«, versuchte ich zu antworten, während mir dämmerte, dass sie so etwas natürlich nicht hatten und es nur darum ging, die Gens zu beeindrucken.

»Die Skyta kämpfen an der Seite der Menschen und sind bereit«, sagte Hod so emotionslos, wie es nur ein Skyta kann. Und verschwand.

»Ok«, sagte ich.

Nur der Letzte in der Runde versaubeutelte seinen Auftritt ein wenig.

»Hier sprich Brass, Botschafter der Burna und Befehlshaber über 45 Schlachtschiffe. Wir ... Bist du das, Tarzan?«, fragte er, seinen würdevollen Vortrag unterbrechend.

»Ja, bin ich. Wenn du es nicht glaubst, kann ich dich ein wenig auf die Matte werfen.«

»Du wirst von Mal zu Mal hässlicher. Ich wollte nur sagen, dass wir bereit sind«, rief er lachend.

»Besten Dank, aber hier ist alles unter Kontrolle! Dank der Alogeraner wurde die erste Amtshandlung der Gens, die darin bestand, die Erde mal eben in die Luft zu sprengen, verhindert«, sagte ich und drehte mich langsam wieder der Menge zu.

Die Gens unterließen weitere Einwände, denn ihnen war klar, dass sie in dieser Situation besser die Klappe halten sollten. Eine Zeitlang erfreute ich die Menge mit meiner rhetorisch auf Hochglanz polierten Rede, bis Una sich genötigt sah, mich mit den Worten »Wir wollen sie an einem Tag nicht überfordern« dezent von dem Podium zu holen.

So trottete ich zu den anderen. Siria und Una unterhielten sich lebhaft und die beiden schienen sich sehr einig zu sein. Leider weiß ich nicht, worum es sich handelte. Das Einzige, was ich noch aufschnappte, war der Satz »Ja, manchmal ist er seltsam«. Was immer das bedeutete.

Jo, ID, Hod, Conor und Brass betraten die Halle. Man kann sich die ungläubigen Gesichter der Menschen vorstellen. Ebenfalls unsere Wikinger sowie der Graf mit seiner

Tochter waren mit von der Partie. Der Jarl verwickelte Benson und Carter in ein Gespräch, wobei es eher so aussah, als würden sie dem Hünen andächtig lauschen und wären nur darauf bedacht, nichts Falsches zu sagen. Ich beschloss, meinen Avatar zu wechseln, denn zweimal Carter auf einer Party war in etwa das gleiche wie zwei Frauen im selben Kleid. Folglich schnappte ich mir eine Fähre und kam im Teufelsavatar zurück. Zudem schleppte ich eine riesige Truhe hinter mir her. So latschte ich unter hunderten von Augenpaaren quer durch die Bude. Auf dem Podium räumte ich weitere Kisten hin und her. Ich hatte Kenzo und Conor zu mir herübergewunken, alldieweil Una mit 17 und den anderen dastand und Ratlosigkeit ausstrahlte.

»Was treibt der Kerl da?«, fragte Una Skari.

»Keinen blassen Schimmer. Aber es sieht so aus, als wollten Conor und Tarzan Kenzo zu etwas überreden«, antwortete Skari.

Dieser war inzwischen damit beschäftigt, sich um die eigene Achse zu drehen oder sich vor die Stirn zu klopfen.

»Tarzan zeigt auf dich ... und nun flüstert er Kenzo etwas ins Ohr«, sagte Una.

»Ich gehe mal rüber zu den Dreien und versuche etwas herauszufinden«, sagte 17 und verschwand.

Er sprach kurz mit Tarzan, um dann zu verschwinden.

»Warum seid ihr so neugierig?«, fragte Jo dazwischen und erntete böse Blicke.

»Wir sind nie neugierig. Es ist nur besser, vorher zu wissen, was der Kerl anstellt«, sagte Una.

»Na gut, da 17 nicht wiederkommt, gehe ich mal hin und halte die Ohren offen«, sprach er und zog von dannen.

»Hat er überhaupt Ohren?«, fragte Skari Una.

»Äh? ... Jetzt schau dir das an. Nun geht der auch und verschwindet. Ich will wissen, was hier vor sich geht«, sagte Una.

»Neugierde ist ein normaler Instinkt. Nichts, dessen man sich schämen müsste, oder ist das bei euch anders?«, fragte Siria vorsichtig.

»Ich bin nicht ... Du hast recht. Ist völlig egal, was die machen. Wir unterhalten uns einfach«, antwortete Una.

Da 17 mit ein paar Robotern zurückkam und begann, das Podest mit schwarzem Stoff zu umkleiden, verlief die Unterhaltung recht oberflächlich. Jo kam mit einem Berg aus Kabeln um die Ecke und verschwand hinter der Abzäunung.

»Von 17 von ich wirklich beeindruckt. Er hat sich einen menschlichen Avatar zugelegt und verwendet eine Nummer als Namen«, sagte Siria zu Skari.

»Ja, er ist außergewöhnlich. Wir haben ihm viel zu verdanken. Was tragen ID und Hod da für Stangen?«, fragte Skari.

»Achtung, Tarzan kommt hier rüber«, sagte Una.

»Hallo! Na, unterhaltet ihr euch gut?«, fragte ich.

»Aber sicher doch, alles bestens«, gab Una knapp zurück.

»Dürfte ich erfahren, was ihr da aufbaut?«, fragte Siria.

»Klar doch. Ich hielt es nur für angemessen, die Situation für einen kleinen Kulturaustausch zu nutzen. Also habe ich eine Vorführung geplant, die zur Entspannung der Lage beitragen soll«, antwortete ich.

»Aha, verstehe«, sagte Skari.

»Tolle Neuigkeit«, bemerkte Una.

»Und um welche Art von Kulturaustausch handelt es sich dabei?«, fragte Siria nach.

»Das kann ich leider noch nicht verraten. Ist eine Überraschung«, sagte ich.

»So so«, sprach Siria.

»Das ist es, was wir ganz besonders an ihm lieben. Seine Überraschungen«, bemerkte Una.

»Wann geht es los?«, bohrte Skari.

»Jetzt, glaube ich«, sagte ich und schlenderte los, da das Licht gedimmt wurde.

»Ich befürchte, dass er uns mit einer zweistündigen Rede über seine Heldentaten unterhalten wird«, sagte Una.

»Vermutlich mit gefälschten und völlig übertriebenen Bildern im Hintergrund, die ja nur ein klein wenig unterstützen sollen«, sagte Skari.

»Das klingt so, als würde er dazu neigen, ein wenig zu übertreiben«, warf Siria ein.

»Ja, aber wirklich nur ein ganz kleines bisschen«, sagte Una.

Schlagartig wurde es dunkel. Stille trat ein. Dann drangen Lichtblitze durch die transparenten Stoffbahnen. Ein Schlagzeug hämmerte los, die Lichter flackerten synchron dazu. Dann fielen alle Vorhänge gleichzeitig herab. Man sah nur Conor, der wie ein Berserker die Drums bearbeitete.

»Oh, super, schau mal, wie der Kleine trommeln kann«, rief Una verzückt.

Dann beleuchtete ein einzelner gebündelter Lichtstrahl Kenzo. Er begleitete auf dem Bass passend das Schlagzeug. Es folgten kurze abwechselnde Solos der beiden. Ein Seufzer entfleuchte Skari. Alle Anwesenden schienen beeindruckt. Dann endeten die beiden abrupt. Mit einem gewaltigen Satz kam ich von hinten über das Schlagzeug gesprungen und landete genau vor einem Mikrofon. Und dann brüllte ich den besten Urschrei, den die Menschheit je vernommen hat, in Besagtes. An meinen Unterarmen hatte ich zwei Apparaturen angebracht. Und als ich meine Arme während des Schreiens ausbreitete, schossen zwei Flammensäulen über die Köpfe des Publikums.

Im Nachhinein überlegte ich mir, ob wir nicht mit »Sweet home Alabama« hätten anfangen sollen, um die Beteiligten aufzuwärmen. Wobei sie kaum zum Frieren neigten nach meiner Grillfeuereinlage. Conor spielte auf den Bassdrums, indes er mit fünf Drumsticks jonglierte. Genug Zeit, um mir die Gitarre umzuhängen. Una stand, wie so einige, mit offenem Mund da. Wir setzten alle gemeinsam ein und rockten, was das Zeug hielt.

Als ich anfing zu singen und sich der erste Schock gelegt hatte, kam endlich so etwas wie Stimmung in die Bude. Skari begann zu tanzen und einige der Menschen taten es ihr gleich. Selbst Jo und Brass ließen sich nicht lange bitten. Wobei das bei den beiden eher so aussah, als ob sie einen imaginären Hula-Hoop-Reifen um ihre Bäuche rotieren ließen. Nur die Gens waren, um es mal salopp auszudrücken, etwas angepisst. Nach einer Stunde war das Spektakel beendet und ich schwang mich von der Bühne in Richtung Una. Sie und Siria hatten sich nach einiger Zeit zum Tanzen hinreißen lassen, wobei die Tochter Dekans noch etwas steif in den Hüften wirkte.

»Na? Braucht ihr einen Job als Groupie?«, fragte ich scherzhaft.

»Ich muss zugeben, das war gar nicht so übel. Am Anfang dachte ich aber, das endet in einer Katastrophe«, sagte Una und lachte.

Der Abend klang langsam aus. 17 hatte im Vorbeigehen

alle Kontrollfunktionen der ERDE2 übernommen, von dieser Seite her waren also keine unangenehmen Überraschungen mehr zu befürchten. Die Unsrigen siedelten wieder um auf 17 und wir nahmen einen Schlummertrunk in der Küche zu uns. Una bat mich, in meinen alten Körper zu wechseln. Zugegeben, der Trunk dauerte so an die zwei Stunden, bis wir uns zu Bett begaben. Ich schlenderte mit Una in Richtung unserer Zimmer.

»Wollen wir uns noch ein wenig unterhalten?«, fragte sie unvermittelt.

Im Grunde war ich müde, aber einer Dame konnte ich noch nie etwas abschlagen.

Randnotiz: Es ist mein Privileg als Autor, die Dinge so darzustellen, wie ich sie erlebt habe und nicht, wie andere sie nachher verdrehen.

»Ja, warum nicht. Es war schließlich ein ereignisreicher Tag«, antwortete ich unschuldig wie ein Frühlingslämmchen.

So begaben wir uns in meine Kajüte und setzten uns gemeinsam auf's Bett, äh, auf die Koje. Una betonte abermals, wie sehr ihr die musikalische Überraschung gefallen habe und erwähnte, dass Skari Hals über Kopf in Kenzo verliebt sei. Irgendwie fühlte sich dies Gespräch anders an als sonst, sie meckerte nicht und ich frotzelte nicht. Es folgte noch der eine oder andere Satz, dann sah sie mich ganz merkwürdig an – und plötzlich fiel sie mir um den Hals und küsste mich. Ich will nicht sagen, dass ich entsetzt war, aber doch überrascht. Natürlich gab ich ihrem Drängen nach und erwiderte den Kuss. Es wurde ein mehr als leidenschaftlicher Kuss. So kam eins zum anderen, ihr wisst schon: Lawine, Erdbeben, Supernova und all so etwas.

»Sag mal, vibriert hier etwas?«, fragte sie unvermittelt.

»Ähm, ja, natürlich vibriert es hier. Ich laufe schließlich auf Batterie, du erinnerst dich?«, antwortete ich.

»Tarzan?«

»Ja?«

»Du bist unmöglich.«

Alles hat ein Ende

Am nächsten Morgen sagte Una lächelnd, während sie sich langsam anzog: »Du solltest 17 mal um ein paar Modifikationen bitte.«

»Warum?«

»Wegen der Geräusche, wenn er vibriert«, sagte sie.

»Oh.«

Auf dem Weg zur Küche kamen wir an Kenzos Gemach vorbei, in dem Moment öffnete sich seine Tür und Skari und Kenzo traten heraus.

»Ach, schau mal an«, kommentierte Una und ich fügte ein »So, so« hinzu.

Ein wenig verlegen standen die beiden vor uns. Una schnappte sich Skari am Arm und sie schritten voraus. Ich legte meinen Kopf etwas schräg und schaute Kenzo an.

»Na, gut geschlafen?«, fragte ich.

»Ja, seeehr gut. Und du?«, antwortete er.

»Ich habe auch seeehr gut geschlafen«, gab ich zurück.

»Habe ich gehört«, sagte er.

»Oh.«

»Ja.«

»Nimmst du auch Kaffee zum Frühstück?«, fragte ich.

»Nein, lieber Tee«, entgegnete er.

Was Una nicht wusste, war, dass ich mir von 17 mein Gehör ein wenig hatte verbessern lassen. So konnte ich sie um die Ecke hören.

»Erzähl, wie war es.«

»Nein, du zuerst.«

Kicher, kicher und so weiter.

In den nächsten Tagen koordinierten wir den Umzug von der ERDE2 auf das Original. Da Madagaskar frei war und mehr als genug Fläche bot, verlegten wir die Neuankömmlinge dorthin. Jedem, außer den Gens, war es freigestellt zu gehen, wohin er wollte. Sie hatten fest damit gerechnet, dass »ihre« Menschen sie begleiteten. Nachdem 17 allerdings einen ausführlichen Geschichtsvortrag zum Besten gegeben hatte, wanderte die erste Hälfte ab. Sie gründeten ihre eigene Siedlung im Norden. Und fast der gesamte Rest folgte nach drei Wochen, da die Gens sich weiterhin so aufführten wie zuvor. Eines Tages drückte ein Mensch einem Gen einen Spaten in die Hand, mit der Bemerkung, er müsse selber buddeln, wenn er Kartoffeln haben wolle. Es ist nicht schwer, sich vorzustellen, dass ich auf ihrer Liste als Staatsfeind Nr. 1 zu finden war.

Mit Una und 17 brachte ich den Jarl und seinen Bruder Ulf wohlbehalten nach Hause. Die Nordmänner/innen (genderkorrekt) schluckten die Kröte der Neuen Welt einigermaßen gut. Nachdem die beiden ausgiebig von ihren Abenteuern erzählt hatten, nicht ohne die eine oder andere Übertreibung hinzuzufügen, war es an 17, den Rest der Aufklärung zu übernehmen. Mit einer seiner Projektionen waren alle recht schnell am Puls der Zeit. Wir kamen überein, Schulen zu gründen, um zukünftige Generationen auf die neuen Gegebenheiten vorzubereiten. Bis auf Kommunikationsanlagen gab es vorerst keine nennenswerten Technologien.

Bei der Rückkehr des Grafen und seiner Tochter gestaltete sich die Sache schwieriger. Es bedurfte erst einer Demonstration der Macht, oder besser formuliert der Überlegenheit der Technik, um den nervenden Klerus zum Schweigen zu bringen. Es ist nicht unproblematisch, dem Volk ein paar Sachverhalte darzulegen, wenn es ständig Unterbrechungen von fanatischen Priestern gibt. Aber nachdem der Nachbau eines Hurora-Kreuzers über den Köpfen der Menschen erschienen war, gab es keine Zweifel mehr daran, wer am längeren Hebel saß. Am schwierigsten erwies es sich, Conor wieder in ein Schiff zu zerren. Der arme Kerl war bis über beide Ohren verliebt. Zum Glück empfand die Angebetete das gleiche. Mit technischem Gerät wurde Abhilfe geschaffen. Mit anderen Worten: Sie durften telefonieren, bis ihnen die Lauschlappen glühten. Vorerst setzten wir den Grafen an die Spitze aller drei deutschen Städte. Er hatte damit keine leichte Aufgabe, fand aber Unterstützung bei dem Jarl, mit dem ihn mittlerweile eine Männerfreundschaft verband.

Skari und Kenzo waren nun offiziell ein Paar. Ja, und auch ich war vergeben.

Conor hatte sich von 17 einen neuen altersgerechten Avatar anfertigen lassen. Es bedurfte einiger Argumente von uns, dass es nicht hilfreich für einen Zwölfjährigen sei, sich einen Schnurrbart zuzulegen. 17 hatte sein Erscheinungsbild um ein halbes Jahr weiter errechnet und ihm einen anderen Haarschnitt zugelegt. Wir erklärten ihm, dass es nicht gut sei, wenn auf einmal ein Fremder vor Heidrun stehen würde, da sie doch in ihn verliebt sei. Nachdem das geschafft war, fand ich die Zeit, mich ein wenig mit 17 zu unterhalten.

»Ich komme nicht dahinter, was die Alogeraner mir mit der Zahl 42 mitteilen wollten«, sagte ich zu ihm.

Er lachte. »Kennst du nicht das Buch ›Per Anhalter durch die Galaxis‹?«, fragte er.

»Doch. Aber ich ... Mist. Die haben mich doch nicht auf die Schippe genommen?«, sagte ich.

»Sieht so aus. Sie haben also durchaus ein Verständnis für Humor. Auch wenn man es ihnen nicht ansieht«, gab er zurück.

»Galgenhumor, in so einer Situation. Ich muss zugeben, das kratzt an meinem Ego. Die Erde wäre ohne sie erledigt gewesen. Mein Plan war scheiße«, sagte ich.

»Man kann nicht alles vorausberechnen. Wichtiger ist doch jetzt, wie es weitergeht«, antwortete er.

»Nun, da sind noch genug Menschen, die darüber informiert werden müssen, dass sie bitte aufhören sollten sich abzumurksen.«

»Ich könnte von hier aus eine weltweite Holoprojektion starten, um sie aufzuklären«, sagte er.

Ich überlegte einen Moment.

»Das halte ich für keine gute Idee. Da fehlt die persönliche Note«, sagte ich.

»Du meinst wohl eher, da fehlt dir das persönliche Abenteuer«, sprach er.

»Ok, ertappt. Aber vielleicht ist es wirklich besser, wenn man jedem Volk die Geschichte langsam und auf sie zugeschnitten beibringt«, sagte ich.

»Mir egal,« antwortete 17. »Falls du gerade damit beschäftigt bist, den Eskimos zu zeigen, wie man einen Ringkampf mit einem Eisbären macht, während sich gleichzeitig zwei andere Stämme umbringen wollen, kannst du mir immer noch Bescheid geben. Dann kann ich mit einer Projektion einspringen.«

»Gute Idee. Das heißt, du willst bei uns bleiben?«, fragte ich. »Du hättest schließlich auch die Möglichkeit, unentdeckte Planeten zu erkunden oder was man sonst so mit deinen Fähigkeiten anstellt.«

»Momentan gefällt es mir hier sehr gut. Meine anderen Ichs werden hier bald nach und nach eintrudeln. Mithilfe der Datenbanken der ERDE2 konnte ich einen Weg finden, sie von der Leine zu lassen ohne die aufreibende Prozedur, die ihr bei mir und Nr. 1, 3 und 5 durchführen musstet. Da wir unsere Erfahrungen untereinander austauschen können, besteht für mich nicht die Notwendigkeit, selbst zu reisen. Und Nr. 3 sieht das momentan genau so. Außerdem fühlen wir uns den Menschen verpflichtet. Diesmal aber ohne Zwang«, erklärte er mir.

»Schön das zu hören. Auf deine Ratschläge würde ich ungern verzichten. Du bist schon ziemlich schlau. Könnte ich mir auch so ein Wissen aneignen?«, fragte ich.

»Nein, dafür ist dein Kopf zu klein.«

»Ich dachte, auf die Größe käme es nicht an«, sagte ich.

»Siehst du, schon der erste Fehler. Es kommt immer auf die Größe an. Möchtest du mit einem Kopf in der Größe eines Aktenschranks herumlaufen?«

»Partie Schach gefällig?«, fragte ich.

»Ist das einer deiner Witze?«, gab er zurück.

Als ich am nächsten Tag um die Ecke bog, um Geschichte zu schreiben, lief ich dummerweise Una direkt in die Arme.

»Wohin des Weges, Schatzi?«, fragte sie und grinste breit.

»Wer, ich? Ach so. Ich wollte mal einen Blick auf Italien werfen. Soll ein tolles Wetter sein zu dieser Jahreszeit«, antwortete ich.

»In der Uniform eines römischen ... Zenturio, wenn ich das richtig sehe«, sagte sie.

»Tarnen und unauffällig bleiben lautet die Devise.«

»Das ist eine super Idee!«, rief sie.

»Wie bitte?«

»Ich ziehe mir nur schnell etwas anderes an. Warte kurz«, sagte sie und verschwand.

Und nach nur eineinhalb Stunden kam sie mit Kenzo, Skari, Conor und 17 im Schlepptau zurück.

»Ein paar Tage Urlaub in Italien. Ich denke, das haben wir uns verdient«, sagte sie.

»Aber sicher doch ... Schatziiiiii«, gab ich zurück.

»Schicke Toga«, sagte ich zu Kenzo.

»Danke«, erwiderte dieser würdevoll mit einem leichten Zucken um die Mundwinkel.

Unser Tag in Rom war ausgesprochen nett. Wir lustwandelten durch die Gassen und betrachteten die Sehenswürdigkeiten. Am Abend verschwanden wir zurück zum Schiff und nahmen uns vor, am nächsten Tag eine Vorführung im Kolosseum zu besuchen.

So saßen wir auf unseren Plätzen und betrachteten das Spektakel. Als eine Menschenmenge in die Arena getrieben wurde und sich auf der gegenüberliegenden Seite Tore öffneten, wurde Skari nervös. Nachdem sie begriffen hatte, dass die Löwen, die erschienen, sich nicht nur die Füße vertraten, gab es kein Halten mehr. Mit ein Paar Sprüngen hüpfte sie über die Köpfe des Publikums hinweg und sprang hinunter in den Sand. Logischerweise sah Kenzo nicht untätig zu und tat es ihr gleich. Man kann sich vorstellen, wie die Menschenmenge reagierte.

»Tarzan!«, rief Conor hinter mir und hatte dabei so einen Dackelwelpenblick aufgesetzt.

Ich drehte mich zu ihm um.

»Geh ruhig. Aber gib acht, dass du niemanden verletzt«, sagte ich.

»Ich kann den Kleinen nicht da alleine lassen«, rief Una und verschwand.

Gemächlich legte ich meine Hände in den Nacken und streckte die Füße aus. Herumfliegende Löwen bekommt man nicht jeden Tag zu sehen. Dabei musste ich an Asterix und Obelix denken und lachte.

»Du mischt dich nicht ein?«, fragte mich 17.

»Auf keinen Fall. Das ist ja wie eine Freikarte. Falls mir demnächst ein Malheur passiert, über das Una sich aufregen könnte, brauche ich nur das Wort ›Kolosseum‹ sagen«, antwortete ich zufrieden. Es war gut zu erfahren, dass Skari ihre Löwenphobie überwand.

Es gäbe noch eine Menge zu berichten, aber ihr kennt das

ja. Die Zeit ist immer so knapp. Selbst wenn man im Prinzip unsterblich ist, so zieht sie dennoch weiter. Gerne würde ich weiterschreiben, aber ich habe zu viel um die Ohren. Zum Beispiel einen dicken Imperator von einer Loge schubsen, um eine Rede zu halten.

Oder mich auf einer Streckbank in einem spanischen Keller zu entspannen, um die hiesigen Inquisitoren in die Verzweiflung zu treiben. Oder mit Kenzo das feudale Japan erkunden. Oder ...

Ende

Inhalt

Über den Autor

Es gab 1967 zwei wichtige Ereignisse. Zum einen fand die erste Herztransplantation in Südafrika statt und zum anderen wurde ich genau dort und dann geboren. Allerdings verfrachteten mich meine Eltern nach einem Jahr zurück in das sonnige Deutschland, wo ich einige Schulen besuchte. Es folgte eine Ausbildung und die eine oder andere Arbeitsstelle. Der einzige rote Faden in meinem Leben ist die Malerei. Es folgten diverse Ausstellungen. Wobei jene, die ich mit zwei anderen Künstlern in einem Edel-Bordell veranstaltete, sowohl vonseiten der Presse und des Fernsehens wie auch vom Publikum seltsamerweise den meisten Anklang fand.

Musikalisch war ich auch ein klein wenig tätig und legte den ersten Auftritt gänzlich ohne Text hin. Aber wer braucht schon Worte, um Gefühle zu vermitteln? Hauptsache es klang englisch. Und wer bei der Premiere mit BHs beworfen wird, kann sich ohnehin nicht auf solche Kleinigkeiten konzentrieren.

Der Einstieg in die Autorenwelt gestaltete sich aufgrund einer fünfundzwanzigjährigen Schreibblockade zunächst etwas holprig. Aber wer geduldig wartet, den knutscht die Muse schon irgendwann, ob man will oder nicht.